그 작은 몸 어디에
눈물이 그리 흔한지

김종광 장편소설

그 작은 몸 어디에
눈물이 그리 흔한지

차례

해설　387
아버지의 입, 아버지의 욕망
임지훈(문학평론가)

이 책을 읽어 준, 읽어 주실 독자님 한없이 고맙습니다.

쉬운 이야기 모음집처럼 읽어 주셨으면 좋겠다. 장편소설이 잘 안 읽히는 이유는 차례대로 읽어야 한다는 강박 관념 탓인지도 모르겠다. 이 소설은 앞에 이야기를 몰라도 전혀 상관없다. 아무 데나 펼쳐 읽어도 되고 거꾸로 읽어도 괜찮다.

몇 년 전에 이기분 여사가 남편 김동창 씨 작고 이후 1년 동안 살아가는 이야기를 담은 장편소설 『산 사람은 살지』(2021년, 교유서가)를 낸 적이 있다. 이 소설에 뭔가 빠져 있는 것 같은 얘기는 그 책에 있다. 그러니까 『산 사람은 살지』는 '이기분 뎐', 이 소설은 '김동창 뎐'이나 마찬가지다.

이 소설은 우여곡절을 거듭했다. 2019년 여름부터 쓰기 시작했고, 오랜 세월 다듬었다. 제목도 자주 바꿨다. 첫 번째 제목은 '농광축이 김동창 뎐'이었다. '농광축이'는 '농'사도 짓고 '광'부도 하고 '축'산도 하는 사람을 가리키는 말이다.

제 아버지, 어머니 이야기를 꾸준히 지지하고 응원해 준 분들이 계셨다. 그분들이 맛보았던 긍정적 흥미를, 미지의 독자님들께서도 맛볼 수 있기를 바랄 따름이다.

아버지가 반장일지에 썼던 말 '성의 풀이'를 하고 싶은 날이다.

덕담을 주신 박성우 시인, 애정 넘치는 해설을 주신 임지훈 평론가, 이 소설을 만들어 주신 '걷는사람', 여러분께 깊이깊이 감사드립니다.

2026년 4월

김종광

큰애의 꿈속으로

창의 넋은 따져 보았다. 내가 땅에 묻힌 지 몇 해째인가. 2019년 6월 1일에 일흔여덟으로 세상을 등졌으니 어언 7년이 흘렀다.

한심한 녀석 같으니. 장남이 소설가다. 죽을 둥 살 둥 탄 캐고 농사짓고 소 키워서 대학까지 가르쳤는데, 겨우 소설 써서 간당간당 먹고산다. 나 죽은 후에 녀석이 내 인생을 소설로 써 보겠다고 방방거리기에 기다렸다. 녀석이 출판된 소설책을 내 무덤 앞에 벌여 놓고 "아버님 영전에 바칩니다." 뭐 이딴 소리 하는 날을 내심 고대했다.

더는 기다릴 수가 없다. 창은 넋이 스러질 날이 얼마 남지 않았다. 판타지로 충만한 세상, 거리낄 일이 무엇인가. 아들 녀석의 꿈 속으로 들어갔다.

녀석이 반가이 잠꼬대했다. 아, 아버지 오래간만에 뵙습니다. 잘 지내셨어요?

나 살았을 때도 시골에 잘 안 오더니만, 나 죽으니 더 안 오는구나. 네 엄마 어깨 잘 붙어 있는지 염려도 안 되냐? 일주일에 전화 한 번으로 땡 치면 다여? 네 동생 혼자 풀 베고 농사일하느라고 죽을 똥 싸는 거, 미안하지도 않냐?

미안하죠, 왜 안 미안해요. 아버지 살아 계셨을 때도 여름만 되면 미치는 줄 알았는데, 아버지 돌아가시고도 똑같아요.

내가 잡아먹기라도 했냐?

그게 아니고 아버지가 새벽부터 밤중까지 일하시니까. 특히 여름에는 그놈의 풀 베느라고 더욱 욕보시니까. 지금은 동생이 아버지처럼 계속 농사일하니까, 불편해서 갈 수가 없어요.

됐고, 내 소설은 어떻게 됐냐? 쓰기는 했어?

초고는 옛날에 됐죠. 내내 수두룩이 퇴고했어요.

그래? 그럼 곧 책이 나오겠네?

그게 좀 심난하네요.

뭐야, 너 책은 안 팔려도 책은 잘 나왔잖여? 네 책 내 주던 출판사들이 다 문 닫았냐?

그게 아니고요, 제 책 내주던 출판사들이 책을 못 내 주겠대요.

열 개도 넘는 출판사에 원고를 보내 봤는데 거의 답이 없어요. 딱 두 군데만 답을 해 줬는데 딴 데 알아보래요.

이유가 뭐냐?

누가 이유를 속 시원히 말해 주나요. 우리 출판사와는 안 맞는 원고 같다, 이러죠.

대관절 왜?

일단 제가 한물간 작가가 됐고요, 한물이나 있었는지 모르지만, 어쨌든 이젠 저따위 작가 책 내자고 주장할 분이 없을 거예요. 성의 있게 검토해 주는 분만 있어도 감지덕지라니까요.

소설에 문제가 있는 거 아니고?

제 소설이 흥미가 없기는 없나 봐요.

그건 나도 인정한다. 생전에 네가 쓴 소설 다 읽어 보았다만 흥미 있게 읽은 적은 좀체 없다. 자식이 쓴 거니까 무조건 기꺼웠을 뿐. 아비도 흥미 없는데 누가 흥미 있겠냐.

이게 다 아버지 탓이에요. 제 소설의 절반이 아버지, 어머니 얘기 쓴 거잖아요. 제가 아버지 삶에 주눅이 들어서, 아버지 얘기만 쓰면 제 주특기가 발휘 안 되었다고요. 제 주특기가 해학인데 아버지 얘기만 쓰면 해학이 안 되고 막 이상하게 진지해졌어요. 강희맹의 『훈자오설』 비슷하게 됐다고요. 아버지를 무슨 성인처럼, 참된 농사꾼처럼 그리다 보니, 독자가 원하는 흥미와는 거리가 멀었던 것 같아요.

누가 내 얘기를 써 달라고 했냐? 언제 나를 미화해 달라고 했냐? 솔직히 내 얘기 쓰는 거 싫었다. 나를 잘 알지도 못하면서 나를 아는 척 함부로 썼어. 어이가 없었지만 아들놈이 먹고살아 보겠다고 아비를 팔아먹는 걸 어쩌겠느냐. 꾹 참고 말았다.

죄송합니다.

그래, 내가 흥미 없는 인간이었지. 내가 대체 흥미 있을 수 있는 인생이었냐? 나도 너처럼 부모 잘 만났으면 농담 따먹기나 하면서 풍류 즐기며 살았겠지.

아버지 죄송해요.

그놈의 죄송하다는 소리 작작 해라. 원고 줘 봐라. 내가 읽어 봐야겠다.

흥미 없을 텐데요.

흥미 있게 바꾸면 되지. 아버지가 인공 지능이다, 간주해. 내가 읽으면서 흥미 있게 고쳐 주마.

정말요, 아버지?

그래, 살아서도 자식을 위해서라면 못 할 게 없었는데, 하물며 죽어서야 못 할 게 뭐냐.

운명을 예고하는 시조

6·25 전쟁이 멈춘 건지 그만하기로 했는지 끝난 건지 한 다음 해였을 거다. 국민학교(라고 하면 안 되는 거 알지만 초등학교라고 하면 영 어색해서) 6학년 때인가, 어느 국어 시간이었다. 선생이 시조 한 수를 읊었다.

동창이 밝았느냐 노고지리 우지진다.

소 치는 아이는 상기 아니 일었느냐.

재 너머 사래[1] 밭을 언제 갈려 하나니.[2]

60여 명 눈길이 한 학생에게 쏠렸다. 선생이 낭송을 끝내자, 아이들은 간신히 억눌렀던 웃음을 토해 냈다. 선생은 뜨악하게 쳐다보다가 소리쳤다.

"촌것들이 떼거리로 뭘 잘못 처먹었나! 왜 웃어?"

한 아이가 대답했다. "재 이름이 동창이라 그류."

선생은 문득 말장난을 했다. "재 이름이 동창(東昌)인 거랑 동창이 밝았느냐 동창(東窓)이랑 뭔 상관인데?"

아이들은 또다시 웃음보를 터트렸다.

선생도 살짝 웃었지만 말은 화난 양했다. "이 자식들이 진짜로 회까닥 돌았나."

1)   '이랑'의 옛말.
2)   남구만(1629–1711)이 지은 시조다. 각종 국어 시험에 출제되는 유명한 작품이다.

나중에 이문구 소설 「유자소전」의 주인공이 되는 '유자'라는 아이가 있었다. 선생들한테도 말을 함부로 잘했던 유자가 대변인처럼 지껄였다. "그냥 웃기는 걸 워쩐대유. 아기 때는 똥 소리만 듣고도 웃고, 여학생은 낙엽 굴러가는 거 보고도 웃고, 노인네는 강아지 하품하는 것만 보고도 웃는대잖유. 동창이는 진짜 소 치는 아이여유. 새벽에 여물 쑤어야 학교 올 수 있슈. 소꼴도 쟤가 다 베유. 아마 쟁기도 갈 걸유. 어이, 동창아, 너 쟤 너머 사래 긴 밭 다 갈고 학교 온 겨?"

아이들은 꺼이꺼이 웃어 댔다.

선생은 홀로 웃지 않는, 울상인 학생을 지목했다. "야, 소동창이 너 일어나 봐."

동창은 김씨였지만 벌떡 일어났다. 거짓말하다 들킨 아이처럼 토했다. "소 치는 건 맞지만 소 쟁기 간다는 건 참말이 아뉴. 아무리 일손이 급하다고 어린애한테까지 소를 맡기나유. 큰일 날라구유."

"그렇지, 소 뒷발에 채이면 어린애는 죽을 수도 있지."

"그게 아니고유, 소가 다친다고유. 어린애 목숨보다 소 목숨이 중허니께유."

아이들은 또 미친 듯이 웃었다. 선생은 대나무 뿌리 회초리로 교탁을 땅땅 두들기며 고함쳤다. "조용, 조용!" 선생은 자기가 왜 학생을 일으켜 세웠는지 까먹었다. 모두가 웃음을 그치고 선생을 쳐다보고 있었다. 선생은 얼떨결에 물었다. "소가 몇 마리여?"

"지우 세 마리인듀."

“부자네.”

“제 거 아닌듀.”

“네 아버지 거 아녀?”

“큰형님 것인듀.”

“큰형 거면 아버지 거나 마찬가지지.”

“아버지는 제가 일곱 살 때 돌아가셨슈.”

“아버지가 없으면 어머니 거나 마찬가지지.”

“어머니는 작년에 돌아가셨슈.”

아이들은 선생이 말할 때는 웃음을 뚝 그쳤다가, 동창이 대답하고 나면 박장대소했다. 선생과 창만 웃음기 없는 곤혹스러운 낯빛이었다.

선생은 필경 무슨 말을 해야 할지 몰랐지만, 저도 모르게 예언했다. “그려, 평생 소 열심히 키워라. 우리 소동창이 부자 될 겨.”

그 수업 시간 이후, 김동창은 소동창이 돼 버렸다. 모두가 창을 보면 “야, 소동창이 소 치고 왔냐!” 같은 말을 지껄였다. 나중엔 선생들까지 “소동창이!”라고 불렀다. 어떻게 소문이 났는지 역경리 범골 어른들까지 “소동창이 밭 갈러 가냐?” 실실거렸다. 심지어 집안 어른들까지 “김동창”이 아니라 “소동창”이라고 호칭했다.

급기야 삼동네에 이런 말까지 생겼다. 소동창이하다. 소를 기르고 소를 이용해 농사일을 하는 것만큼 욕본다는 뜻이었다. 2025년에 흥행했던 넷플릭스 드라마의 제목 ‘폭싹 속았수다’랑 얼렁뚱땅 비슷한 의미였다.

중학교 입학

하루는 큰형과 큰형수가 창을 불러 앉혔다. 두 분과 홀로 마주한 게 초유라 창은 벌벌 떨렸다. 두 분의 진중한 표정 자체가 낯설었다.

저도 모르게 무릎을 꿇었다. 드디어 쫓겨나는 건가? 내 나이 열셋, 쫓겨날 때도 되었지. 언제고 이런 날이 올 줄 알았다. 부모 있는 집 아이도, 부모가 있는 것도 모자라 먹고살 만한 집 아이도 국민학교 고학년 때 집에서 쫓겨나는 게 별 얘깃거리도 못 되는 시절이었다. 계집아이들은 식모로 갔고 사내아이들은 막노동판이나 공장으로 갔다.

큰형이 한 번도 들어본 적이 없는 준엄한 말투로 운을 떼었다.

"고민을 되우 했다."

큰형수가 끼어들어 죄죄댔다. "고민하고 자시고 할 게 뭐냐고. 스무 살 터울 막냇동생을 국민학교까지 키워 주고 마쳐 주었으면 되었지 뭘 더 어떻게 하냐고? 도련님은 나한테 내 자식들이랑 차별했다고 쌓인 게 많겠지만, 내가 도련님 엄마유? 내가 아무리 도련님을 막 키웠어도 콩쥐 새엄마나 심청이 새엄마 뺑덕어멈보다는 잘 키웠을 겨. 그럼 됐지, 뭘 더해 주냐고."

창은 듣기 싫어 공치사했다. "알어유, 알어. 큰형수님이 저를 먹여 주고 재워 주고 가르쳐 준 거 다 알어유. 저도 각오하고 있었슈. 염치가 있지, 어떻게 더 붙어 있는데유. 조카 애들도 잔뜩한디.

입 하나 덜어야쥬. 그동안 감사했슈.”

창은 아버지를 아버지라 못 부르고 살다가 아버지 집을 떠나던 날의 홍길동처럼 큰절을 올리려고 일어섰다. 하고 보니 홍길동이 아버지 집을 떠났던 나이가 나랑 비슷한 나이 아닌가. 창은 제가 무슨 홍길동이라도 된 듯했다.

큰형이 고함쳤다. “앉어, 이놈아.”

창은 허수아비 고꾸라지듯 도로 앉았다.

큰형수가 이기죽거렸다. “그려, 잘 요량했구만. 옛날부터 망아지는 제주도로 가고 사람은 서울로 가라고 했잖유. 갈 거면 하루라도 빨리 올라가는 게 좋쥬.”

큰형이 느닷없이 우락부락한 주먹으로 큰형수 배를 쳤다. 큰형은 장사 소리 듣는 사람이었다. 실제로 면내 씨름 장사 뽑는 대회서 우승해 염소를 탄 적도 있었다. 큰형수가 엎어져서 코 깨졌을 때 같은 비명을 지르며 방문을 들이받았다. 집이 지진 난 듯 흔들거렸다. 창도 큰형에게 자주 맞아 봐서 얼마나 아픈지 잘 알았다. 더 안 맞으려면 더는 비명을 지르지 말고 신음도 꾹 참아야 했다. 자기 분이 풀릴 때까지 계속 때리는 말종이 쌔고 쌨지만, 큰형은 맞은 식구가 조용히만 하면 더 때리지는 않았다. 큰형수는 안간힘을 다해 비어져 나오는 신음을 삼켰다.

큰형의 표정이 밝아졌다. 큰형수한테 “그려, 네년 말 들으니까 이젠 고민이고 자시고 할 필요가 없겠구나!” 하고는 창에게 일렀다. “어머니가 신신당부하고 돌아가셨다. 너도 꼭 중학교 보내야 쓴다고. 어머니 말씀이 아니더라도, 형으로서 당연한 의무다. 너도 멋쟁이랑 같이 중학교에 가도록 해라."

창은 정녕 조금도 기대하지 않았다. 큰형의 장자인 멋쟁과 창은 동갑내기였다. 식구 모두가 몇 년 전부터 멋쟁이 중학교 가는 걸 당연하게 여겼다. 식구는 또한 창이 중학교 안 가는 것도 당연히 여겼다.

창은 쫓겨날 각오를 하고 있다가 꿈도 못 꿨던 환호할 말을 듣자 어쩔 줄 몰랐다. 환호할 만한 일을 겪어 본 적이 있어야 말이지.

창은 벌떡 일어나 큰형에게 큰절을 마구 올렸다. "감사해유, 감사해유!"

큰형이 후련한 짐 내려놓은 듯 시원하게 웃었다. "이놈아 몇 번이나 절을 하는 겨. 내가 뒈졌냐."

창은 큰형수에게도 감사의 절을 올릴까 말까 망설였다. 큰형수는 큰형의 말에 창만큼 놀란 듯했다. 나중에 안 일이지만 큰형은 창을 중학교에 보내 주겠다는 말을 하려고 부른 게 아니었다. 큰형은 보내 주고 싶었지만 큰형수의 반대가 막심했다. 큰형이 큰형수를 곧잘 때리기는 해도 큰형수 말이나 의지를 이겨 내지는 못했다. 큰형은 '우리는 너를 중학교에 보내 주지 못한다, 하지만 네가 꼭 가고 싶다면 이렇게 저렇게 하라'고 조언할 작정이었다.

큰형은 한 번 말하면 바꾸지 않는 이였다. 그걸 누구보다 잘 아는 큰형수가 표변했다. 절 같은 건 집어치우라고 손사래를 치고는, 짝 잃은 호랑이 같던 낯빛을 짝 만난 여우 같은 낯빛으로 바꾸더니 새살거렸다.

"허이구, 시험에 붙기만 하라고 혀. 얼마든지 보내 줄 테니께. 내 아들이야 합격은 따 놓은 당상이지만, 돌대가리 도련님이 합격하면 내 손에 장을 지진다."

조실부모한 어린이들이 왕왕 그렇듯 일찌감치(철이 들었다기보다) 눈칫밥에 절은 창은 도장을 찍어 두자는 식으로 헤헤거렸다.

"큰형수님도 찬성하신 규. 지가 시험에 붙기만 허면 저 중학교 가는 거 반대 안 하시는 규."

"도련님은 내가 언제 반대를 했다고 그랴. 누가 보면 도련님 중학교 안 보내 주려고 환장한 년으로 알겠네. 단 시험에 떨어지면 어쩔 수 없지. 진짜로 소동창이 하셔야지, 뭐."

시험에 떨어질 거라고 확신하는 말이어서 불쾌해야 마땅하겠지만, 창은 유쾌하기만 했다. 시험에 떨어져도 중학교에 못 가도 쫓아내지는 않는다는 얘기니까.

쫓겨나든 제 발로 나가든 도시로 가서 온갖 고생을 할 각오였다지만 두려웠다. 누구나 홍길동처럼 빛나는 삶이 기다리는 게 아니잖은가. 홍길동보다 한참 못한 내가 과연 도시에 가서 며칠이나 살아 낼 수 있을 것인가.

큰형네 식구한테 괄시받으며 사느니 도시로 떠나는 게 백 번천 번 좋을 거라고, 가출하자고 꼬이는 동무도 있었지만, 창은 그래도 고향에서 살고 싶었다.

중학교 입학시험이 한 달 남았다. 안녕군 1읍 10면에 국민학교가 30개쯤 된다고 했다. 학교당 응시생을 최소 200명으로 잡아도 6천 명이었다. 하지만 안녕군에 중학교는 달랑 두 곳이었다. 그중 육경면 학생들이 지원하는 시내—정확히는 읍내지만 다 시내라고 불렀다—대천중학교는 1천여 명을 뽑는다고 했다. 즉 3,000명 중 1,000등 안에 들어야 했다.

큰형과 큰형수의 장남이자 범골 김씨 집안의 장손 김멋쟁은 창보다 한 달 먼저 태어났다. 큰형수가 두 번째 자식을 낳고, 한 달 뒤 창의 어머니가 여덟 번째 자식 창을 낳았다.

동갑내기로 한집안에서 자란 두 아이가 자신들의 관계를 똑똑히 인식한 것은 얼마 되지 않았다. 멋쟁의 할머니이자 창의 어머니 류선례가 별세했던 5학년 여름에서야 비로소 자신들이 형제지간이 아니고 숙부-조카 사이라는 걸 절감했다. 창은 형님들과 더불어 자식으로서, 멋쟁은 장손으로서 장례를 치렀던 것이다.

류선례는 막내아들 창을 낳은 뒤부터 몸이 급격히 쇠하여 자리보전하는 날이 더 많았다. 큰형수가 자기가 다 키운 거나 마찬가지라고 큰소리칠 만큼, 어머니는 창에게 해 준 일이 드물었다. 일찌거니 살림살이를 접수한 큰며느리가 자기 자식은 보통 아이로 키우지만, 막내 도련님은 얻어온 아이 키우듯 하고 일꾼으로 막 부려먹는 꼴도 그저 바라볼 수밖에 없었다.

어머니도 마흔 줄에 둔 막둥이 아들보다 장손자를 더 사랑하는 듯했다. 사랑의 크기는 같을지 몰라도, 늦둥이 아들은 부끄러

위하고 장손자는 자랑스러워한 게 틀림없다. 어릴 땐 서러웠지만, 커서는 다 이해했습니다, 어머니.

편애하는 식구가 더 많은 장손 멋쟁과 구박하는 식구가 더 많은 창, 둘 사이는 원만했다. 우선 식구보다 둘만 있는 시간이 훨씬 길었다. 창은 본능적으로 조카에게 잘해야 한다는 걸 알았다. 천둥벌거숭이 시절에는 놀다가 때려 큰형수에게 몇 배로 더 맞기도 했지만, 열 살 이후론 장난으로도 구타한 적이 없었다. 잘한다는 것이 어떤 것인지 모르겠지만, 조카에겐 동무한테는 술술 나오는 욕지거리도 하지 않았고, 가급적 조카의 비위를 맞추려고 애썼고, 괴롭힐 꿍꿍이 따위는 일절 갖지 않았다.

장손 멋쟁은 동갑내기 삼촌의 용력을 겁내 순종했다. 삼촌이 다른 아이들과 싸우는 걸 보면 흡사 미친개 같았다. 자기가 엄마의 편애를 믿고 선 넘는 일을 했다가는 불도그 같은 삼촌한테 물려 죽을 거라는 공포가 극심했다. 감히 삼촌의 감정을 상하게 하지 않으려고 저도 모르게 애썼다.

서로 비위를 맞추려고 노력하면 원만할 수밖에 없다.

멋쟁은 짜장 궁금해 물어본 적이 있다.

"내가 삼촌보다 더 잘 먹고 허우대도 더 멀쩡한데, 삼촌이 왜 나보다 싸움을 잘할까?"

"너는 지켜 줄 사람이 많지만, 나는 지켜 줄 사람이 없잖여. 싸우더라도 너는 누가 달려와서 편들어 줄 만큼만 싸우지만, 나는 죽기 살기로 싸우잖아."

"아니, 내 말은 삼촌이 나보다 힘이 더 세다는 걸 말하는 거야. 힘이 세서 싸움 잘하는 거 아냐?"

"싸움은 힘으로 하는 게 아니라니까. 악으로 깡으로 하는 거지. 힘이 아니라 근력이야. 근력이 너보다 내가 센 것도 당연하지. 너는 농사일도 대충 해도 되지만, 나는 들고파야 하잖아. 농사일도 들고파면 근력이 단련된다고."

멋쟁은 삼촌도 중학교 시험을 볼 수 있게 되자 어깨춤을 추었다. 자기만 중학생이 되고 삼촌은 집 일꾼이 되면 어떻게 하지? 상처받은 삼촌이 자기를 괴롭힐지 모른다고 지레 겁먹었던 것이다. 오죽하면 삼촌을 중학교에 안 보낼 거면 집에서 쫓아내라고 조를 염까지 먹었을까.

창은 조카에게 부탁했다. "공부 좀 가르쳐 줘라. 네 엄마는 내가 떨어지길 바라지만 나는 붙고 싶다. 너랑 중학교 다니고 싶어. 한디 네가 알다시피 내가 돌머리라."

"아냐, 삼촌 돌머리 아냐."

"'우'도 한 번 못 받아 봤는데?"

창의 통지표는 수우미양가 중에 미와 양만 있었다.

"그렇게 공부도 않고 순전히 수업 시간에 들은 것만 갖고 미를 맞잖아. 돌머리가 아니라 천재지."

창은 공부라는 걸 해 본 적이 없었다. 학교에서 말고는 공부하

라는 말조차 들어본 적이 없었고, 공부할 시간을 가져 본 적도 없
었다.

멋쟁은 자기가 공부했던 문제집을 내주었다. "다 필요 없고 이
것만 들고파. 천 등 안에는 무조건 들겨."

멋쟁은 전체 34등으로 합격했고, 창은 전체 356등으로 합격
했다.

멋쟁을 제외한 식구 모두가 깜짝 놀랐다. 재수가 좋으면 붙을
수도 있지 않을까 응원해 주었던 몇도 400등 안에 들었다니 기함
했다.

누구보다 놀란 큰형수는 병 들린 송아지처럼 침통한 표정이
더니 다짐하듯 부르짖었다. "우리가 독박 쓸 수는 없슈. 당신만 형
인가."

큰형은 또 한 주먹 날릴 낯빛으로 단호했다. "내가 술 덜 마실
테니 딴소리 마."

큰형은 별호가 '말술김'이었다. 어느 시대 어느 동네고 술 잘
마시는 게 자랑인 사내가 다수 있기 마련이지만 '말술'이 붙는 술
꾼은 드물다.

큰형수가 큰형 귀에는 안 들리고 창에게만 들리게 뱉었다. "픽
이나 끊겄다! 괭이가 새앙쥐를 끊지."

큰형수는 1955년 설날 차례 끝나고 떡국 먹기 전에 딴소리를

했다. 큰형이 변소 간 틈을 노렸다. "도련님들, 내 말 좀 들어 보소. 우리 부부가 큰형 된 도리로 막내 도련님을 이날 이때까지 키우고 가르쳤소. 우리 부부가 언제 도련님들께 막내 도련님 먹이고 가르치는 일로 아쉬운 소리 한 적 있소?"

형들 심사는 어땠는지 모르겠지만 당사자인 창은 천불이 났다. 국민학교 월사금 얘기하는 거야? 내가 일한 게 얼마인데? 새경을 받아도 그 열 배는 받아야 했다고. 내가 먹었으면 얼마나 먹었다는 거야? 나한테는 항상 덜 주고 덜 먹였으면서. 나 누룽지 하나 싸 주고 종일 나무해 오라고 시켜 놓고 지들 식구끼리 떡 먹은 게 몇 번이냐고. 옷도 멋쟁이가 입다 버린 것만 입었잖아. 당장 일어나서 큰형수의 입을 틀어막고 싶었다. 하지만 왠지 창피해 고개를 교자상 밑으로 쑤셔 박았다.

큰형수가 아퀴 지었다. "그려서 말인듀, 중학교 월사금은 도련님들이 돌아가면서 내슈."

창보다 열두 살 위인 다섯째 형이 기다렸다는 듯이 큰소리쳤다. "형수님은 당연한 말을 뭐 길게 한대유. 알었슈."

창보다 열다섯 살 위인 넷째 형도 자신했다. "심려 마세요. 저부터 낼게유."

창보다 스물두 살 많은 첫째 형도 보탰다. "저도 내겠습니다."

첫째 형은 창이랑 어머니가 달랐다. 첫째 형은 아버지의 첫 아내가 낳은 자식이었다. 아버지는 그 옛날에 법적 이혼을 했다. 아버지가 새 아내에게서 얻은 장남이 큰형이었다. 큰형은 아버지가 위중하자 경기도 안양 사는 배다른 형을 수소문해 모셔 왔다. 아버지는 첫째 아들을 20년 만에 보고 어떤 의미인지 모를 눈물을 흘릴 때, 일곱 살짜리 창이 들어와 물었다고 한다. "이 아저씨는 뭐유?" 그때 아버지가 유언인 양 읊조렸다. "느이 첫째 형이다."

하여 첫째 형으로 알고 있던 큰형이 둘째 형이 되었다. 하지만 이후로도 창은 둘째 형이 아니라 꼭 큰형이라고 불렀다.

창보다 열일곱 살이 많은 셋째 형이 장담했다. "안양 형님은 창이 친형님도 아닌데 나서실 필요 없구유, 다섯째 너는 네 집이나 잘 건사혀라. 넷째는 네가 무슨 형편이 된다고. 형수님, 끌탕하지 마십슈. 창이 학비는 제가 책임집니다유."

애초 큰형수가 노린 것도 셋째 형이 전담하는 것이었을 테다. 셋째 형이 가장 부자였으니까. 방문이 벌컥 열리고 큰형의 주먹이 큰형수에게 날아갔다. "이 망할 여편네가!"

맞는데 이골이 난 큰형수는 제법 피할 줄도 알았다. 예상했다는 듯이 옆으로 몸을 살짝 피했고, 큰형은 교자상 위에 가마니처럼 엎어졌다. 마누라 쳐 죽이겠다고 거품 문 큰형을 큰형보다도 엄장한 다섯째 형이 꽉 끌어안고 놓아주지 않았다.

4에이치

창이 중학생이 되고 며칠 뒤였다. 누가 내방했다. 더러 본 얼굴이지만 명확히 누군지는 몰랐다.

"나는 역경리 포에이취 회장 정도령이라고 혀."

정도령이라면 역경리 제일 부자 정지주의 4대 독자였다.

장손조카 멋쟁이 깐족대었다. "포에이취요?"

정도령은 'H'를 허공에 그렸다. "4에이치회[3] 말여, 4에이치. 이젠 니들도, 청소년이니께 포에이취를 해야지 않겄냐. 우리 집 알지? 우리 집 별당에 포에이취 간판도 달아 놨어. 아무 때나 들러서 공부하고 얘기도 하고 놀기도 하고 그려. 그러라고 있는 게 포에이취니께. 금요일 늦저녁이 첫 모임이니께 꼭 와야 쓴다. 안 나오면 동네서 살기 괴로울 겨."

가 봤더니 교실 반 칸은 됨직한 별채였다. 천장에 남포등이 두 개나 매달려 있었고 호롱불도 네 개나 켜져 있었다. 이렇게 밝은 방이 가능했다니. 선배들이 죄 모여 있었다. 범골 선배들은 낯익었고, 안골 당골 선배들은 봤었던 것 같기는 했고, 원자울 댓골 후윗골 감골 등 작은 부락 선배들은 낯설었다. 순 사내만 있는 줄 알

---

3) 19세기 미국에서 생겼고, 미국 패권 시대에 전 세계로 전파되었다. 우리나라에 상륙한 것은 1927년, 조선중앙기독교청년회(YMCA)를 통해서다. 일제 강점기 때는 미미했지만 미군정 시기에 등장한 새 권력층, 경기도 친미 교육파(도지사, 군수, 유지 등)는 도지사 고문이었던 미국 대령 앤더슨의 소개로 미국 4-H 운동을 롤모델로 하는 '흥농회', '구락부' 등을 조직한다. 1952년 정부가 4-H 운동을 국책 사업으로 채택함으로써 전국적으로 확산되었다.

았는데, 여자들도 있었다.

　마쟁이골 산다는 소녀 왕눈이 4에이치회가 무엇인지 신입 회원들에게 설명하는 시간을 갖겠다고 했다. 가입은 '무조건!'이라고 했다. 역경리에 사는 한, 만으로 14세가 되면, 만 나이 14세를 따지기 복잡하니까 중학교 1학년 나이가 되면 무조건 회원이 되어야 한단다.

　험상궂게 생긴 선배 하나만 뒷배로 남아 있었는데 윽박질렀다. "깝치면 뒈진다."

　막 풀어지려던 일동은 숨이 턱 막혔다.

　왕눈의 목소리는 고운 유행가 같았다.

　"4에이치는 영어 알파벳 중에 에이치 네 개를 말하는 겨. 첫 번째 에이치는(손가락으로 자기 머리를 가리키며) 헤드여."

　포장기가 촐싹 끼어들었다. "대가리유?"

　험악한 선배가 막 웃어 댔다. 새내기들도 막 웃었다. 한바탕 웃으니 긴장이 조금 풀어졌다.

　새내기는 서른 명쯤 되었다. 삼국지 흉내 내자면 백제 푼수인 범골 아이들은 일곱이었다. 다른 부락은 여자애도 두셋씩 끼어 있었는데, 어째 범골은 불알 달린 것만 있었나. 김씨네 장손인 장손 조카 멋쟁, 장기 잘 두는 포장기, 다리 한쪽이 가늘어 머슴에게 업혀 다니던 실버, 손재주가 남다른 노공작, 어린 게 벌써부터 화투 잘 치는 름꾼이, 옥동자 소리 듣는 전우치, 그리고 창이었다. 불알 친구가 대여섯 명이 더 있었지만, 전쟁 때 없어지거나 떠나거나 돌아오지 않았다.

고구려 푼수인 안골 애들이 여덟, 신라 푼수인 당골 애가 다섯, 가야 연맹체 푼수인 그 외 부락 합쳐서 여남은.

"두 번째 에이치는 하트여, 하트. 여기……"

왕눈이 두 손으로 가리킨 곳은 자신의 봉긋한 젖가슴이었다.

"마음이야, 마음. 어머 어머, 너희 어디를 빤히 쳐다보는 거여. 거기를 가리키는 게 아니라 이 속에 있는 마음. 세 번째는 (예쁜 두 손을 흔들대며) 핸즈, 부지런한 손이야. 네 번째는 헬스야. (자기 몸뚱이를 보란 듯이 훑어 내리며) 이 몸."

창의 가슴에 왕눈이 들어와 앉았다. 창의 심장이 널뛰었다.

왕눈이 애교스러운 낯빛을 엄숙하게 고치더니 팔꿈치를 치켜 올렸다. 몸뚱이를 절도 있게 흔들며 불렀다. 창은 놀랐다. 사람 목소리가 저토록 아름다울 수도 있었구나.

> 네 잎다리 클로버의 우리 깃발은
>
> 순결스런 청춘들의 행운의 표정
>
> 지덕노체 네 향기를 담뿍 싣고서
>
> (후렴) 살기 좋은 우리 농촌 우리 힘으로
>
> 빛나는 흙의 문화 우리 손으로

험악한 선배가 따라 불렀다. 바깥 선배들도 합창했다. 왕눈이

벽 한 곳을 가리켰다. 큰 광목천에 〈4-H 노래〉[4]의 악보가 그려져 있었고 가사가 적혀 있었다.

> 금수강산 강토 안에 방방곡곡이
>
> 서로 돕고 서로 갈아 맑은 정신을
>
> 이 마을과 저 마을과 다시 합하여

이상한 기운이 온몸에 차올랐다. 기묘한 흥분이었다. 떨림이었다. 음감 걸출한 아이들은 벌써 따라 불렀다. 음치지만 창도 입을 벌렸다.

> 천만 가지 토대됨은 고귀한 성품
>
> 친절하고 동정하여 성실 다하여
>
> 자나 깨나 명심하세 덕성의 연마

벌떡 일어섰다. 창만 그런 게 아니었다. 모두 일어나 주먹을 불끈 쥐고 허공에 내질렀다. 왕눈의 몸짓을 좇았다. 노래가 우렁차게 퍼져 나갔다.

---

4) "초창기 4-H회의 조직 보급에 크게 기여해온 김갑영 선생이 작사하고 작곡가 김순애 선생이 곡을 붙였다. 김갑영 선생이 이병춘 선생과 '4-H 구락부 조직과 운영'이라는 책자를 발간한 것이 1953년이고 '4-H 지도전서'를 간행한 것이 1954년이며, 이 책자에 4-H 노래가 실려 보급된 것으로 보아 1953년 초에 만들어진 것으로 여겨진다."(〈4-H인 가슴에 영원히 남을 노래〉, 《한국4-H신문》, 2008.08.04.) 〈4-H 노래〉와 가사가 똑같은 〈새마을 청소년의 노래〉는 1970년대 새마을운동이 전국화되는 시기에 제목만 바꾼 것 같다.

지혜로운 생활 습관 몸소 행하고
좋은 일을 더욱 좋게 정성 다하여
아름답게 봉사하자 우리의 기능

세상에 이런 노래가 다 있었구나. 창이 알던 노래와는 상당히 달랐다. 〈애국가〉랑 비슷했지만 뭔가 별달랐다. 〈애국가〉를 부르고 들을 때처럼 어떤 강력한 느낌—요새 시쳇말로 집단뽕—이 차올랐다.

정결스리 몸을 돌봐 위생 지키고
생활 향상 북돋우며 체력을 길러
명랑하게 우리 생활 향락하면서

창은 격해졌다. 그래, 우리는, 나는, 이제 어린애가 아니다. 꼬맹이가 아니다. 소년이 아니다. 우리 농촌을 바꿔 나갈 청춘이다.

큰 하늘과 넓은 들판 대자연 속에
은은하게 받은 부탁 잊으랴 단심
시로진[5] 불 도로 켜서 광명 채우리
살기 좋은 우리 농촌 우리 힘으로
빛나는 흙의 문화 우리 손으로

5) 지금의 '스러진, 사러진, 사라진'이었을 테다.

진정한 뒤에, 왕눈이 비장의 무기를 꺼내듯 깃발을 쳐들었다. 무명천 깃발에는 네잎클로버 무늬가 박혀 있었다. 이파리 하나마다 알파벳과 한글이 투박하게 선명했다. 'Head'와 '지혜', 'Heart'와 '덕성', 'Hands'와 '노동', 'Health'와 '체육'.

"네 단어가 모두 '에이치'로 시작하지? 그래서 '4에이치'다. 한글로는, 한글 앞 글자를 따서 '지덕노체'라고 해. 우리 농촌 청소년들, 중학교 다니는 친구들도 있지만 나처럼 못 다니는 친구도 있어. 학교 다니든 못 다니든 함께 모여서 함께 공부하고 함께 동네 일하고 함께 덕을 기르고, 무엇보다 함께 신나게 놀자는 거야. 이것이 우리의 깃발이야."

왕눈이 깃발을 힘차게 흔들었다. 창의 심신도 흔들렸다. 창은 주체 못 할 감정에 만세를 불렀다. 자신이 거룩한 존재라도 된 듯했다. 창만 그런 게 아니었다. 철딱서니 없는 꼬맹이들 모두가 독립투사라도 된 것처럼 강직하고 개결한 표정이었다.

창은, 학교 여선생님보다 열 배쯤 멋진 왕눈이 자기보다 겨우 두 살 위라는 게 믿어지지 않았다. 왕눈은 '4H 배지'도 보여 주었다. 네잎클로버처럼 생긴 것이 금빛으로 번득거렸다. "이 배지는 다 주고 싶지만, 그러면 안 되겠지? 열심히 활동하는 회원만 가질 수 있지롱."

바깥 선배들이 다 들어왔다. 선배들이 지켜보는 가운데, 새내기들은 '4H 서약'을 했다.

나는 4-H와 사회와 우리나라를 위하여

나의 머리는 더욱 명석하게 생각하며

나의 마음은 더욱 크게 충성하며

나의 손은 더욱 위대하게 봉사하며

나의 건강은 더욱 좋은 생활을 하기로 맹세함

23일 만에 돌아오다

그동안 왜 안 나타나신 겁니까? 실은 저번에 말씀 못 드렸는데, 제가 무슨 창작 지원금을 탔어요—창피하지만 나라 도움으로 근근이 생존합니다—올해 안에 출간한다는 조건으로요.

나라가 그런 싹수 있는 일도 하는구나.

아버지가 앞부분 다듬어 준 걸 아내가 읽었어요. 이대로 가면 출판사가 받아 줄 것도 같다고 김칫국 마시는 소리를 해 줘서 막 기대했는데, 안 오시면 어떻게 해요?

내가 얼마 만에 나타난 것이냐?

23일요, 23일 동안 제가 얼마나 스트레스받은 줄 아세요? 거시기할 뻔했다고요.

내 살아생전엔 끽소리도 못 하더니만 죽은 아비 앞이라고 못 하는 말이 없구나. 큰며느리가 고생이 심하다. 너 같은 애랑 살아 주느라고.

제가 오죽 각다분했으면 담배까지 안 피우겠어요. 안 피운 지 한 보름 됐어요.

장하다. 한데 각다분하면 담배를 더 피워야 하는 거 아니냐?

그게 소설을 쓰든 고치든 소설 갖고 뭘 해야 하루 밥값을 한 것 같잖아요. 소설을 쓰지도 고치지도 못하니 차마 담배 피울 염치가 없더라고요.

잘 되었구나. 앞으로 소설 안 쓰면 평생 담배도 안 피울 수 있겠구나.

소설 안 쓰면 뭘 먹고살아요?

어차피 네가 소설 써서 먹고살았던 건 아니잖아. 강사질 해서 먹고 살았지. 강사질도 끊긴 거냐?

강의가 절반이 줄었어요. 그래서 더 겁나나 봐요. 아버지, 저 진지하게 여쭤볼게요. 저는 농사지으면 안 될까요? 저 앞으로 어떻게 살아요? 소설 쓰기, 잡문질은 이미 퇴출된 거 같고요, 심사질, 강사질도 곧 퇴출될 거예요.

그러기에 거시기라도 해서 박사 따고 교수 되라고 했잖아.

그게 거시기 한다고 해서 되는 일이 아니라고요. 박사 딴다고 꼭 교수가 된다는 보장도 없어요. 교수 못 된 박사가 굴러다니는 돌멩이에요. 의외로 석사만 갖고 교수 되는 분들도 더러 있어요. 교수 되고 안 되고가 박사 따고 안 따고의 문제는 아니라는 거지요. 하여튼 저는 교수가 될 수 없어요. 앞으로 뭘 해 먹고사냐고요. 시골에 논도 있고 밭도 있으니까 작정하고 농사지으면 먹고는 살 수 있지 않을까요?

네 헛소리가 이 정도인 걸 보니 고단하기는 했구나. 네가 소설에다 줄창 써 온 얘기가 농촌 사람들 농사만 지어서는 먹고살기 되게 힘들다는 소리 아니었냐? 너랑 살아 주는 도회지 여성은 뭐라는데?

병원비, 약값이 더 나올 거라고 하죠.

갸가 너보다는 말짱한 정신이다. 약값이라도 벌면 본전이게.

네가 농사를 지으면 빚쟁이가 될 거다. 농협한테 대출받아 손해 보고, 또 대출받아 이자나 내고, 농협 채무 악순환에 빠질 거다. 나나 되니까 농협 빚 없이 버텨 낸 거다. 넌 농사를 너무 몰라. 말이 나온 김에 물어보자. 너는 왜 이렇게 농촌을 모르고 농사를 모르느냐? 농사꾼의 아들인 게 부끄럽지도 않냐?

제가 모른다고요? 제가 이래 봬도 농촌 전문 소설가라고요. 아버지도 알잖아요? 제가 농사짓는 아버지, 어머니를 얼마나 썼는데요?

말 잘했다. 너는 어버이에 대한 네 거시기한 심경을 어떻게든 써 본 것이었을 뿐, 농촌을 쓴 게 아니었다. 너는 옛날 드라마 〈전원일기〉[6], 〈대추나무 사랑 걸렸네〉[7] 같은 드라마가 도시 사람들 보고 싶은 걸 보여 주었을 뿐이고, 〈6시 내고향〉[8] 같은 요새 농촌 다큐 프로그램도 도시 사람들이 꿈꾸는 걸 보여 줄 뿐이라고 비난했다. 아니냐?

제 말이 틀렸나요?

그러면서 네 농촌 소설은 농촌을 조작, 왜곡, 미화하지 않은 실제 리얼한 이야기라고 우쭐댔다. 그러나 아니다. 네 소설도 리얼하지 않아. 실제와는 거리가 멀어. 왜? 네가 농사를 농사꾼처럼 지어 본 적이 없거든. 네가 제대로 농사지어 봤어야 농사짓는 이야기를 쓰지? 안 그래.

---

6) MBC, 1980.10.21.–2002.12.29, 1088부작.

7) KBS, 1990.9.9.–2007.10.10. 852부작.

8) KBS 1TV, 1991.5.20.–현재.

그런 식이라면 아무도 소설을 못 써요. 아버지 말씀은, 경험한 사람만 경험한 걸 쓰라는 거잖아요? 그건 수기, 자서전, 회고록이라고요. 소설은 꾸며 내는 겁니다. 다 떠나서 역사 소설 보세요. 경험하지 않은 자가 공부해서 쓴 거라고요. 현재 팔리는 소설 99퍼센트가 낭만적 허구라고요. 특히 판타지는 100퍼센트 허구잖아요.

나도 알아. 네가 잘 못 꾸며 냈다는 이야기를 하는 거잖아. 내가 왜 23일 동안 안 왔게? 네가 쓴 걸 쭉 봤는데 농사 이야기 나오는 데마다 기가 막혀서 말이 안 나오는 거야. 고쳐 줄래도 기본이 돼 있어야 고쳐 주지. 어디부터 손대야 할지 알 수가 없어. 막막해.

그럴 리가요, 아버지 얘기 쓰려고 공부 제법 했어요. 《농민신문》[9]도 다 봤다구요. 1호부터 최근 호까지요. 정독한 건 아니지만 그래도 주마간산이나마 다 봤다고요. 농사 책도 백 권은 보고요, 농사지은 분이 쓴 책도 열 권은 봤어요.

말 잘했다. 그러니까 너는 농사를 책으로 배운 거다. 몸으로 배운 게 아니라. 내로남불 아니냐? 너는 신문과 책으로 세상을 공부한 자들이 실제 삶을 모른다고 무시하고 비난해 왔다. 넌 뭐가 특

---

9) 농협중앙회 기관지 《농협신문》이 창간된 것은 1964년 8월 15일이다. 전 국민이 다 아는 이름 '농민신문'으로 변경된 것은 1976년부터다. 1982년에 사단법인 '농민신문사'가 설립되어 농협중앙회의 기관지가 아닌 진정한 신문으로 거듭났다. 하지만 여러 사유로 《농민신문》은 계속 농협중앙회 기관지로 인식되었다. 1976년까지는 4면이었고 1978년부터 8면이었다. 1983년부터 12면이었고, 1984년 한여름에 1000호를 돌파했다. 오래도록 월요일만 나왔다. 우편으로 수요일에 받아볼 수 있었다. 하루 이틀 더 늦은 것이 다반사여서 그 주 안에 오기만 하면 고마웠다. 1988년부터 주 2회(월·목), 1991년부터 주 3회(격일간) 발행되었다. 1993년부터 16면 체제가 되었고, 2016년부터 20-24면으로 증면되었다. 1997년 '인터넷 농민신문'이 개통되었다.

별나서 신문, 책 조금 봤다고 농사를 알고 농민을 안다고 자신하는 게냐?

조금 본 게 아니라니까요!

됐고, 정직해 봐라. 네가 진정 농사를 알아? 농촌을 알아? 사랑하는 것과 아는 건 다르다. 넌 농촌을 사랑하는지는 몰라도 알지는 못해.

대체 왜 자꾸 모른다고 하십니까. 저를 너무 무시하는 겁니다. 저는 아버지, 어머니가 농사짓는 걸 50년이나 지켜봤습니다! 지켜보기만 했나요? 제가 아버지를 도와서 안 해 본 게 있나요? 거름 내기, 못자리, 모내기, 낫질, 농약 치기, 탈곡, 벼 말리기, 수매, 짚 묶기……. 특히 짚 묶기 회상하면 지금도 이가 갈립니다. 제 무릎도 어머니 무릎도 그놈의 짚 묶기 때문에 망가진 겁니다.

농사꾼 새끼가 재벌놈 새끼냐? 그 정도도 안 하게?

제가 아버지 농사 도와드린 시간 다 합치면 1년에 10일씩만 잡아도 300일, 400일은 된다고요. 농사 방식이 시나브로 변해가는 걸 연대기로 쓸 수 있을 만큼 저는 많이 안다고요. 아무도 재미없어할 것 같아 안 썼지만 말입니다.

그래서, 뭐?

그러니까 저는 구체적인 직접 체험 덕택에 오로지 취재로 쓴 이들보다는 생생하게 쓸 수 있었다는 겁니다. 제가 왜 열을 내고 있지요? 아버지가 너무 무시하시니까, 한번 젠체해 봤습니다. 너그러이 혜량해 주셔요.

바로 그거다. 넌 도와주었지 실제로 농사를 진 게 아니다. 넌 1년에 열흘, 부모 농사일 도와주는 걸로 농사를 아는 척해 왔을 뿐이다.

아예 모르고 쓰는 것보다는 낫잖아요?

아는 척만 해? 전문가인 양 사기를 쳤지. 네 소설은 농촌을, 농사를, 농민을 그저 아는 척한 거다. 네가 나를 쓴 소설 다 엉터리였단 말이다. 넌 나를 전혀 몰랐다. 아니, 진정 알려고 하지도 않았다. 너는 네가 쓰고 싶은 아버지, 어머니를 썼을 뿐이다. 그저 아는 척했을 뿐이다. 하니 그따위 글을 읽고 내가 뭘 할 수가 있단 말이냐. 뭘 다듬을 수가 있단 말이냐?

아버지, 그러면 전 어떡해요?

어떻게든 해 보자. 아, 나는 죽어서도 자식 놈 덕분에 괴롭구나. 네 놈은 복 받은 줄 알아라. 나 같은 아비가 있어서가 아니라, 너를 하나도 안 괴롭게 하는 자식을 두었잖느냐.

김성식의 최고 품계는 정8품 문관을 일컫는 '통사랑(通仕郎)'이었고, 실제로 맡았던 최고 관직은 종5품 '충훈도사(都事)'였다. 충훈도사는 충훈부(忠勳府)—지금의 국가보훈처—의 사무관급 벼슬이었다. 정8품인데 어떻게 종5품 벼슬을 맡냐고? 행수법(行守法)[10]이란 게 있었다.

김성식의 조부 때 안녕 고을 육경면에 흘러 들어온 김해 김씨네는 김성식의 출세와 치부로 육경면에서 손꼽히는 가문으로 자리 잡았다. 훨씬 오래전부터 자리 잡고 떵떵거려 온 평산 신씨, 광산 김씨, 경주 김씨, 반남 박씨, 한산 이씨, 전주 이씨, 교하 노씨 등의 토호 양반가들에게 곧잘 '근본이 의심스러운 종자들'로 무시받기는 했지만. 물론 김해 김씨도 받은 만큼 돌려준다고 다른 가문을 근거 없이 의심했다. "느그들이 양반 씨였으면 우리는 왕후장상 씨였다! 김수로왕 몰러?"

김성식은 육경면 4개리에 걸쳐 상당한 임야와 전답을 일구었다. 역경리 부동산을 물려받은 것이 막내아들 김명준이었다. 김명준은 얼마 살지 못하고 독자만 남겨 놓은 채 숨을 거두었다.

일찌감치 가장이 된 김제홍은 물려받은 농토를 지켜 냈으며

---

10) 품계보다 낮은 직책을 맡는 것이 '행(行)', 품계보다 높은 직책을 맡으면 '수(守)', 합쳐 행수법이다. 조선 후기로 갈수록 '행'과 '수'를 엄격히 구분하지 않고 '실제로 이 직무를 행했다'는 의미로 '행(行)' 자만 관습적으로 썼다.

그 혹독한 일제강점기에 늘리기까지 했다. 대지주 소리는 못 들었지만 소지주 이상은 되었다. 김제홍은 부업으로 의원 노릇도 했다. 큰딸 말로는 "돌팔이 주제에 인심은 푸짐한" 사람이었다.

김제홍은 두 명의 아내에게서 6남 2녀를 낳았다. 큰아들만 전처소생이고 나머지는 후처소생이었다.

김제홍이 환갑을 바라볼 때, 김제홍의 후처 류선례가 쉰을 바라볼 때, 막내 김동창이 태어났다. 창은 1941년 음력 6월 10일에 출생했다. 뜨거운 한여름이었다. 주민등록번호가 411106으로 된 것은 김제홍이 출생 신고를 늦게 한 탓인데, 그 시절에 두어 계절 늦는 것은 애깃거리도 못 되었다.

제 기준으로 할아버지, 할머니, 증조부, 고조부 얘기를 하신 거잖아요. 좀 더 자세히 얘기해 줄 수 있을까요. 아버지 출생 연월일 밝힌 것처럼 다른 분들도…….

해서 네가 여태 팔린 소설을 한 번도 못 쓴 거다. 그런 정신 사납고 굳이 필요 없는 사항이 잔뜩 나와 봐라. 요새 어떤 독자가 눈길 주겠니? 저만큼 쓴 것도 지루한 듯하다만. 실은 나도 잘 모른다. 저만큼도 간신히 알아낸 거다.

저 대학교 3학년 때, 그날 아버지가 무지막지스레 두꺼운 족보를 사 가지고 왔어요. 김해 김씨네 족보라고. 저는 속으로 아버지가 누구한테 사기당한 게 아닌가 버릇없이 넘겨짚었지요.

내가 너냐?

아버지는 자랑스럽게 족보에 오른 아버지 이름, 제 이름, 판범이 이름을 보여 주었죠. 저는 아버지가 웃는 걸 본 적이 하도 오래되어서 오늘 기분이 되게 좋으시구나 싶어 "내일 올라가겠습니다!" 했죠. 그랬더니 아버지가 뭐라고 대답한 줄 아세요? "이 족보 다 읽고 가."

그게 뭐?

족보가 얼마나 두껍고, 다 한자인데, 그리고 순 이름만 있는데 무슨 수로 읽으라는 거냐고요. 아버지가 농담한 줄 알고, 다음 날 올라왔죠. 물론 아버지가 좀 더 있다가 가란 말을 에둘러 하신 걸 알았지만. 족보란 말을 들으면 그때 일이 떠올라요. 그때 저한테 화 엄청 나셨죠?

어이구, 비로소 철이 들은 건가. 우리 아들이 아버지 화났을 때를 기억하는 겨?

아버지는 손자가 하도 잘 나서 제 아빠 속을 하나도 안 썩이는 줄 알죠? 저도 자식 키워 보니 속 썩을 때가 한두 번이 아니더라고요. 녀석이 속상하게 할 때마다 제가 아버지, 어머니 속상하게 했던 일이 떠올라요.

몇 가지나 떠올렸느냐?

한 스무 번…….

하, 기가 막히는구나. 내가 너 때문에 화나고 슬프고 괴롭고 억울하고 쓰리고 심지어 비참했던 일이 이백 번도 아니고 스무 번? 수천 번이었다. 그치만 네가 부러웠다. 넌 수천 번 속을 끓이게 할 부모가 있었잖아.

이문구

노년에 5선 도의원으로 출세하는 두름성은 중학 시절부터 말주변과 사귐성이 남달라 너나들이 아닌 또래가 없었고, 뉴스를 전해주는 소식통이었다. 두름성은 뚱하고 무양무양한 창에게도 곁을 내주었다. 하루는 두름성이 일러주었다.

"너보다 안 된 애가 있더라."

"나보다 안 된 애가 하나둘이겄냐."

"갸 아버지는 전쟁 때 총살당했댜. 어머니는 작년에 돌아가시구."

"그런 집이야 쌨지."

"갸는 형도 하나 없어. 큰형은 일제 때 학도병으로 끌려갔다가 소식이 없댜. 둘째 형은 오랏줄에 묶여 찔려 죽고 셋째 형은 지우 열여덟인데 해수욕장에 던져졌댜. 산 채로 수장당했다는 겨. 전쟁 때 갸가 지우 열 살이니께 살았지, 중학생 나이였으면 갸도 목숨 못 건졌을걸."

"갸 아버지가 을메나 대단한 인물이었길래 자식까지 죽였댜?"

"우리 고을 총책. 군수님 같은 거였다."

"그런 애가 중학교는 워칙히 다닌댜."

"갸네 집안이 참 유서 깊은 양반 집안이더만. 토정(土亭) 이지함(李之菡) 십몇 대 손이랴. 토정 선생 모신 서원이 화암서원(花巖書院)이고 갸 할아버지가 서원서 제일 높은 사람이었댜. 우리 소풍 가고 했던 그 화암서원 말여."

"나는 소풍도 못 가 봤어. 소풍 안 가고 학교 청소 하면 월사금 깎아 준대서 안 갔다고."

"우리 고장에 훌륭하다는 양반 가문이 세 다스는 되지만 그 집 안은 진짜배기라고. 그런 양반 집안이 자식 교육에 소홀하겄어? 집안이 풍비박산 났어도 중학교는 어떻게든 보내셨겄지. 양반들이 원래 그렇잖여. 결정적으로 돌아가신 어머니가 신사임당 뺨치시는 분이었댜."

"몇 반 누구여? 공부는 잘허나? 싸움은?"

"싸움은 잘 허는지 못 허는지 확인도 못 해 봤을걸. 그냥 맨날 몰매당하니께. 육이오 때 거시기한테 해코지당한 집 애들이 한둘이냐. 갸들이 툭하면 복수한다고 갸를 잡는 거지. 공부야 해 봐야 소용없고. 연좌제라는 게 있거든. 거시기 자식은 면서기도 못해 먹는다고. 갸가 책이라면 사족을 못 쓴다네. 시내 바닥에 책이란 책은 다 본다는 겨. 작가가 될라고 그런댜."

"작가? 그게 뭐디?"

한 학년 13개 반, 한 반이 80명인 중학교였다. 같은 반이 아니라면 얼굴 익히기도 어리어리했다. 졸업하기 전에 그 동급생을 꼭 한번 만나 보고 싶었다.

중3 때 두름성의 주선으로 작가가 꿈인 친구를 만났다. 쑥스러운 인사를 주고받은 뒤 서먹서먹하다가 물었다. "너 작가가 장래

희망이라면서? 그거 굶어 죽는 직업 아니여? 왜 하필 글쟁이를 할라고 그런댜. 할아버지한테 한문 배워서 한문 박사라면서 차라리한문 선생을 하지."

"내가 다짐한 게 있거든. '오래 살아야 한다. 그래야만 쑥밭이된 가문을 다시 일으키고 혹은 지켜 나갈 수 있다. 그것이 죽은 사람들을 위로할 수 있는 유일한 임무다'. 어머니의 유언도 그와 같았고. 그래서 작가가 되려는 겨."

"작가랑 뭔 상관인지 모르겠는걸."

"육이오 때 말여, 공산당으로 몰린 사람 중에 작가여서 살아남은 이가 꽤 있어. 작가는 이 나라와 사회에 퍽 귀중한 존재여서 함부로 죽여서는 안 된다는 거였지. 작가가 되면 우리 아버지나 형들처럼 허무하게 목숨 잃는 일은 없을 겨."

"부자가 될 수는 없잖여? 가문을 다시 일으킨다며?"

"토정 선생님은 부자였나? 빛나는 문장가 이름을 후세에 남기는 것으로도 충분하지. 나도 『토정비결』 뺨치는 불멸의 명작 하나남길 겨. 너는 꿈이 없어?"

"나 같은 놈이 무슨 꿈이 있겠어. 자수성가하는 거밖에. 중학교나 무사히 졸업하면 다행이지. 굉장히 막막하다. 내가 이 땅에 왜태어났는지 모르겠어."

"세상 넓다. 까짓것 떠나 버려. 중학교 졸업장은 따고. 나도 중학교는 졸업하고 떠날 겨. 서울로 가야지. 중학교 졸업장이라도있어야 사람 구실 할 거 같아서 붙어 있는 겨. 작가가 되려면 서울

44

로 가야 해. 거시기 자식은 고향서 살 수가 없어."

창은 아들이 측은해 쓴웃음을 지었다. 워칙히 한 번 읽혀 보려고 이문구를 등장시켰구나.

이문구 샘을 독자님들께 조금이라도 더 알리려고 등장시킨 거예요. 이렇게라도 등장시키면 젊은 독자들이 이문구 샘을 검색해서 그분 소설을 읽어 줄지도 모르잖아요. 일종의 오마주 기법이라고요.

이문구도 모르는 독자가 너를 어찌 알고 네 책을 읽어?

요즘 독자들은요, 이문구 샘을 잘 몰라요. 우리나라는 대작가를 급하게 잊어요. 워낙 위대한 신예 작가가 해마다 속출하니 대작가를 기억할 틈도 없어요.

교과서에도 실린 사람이다. 교과서에 나올 가능성도 없는 네 놈이 감히!

아버지 말씀이 맞는 것 같네요. 제가 싸가지 밥 말아 먹은 소리를 했습니다.

한데 이문구문학상은 언제 생기냐? 살아 있는 사람 기리는 문학상도 여럿 되는 것 같더만. 이문구라믄 문학상이 생겨야 하는 거 아냐?

이문구 선생님이 그런 거 하지 말라고 유언하셨잖아요. 후학들이 그 유언을 잘 지키고 있습니다.

나도 그 유언 이야기는 들었는데 내 생각엔 충청도 말을 오해

한 거 같더구나. 여하간 아쉽게 됐구나. 문학상이라도 제정되면 기억될 텐데. 읽힐 텐데.

비로소 뭔가 하려고 합니다. 선생님 23주기에 이문구기념사업회가 재건되었어요. 이문구 선생님을 기억하고 존경하고 사랑하는 사람들이 결집했어요. 문학상은 모르겠지만, 더 늦기 전에 뭐라도 시나브로 해 나가야죠.

한데 되게 사기다. 나는 이문구를 중학교 때 만난 적이 없다. 그런 애가 있다는 것도 몰랐다. 시내 사는 애는 아무도 몰랐어. 먼저 다가와서 말 걸어 준 두름성이 말고는. 그럴 수밖에 없었다. 우리 동네서 중학교까지 몇 리인 줄 아냐?

검색해 봤습니다. 카카오맵으로 10.5킬로미터, 도보로 2시간 40분 걸린다고 나와요.

2시간 40분? 거북이냐? 나는 달리다시피 1시간 30분 안에 끊었다. 학교 끝나면 얼른 귀가해 농사일하거나 소꼴 베거나 나무를 했다. 그러니 무슨 학교생활이 되겠냐. 수업이 참 흐뭇했다. 그치만 퍽 졸렸다. 머리통을 분해하여 졸음 주머니를 꺼내 없애 버리고 싶었다. 졸다가만 와도 학교가 낙원이었다. 학교에 있으면 내가 사람 같았다.

그때는 버스 안 다녔나요?

그때도 버스 있었지. 너희 기준으로는 버스라고 할 수 없겠다만. 그나마 있는 집 애들만 타고 다녔지. 내 친구들도 절반은 버스 타고 절반은 걸어 다녔다. 큰형 장남 멋쟁이도 버스 타고 다녔지.

중학교 가던 첫날, 작은누나가 새벽 다섯 시에 깨우더라. 작은누나가 눈물짓는 겨. 너는 걸어가라. 멋쟁이는 버스 타고 갈 거니께 두 시간은 더 자도 되는디. 나는 바로 알아들었다. 부모 없이 크면 빨리 애어른이 되는 법이지. 둘째 형님 내외가 자식처럼 키워 주었지만 부모랑 같을 수는 없었다. 군말 없이 첫날부터 걸어 다녔고, 아니 뛰어다녔고, 멋쟁은 첫날부터 버스 타고 다녔다.

그 얘기는 자주 하셨어요. 한이 맺힌 것처럼 얘기하셨어요.

나는 중학교에 결사적으로 갔다. 절대로 빠지지 않았다. 월사금, 잡종금 안 낸 놈은 오지 말라고 해도 갔고, 형수님이 아무리 못 가게 해도 갔다. 사세부득한 날만 못 갔다. 달리다가 지치면 터벅터벅 걸었다. 그 시간엔 누구도 지청구를 욕을 하지 않았다. 왜 친구들과 다닌 기억은 없지? 친구들과 가위바위보 내기로 목말 태우기하며 인삼산 초입까지 놀러 갔던 장면은 어렴풋한데, 등하교를 함께한 기억은 당최 없다. 아, 맞다. 애들이 느려 터져 도저히 보조를 맞출 수가 없었던 겨.

근데 아버지 집안은 전쟁 때 아무 일도 없었나요? 아버지는 열 살이어서 별일 없을 수도 있었지만 큰아버지들은 뭔 일을 겪었을 가능성이 높잖아요? 이문구 선생님 집안은 읍내여서 그랬겠지만 풍비박산 났잖아요. 읍내에서 자동차로 20분 떨어진 우리 동네가 아무 일이 없었다는 게 믿어지지 않아요.

네 말대로 우리 집안은 별일 없었다. 일단 집안에 빨갱이가 없었다. 실제로는 난 빨갱이 구경도 못 했다. 열 살 때 일이라 기억 안 나는 건지, 실지 안 왔던 건지. 시방은 신작로 뚫리고 길 잘 나서 범골이 사람 사는 동네 같지만, 육이오 때만 해도 두메산골이었다. 읍내까지 걸어서 두 시간 반이었어. 인민군이 뭐 주워 먹겠다고 들어올 만한 동네가 아니었다.

큰아버지들은 군대도 안 갔나요?

넷째 형과 다섯째 형은 다녀왔지. 다섯째 형은 술에 취하면 전쟁 때 고달팠던 이야기를 좀 했어. 넷째 형은 원체 말수가 적었다, 전쟁 얘기는 일절 없었지. 우리 집안만 무탈했던 게 아니고 동네 전부가 무탈했던 것 같아. 피난 가서 돌아오지 않는 집도 있었고, 피난 왔다가 눌러앉은 집이 있기는 했다만.

그런데 저는 아주 못되게도 우리 가문에도 전쟁 때 별일이 있었으면 싶었어요. 그러면 아버지도 뭔가 더 기억했을 거고, 트라우마도 있었을 거고, 그러면 제가 아버지 인생 이야기를 쓰는데도 훨씬 경쟁력이 있었을 텐데. 아버지 얘기는 아버지가 아주 평범한 인생을 산 데다가 한국전쟁기마저 별 기억 안 나게 무탈히 보내셨으니…….

육이오 때 별일 없어서 정말 미안하다, 이놈아! 우리 가문에, 나한테, 별일 있었으면 너는 태어나지도 못했어.

술을 배우다

한번은 돌아가신 엄마 빼닮은 초면 아주머니가 혼자 늦모 심는 것을 보았다. 일곱 살에 겪은 아버지 장례 때는 아무것도 기억나지 않았지만, 어머니 초상 때는 또렷하게 기억했다. 왕창 울었다. 열두 살에 엄마 잃은 소년이 우는 것 말고 무엇을 할 수 있었을까. 사내는 태어나서 딱 세 번 울어? 어지간히 울 일 없던 놈이 지어낸 말이다. 아주머니가 하도 안쓰러워 도와드렸다.

"그 집 모내기는 다 혔남?"

"벌써 끝났쥬. 땜빵까지 다 했는 걸유."

아주머니가 대접할 건 소주밖에 없다면서 사발에 가득 채워주었다. 35도 희석식 소주였다.

"소주는 아직 안 마셔 봤는디유."

"몇 살인디?"

"중2유."

"한창 마실 때구먼. 난 그 나이에 혼인도 했어."

몹시 목말랐다. 벌컥 들이켰다. 싸늘했다.

"한 잔 더 마셔."

아주머니는 대병에 든 나머지 소주를 다 부어 주었다.

세상이 돌았다. 그날부터 소주를 얼마나 사랑했던가. 막걸리도 사랑했지만 소주를 더 사랑했다.

이 대목은 대관절 왜 쓴 거냐? 다른 데는 네가 이걸 왜 썼는지 수긍이 되는데 이 대목은 영 모르겠다.

딴에는 아버지가 중2 때부터 소주를 마실 수밖에 없었다는 걸 강조하려고요. 큰아버지들은 아버지가 중2 때부터 대놓고 술 마시도록 용납하지 않았겠죠. 동생 건강을 근심해서가 아니라 술이 아까워서. 그러면 밖에서 마셔야 하니까 그런 설정을 했습니다. 근데 정확히 언제부터 술을 드신 거예요?

그걸 어찌 기억하냐? 너는 기억나냐?

저는 기억납니다. 중2 때 설날이었죠. 제가 친구들을 잔뜩 불러들였죠. 어머니가 동동주를 내놓았어요. 아버지가 허락하셨으니까 내주셨겠죠? 그거 먹고 떡이 되게 취해 막 이불에 토하고.

기억나는구나. 그날이 내가 너를 마수걸이로 엉덩이에 진물이 나도록 패 주고 싶은 날이었다. 그 귀한 술을 처먹고 토해? 토할 거면 왜 마셔?

아버지가 저를 때린 적은, 거의 없어요. 판범이는 꽤 때렸는데.

그래, 나는 너를 한 번도 때리지 않았다. 패 주고 싶은 적은 다 다했지만. 왜 못 때렸는지 아냐?

차마 자식을 때릴 수가 없어서요?

아니다, 때리기 비롯하면 패 죽일 것 같아서.

그럼 판범이는 왜 때렸어요?

판범이는 너처럼 화나게 한 적은 없었으니까. 사랑의 매 정도로 때릴 수 있었다.

근데 아버지 저 때린 적 두 번 있어요. 국민학교 3학년 때 평균 70점 맞아 왔다고 작대기로 엉덩이 세 번 때렸고요, 고등학교 1학년 때 가출했었다고 뺨따귀 한 대 세차게 때렸어요.

그게 때린 거면 판범이는 잡은 거겠다. 한데 판범이가 네 엄마한테 얘기하는 걸 들으면 갸도 나한테 맞은 여남은 번을 똑똑히도 기억하고 있더구나. 너는 그 자잘한 두 번도 기억하고. 맞은 게 그렇게 억울했냐? 그렇게 생생히 기억하게? 나는 마구 맞고 자랐다. 형들한테, 선생들한테, 선배들한테, 동무들한테. 사회 나가서 맞은 건 그 몇 배였고. 그렇게 맞았지만 별로 기억나지 않아.

힘셌다면서요? 맞기만 했나요?

내가 너냐. 일대일로는 내가 맞을 일이 없지. 떼거리랑 싸우니까 맞을 수밖에. 때리고 발 뻗고 자는 놈도 쌨지만, 나는 때리고도 잠을 못 잤다. 나한테 아비 어미 없는 놈이라고 놀렸다고 미친놈처럼 팼어. 그러면 한 달을 반성하느라고 못 잤다. 사과는 누가 패 죽인대도 안 했지만 미안은 했다.

아버지는 너무 많이 맞아서 기억하지 못하나 보죠. 저는 몇 번 안 맞아서 맞은 게 다 기억이 납니다. 저는 중고등학교, 대학교, 군대에서, 작가 생활하면서 맞았던 거 다 기억해요. 다 합쳐 스무 번도 안 돼서 다 명징하게 기억해요. 믿지 않으시겠지만 저도 누구를 때린 적이 있습니다. 세 번이나. 때린 것도 생생히 기억나요. 맞은 것도 아프고 때린 것도 아파요. 그래도 마흔 넘어서는 때리지도 않고 맞지도 않고 살았습니다. 다시는 누구한테 맞고 누구를 때리고 그럴 일이 없을 줄 알았어요. 근데 4년 전에 맞았습니다.

4년 전이면 쉰두 살 때? 아이구 철딱서니 없는 것. 쉰두 살에도 처맞고 다녀? 누구랑 싸웠냐?

근데 주먹보다 말이 더 아팠어요. 그러더라고요. "너 같은 새끼가 소설가랍시고 깝죽대지." 그 말 덕택에 한 1년 제정신이 아니었어요.

그 사람 누구여? 내가 거시기해 버린다.

제가 다 못나서 그렇죠, 뭐.

네가 뭘 못나?

그렇지 않아도 딴 사람도 아니고 아버지 얘기 쓴 소설을 출판도 못 해 자괴감이 들끓는데 그런 소리 들으니 정녕 나 같은 새끼가 무슨 소설가인가 싶어 부끄러워진 거죠.

그럼 너 같은 놈 소설책을 내준 출판사는 뭐가 되고 읽어 주는 독자, 기사 써 주고 창작 지원금 준 사람은 뭐가 되냐?

그분들이 저를 살게 했고 살려 주셨죠.

이런 얘기는 그만하자. 듣는 것도 짜증 난다.

때린 거를 못 잊는 사람이 더 많을까요? 맞은 걸 못 잊는 사람이 더 많을까요? 저처럼 둘 다 못 잊는 사람이 더 많을까요?

나는 모르겠다. 하도 맞고 때려서. 너처럼 그런 걸 기억하면서 괴로워할 짬이 없는 인생이었잖아. 이런 불쌍한 얘기는 그만두자니까. 독자도 무지하게 싫어할 거다. 독자는 이런 쪼잔한 얘기 읽으려고 소설을 읽는 게 아냐.

하나만 더요. 그러고 보니 저도 아들을 때린 적이 있는 것 같아요. 애가 어릴 때 일이지만. 애가 기억할까요?

네가 기억하는 걸 보면 모르겠냐? 너도 아버지가 잘해 준 건 다 잊고 때린 것만 기억하잖아.

오해입니다. 아버지가 잘해 준 것도 많이많이 기억합니다.

나 삐졌다. 간다. 언제 다시 올지 모르겠다.

형님들

창의 아버지는 시대를 앞서간 이였다. 의절했던 첫아들과 어린 창을 제외하고, 나머지 네 아들과 두 딸에게 임야와 전답을 공평하게 나눠 주었다. 야산 하나, 논 다섯 마지기, 밭 다섯 마지기씩.

이복형인 첫째 형은 아버지 제삿날과 명절 때 꼭 왔다. 행동거지가 조심스럽고 산뜻해 배다른 형제들을 화나게 하지 않았다. 첫째 형은 남몰래 창을 불러 몇 푼이라도 꼭 쥐어 주었다. 첫째 형은 코가 없었다. 큰형수 말로는 공장 기계가 베어 먹었단다.

풍채 준수한 둘째 형(큰형)은 능치는 말로 풍류남아였다. 놀기 좋아했고, 정치에도 관심이 컸다. 이장, 면 의원 뽑는 선거에 직접 출마하기도 했고, 총선 대선 때는 육경면 역경리를 대표하는 야당 선거 운동원으로 동분서주했다. 사시사철 집안에 손님이 들끓었다. 하다 보니 농사일은 건성이었다. 소도 사다 놓기만 했지, 꼴 한 번 베어 준 적이 없었다. 아우들이 챙겨 주고 도와주어 그나마 물려받은 농토를 현상 유지했다. 큰형네는 장남 멋쟁의 중학교 월사금만 제때 준비할 뿐 나머지 자식들 국민학교 잡종금도 밀릴 때가 숱했다.

셋째 형은 깡마른 황소랑 친구 먹을 사람이었다. 작대기 몸뚱이로 동틀 녘부터 한밤중까지 일만 했다. 머슴 두엇은 두고 지어야 할 만큼 농토를 불렸다. "머슴 살 돈 있으면 먹고 죽겠다!"가 셋째 형이 입에 달고 사는 말이었다. 자기랑 판박이로 근면한 여성과 혼인했다. 부부는 악착같이 호락질[11]을 했다. 샛별 날 때부터 어둑어둑할 때까지 진탕 일하고도 자정까지 새끼를 꼬고 가마니를 짰다. "일에 미친 천생연분"으로 불릴 만했다. 셋째 형은 셋째 형수를 때리지는 않았지만 대바늘로 사정없이 찌르거나 뭘 던져서 맞췄다. 졸음에 못 이기는 셋째 형수를 깨우는 것이었다.

넷째 형은 놀 줄도 몰랐고, 정치에도 관심이 없었고, 소처럼 일하지도 못했다. 큰형수 말로는 "군대 갔다 오기 전에는 저 정도로 넋 빠진 양반은 아니었다"는데, 사람 눈길 닿지 않는 곳을 골라 들어 허수아비 몰골로 담배 피우는 게 일이었다. 다섯째 형 말로는 "예술가 스타일"이었다. 짠물댁이란 별호를 얻은 넷째 형수가 악착을 떨어 가까스로 농토를 유지했다. 넷째 형은 넷째 형수에게 그 어떤 폭력도 사용하지 않았다. 큰형수는 넷째 형수를 시샘했다. "넷째 서방님이 얌전이 선비과이기도 하지만서도 넷째 동서 생긴 걸 보라고 차돌멩이처럼 생겨 갖고. 우리처럼 맞고 살 사람은 아녀."

다섯째 형은 큰형보다도 덩치가 컸다. 큰형은 면에서 알아주

11) 남의 힘을 빌리지 않고 가족끼리 농사를 짓는 일.

는 씨름꾼이었지만 다섯째 형은 군에서 알아주는 씨름꾼이었다. 군대 갔다 와서는 농토를 전부 셋째 형에게 팔았다. 그 돈을 밑천으로 광산 사업에 덤벼들었는데 일할 때보다 노름으로 죽칠 때가 더 많았다. 다섯째 형수 혼자 애들과 씨름하는 날이 숱했다. 다섯째 형은 모처럼 집에 들어가면 별것도 아닌 일로 형수를 매타작했다. 깡패처럼 마구 팼다. 큰형 집은 범골 양지뜸에서 있었고, 셋째 형, 넷째 형네는 범골 음지뜸에 있어 엎어지면 코 닿는 거리라 할 만했다. 다섯째 형네만 슬슬 걸어 10분 거리인 댓골에 살았다. 댓골에서 여자의 비명이 들려오면, 창은 다섯째 형수를 구하러 달음박질쳤다.

제가 소설 가르칠 때 최우선으로 강조하는 게, '주연, 조연 캐릭터의 신상 명세를 확실히 설정하고 써라!'입니다. 큰아버지들, 큰어머님들, 고모님들, 고모부님 출생 연도 좀 명확히 알려 주세요.

잊어버렸다. 내가 죽어서까지 그런 걸 기억해야겠니? 네 사촌들에게 물어봐라.

연락도 안 하고 사는데 불시에 연락해 그런 거 여쭤보기가 민망해요.

그럼 대략 써라. 조선왕조실록도 아니고, 연도 같은 거 자세히 써 봐야 독자 머릿속만 정신 사납다.

형들은 이렇게 합의했다. 월사금은 큰형과 셋째 형이 번갈아

내주고, 각종 잡종금[12]—정말이지 내라는 돈이 잡다했다—은 넷째 형과 다섯째 형이 번갈아 가며 내주기로.

석 달이 못 가 월사금은 셋째 형이 도맡게 되었다. 셋째 형은 월사금을 달라고 하면 그 자리에서 바로 주었지만, 큰형은 처음 한 번만 주고 이후로는 주지 못했다. 큰형수가 깍쟁이기는 했지만 있는 데 안 준 건 아니었다. 큰형네는 늘 쪼들려 돈 있는 적이 드물었다. 잡종금도 종내 셋째 형이 도맡게 되었다. 넷째 형도 늘 쪼들렸고, 다섯째 형은 명절 때나 봤으니.

창은 먹고 자는 큰형네 농사일에 소홀하지 않았다. 소 먹이고 소꼴 마련하는 데 빈틈이 없었다. 넷째 형네 농사일에도 게으름을 피우지 않았다. 병약한 넷째 형을 대신하여. 형수들에게 덜 미안하고 싶었다. 가을, 겨울은 나무하기로 시작해 나무하기로 끝났다. 창은 공평하게 나흘걸이로 네 형 집에 나뭇짐을 해다 주었다.

그치만 월사금도 내주고 잡종금도 내주는 셋째 형네 농사일을 가장 근면히 했다. 농토가 제일 넓고 가축 수도 으뜸이니 할 일이 어마어마했다. 밤에도 별일이 없으면 셋째 형네 집에서 새끼를 꼬았다. 셋째 형이 뜽기었다. "확실한 돈은 고공품(藁工品)[13]밖에 없다. 장날에 가지고 가면 싸우면서 사 가니께."

---

12) 이것저것 잡다한 명목으로 거두는 돈. 50년대는 잡종금의 시대라고 해도 좋을 만큼 학교에서나 마을에서도 많이 걷었다. 예컨대 대한부인회비, 지서수리비, 지서방야비상경비, 비상사태대책위원회비, 국방협회비, 소방협회비, 사회교육협회비, 가축보건비, 축우공제특별가축비, 농회비, 후생협의회비, 면의회비, 이장 방장 수고비 등이 있었다.

13) 짚이나 풀 줄기로 엮어 만든 수공예품. 새끼줄, 가마니, 삼태기, 멍석 등.

창에게도 고공품이 제일 확실한 돈이었다. 셋째 형은 창이 꼰 새끼값을 틀림없이 셈해 주었다. 월사금과 잡종금과 상관없이. '네가 지난주에 얼마를 꼬았는데 짚값 빼고 얼마다'라는 식이었다. 그 용돈벌이가 없었다면 창의 중학 생활은 더욱 빈곤했을 테다.

어느 겨울날이었다. 창이 셋째 형에게 밝혔다. "형님, 저 학교 그만 다닐래유."

"들던 중 반가운 소리다. 너 학교 안 댕기면 내 돈 굳지. 근데 왜? 니도 도시로 돈 벌러 갈라냐? 웬만하면 중학교는 마치고 가라. 앞으로 시대는 중학교 못 나오면 사람대접 못 받을 거다."

"그게 아니구유, 형님한테 겁나게 미안해서 그러쥬."

한참 말이 없던 셋째 형이 문득 구미 당기는 말을 꺼냈다. "미안해하지 않아도 된다. 내가 이 말을 해 주면 네가 게을러질까 봐 말을 못했었는데 해 주어야겠구나."

"겁나게 왜 그러신데유?"

"아버지는 네 몫도 챙겨 놓으셨다. 우리 범골 김씨 가문 논, 밭 누구네 것이 가장 좋더냐?"

"그야 가장 부지런한 셋째 형님 땅이쥬. 형님이 얼마나 거름을 푸지게 주간유."

"원래부터가 상전옥답이었다. 아버지가 돌아가시기 전에 나를 따로 불러 그러셨다. 너한테 가장 상전옥답을 주는 것은 너를 가장 믿기 때문이다. 네 형, 아우는 농토를 지킬지 팔아먹을지 모르겠다만 불리지는 못할 것이다. 너는 몇 배로 불릴 것이다. 그중에 논 다섯 마지기만 막내 창이 장가갈 때 부조해 주거라. 그럴 수 있겠냐? 아버님께 약속했다. 꼭 그렇게 하겠다고. 내가 너한테 주는 월사금, 잡종금 다 적어 두고 있다. 다섯 마지기에서 그거 떼고 줄 거여."

창은 속으로 소리쳤다. 진작 알려 주시지. 월사금 받을 때마다 미안해 죽는 줄 알았잖유.

괴력난신

창은 중학 3년 동안 바지런히 들었지만 기억나는 게 별로 없었다. 도저히 견뎌 낼 수 없는 졸음에 취해 들었던 탓이다. 그나마 건진 얄팍한 지식 중에, 평생 애용한 알짜가 있다.

어느 시간엔가 선생이 왜장쳤다. "괴이할 괴(怪), 이상한 힘 력(力), 어지러울 난(亂), 귀신 신(神), 뭔 뜻이겠냐? 이 무식한 넘의 새깽이들아? 괴상하고 이상하고 어지럽고 귀신의 장난 같은 일이 이 세상에 억수로 많단 말여, 이 작것들아. 내가 하는 말이 아니고 공자님이 하셨던 말이라구. 인류 역사상 동양에서 제일로다 똑똑했던 분이 하신 말씀이라구. 멀리 갈 것도 없다. 전쟁 때 별의별 일이 다 있었다. 그 일들이 인간의 이성적인 대가리로 설명이 되고 이해가 될 일이여? 아닌 겨, 아닌 겨. 괴력난신이었던 겨."

그 선생은 전쟁 때 가족을 셋이나 잃었다. 매사에 총 맞은 멧돼지 같았다.

창은 '괴력난신'이란 말을 듣는 찰나, 새 세상을 보았다. 자신이 왜 태어나서 이 고생을 하는 건지 도무지 수긍이 안 되었었다. 돌연 이해가 되었다. 괴력난신이었구나, 괴력난신이었어.

괴력난신이란 말이 있는 줄 방금 알았다. 무식해서 미안하다. 이해는 한다. 소설에 주인공으로 나오는 사람 치고 박식하지. 내 동창 이문구 소설에 나오는 농촌 사람들만 봐도 가방끈이 짧든 길든 아는 게 적은 인간은 없더구나.

이문구 선생님은 농촌 사람도 나름대로 유식하다는 걸 보여 주고 싶었던 것 같습니다.

이문구 본인이야 한문 박사급으로 공부가 깊었지. 한데 네 아비는 중졸이 부끄럽게 평생 생일만 하느라고 무식쟁이가 되어 버렸으니. 그 아비가 불쌍해 공자님 관련된 괴력인가 난신인가 하는 말까지 안다고 써 주고.

저는 아버지가 '괴력난신' 정도는 알 줄 알았어요. 아버지가 농사꾼으로선 드물게 《농민신문》도 정독하고 《새농민》[14]까지 구독하고 한자도 꽤 알고…….

신문에 나오는 한자나 아는 수준이지. 우리 중에 가장 똑똑이는 노공작이다. 노공작은 부유한 집안에서 태어났으면 교수 되고 박사 될 사람이었다. 공부도 잘했고 좋아했지. 그 친구는 괴력난신 알 거다.

아버지가 공자님급 사자성어도 알 만큼 유식하다고 미화하려고 넣은 대목이 아닙니다. 저는요, 아버지의 인생이 어째 이상하고 낯설고 어지럽고 귀신에 홀린 생애 같다고 생각했거든요. 아버지 인생이야말로 딱 괴력난신 같았다고요.

그만 해라. 아비 인생이 뭐라도 되는 양 포장하려고 악쓰는 걸로밖에 안 보인다. 네 말대로 한다면 괴력난신 아닌 사람이 없지.

14) 1961년 10일 창간되었다. 농업협중앙회가 조합원 결집과 농촌 계몽, 농촌문화 창달을 도모하기 위해 발간한 월간지다. 1960–1980년대 발행부수가 10–20만 부에 달할 정도로 영향력이 있었다. 1999년 1월 《전원생활》로 제호가 변경되기 전까지 총 466호가 발행되었다.

창은 4에이치회가 쌈박했다. 가고픈 욕심이 굴뚝같았지만, 갈 수가 없었다. 농사일에 치여서이기도 했지만 꼬박꼬박 내야 한다는 회비가 없었다. 뻔뻔하게 회비 안 내고도 잘만 다니는 애들도 있었고, 회비 안 낸다고 쫓겨나지도 않았다. 그치만 창은 뻔뻔함이 없었다. 새끼 꼬아서 용돈이란 게 생긴 이후에도 못 갔다. 이미 지들끼리 돈독한 동아리에 언죽번죽 끼어들 얌통머리가 없었다.

창은 농사일하다가 4에이치 회원들이 노동하고 체육하는 걸 보곤 했다. 노동은 주로 정지주네 농토에서 했다.

어른들은 비아냥댔다. "애들 데려다가 지네 집 농사짓는구만."

4에이치 회장 정도령은 큰소리 뺑뺑쳤다. "아저씨들은 참 비양심적으로 말씀하시네. 아저씨들은 애들 부려 먹고 시원한 물이라도 한 번 대접해 봤시유? 우리 집은 일할 때보다 먹을 때가 더 많여요. 애들이 일해 봤자 얼마나 해. 그냥 놀이 삼아 농사 시늉하는 규. 농사는 우리 집 머슴들이 짓는다구."

거짓말이 아니었다. 시샘 가득하고 트집 잡고픈 눈으로 봐서 그런지 모르겠지만, 4에이치 회원들이 논바닥에서 일하는 것은 좀체 못 봤고 논둑에서 유흥하는 것만 실컷 보았다.

회원들은 창을 보면 반갑다고 수선떨었다. "야, 소동창! 좀 놀다 가라!"

창은 간절히 그 자리에 섞이고 싶었지만 일 욕심은 크고 숫기는 태부족했다. 4에이치 무리에 여자는 별로 없었지만, 왕눈은 꼭 있었다. 창이 왕눈이 있을 때만 일부러 그쪽으로 지나쳤는지도 모른다. 왕눈은 언제 보아도 특별한 꽃 같았다.

4에이치들이 체육하는 모습은 되우 탐났다. 그들은 때때로 집합하여 뛰어다녔다. "지!" "덕!" "노!" "체!" 구령에 맞춰. 저 청소년 군단의 일원이 되고 싶었다.

열성 회원인 장손조카 김멋쟁이 자랑하는 얘기를 들으면, 창이 본 것은 쥐꼬리였다. 4에이치는 지성과 덕성 쌓는 공부도 했고, 교습소를 운영하여 문맹 어른께 한글을 가르쳐 주었다. 논바닥에서만 노동하는 게 아니라 찢어지게 가난한 것도 모자라 무너지게 생긴 집을 찾아다니며 보탬손이 돼 주었다. 미취학 아이들을 모아 탁아소나 놀이방을 운영했고, 닭과 토끼와 돼지를 쳐 운영비를 마련했고, 한 달에 한 번씩은 인삼산, 장군봉, 안녕산 등에 올라 호연지기를 길렀고, 경연 대회 나갈 연습을 했다. 세상에 그렇게 흥분되는 곳이 없었다.

창은 장손조카의 활약상을 들으며 머릿속에 그림을 그렸다. 언제나 왕눈이 주인공이었다. 개구리 여왕이 올챙이들을 데리고 온갖 활동을 펼쳤다. 꿈속에서는 창도 왕눈의 졸개가 되어 폴짝폴짝 뜀뛰었다. 침을 질질 흘렸다. 왕눈은 모를 테지. 창이 날마다 자기랑 논다는 것을. 꿈속에서 견우직녀인 양 운우지정까지 나눈다는 것을.

장손조카는 염장을 지르는 게 취미였다. "부럽지, 부럽지? 삼촌, 좆나게 부럽지?"

빛나는 졸업장

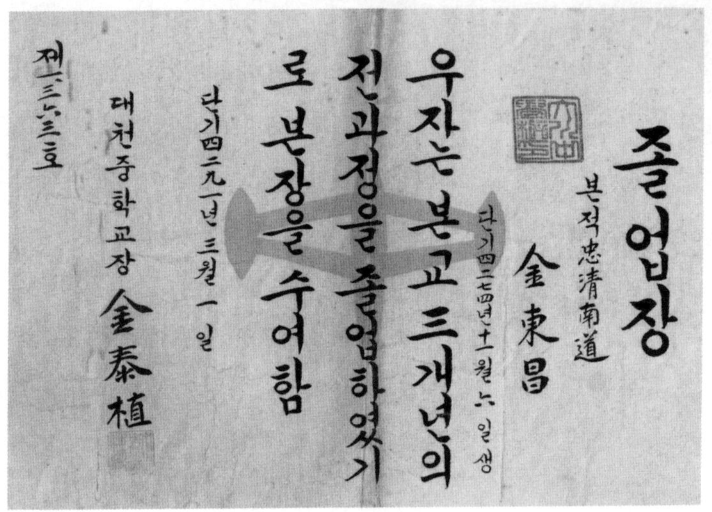

창은 기어이 졸업장을 받았다. 모내기 때, 타작 때 도리 없이 며칠 빠져 개근상은 못 받았지만 정근상도 받았다. 단기 4291년은 1958년이었다. 열시콤(열등감+시기심+콤플렉스)이 발동할 때마다 졸업장 보고 힘을 냈다. 그 졸업장 지금 어디 있지. 가보로 전해 주어야 하는데.

단기로 적혀 있어 서기로 환산하느라고 까다로웠습니다.
인터넷이 다 해 줬을 텐데 엄살은.

복잡한 단기 쓰시느라고 힘드셨겠어요. 근데 우자(右者) 말입니다. 그때는 신문이고 졸업장이고 다 세로쓰기였으니까 우자가 맞는 표현입니다. 우자가 오른 쪽에 적혀 있는 사람을 가리키니까. 가로쓰기만 아는 독자가 보면 우자가 꼭 '위'자의 오타 같잖아요.

각주 달기 싫어서 위 문장을 썼다는 얘기구나. 애쓴다.

성적표는 없었습니까?

태워 버렸을 거다. 너희한테 공부 못한다고 매상 뭐라고 했는데 내 성적표를 너희가 봐 봐라.

아버지는 공부할 시간이 없어서 공부를 못한 거잖아요?

나보다 더 공부할 시간이 없는데도 공부 장하게 한 애도 있더라.

고등학교는 전혀 계획이 없었나요? 셋째 큰아버지한테 부탁하면.

공부를 못하는데 무슨 고등학교냐. 그러고 셋째 형이 말을 그렇게 한 거지 학비를 대 준다는 보장도 없고. 설령 셋째 형이 학비 대 주었어도, 웬만한 데 입학할 만한 성적이 됐다고 해도, 고등학교를 갈 상황이 아니었다.

왜죠?

큰형이 자기 아들도 고등학교에 안 보내 주었다. 학교는 더 다녀서 뭐 하냐고, 면서기 시험 준비나 하라고 닦달했다. 자기 장남도 못 보내는데 동생이 간다고 해 봐라. 다리몽댕이를 분지를걸.

졸업식 날, 가족사진은 안 찍었나요?

큰형네는 졸업식에 오지도 않았다. 장손조카가 고등학교 안 보내 준다고 가출해 버렸거든. 성적표 말 나온 김에 너야말로 뻔뻔한 놈이다. 대학교 성적표를 한 번도 안 보여 주었잖아.

보여 달라는 말씀을 안 하셔서. 대학교도 성적표 나오는 거 아셨어요?

네가 부모를 얼간이로 알았구나. 내 또래 중에 자식 대학교 성적표만 나오면 액자에 넣어 갖고 다니면서 다음 성적표 나올 때까지 자랑하는 놈도 있었다. 그 사람은 죽을 때까지 자식 자랑만 하다가 갔다.

그럼 왜 안 보여 달라고 하셨어요?

뻔하잖느냐. 권총 학점이라는 걸로 도배를 했겠지. 그 성적표 굳이 봐서 뭐하냐. 참느라 심통하기나 했겠지.

뭘 참는데요?

너를 거시기 하고픈 충동. 탄 캐고 농사짓고 소 키워서 대학을 보냈더니 하라는 공부는 않고 권총 학점으로 도배를 해 놨어. 그런 거지 깽깽이 성적표 보고 안 돌아 버릴 부모가 어디 있어. 해서 보여 달라고도 안 했다. 네가 졸업이나 제때 할는지 노심초사했다.

계절 학기 두 번 하고도 9학기까지 다녀서 간신히 졸업했습니다.

자랑도 가지가지다. 계절 학기, 9학기는 등록금 없냐?

그건 제가 벌어서 냈죠. 그것까지 내 달라고 하면 제가 사람인가요?

염치는 있었구나. 드라마〈모래시계〉에 나온 박상원이는 스무 살 때부터 지가 벌어서 공부했다더라.

근데 제 졸업식에 오셨었잖아요? 제가 가운도 입혀 드리고 학사모도 씌워 드렸는데. 사진도 있잖아요.

네놈이 쇼를 꾸민 게 아닌가 싶었다. 네놈이 오죽 많이 속여 먹었으면 졸업식 갖다 오고도 꿈을 꾼 게 아니었나 의심했을까.

제 아들은 성적표를 잘 보여 줍니다. 대개 에이뿔이에요.

내 아들하고 참 다르구나. 내가 자식 셋을 다 대학교 졸업시킨 건 큰 자랑인데, 단 한 학기라도 장학금을 받아 온 녀석이 없는 건 큰 부끄러움이다.

저도 판범이, 판진이한테 야단친 적이 있습니다. 형이, 큰오빠가 그 모양이면 너라도 성실히 공부해서 장학금 한 번이라도 탔어야지, 대체 뭐 한 거냐고요.

똥 묻은 개가 겨 묻은 개 나무란다더니.

노가다 사환

중학교 졸업식 날, 면소재지 시경리 사는 동창 이기춘이 뜻밖의 소리를 했다.

"우리 아버지가 고등학교 못 간 친구 중에 기운 좀 쓰는 똘똘한 놈이 있냐고 묻더라. 힘세고 성실하고 거기다가 말수 적은 놈. 딱 너잖냐? 우리 아버지가 수다쟁이를 겁나게 싫어해야."

"네 아버지가 뭣 하는 사람인데?"

"우리 아버지를 몰라? 너 간첩이냐?"

"너두 간신히 아는데 네 아버지를 워칙히 알겄냐?"

"간신히 아는 애가 지 아버지를 만나 보라니 참 이상하겄다? 해서 싫다는 겨?"

"나야 고맙지. 그니까 네 아버지가 나를 일 시켜 줄 수 있는 사람이란 말이잖여. 무슨 일이라도 해야 하니께. 농사도 지을 수 있어. 농사는 증말로 싫지만 남의 농사라면 할 수 있어. 형님네 농사는 진저리난다."

"진짜 우리 아버지를 모르는가 보네. 너 우리 육경면에서 제일 큰 방앗간 알어?"

"시경리 방앗간? 그것도 모르면 간첩이지."

"그 방앗간 우리 아버지 거라고."

"우와, 너 되게 부자구나. 워칙히 부자 티가 하나두 안 나냐?"

"나두 그걸 알고 싶다."

"그럼 나, 방앗간 일꾼 되는 겨?"

다음날, 오라는 시간에 기춘네 집에 갔다. 기춘이 옆에 열 살쯤 될까 싶은 꼬마 계집애가 있었다. "니, 참 귀엽게 생겼다. 눈깔사탕 사 먹어라."

푼돈에도 목숨 걸고 살던 창은 큰맘 먹고 십 환[15]짜리 한 장을 꼬마에게 내밀었다. 꼬마가 당돌히 쏘았다.

"메기처럼 생겼어!"

부잣집 딸이라 그런지 십 환은 쳐다도 안 보고 달아나 버렸다.

"야, 내가 메기처럼 생겼냐?"

외모에 큰 자신감을 갖고 살던 창은 적지 아니 상처받았다.

기춘이 웃어 댔다. "너 메기 닮은 거 너만 몰랐구만."

"왜 난 초꼬슴 듣지?"

"넌 애들 팬 거 하나도 기억 안 나지? 겁나서 누가 솔직하게 얘 기하겠냐."

기춘은 자기 아버지가 나타나자 바쁜 일이 있다며 잽싸게 나 가 버렸다.

기춘의 아버지는 별호가 '도십장(都什長)'이었다. 방앗간만 운 영하는 게 아니라 공사판 감독의 우두머리급이었기 때문이다.

도십장은 창을 짯짯이 훑더니 물었다. "범골 산다고? 혹시 김

15) '환'은 1953년부터 1962년까지 유통되었던 통화다. 동전은 없었고 지폐만 있었다. 십 환, 오십 환, 백 환, 오백 환, 천 환짜리가 있었다.

동삼 씨를 아는가?"

"지 셋째 형님인디요."

나중에 안 바지만, 도심장과 셋째 형은 한 서당에서 동문수학한 사이였고 평생의 지기였다.

"동삼이가 니처럼 어린 동생이 있다고?"

"지를 친아들처럼 귀애해 주십니다."

"너는 언제 떠날 것이냐? 고향 버리고 도시로 올라가는 애들이 셋 중에 둘이라더라."

"지도 고심해 봤는디……."

"말수가 적은 게 아니고 말 주변머리가 없는 게냐?"

"말을 할 기회가 없어서유. 저도 말해야 할 때는 말해유. 잘 모르겠슈. 도시가 무섭기도 하고, 평생 고향을 지키면서 살고 싶기도 하고. 암튼 스물이 될 때까지는 안 떠날 규."

"동삼이 동생이면 더 볼 거 없다. 오늘부터 일할 수 있냐? 자전거는 탈 줄 알지?"

"자전거를 만져 본 일이 없어서."

"반 시간 안에 자전거 배워 갖고 와라. 기분아, 자전거 있는 데 데려다줘라."

십 환을 뿌리치고 갔던 꼬마 계집애가 새침한 낯빛으로 따라오라고 손짓했다.

이기춘의 아버지는 방앗간 운영을 월급쟁이 기술자에게 맡기고 큰 공사를 진두지휘 중이었다.

육경제방 공사가 한창이었다. 육경면의 모든 물길이 한 데 모여야 했기에 아울러 허다한 면내 공사가 일어났다. 리마다 작은 저수지를 만드는 방죽이 쌓였고, 그 작은 저수지들과 골짜기 물길을 큰 저수지까지 연결하는 수로가 파였다.

도십장은 육경벌을 둘러싼 3개리(시경리, 서경리, 역경리)의 저수지 축조와 수로 공사를 책임진 총감독이었다. 거느린 십장(소감독)만 스물 몇이었다.

창은 도십장의 사환(使喚)이 되었다. 도십장의 전령 노릇을 했다. 도십장의 말이 떨어지기가 무섭게 자전거를 달렸다. 십장과 일꾼들에게 도십장의 지시를 전달했다. 일손이 모자라면 시키기 전에 보탰다.

한번은 늙은 일꾼 셋이 끙끙거리던 바윗돌을, 혼자서 밀어냈다. 늙은이들이 합창했다.

"짜리몽땅한 게 장사네, 장사여."

월급 올려 받고 힘쓰는 일에 감초 노릇도 했다.

여기저기 생겨난 함바집에서 먹기도 했지만, 대개는 도십장 댁에서 먹었다. 도십장은 처자식에겐 각박했지만, 일꾼들과 외간 여자들에게는 지나치게 후했다. 임금도 다른 공사판보다 높이 쳐 주었고, 아침, 점심, 저녁을 푸짐하게 차려 주었다. 참 두 번도 밥때 못지않게 먹였다. 잘 데 없는 떠돌이 일꾼에게는 공짜로 방까지 내주었다.

밥만 먹여 줘도 감지덕지 일하겠다는 사람 천지이던 시절에, 숙식 제공에 더 나은 일당이었다. 소문이 자자해 도십장 밑에서 일하겠다는 사람이 저어기 인삼산까지 줄 서 있다는 우스개까지 나돌았다.

도십장의 조강지처 성주댁은 종일 밥만 했다. 밥해 먹여 보내고 설거지 끝내면 또 밥을 해야 했다. 음식 잘한다는 여자를 두서넛씩 부렸지만, 성에 차는 여자가 귀했고, 진득하니 붙어 있는 여자는 더욱 귀했다. 반반한 얼굴이면 남편이 건드리고, 남편이 안 건드리면 일꾼이 집적대는 것도 골치였다.

도십장의 딸 기분도 엄마 못지않게 고달팠다. 학교 가는 날보다 집에서 밥하는 날이 더 많았던 소녀 시절이 끝나고, 혹시나 기대했지만 역시나 도십장은 중학교에 보내 주지 않았다. 에누리 없이 엄마를 도와 전일 밥하고 설거지하는 나날이었다.

기분이 동생 미분이는 그게 싫어 도시로 도망쳤지만, 기분은 야반도주도 못 했다. 몇 번 보따리 싸 들고 대문을 나서기는 했다지만 버스에 오르지는 못했다. 계속 밥순이로 처녀 시절을 보냈다. 성주댁과 기분 단둘이 차리는 게 아낙네 두고 차리는 것보다 나으니 부리는 여자도 없게 되었다.

창은 기분만 보면 장난이 치고 싶었다.

"기분, 좋다!"

"오늘은 기분이 안 좋다."

"기분이가 기분이 안 좋은가 보다."

"기분이는 오늘 기분이 워뗘?"

기분은 '기분'이란 소리만 들으면 화가 나서 어쩔 줄을 몰랐다. 창은 밥주걱을 든 울상이 자꾸만 보고 싶었다. 터 기(基)에 쌀가루 분(粉). 듣고 부르기만 해도 기분이 상쾌해지는 이름을 그토록 놀려 대었다.

청년부 간사

중학교 졸업하고 몇 달 뒤였다. "지! 덕! 노! 체!" 구령 맞춰 구보하던 소년들이 멈췄다. 소년들을 이끌던 정도령이 창에게 물었다.

"식전부터 어디 가냐? 학교 다 다닌 거 아녀?"

"노가다 다녀유."

"그려? 그럼, 너두 이제 포에이취 하자."

"노가다 다닌당께유."

"밤에는 안 할 거 아녀."

"한 번도 안 나갔는디 인제서……"

불알친구 포장기가 덥석 껴안았다. "같이 허자. 외롭다."

동창생은 포장기밖에 없었다.

"왜 너밖에 없다니? 다 어디 가고?"

"다 떠났지. 남아 있는 애들도 피곤해서 못 와."

포장기는 또래 중에 장기를 제일 잘 두었다. 포를 차처럼 다뤘다. 자기 말로는 20수 앞까지 헤아린다나. 포장기가 궁금증을 헤아린 듯, 고교에 진학하지 않은 불알친구들의 근황을 들려주었다.

손재주가 남달랐던 노공작은 돌 공장으로 출퇴근한다. 다리 한쪽이 가늘어 머슴에게 업혀 다니던 실버는지 아버지 친구가 선생으로 있는 학교에 사환으로 들어갔다. 화투 잘 치는 름꾼이는 어린 게 벌써부터 상갓집, 잔칫집 노름판을 누비고 다니는 게 일이다. 옥동자 소리 듣는 전우치는 범골 김씨네 장손 김멋쟁이랑 서울 한구석에서 구두도 닦고 날품도 판다.

"장손조카 소식을 너한테 듣네."

포장기는 야릇한 미소를 짓고는 덧붙였다.

"눈동자 굴러 가는 소리 요란하다. 여자들은 아침밥 짓고 있지. 왕눈이 누나 보고 싶은 겨?"

열다섯 살 때부터 스물두 살 때까지 회장을 한 정도령이 물러나고, 눈이 왕방울처럼 큰 열아홉 살 왕눈이 역경리 2대 4에이치 회장이었다. 착각인지 모르겠지만 왕눈은 창을 무척 귀애했다. 왕눈은 들어온 지 얼마 안 되는 창에게 청년부—중학교를 졸업했으나 고등학교 진학을 안 하거나 못 한 아이들—간사를 맡겼다. 청년부장은 포장기였다.

4H는 날마다 연령별로, 성별로 다른 모임이 잡혀 있었지만, 간사인 창은 작정하면 매일 나갈 수도 있었다. 아침 체력 단련 때는 못 나갔지만 저녁때는 꼭 갔다. 노가다 일이 늦게까지 이어지거나 형님네 농사일이 급해 어쩔 수 없는 날은 못 갔지만, 웬만하면 정지주네 별당 출입을 멈추지 않았다. 비가 심하게 오거나 노가다 일이 없는 날엔 종일 정지주네서 죽쳤다.

창은 그토록 부러워했던 지덕노체를 무시로 했다. 지식 얻는 공부도 하고, 덕 쌓는 토론도 하고, 불우 이웃 돕는 노동도 하고, 한글 가르치는 선생 노릇도 하고, 단체 체육 활동도 했다. 뭘 해도 '노는' 듯했다. 또래끼리 어울리는 일이 그토록 즐거운 일이었다. 하고 보니 창은 제대로 놀아 본 적이 없었다. 비로소 노는 맛을 알았다. 물론 왕눈과 동반했기에 즐거움이 배였다.

창은 곧 믿음직한 회원이 되었다. 무슨 일이든지 으뜸 꾸준히 으뜸 능숙하게 해냈다. 말하는 거 빼고. 노동이야 뭐 다른 애들이 소꿉장난하는 수준이라면 창은 선수였다.

공부도 흥미로웠다. 주로 '고문'인 정도령이 강의했다. 정도령은 '지도자 스타일'이었다. 해박했고 아는 것을 장황히 떠들었다. 다른 애들은 졸기만 했지만, 창은 하나의 지식이라도 더 쌓고 싶어 경청했다. 그다지 머릿속에 남는 건 없었지만.

왕눈이 주도하는 토론에 남자애들은 빠지기 일쑤였다. 정도령은 끝나고 꼭 술을 사 주었지만, 왕눈에게는 기대할 것이 없던 탓이다.

포장기는 징징댔다. "그게 뭐 토론이라. 계집애들이 접시 깨지는 소리나 하고 자빠졌고. 우리 고추 달린 것들은 죄인마냥 듣고 있는 게. 뭐 여자해방 남녀평등? 토론 시간만 되면 달나라에 가고 싶어."

어리둥절했다. 여자애들 사이에 있는 것만으로도 행복한 거 아닌가. 창은 정도령의 강의에는 빠져도 왕눈의 토론 시간에는 절대로 빠지지 않았다. 남자애고 여자애고 집안일에 얽매여 아무도 안 나오는 날도 있었다. 행복한 날이었다. 왕눈이랑 단둘이 보내는 금쪽 같은 시간이라니.

체육은 그야말로 창을 위해 있는 듯했다. 창이 운동 능력이 탁

월한 건 아니었다. 대신 타고난 힘과 승부욕이 있었다. 단체 종목
은 다르겠지만 개인 종목에서는 고만고만한 청소년들인지라 힘
과 승부욕만으로도 빼어날 수 있었다.

육경면 4H 경연 대회. 그동안 역경리는 풍물단이 일등을 두 번
먹었고, 포장기가 장기를 4연패 중이었지만, 체육에서는 그 어떤
종목도 우승을 해 본 적이 없었다. 창은 1000미터 달리기에서 2등
을 차지했고, 씨름에서 1등을 했다. 면단위 씨름왕 출신인 큰형과
다섯째 형은 피는 못 속인다며 자랑스러워했다.

육경면 대표로 출전한 안녕군 4H 경연 대회에서는 4등 안에
도 못 들었다. 4년 동안 육경면 4H 씨름왕이었지만, 안녕군에서
는 한 번도 등수 안에 들지 못했다. 우물 안 개구리가 따로 없었다.
뛰는 놈 위에 나는 놈이 넘쳤다.

왕눈은 4H 회장을 창에게 넘기고 싶어 했다. "사또야, 너 아니
면 누가 맡니. 사또에게 맡겨야 안심하고 떠나지."

'사또'는 창의 새 별명이었다.

어느 토론 시간이었다. 선비가 함정에 빠진 호랑이를 구해 주
었다. 호랑이가 은혜를 모르고 선비를 잡아먹으려고 했다. 선비는
재판을 요구했다. 소나무와 칡넝쿨은 호랑이 편을 들었는데, 토끼
는 원래 상태로 돌아가 보라고 했다. 호랑이는 도로 함정에 갇히
고 선비는 살아났다는 마무리였다. 평소 말하기보다 듣던 창은 부
르르 떨며 호랑이 역성을 들었다.

"호랑이가 무슨 잘못이 있슈. 호랑이는 육식 동물이란 말유. 육식 동물이 배고파 죽겠는디, 함정에 빠져 며칠을 굶었는디 워칙히 사람 고기를 보고 안 잡아먹을 수 있슈. 배고픈 육식 동물로서 당연히, 자연스럽게 잡아먹을라고 한 게 왜 잘못이유. 그 선비놈이 미친놈이쥬. 사람들이 살아 보겠다고 함정을 파서 호랑이를 잡았는데 지가 왜 풀어줘? 똥 쌀 놈이라니께유."

왕눈이 어이없어했다. "너 꼭 사또 같다."

자기 사리 분별에 안 맞으면 따졌고 자기 판단이 한 번 서면 집요하게 주장하는 창은 그때부터 '사또'로 불렸다.

딴지꾼은 비아냥댔지만. "사또가 춘향이랑 거시기하려다가 암행어사 출도당한 소리하네. 벽창호 같은 놈이지."

아무한테나 딴지를 걸어 대는 게 버릇이라 딴지꾼이란 별명을 얻은 1년 선배는 특히 창한테 딴지를 걸어 댔다. 창의 말과 행동이 사사건건 아니꼬운 듯했다. 오는 말이 고와야 가는 말이 곱지, 창도 딴지꾼 말이라면 참말을 해도 거짓말로 들었다.

사양했다. "지가 말주변도 모자라구. 누님도 알잖유. 지가 왜 사또라고 불리는 건지. 그게 현명한 판단을 잘해서가 아니고 하도 고집을 부렸싸니께. 그리구 저도 알어유. 제가 융통성 없이 무양무양한 놈이라는 거. 회장을 할려면 누나처럼 선배들은 잘 모시고 또래들은 잘 챙기고 후배들은 잘 아울러야 하는데 지는 그게 안 돼유. 안 따른다구유. 지도자는 저 같은 사람이 맡을 게 못 돼유. 포장기가 딱이네유."

왕눈이 두 손으로 양쪽 어깨를 만져 주었다. "어쩜, 너는 주제 파악까지 확실하구나." 강력한 전류에 창은 아찔해서 휘청댔다.

너무 평안한 청소년기를 보낸 거 아닌가요? 그 시절엔 누구나 다 겪었다는 보릿고개도 안 겪고.

그 징글징글했던 시절이 평안했다고? 대관절 시방까지 뭘 들은 거냐? 귓구멍이 제대로 뚫린 겨?

조실부모했지만 형님들이 잘 챙겨 줘서 고생도 별로 안 하고, 굶주리지도 않고.

너 열흘 동안 모내기 해 봤어? 요새 모내기는 기계로 휭 박으니 일도 아니지만 옛날에는 죽을 똥 쌌다. 엄동설한에 솔가리 긁고 삭정이 쳐 봤어? 똥오줌 퍼 봤어? 종일 낫질 해 봤어? 예초기도 못 돌리는 놈이 뭘 알겠냐.

예초기 돌릴 줄 알아요. 아버지 대신 풀 베는 판범이한테 미안해서…….

그게 돌릴 줄 아는 거면 나는 서커스를 한 거게. 1년에 한두 번 대충 깎아 주는 거 갖고 유세는. 내가 무덤에서 너 예초하는 모습 보니까 참 가관이더구나. 네 엄마가 너 다칠까 봐 불안해 숨어서 쳐다보는 것 보고, 내가 대신 깎아 주고 싶었다. 넌 며칠이나 굶어 봤냐? 굶주림에 대해 네가 뭘 알아? 내가 너를 굶긴 적이 없는데 네가 워칙히 굶주림을 알겠냐? 네가 보릿고개를 겪어 봤어?

제 말은 아버지가 고생 덜 했다는 게 아니라 역사와 너무 동떨어져서요. 1950년대가 옛날 삼정문란의 시대 못지않게 농민이 먹고살기 고달픈 시대였잖아요. 전쟁 후유증과 이승만 정권의 막가파 통치로 사회 불안이 극에 달해 있었고, 공업 상업 농업 할 것이 다 엉망진창이었고, 특히 농촌은 파괴된 수준이었잖아요. 농촌에서 먹고살기 자닝하다고 다 도시로 떠나고요.

시방 북한이 그렇다며? 그렇지만 북한 사람들도 먹고는 살잖여. 우리도 그랬다. 어떻게든 먹고는 살았다. 산 사람은 어떻게든 살았다. 떠나지 않은 사람도 많았다. 하기는 우리 고장은 다른 고장과는 달랐지. 일자리가 좀 있었지. 공장은 적었지만 노가다판이 숱했다. 탄광도 있었고.

그러니까 그 고단하게 먹고산 얘기를 구체적으로 해 주셔야…….

해서 네가 팔리지 않는 소설만 쓰는 겨. 너 아이유 나오는 〈폭싹 속았수다〉 보고 느낀 게 없냐?

아버지, 어머니 얘기가 드라마 제작자 눈에 띄어서 아버지는 박보검이 연기하고 어머니는 아이유가 연기하면 참 좋겠다는 바람은 가졌지요.

지랄한다. 아이유하고 박보검이 어릴 때 연애질한 게 천구백오륙십년대 아녀. 거기서도 봐 봐. 얻어터지고 굶고 그런 장면도 있지만, 남 괴롭히는 사악한 놈도 항상 있지만, 대개는 사람들이 착해서 서로 품어 주고 도와주고 보듬어 주고 그랬다는 식으로 좋게 좋게 나오잖여. 내 말은 고생 얘기, 굶주린 얘기, 얻어터지는 얘

기도 적당히 써야 한다는 겨. 너, 북한 출신 작가들 소설이 남쪽에
서 왜 그렇게 안 팔리고 안 읽히는 줄 아냐?

언제 그런 것까지 읽었대요?

네가 읽은 건 나도 다 봤다. 귀신이 기똥찬 게 뭔지 아냐? 사개
핍진(사실성+개연성+핍진성+진실성) 안 따져도 된다는 거다.

맨 굶주린 얘기, 고생한 얘기라 그런 거 아닐까요. 탈북 작가님
들 소설, 공간적 배경만 다를 뿐 일제 강점기 소설이랑 비슷하더
라고요. 최서해 샘 소설처럼 굶주림의 극치를 쓴 소설, 김유정 샘
소설처럼 웃긴데 슬픈 소설, 채만식 샘 소설처럼 풍자 해학이 처
절한 소설, 이효석 샘 소설처럼 언어유희마저 뼈저린 소설, 강경
애 샘 소설처럼 예리한 고발소설, 이태준 샘 소설처럼 연민마저
적나라한 소설…….

맞다. 소처럼 말처럼 직사하게 노동했던 얘기, 뒈지기 직전까
지 굶었던 얘기, 용돈 좀 가져 보겠다고 피 팔았던 얘기. 읽기도 싫
지만 말하기도 지겹다니까.

피를 팔았다고요?

언젠가 이문구 소설보다 재미있는 소설이 있냐니까 네가 이문
구도 격찬했다며 갖다준 소설이 있었지?

『허삼관 매혈기』요?

읽고 깜짝 놀랐다. 나도 허삼관처럼 피 팔아 본 일이 있거든. 그
런 꿈에서도 잼처 겪고 싶지 않은 일들을 뭐 하러 자세히 말한단
말이냐? 대충 얘기하는 것도 가쁜데. 네놈은 군대를 편하게 다녀

와서 군대 얘기도 편하게 회상해 소설로 썼지만, 군대를 진실로 고되게 다녀온 사람들은 군대 생활에 '군' 자도 꺼내지 않잖아. 베트남 전쟁 다녀온 사람들도 진짜 죽을 고생을 한 사람은 암말을 안 해. 후방에서 놀면서 돈 벌어 온 것들이나…….

그만! 아버지 지금 베트남 전쟁 참전 용사님들을 모욕하고 계셔요. 그러지 말고 피 판 얘기 좀 자세히 해 주세요. 그런 게 돈 주고 사고픈 알짜배기 에피소드인데.

아른거리기라도 하면 얘기해 줬지. 피 판 건 확실히 기억나는데, 어디에서 누구한테 팔았는지, 얼마큼 뽑아서 몇 푼을 받았는지, 그런 게 믈믈해[16]. 취재해 대충 꾸며 써라.『허삼관 매혈기』쓴 사람이 설마 허삼관처럼 열두 번이나 피 팔아 보고 그런 허풍스런 얘기를 썼겠냐?

하기는 자료는 얼마든지 있어요. AI가 이러더라고요. "1950 –60년대 한국에는 전후 복구 과정에서 수혈용 혈액이 턱없이 부족하여 '혈액 장사(매혈)'가 성행했습니다. 이 과정에서 다음과 같은 서사 구조를 가진 소설들이 다수 창작되었습니다. 세련된 도시 청년들이 순진한 시골 아이들을 속이는 구도는 당시 '농촌의 파괴'를 상징하는 전형적인 문학적 장치였습니다." 그 사회 고발성 소설들 참조해 꾸미면 되겠지만, 저는 아버지 기억에서 사라진 것까지 쓰고 싶지는 않아요.

---

16) '기억이 잘 나지 않다'의 충청도 방언.

청춘

왕눈이 마을을 떠났다.

창은 왕눈이 없는 4에이치에 정이 뚝 떨어졌다. 회장이 된 포장기가 애타게 붙잡았지만 발길을 끊어 버렸다. 핑계는 뻔지레했다.

"선배들도 열아홉 살 되면 회장 된 친구만 놔두고 다 은퇴했잖여. 회장님 노릇 잘하라고. 이참에 회칙에도 못을 박아 버려. 열아홉부터는 자동 탈퇴라고."

육경면 김해 김씨를 있게 한 충훈도사 김성식 묘를 새롭게 꾸미는 날이었다. 300킬로미터짜리 비석 하나를 두고 번잡스러웠다. 어떻게 지게에 올리기는 했는데 지게가 부서지기도 했다. 밧줄에 얽어매어 여섯 명이 한꺼번에 들었지만 다섯 발짝도 못 가 밧줄이 끊어져 나동그라지기도 했다.

산에서 뗏장을 덮던 창이 기다리다 못해 내려갔다.

"다 비켜유."

창이 힘세다는 건 조금 알려져 있었다. 육경면 4H 장사이기도 했고, 노가다판에서도 장정 두엇이 간신히 움직이는 걸 번쩍번쩍 늘은 게 수십 번이었다. 창하고 싸워본 깡패들도 "장비 같은 놈여. 저놈한테 제대로 맞으면 사망이여!" 다시는 건드리지 않았다.

그치만 저걸 혼자 든다고? 무슨 영화냐? 다들 기대하지 않는 눈빛이었다.

창은 누워 있는 비석을 혼자서 일으켜 세웠다. 등을 기대고 비석을 들어 올렸다. 모두 입을 쩍 벌렸다. 창은 뚜벅뚜벅 산길 300미터를 거슬러 올랐다. 소문이 퍼져 나갔다. 오일장 날, 육경면이 생긴 이래 최고의 천하장사가 태어났다고 떠들썩했다.

이게 무슨 말도 안 되는 뻥이냐? 나도 사람이다. 사람이 워칙히 300킬로그램을 혼자 날라?

아버지가 저한테 해 준 몇 안 되는 얘기 중에 가장 확실히 기억하는 게 이 에피소드란 말입니다.

내가? 그럴 리가 없다. 네가 알다시피 아비는 고지식하다는 말을 들을지언정 허풍하고는 담쌓고 산 사람이다.

아버지가 진짜로 그러셨는데요.

아비를 거짓말쟁이로 꾸며야 속 시원하냐? 내가 힘이 남보다 세기는 했지. 그치만 그냥 동네 장사 수준이었어. 그 비석, 내가 등에 겨우 걸머지고 조카 둘이 뒤에서 받쳐줘서 간신히 질질 끌고 갔다.

通仕郎行忠勳都事(통사랑행충훈도사)
金海金公聖植之墓(김해김공성식지묘)
淑人漢陽趙氏合窆(숙인한양조씨합폄)

그 비문에 새겨져 있던 한자였다. 창이 글자는 읽을 수 있었지만 독해할 수는 없었다. 일은 시켜도 짬밥이 안 되는 청년에게 누구도 비문을 자세히 풀어 주지 않았다. 창은 만만한 어른을 붙잡고 물어보지도 못했다. 집안 어른 중에 중학교 나온 이가 없었다. 중학교 나왔다고 창을 박사 취급했다. 별것도 아닐 걸 알자고, 무식하다는 창피를 감수할 수는 없잖아.

중학교까지 나온 값을 해 보자. 비문을 베껴 와서 틈틈이 들여다보기는 했지만 도무지 풀 수가 없었다.

면사무소 옆에 농촌지도소[17]라는 게 생겼다. 국가에서 농민을 지도 편달해 주기로 작정했나 보다. 지도소 앞에 웬 낯익은 또래가 서 있었다. 중학교 몇 학년 때인가 한 반이었던 애 같았다. 어색하게 인사를 나눈 뒤, 창이 물었다. "신포읍 토박이 아니여? 왜 이 촌구석까지 들어왔댜?"

"공무원이 가라는 데로 가야지."

"지도사[18] 시험이 과거 시험급이라던디."

"뒈지게 공부했지."

"그럼, 한자도 잘 알겄네."

---

17) 광복 후 중앙의 농촌진흥기구가 1947년 농사개량원, 1949년 농업기술원, 1957년 농사원(農事院) 등으로 개편된 뒤, 1962년 농림부 일부 기구와 통폐합되어 농촌진흥청으로 바뀌면서 상급 기구인 도농촌진흥원과 함께 발족하여 시·군 수준의 기구로서 정착하게 되었다. 그 뒤 1963년에는 시·군 농촌지도소 밑에 3, 4개 읍·면마다 농촌지도소 지소를 두게 되었으며, 1975년 이후에는 각 읍·면마다 지소를 두었다가 군농촌지도소에 통합되었다.

18) 농촌지도사. 농가를 대상으로 농업소득 증대, 작물 생산기반의 확충, 농업 생산성 향상을 위해 재배기술 및 우량품종 등에 관한 교육·홍보를 실시가고 지도하는 업무를 하는 지도직 공무원.

"남보다 조끔 더 알겠지."

창은 품에 늘 갖고 다니던 비문을 꺼내 보여 주었다. "그럼, 이것 좀 한 번 뭔 소리인지 풀어 봐."

그렇게 창과 지도사는 허구한 날 만나는 사이가 되었다.

도십장 댁을 드나들며 성주댁 밥을 얻어먹은 지 어언 6년째. 창은 스물두 살의 어느 날, 이제 막 열다섯 살이 된 기분이 문득 여자로 보였다. 그 전날까지는 그냥 밥 해 주는 동생, 친구 동생, 도십장님의 딸이었던 기분이 아가씨로 가슴에 박혔다.

창은 자신을 욕했다. 네가 참 더럽게 외롭구나. 저 마빡에 피도 안 마른 수양버들 닮은 애가 여자로 보이구.

재건 청년

"어이, 김사또." 익숙한 목소리에 돌아보았더니, 정도령이 "재건!" 소리치며 건성으로 경례했다.

창은 반가워서 얼른 고개를 숙였다. "안녕하슈. 한디 뭐래유?"

"재건 인사도 몰라?"

"글쎄요, 지가 돈 버느라고 바빠서."

"너 같은 열혈 청년이 재건 운동에 빠진다면 되겠냐. 당장 재건에 가입혀라."

아무리 세상을 모르쇠하고 돈만 충실히 벌려고 해도 사회 돌아가는 사정을 생판 모를 수는 없었다. 생생한 뉴스가 넘쳐나는 데가 공사판이었다. 작년에 학생들이 정부를 뒤엎더니, 올해는 군인이 정부를 뒤엎었다. 누구는 쿠데타라고 했고 누구는 혁명이라고 했다. 군인은 '국가재건최고회의'를 설치했고, '국가재건최고회의법'을 의결·공포했고, '재건국민운동본부'라는 걸 설치했다. 재건으로 해가 뜨고 재건으로 해가 지는 듣그러운 세상이었다.

딴 나라에서 살다 온 듯 의뭉을 떨었다. "재건이 뭐래유?"

정도령이 '포에이취' 회칭 시설처럼 이승만 연설을 흉내 냈다.

"재건이 뭣이냐, 재건국민운동의 준말이며 재건위원회의 준말이다. 재건 운동은 복지 국가를 이룩하기 위하여 전 국민이 민주주의 이념 아래 협동·단결하고 자조·자립정신으로 향토를 개발하며 새로운 생활 체제를 확립하는 운동이다. 재건 위원회는 국가

재건을 위한 범국민 운동을 적극 추진하는 이른바 재건국민운동의 중핵체요 총본부다. 빨리 박의장 버전으로 바꿔야 하는데 아직 못 바꿨다."

"허벌나게 거창하네요. 해서 뭘 하는듀?"

"혁명을 하지. 자, 보아라." 정도령이 종이 한 장을 내밀었다.

대충 읽어 보고 겉목소리로 추었다. "아, 예, 굉장히 혁명적인 운동이네유."

"오늘 저녁부터 무조건 나와라. 안 나오면 혼난다."

"지가 거시기 볼 짬도 없이 바쁜 청년유."

"내가 역경리 차원으로는 재건 위원장이고, 육경면 차원으로는 재건 부위원장이다. 우리에게는 열성 회원이 필요한데, 이것들이 뭐 처먹을 때나 열성적이지 도무지 도움이 안 돼야. 네가 파뜩하더라. 너를 삼고초려할라는 겨."

"감투를 두 개나 쓰셨네유."

"워쩌겠냐. 나밖에 헐 사람이 없는디. 왕눈 씨도 나온다."

"예? 왕눈 누나……. 왕눈 누님이 돌아왔어유?"

"몰랐구나. 농촌을 살리겠다고 돌아오셨다. 내가 삼고초려해 특별히 역경리재건부녀회장님으로 모셨다. 왕눈 씨가 없으면 여성들이 모이겠냐? 사내새끼들만 득시글하면 여성이 모이겠어? 내 판단은 예리했다. 왕눈 씨가 온 뒤로 부녀회원이 열 배는 증가했다. 세 명이었는데 서른 명이 됐다는 겨."

공야당(공사판 야당)은 비아냥댔다. "해튼 우리나라는 운동 되게 좋아헌다니께."

"그전에도 무슨 운동이 있었슈?"

"니들이 청소년 때 주야장천 몰려다닌 4에이치가 운동이 아니면 뭐냐? 52년에는 국민저축조합운동, 협동조합운동이 있었고, 54년에는 전시생활체제확립강조운동이 있었지. 시방 재건운동하고 그때 전시운동하고 그게 그거 아닌가? 가만있자, 그때 전시운동 실천사항이 1 '국민사기 앙양', 2 '국토 미화운동', 3 '관습 시정', 4 '물자 절약', 5 '국산 애용', 6 '사치품 배격', 7 '요식업태 단속'이었거든. 시방 재건운동 실천사항이 어떻게 되지?"

"어떻게 그걸 외우고 계슈?"

"내가 시방은 야당으로 소문이 나서 별호까지 공야당이다만, 10년 전만 해도 골수 이승만 당원이었제. 부끄러운 시절이여. 내가 전시운동본부 육경면 총책이었다니께."

창은 호주머니에서 국민재건운동 실천 사항이 적힌 종이쪽을 꺼내 큰소리로 읽어 주었다.

"에이 잘 모르겠다. 그게 그거 같기도 하고 좀 다른 거 같기도 하고." 공야당이 체머리를 흔들었다. 그저 노가다쟁이로나 봤던 어른인데 감투까지 썼었다니 달리 보였다.

역경리재건위원회 사무실—4에이치 본부였던 정도령네 별채—에 가봤다. 고향을 떠나지 않은 이십 대가 다 모여 있었다.

"안녕들 허슈. 어, 4에이치 형님 누나들이 다 모여 계시네. 4에이치가 고대로 재건 청년회 된 거네유? 역시 하던 사람들이 하는 법이네유."

다들 반겨 주었지만 동창생 포장기가 특히 반겼다. "왜 인제 왔냐. 내가 무척 외로웠다."

정도령은 교육부터 받고 오라고 했다.

"나흘씩이나유? 4일이면 공사판 일당이 얼만디유?"

"나도 가는데." 왕눈의 목소리였다. 더 예뻐진 듯했다.

단둘이 되었을 때 물어보았다. "워째 내려오셨대유. 서울물이 안 맞든가."

"말도 마라. 나는 서울서 못 살겠더라. 농촌에 뼈를 묻을 겨."

"고생 겁나 한 모양유."

한동안 말이 없던 왕눈이 토했다. "없는 년이 서울 가서 뭐 했겠냐. 몸 버리고 마음 버리고 반병신 돼서 내려왔지." 꾹꾹 눌러 담은 회한이 전해져 왔다.

창은 고작 한마디 했다. "잘 내려왔슈!"

왕눈이 하얗고 고운 손길로 창의 어깨를 툭 쳐 주었다. "넌, 멋진 청년이 되었네."

창의 몸 안에서 녹을 수 있는 것들은 다 녹아 버렸다.

왕눈을 포함한 부녀들과 안녕군 향토교육원에 들어갔다. 나흘이라고 했지만, 사흘이었는지 닷새였는지 헛갈린다. 오전엔 강의

들고 오후엔 체육 활동 등을 하고 밤에는 토론 등을 했다. 다들 말하나는 잘했다.

포장기는 자다 놀다 마시다 왔단다. "교육은 무슨. 낮에는 그냥 졸았고, 야, 밤에는 개판여. 술 처마시는 놈, 노름하는 놈, 싸우는 놈. 나는 돈 벌어 왔다. 밤에 내기장기를 둬 가지고 왕창 긁었지롱. 내가 돈 따먹고 입 딱 씻는 얌생이가 아니잖냐. 몇 턱 냈지."

창은 제대로 교육을 받았다. 배우겠다는 의지가 있었다. 조는 청년들은 졸았고 노는 청년들은 놀았지만 창은 내내 진지했다. 첫 합숙 생활도 흡족했다. 소중한 인재라도 된 듯했다. 시험을 봤으면 1등 했을지도 모른다. 다른 입교생들은 어땠는지 몰라도 한 자도 놓치지 않으려고 애썼다. 기억으로 남은 건 별로 없었지만.

배웠다기보다는 강요받은 것도 있다. 앞으로는 아침 인사를 '진지 자셨대유?' 하지 말고 '재건합시다!' 하라는 것이었다.

창은 저도 모르게 손을 번쩍 들고 질문했다.

"어른들한테도 한데유?"

"어른은 재건국민 아닙니까."

"동방예의지국서 어른한테 '합시다' 하라구유? 싸가지 없다고 할 텐디."

"싸가지가 밥 먹여 줍니까?"

향토교육원에서도 왕눈을 바라보는 게 낙이었다. 왕눈이 인솔해 온 부녀들은 개구리 엄마가 잠시만 안 보여도 어쩔 줄 모르는 올챙이들 같았다.

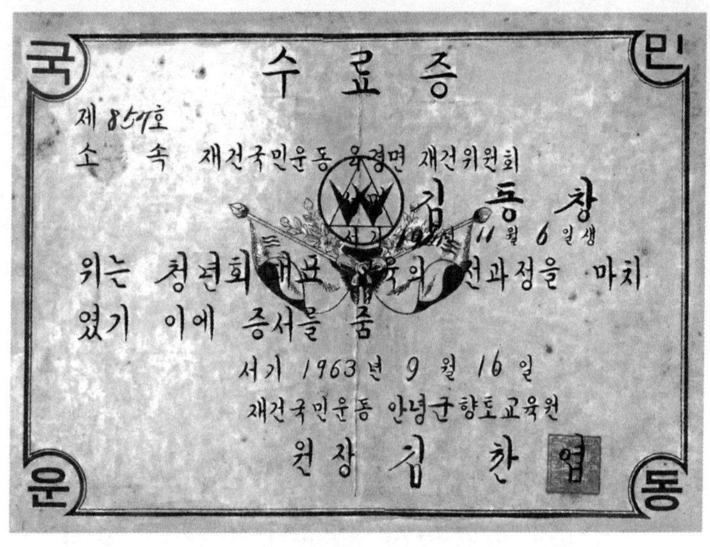

수료증을 받았다. 안녕군 1읍 10면에서 온 600여 명의 재건 청년 재건부녀와 함께 받은 것이었지만 기뻤다. 무슨 '증'을 초유로 받아보았다. 자랑스러웠다.

몇몇이 '뒤풀이'를 가자고 했다. 중3 때 3반이었던 애들. 졸업한 지 5년. 이런 자리에서 몇몇은 재회할 만했다. 설렁탕을 먹고, 누가 동떴다. "야, 우리 말이여. 동창회까지는 뭣하고 반창회를 꾸리면 어떻겄냐?"

다들 좋다고 했다. 열시콤이 심한 창은 고등학교도 나오고 직장도 근사한 애들이랑 모임 하고픈 비위가 추호도 없었지만, 혼자 안 좋다고 하기가 마뜩하지 않아 침묵했다. 이름부터 짓자고 법석이었다. 별의별 이름이 다 나왔다.

이상하게도 공부 잘했던 녀석의 말은 사회에서 만나도 거부하기가 쉽지 않았다. 반에서 1, 2등을 다투었고 고등학교까지 다닌 지도사 녀석이 '우리가 7회 졸업생이고 3반이었으니 칠삼회가 어떻냐'고 하자, 모두 정도전의 한 마디를 기다렸던 혁명군처럼 '좋구나!' '찬성!' '동의!' '오케이'를 쏟아냈다.

창은 부화뇌동하기 싫어 홀로 딴지를 걸었다. "칠성회 동생 같어. 무슨 양아치 같다구. 글구 73회라고 오해받겠어." 이거, 진짜 점점 딴지꾼 선배를 닮아 가네.

수료증까지 받아 왔지만, 뭘 해야 하는지 알 수 없었다. 재건 청년이 중심이 되어 마을을 개조하라는 것인데, 뭘 어떻게 개조하라는 건가. 청년이 뭘 개조하자고 주장하면 중년 장년이 들어먹을까? 먼저 태어난 게 장땡인 나라에서?

1번 '용공중립사상의 배격'은 국민학교 때부터 실천해 왔다.

2번 '내핍생활의 여행(勵行)[19]도 다들 체질이 되어 있잖은가.

5번 '국민도의의 앙양'과 6번 '정서관념의 순화'는 느낌은 오지만 구체적으로 뭘 어쩌자는 건지 잘 모르겠고 잘 모르겠는 걸 중장년한테 떠들 수도 없었다.

7번 '국민체위의 향상'은 포장기 덕분에 평생 못 잊었다. 면서

---

19) 어디 가는 여행(旅行)이 아니라 '힘써 행함'.

기가 재건국민운동 점검을 나왔다. "'재건합시다' 하는 인사는 잘 들 하고 있습까?"

누가 공무원 말에 함부로 대답하랴. 다들 입을 봉했는데 포장기가 홀로 이빨을 뽐냈다. "어색해서 잘 안 뉴. 열에 세 명이나 할까나. 노인네들이 무지하게 싫어하니께."

"그래도 재건합시다!"

"근디유, 7번 국민체위의 향상은 영 심난해유."

"그게 제일 쉽잖습까."

포장기가 능글맞게 깐족댔다. "쉬워유? 저는 되게 까다롭던디. 할 줄 아는 체위가 몇 개 되남유. 앞으로 하는 거랑 뒤로 하는 거랑. 굳이 하나 더 꼽자면 여자가 올라타서 하는 거랑. 근디 향상하라니께 해야쥬. 근디 알아야 하쥬. 소문을 들어 보니『소녀경』에 체위 그림이 잔뜩 나와 있대유. 비싼 돈 주고 귀하게 샀슈. 그림 좋아 거시기해 봤는디 허벌나게 살벌해유. 제 거시기도 머시기하지만 마누라 잡겄슈."

"뭔 개소리야! 몸 튼튼히 하라는 거잖아!"

포장기는 스물한 살에 결혼했다. 범골 또래 중에 제일 먼저 장가갔다. 누구는 꿈에서도 못하는 거시기를 날마다 했다. 창이 기억을 더듬어 보니 포장기도 중3 때 3반이었다. 칠삼회 하기로 했는데 너도 할 용의가 있냐고 물었더니 "당연히 오케이!"라며 덩실덩실 춤까지 추었다. 안 물어봤으면 의절당할 뻔했다.

3번 '근면정신의 고취'와 4번 '생산 및 건설 의욕의 증진'도 구체적이지 않기는 매한가지였다.

창은 답답해 만만한 포장기한테 시비했다. "그러니께 뭐라도 해야 하는 거 아녀? 시방까지 뭘 재건하고 있었던 겨? 4에이치 때처럼 퇴비 증산, 짐승 키우기, 마을길 닦기, 불우한 집 고치기 같은 거라도 해야잖어?"

"왜 한댜. 정도령 성님이 뭘 자꾸 떠들고 하자고 하는디 다 귓등으로 듣지. 4에이치 땐 우리가 어려서 시키는 대로 헌 거지, 요새 누가 돈도 안 받고 남을 도우러 댕기냐."

"그럼 왜 날마다 모이는 겨?"

"심심허니께 마실 나온 거지."

뭘 재건해야 할지 모르는 청년들을 위해서인지 구체적인 세부 항목도 있었다. 실천 요강보다는 쉽고 명료했지만 뜬구름 잡는 소리이기는 마찬가지였다. 민족 긍지의 앙양, 수입 내 지출, 창의력 앙양, 협동적 생산 활동, 부정부패 배척, 국민 단합, 전통 계승.

딴지꾼은 대놓고 이기죽댔다. "36년이나 쪽발이한테 지배당한 것도 모자라 둘로 나뉘어서 살육전 벌인 민족한테 무슨 긍지가 있다는 겨. 수입이 있어야 지출이 있지, 거시기도 안 하고 애 낳으라는 겨? 공무원이 백성 못 살게 괴롭히고 온갖 양아치가 농민 뜯어먹는 촌구석에서 뭔 놈의 창의력? 육식 동물하고 초식 동물하고 모아 놓으면 협동이 되냐? 공무원들이 앞장서서 부정하고 부패하면서 적반하장도 분수가 있지. 잘 사는 것들하고 못 사는 것들이 워칙히 하나가 뎌. 전통 계승 하나만은 확실히 실천하고 있지. 화투 가지고 하는 얘기가 아녀. 우리가 윷놀이로 얼마나 노름을 화끈하게 혀."

창은 나름대로 실천 가능한 안건을 제시했지만 다들 우이독경
하거나 동문서답했다. 창이 틀린 말을 한 것은 아니었지만, 창의
말본새에도 아쉬움이 있었다. 창은 남들 듣기 좋게 말하는 법을
알지 못했다. 말수가 적지만 짧은 말로도 듣는 사람의 심기나 비
위를 상하게 하는 재주가 있었다. 창도 자기 말이 사납고 뾰족하
다는 걸 알고 있었다. 왕눈한테는 가끔 자아비판도 했다.

"지가유, 하도 듣기 싫은 말만 듣고 자랐더니, 저도 모르게 남
들 듣기 싫게 말하는 버릇이 붙었나 봐유. 안 좋은 것만 골라 배운
다더니 딱 그려유. 고칠라고 노력하는디 잘 안 돼유. 해서 제가 웬
만하면 주둥이를 꿰매고 있는 거라니께유."

그래도 동네 선배들인지라 최소한 선은 지켰는데—대놓고 욕
은 하지 않았다는 얘기다—그날은 굵고 짧게 포효했다. "그러고
도 니 새끼들이 선배냐? 지나치잖여? 재건 청년회 사무소에서 노
상 화투나 치고, 술 담배나 처먹고. 이래 가지고 무슨 재건 청년여?
놀고먹는 돼지 새끼지."

다들 눈알 돌아 버린 창의 무력을 두려워하여 화를 삼켰지만,
딴지꾼만은 대거리했다. "벽창호 아니랄개비 좆나 깝치네."

창이 한주먹에 딴지꾼의 턱주가리를 날려 버릴까 하는데, 왕
눈이 슬픈 눈으로 노려보고 있었다. 절을 못 바꾸면 중이 나가야
지 별 수 있나. 창은 뛰쳐나왔다. "시발, 탈퇴여. 니들끼리 잘해 봐."

선거

　드디어 군부가 민정이양을 선언했다. 제5대 대통령 선거와 제6대 국회의원 선거가 잇달아 예정되었다.

　정도령이 재건 청년들을 모아 놓고 연설했다. 정도령은 언제부턴가 이승만 흉내 대신 박정희 흉내를 냈다. "누가 대통령이 되어야 쓰겠습니까? 백번 천번 만번 박정희 위원장님이 대통령이 되셔야 합니다. 윤보선 후보는 부정부패한 친일파 관료들의 대표입니다. 박정희 장군이 이끄는 최고위원회는 지난 3년 동안 우리나라를 혁명정신으로 새롭게 했습니다. 민족 긍지를 앙양하였고, 협동적 생산활동으로 농촌을 살 만하게 재건했고, 부정부패한 자들을 몰아냈고, 국민 단합을 이끌어 국가를 한층 발전시켰습니다. 민정 이양은 혁명의 지속이어야 합니다. 혁명을 지속하려면 오로지 박정희 장군이 대통령이 되는 수밖에 없습니다."

　모두 감탄했다. "워칙히 사투리를 하나도 안 쓰고 말을 할 수 있대유, 대단혀유."

　탈퇴를 은근슬쩍 물리고 재건위에 출석하되 일절 말을 안 하던 창이 불쑥 물었다. "그니께 박정희 장군 선거 운동원을 하라는 거네유?"

　"당연히 우리 재건 청년이 할 일이지."

　"재건위가 선거 운동을 하는 건 법적으로 옳지 못하잖유? 향토교육원에서 선거도 교육받았는디 재건 청년은 재건에만 힘쓰고 선거에는 엄정 중립해야 한다고 배웠는듀."

포장기가 웃었다. "아이구, 우리 사또는 증말로 고지식하네. 눈 가리고 아옹 물러."

창은 항의만 했으나, 딴지꾼은 화끈하게 딴지를 걸었다. "재건위는 군바리들의 사냥개가 아녀. 선거 운동 결사반대여!"

미지근한 성깔이던 정도령이 뜻밖에도 박정희 장군처럼 굴었다. "위원장 직권으로 딴지꾼을 제명한다! 당장 나가. 너 같은 빨갱이는 필요 없어."

그렇게 앙숙이었던 딴지꾼이 쫓겨났지만, 창은 하나도 기쁘지 않았다. 오히려 착잡했다. 끝까지 의견을 굽히지 않고 쫓겨난 딴지꾼은 독립군 같고, 의견을 굽히고 순응해 버린 자신은 변절자 같았다.

모여 놀기만 하던 재건 청년은 열성적으로 선거운동을 벌였다. 선거운동은 창과 궁합이 맞지 않았다. 뒷전에서 맴돌았다.

"아무리 선거 운동이래지만 윤보선 지지하는 어른들한테 경우가 되게 없네유. 말 좀 살살 합시다." 창의 의견을 아무도 귀담아 듣지 않았다.

심지어 왕눈도 창이 윤보선 지지자들을 조금이라도 우호적으로 말하면 불같이 화를 냈다. 왕눈은 성내는 얼굴도 어여뻤다.

창은 재건위가 하는 일이라면 무슨 일이든지 앞장섰었는데, 선거 운동 기간에는 빌려 온 자전거처럼 서 있었다. 소극적으로나마 하기 싫은 일에 참여하는 자신에게 구역질이 났다.

재건위를 왜 못 떠나는 것일까? 재건 청년에 속해 있으면 세상 겁나는 게 없었다. 외롭지 않았다. 뭔가 하고 있다는 충족감을 맛보았다. 이곳을 떠난다면 무섭고 쓸쓸할 테다. 아니, 다 쓸데없는 얘기다. 언제 외롭지 않은 적이 있었던가. 언제 세상이 안 무서웠던가. 오로지 왕눈 탓이다. 왕눈을 못 보고 살 수는 없다.

역경리 중장 노년은 대개 윤보선을 지지했다. 윤보선은 작년까지 대통령이었던 사람이다. 게다가 충청도 출신이었다. 아무리 권력 없는 상징적인 국가원수였다지만 충청도가 배출한 임금님으로 추앙하는 중장 노년이 허다했다.

박정희를 추종하는 재건 청년의 활약으로 집집이 시끄러웠다. 자식은 부모를 설득할 수 없었고, 부모는 자식을 깨닫게 할 수 없었다.

우애가 좋다고는 할 수 없지만 나쁘지 않았던 형님들도 반반으로 갈라져 으르렁댔다. 큰형과 넷째 형은 윤보선 편이었고, 셋째 형과 다섯째 형은 박정희 편이었다. 창은 당연히 박정희 편이었지만, 형님들이 하도 살벌하게 다퉈 말리느라고 바빴다.

큰형이 윤보선 지지하는 건 당연했다. 원래부터 야당 지지의 한 길을 걸어왔으니까.

셋째 형의 박정희 지지는 의외였지만, 확고한 주견이 있었다.

"우리나라가 먹고살라믄 방법은 딱 하나여. 강력한 군인이 통치를 해야뎌."

넷째 형은 정치에 관심을 보인 적도 없었다. 그치만 정치에 관심을 안 가지면 국민도 아닌 시절이었다. 넷째 형도 확고한 주견이 있었다. "다른 건 모르겄고, 박정희가 일제 때는 친일만주군 장교였고, 전쟁 나기 전엔 빨갱이였슈. 빨갱이인 것도 모자라 다른 빨갱이들을 고자질하고 저 혼자 살아난 빨갱이라구요. 그런 숭한 놈이 대통령이 되면 나라가 워칙히 되겄슈."

다섯째 형은 정도령과 맞먹을 만큼 면에서도 이름난 재건운동 선봉장이었다.

진짜 재건운동

두 번의 선거가 끝나자 재건 청년은 원래대로 하는 일이 없게 되었다. 무슨 일을 하려고도 하지 않았다. 무슨 일을 한다고 해도 사이가 틀어진 중장 노년이 쳐다도 안 볼 터였다. 각 리 차원의 재건 청년운동이 영 시원치 않자, 면 차원의 연합운동으로 통합되었다.

육경면 윤보선 운동원 우두머리나 다름없었던 정지주와 육경면 박정희 운동원 대장이나 다름없었던 정도령. 선거 때 집안싸움이 이성계, 이방원 싸움 같았다. 정지주는 꾹 참고 있었다. 아들놈이 가문의 재산을 돌보기는커녕 4에이치다 재건위다 헛짓거리하고 다니지만 언젠가 큰일 할 놈이거니.

선거 결과에 상처받은 정지주는 별당─4에이치 본부 겸 역경리 재건 청년회 사무실─을 밀어버리고 양어장을 꾸몄다. 아들을 집에서 쫓아냈다. 역경리 재건위는 자동 해산되었다.

육경면 재건위원회 사무소는 면사무소에 딸린 곡물창고 한 구석에 있었다. 4에이치 청소년들처럼 누가 모이란다고 모일 나이가 아니잖은가. 자발적으로 재건하려는 의지를 가진 열성위원은 각 리당 네댓에 불과했다. 그래도 면차원으로 모이니 쉰 명은 되었다.

왕눈이 포장기에게 물었다. "너는 참석만 열심히 허지 재건스러운 모습을 한 번도 못 봤다야. 열성적 발언은 한 번도 안 하고 맨날 농담적 발언이나 하고. 진지한 말을 안 할 거면 사또처럼 앞뒤 분간 없이 일하든가. 왜 나오는 겨? 벌써 장가가서 벌써 애까지 가진 사람이."

"벌써 장가간 걸로두 노인네 취급받는디 집구석에 틀어박혀 있어 봐유. 아직은 제가 청년임을 증명해야쥬. 글구 애 보고 있으면 증말 미처유."

중장 노년 상당수가 재건 청년을 미워했다. "4에이치는 귀엽기라도 하지, 저것들은 떼로 몰려다니면서 어른을 가르쳐." 원래도 탐탁지 않았는데 두 번의 선거 때 박통정권의 앞잡이처럼 날뛰는 꼴을 본 후로는 진저리를 쳤다.

창은 노가다가 없는 날이면 면창고에 나가 종일 있었다. 선거 때는 어디에선가 돈이 뚝뚝 떨어져 돈 걱정을 몰랐는데, 선거가 끝나자 밥값 한 번 떨어지지 않았다. 영원한 물주였던 정도령도 가난뱅이가 되어 노가다꾼인 창에게 얻어먹는 신세였다. 아버지가 땡전 한 푼 안 준다나. 뭘 하든 돈이 있어야 한다. 나와 봐야 밥 한 끼 사 주는 사람이 없으니 출석회원도 급감했다.

급한 일을 부탁하러 오는 분들이 있었다. 노느니 해 드렸다. 다른 청년은 대책 없이 우두망찰하는 일도 노가다판 경력이 7년인 창은 수를 뽑아냈고, 분담을 잘 시켰고, 솔선수범했다. 소문이 났다. 재건위는 무보수로 무슨 일이든지 해 준다고. 여기저기서 온갖 일을 해 달라고 불러 댔다.

열성청년들은 필히 돕지 않으면 큰일 날 집들을 우선했다. 장마철에 더욱 두드러졌다. 폭우로 무너진 담벼락, 없어진 길, 누워 버린 작물, 구멍 난 논둑이 수두룩했다. 재건해 주었다.

안 나오던 회원도 새로 나왔다. 놀고먹는 흥미로 나오는 회원도 있었지만, 어울려 일하고 남을 돕는 흥미를 꿈꿨던 회원도 있었던 거다.

뜻밖에 딴지꾼도 나왔다. "지도 다시 나와도 되남유? 지가 입은 비뚤어졌지만 손발은 멀쩡하구먼유."

정도령은 창에게 떠넘겼다. "견원지간한테 물어봐."

창은 화들짝 놀라 손사래 쳤다. "왜 저한테 물어유? 정치도 아니고 자원봉사인디, 하고 싶으면 하는 거쥬. 한 사람이래도 함께 일하면 좋지유."

딴지꾼이 창에게 왼손을 내밀었다. "잘 부탁해. 나 그렇게 형편없는 놈 아니다."

창은 두 손으로 덥석 잡았다.

"생산적인 딴지 많이많이 걸어 주슈."

창은 사는 기쁨을 맛보았다. 남을 도와주는 게 이토록 기쁠 줄은 몰랐다. 돈 안 받고 일하는 노동이 보람찰 수도 있다는 걸 알았다. 가장 자랑스러울 때였다. 가장 이타적이었을 때였다.

흐흐, 그땐 젊었어.

재건위는 공무원이 할 일까지 맡아 나섰다. 민원을 면사무소에 애기하면 어느 세월에 될지 모르지만 재건위에 말하면 하루 안에 해결되었다. 무슨 사건이 발생했을 때 지서경찰은 언제 올지 모르지만 재건 청년들은 득달같이 달려왔다. 웬만한 싸움 수습은 재건 청년이 다했다. 면민이 칭송하고 우러르니 재건 청년들이 면 서기인 양 지서경찰인 양 우쭐대고 때로는 안하무인 짓거리로 면 직원과 지서 경찰의 심기를 불편케 했다.

정도령은 정지주에게 용서받았다. 혁명 전처럼 씀씀이가 헤퍼졌고, 공무원 혹은 유지 행세하는 것들과만 어울렸고, 주로 신포 읍내 가서 놀았다.

한동안 코빼기도 안 뵈던 정도령이 총회를 소집했다. 정도령이 감개무량한 태도로 통고했다. "오늘 부로 해산하랴. 그니께 이런 것을 발전적 해체라고 혀. 역할을 다 했으니, 새시대에 발맞추어 새로운 운동으로 거듭나야 하는 겨. 여러분이 왕창 욕보는 건 아는디 워쩌겠나. 중앙을 믿고 기다려 보세."

창이 꼬집어 물었다. "뭘 기다리는듀?"

"재건운동보다 더 거창하고 더 진취적인 운동을 모색 중이랴."

"그게 뭐데유?"

"모색 중이라잖나, 모색 중."

딴지꾼이 읊었다. "딱 토사구팽이구만유. 선거할 때 사냥개로 써먹었는디, 선거 끝나고도 사냥개들이 막 몰려다니면서 짖어대네. 에라, 골치 아프니께 쫓아내는 거지. 그리두 운수 대통한 겨. 삶아 먹지는 않았잖여."

육경면 재건위원회 사무실도 폐쇄되었다. 재건위를 눈엣가시로 여기던 면 직원과 지서 경찰들이 앓던 이 빠진 것처럼 시원해

했다.

나를 미화한 거 아니냐?

크게 달랐나요?

무릇 기억이 안 난다. 너 이십 대 때 일이 기억 나냐?

그럼요, 안개 같지만 골똘히 기억하면 갖가지 에피소드들이 떠오릅니다.

아직 젊어서 그렇다. 팔십 살아 봐라. 진짜 오리무중이다. 대체 뭘 근거로 내가 열성적으로 재건위 활동을 했다는 거냐?

재건위 교육 받고 온 건 확실한 사실이고, 아버지가 쓴 잡기장에도 유추할 만한 문장이 조금 나오고요, 아버지 성격상 성실히 안 하고는 못 배겼을 거잖아요.

선거 때는 왜 꿔다 놓은 보릿자루 같았다고 속대중한 겨?

그러셨을 것 같아요.

혹시 네 얘기 아니냐? 너야말로 항상 박쥐 같았잖여. 실속 없는 말로는 중립. 하지만 이러지도 못하고 저러지도 못하고 우유부단했지. 나는 아니었다. 잘 기억이 안 나지만 나는 골수 박통주의자였어. 오히려 딴지꾼 같은 놈들 내가 앞장서서 패 버렸을걸.

그래도 봉사 활동 할 때 앞장선 건 맞지요?

그건 맞을 거다. 일이 끝나기 전엔 놀 수가 없었으니께.

잡기장에 쓴 글 1

새끼 감독이며 재건 청년이던 1964년 1월 1일, 창은 잡기장 두 권을 마련했다. 한 권에는 '토막글', 다른 권에는 '추억'이라는 표제를 적었다. 이러저러한 글을 적었다. '토막글'에는 일기, 시, 그리고 잡문이라고 무시받아 마땅한 산문을 썼다. '추억'에는 편지와 엽서 초고를 정서했다. 글들에 제목을 붙이기도 안 붙이기도 했다. 그때그때 심경에 따랐다.

대대장님께)

춘추 일기 고르지 못한 이때 대대장님께서 혁명 과업에 얼마나 수고가 많으신지요. 조카로부터 부대 배치된 후로는 일체 소식이 끊어져 궁금함을 금치 못하던 이때 대대장님께서 불미한 이 가정에 소식을 전하시어 반가움을 금치 못했습니다. 대대장님께서 항시 염려하여 주는 덕양으로 형님께서도 안녕하심과 동시에 여러 유 아들도 몸 성히 잘 있습니다. 농촌은 한발 피해와 동시에 모진 태풍을 맞아 많은 전곡 수확이 감소되었습니다.

끝으로 대대장님께 부탁의 말씀 드립니다. 형님께서 조카 주소를 모른다고 걱정하시던 차 대대장님께 소식을 들으니 친절을 받은 바 진배없으나, 본인께 편지 연락을 받고 싶은 소감이 있습니다. 김 멋쟁 병사에게 집에 소식을 전하라고 충고의 말씀을 하시기 바라는 바입니다. 그러면 무더운 여름철도 꼬리를 감추는 듯 아침저녁으로 서늘한 기운이 감도는 이때 대대장님께서 몸 건강에 중히 하시와 귀하 부대에 건강과 행운이 깃들기를 빕니다. 배움이 없는 이 몸이 대대장님께 서신을 올리나 쓸 줄 모르는 펜대는 더 안 돌아갑니다.

큰형을 위하여 군대 장교에게 쓴 편지 초고다.

장손조카는 기어이 도시 고등학교를 다녔고 무사히 졸업했다. 무슨 공장 사무실 직원으로 잠깐 다니다가 입대했다. 부대 배치될 때 엽서 달랑 한 통 이후로는 편지 한 장을 안 보내왔다. 휴가도 안 나왔다. 대대장이 당신 아들 우리 부대 와서 잘 있다는 엽서를 보내왔기에 망정이지 큰형은 끌탕하다 복장이 터질 뻔했다.

큰형이 물었다. "왜 내 아들놈한테 안 쓰고 대대장한테 쓰는 거냐?"

"조카가 동갑내기 삼촌 말을 들을 사람이간유. 우리나라는유, 노가다판이고 군대고 힘 있는 사람 말이 최고라고유. 대대장이 쓰라고 하면 지가 안 쓰고 배겨. 한디 큰형님이 먼저 편지 써도 되지 않나유? 아들아, 잘 있느냐로 시작해 몇 마디만 써도 군대 있는 아들이 감격해 얼른 답장 쓸 겨유."

"택도 없는 소리하고 자빠졌다. 아비가 먼저 소식 전하는 게 어느 나라 법이더냐?"

육경면 재건위원장 정도령의 서신을 대필하기도 했다.

그동안 이 사람은 동지가 염려해 주시는 덕택으로 무고히 우리 고장의 발전을 위하여 미력하나마 정성을 다하고 있으니 다행인가 합니다.

30일간의 교육을 받았기에 수고가 컸으리라 생각합니다만, 동지가 귀가하자마자 새 인간으로 새 이념을 부락민에게 대변하기에 여념이 없다는 소식을 귀면 간사장 이하 전 직원으로부터 전해 듣고 동지 한 분 한 분의 힘으로 우리 안녕 향토가 머지않아 복된 고장으로 바뀔 것을 생각하니 가슴에 희망과 용기가 벅차며 무어라 사의를 표해야 할지 모르겠습니다.

정녕 동지의 지금의 그러한 노고가 무엇을 주고도 바뀔 수 없는 귀중하고 값비싼 것임을 이 사람은 뚜렷이 알고 있습니다. 그러나 친애하고 신뢰하는 동지여. 다시 한번 격려의 박수를 보냅니다. 오늘에 지치지 마십시오. 불순한 현실과 타협하지 마십시오. 그리하여 동지의, 순교자의 거룩한 정신이 밑거름이 되어 현실의 거센 파도를 돌파할 것입니다.

정도령이 장기 재건 교육을 받고 온 재건 동지에게 감사와 격려를 담은 편지를 보내겠다고 끙끙거렸다. 보다 못해 이런 말도 넣고 저런 말도 넣어 보라고 훈수를 뒀더니, 네가 써 보라고 했다. 일필휘지까지는 아니지만 막힘없이 써 줬더니, 다음부터는 편지 쓸 일이 있으면 무조건 창에게 시키는 것이었다.

그냥 써 줄 수는 없고, 엽서 한 통 당 '파랑새' 한두 갑을 받았다.

긴 편지는 '파랑새'[20] 서너 갑이나 '파고다'[21] 한두 갑을 받았다. 편지 좀 쓴다는 소문이 났다. 이렇게 저렇게 편지를 부탁하는 이들이 늘어났다. 심지어 연애편지, 펜팔 편지까지 부탁하는 자들이 있었다.

대필 작가이셨네요. 청년 때는 담배 피우셨나 봐요? 젊었을 때는 담배 안 피우고 살기 난감하죠. 담배 안 피우던 애들도 군대만 다녀오면 다 담배를 피우더라고요.

나는 평생 담배를 피운 적이 없다. 아주 어렸을 때 대체 뭔 맛인가 궁금해 반 개비 피우다 버린 게 다. 네 아들, 그러니까 내 손자도 담배 안 피우잖아? 군대에서 그 고생하는데도 안 피운다면서? 왜 고생하는 청년은 다 담배질한다고 넘겨잡는 거냐. 그게 바로 일반화의 오류 아니냐?

그럼 담배는 왜 받으셨어요?

숙맥이냐? 그걸 이해 못하게? 소주 한 병 얻어 마시려면 술집에 가야 하고 복잡하잖아. 담배 한 갑은 주는 사람도 편하고 받는 사람도 편하지. 내가 유도리 없는 놈이기는 하지만 그래도 선물할 줄은 알았다.

갑자기 선물은 왜 또?

20) 필터 없는 담배. 발매 기간 1955.8.–1968.12. 20본입. 1964년 당시 1갑 가격은 20원. 1960년대 가장 서민적인 담배였다.

21) 필터 담배. 발매 기간 1961.8.–1979.7. 당시 최고회의의장이었던 박정희가 이름을 지었다. 1964년 당시 1갑 가격은 50원. 1960년대 가장 고급 담배였다.

선물로 담배가 딱이었다. 네 분 형님이 하나같이 골초 아녔냐. 내가 담배 드리면 오죽 희색만면하셨겠냐. 그러고 나도 인간관계가 있는데, 내가 그들한테 줄 거라고는 담배밖에 없었다. 너는 나보다도 선물할 줄을 모르지. 혹시 선물 안 하거나 못 하는 처세가 문학판에서 발목 잡은 거 아니냐?

안 하는 게 아니고 못 한 거죠. 문학판이 공사판, 광산판과는 달라서 제가 선물 안 했다고 부당한 대접 받고 그런 거 없어요.

과연 그럴까? 선물 받고 싫어하는 사람 못 봤다. 나도 조카들이 술 한 병이라도 들고 오면 그렇게 예쁠 수가 없더라. 하고 보니 넌 나한테도 선물 한 번 제대로 한 적 없지?

제가 어버이날, 아버지 생신날, 아버지가 탐탁할 선물 드리려고 얼마나 골치가 아팠게요. 뭘 해도 아버지가 흡족해하는 것 같지도 않고.

왜 그런 말도 안 되는 오해를 하지? 나는 언제나 기뻤다. 흡족하지 않아 보였다고? 네 형편이 가엾어서, 내가 팍팍 못 밀어줘서 아직도 저렴한 선물밖에 못 사 오는가 안타까워서 그랬겠지. 비싼 거 사줘도 괴롭기는 마찬가지여. 내 환갑 때 너랑 판범이랑 120만 원짜리 스쿠터(50cc 정도의 소형 오토바이) 사줬지? 네 형편에 육칠십만 원이라니. 스쿠터 탈 때마다 너 쩰 거 염려에 엉덩이가 쑤셨다.

놀랬어요. 아버지가 쓴 편지 중에 여자한테 쓴 게 되게 많더라고요.

'펜팔의 시대'를 사는 청년이었잖느냐.

근데 '*子'씨가 동일 인물인가요? 한 분인 것도 같고, 두서너 분 같기도 하고.

나도 헷갈린다. 누가 누구인지 모르겠어. 분명한 건 한두 여자는 아니었다.

이 붓을 드느라고 나는 얼마나 망설였는지 모릅니다. *子 씨와 나와 사귄 지는 벌써 반년. 사람과 사람이 사귄다는 것은 과연 무서운 일입니다. 처음엔 나도 *子 씨를 그저 누이동생처럼 혹은 친우처럼 사귀려 했었습니다. 그러나 날이 깊어 감을 따라 그와는 다른 그보다 몇 곱절 강력한 감정이 싹트는 것을 느꼈습니다.

처음에 나는 그 감정을 부정하고 억누르려 하였습니다. 그러나 헛수고였습니다. 부정하려고 하면 할수록 억누르려고 하면 할수록 그것은 더욱 불타오르는 감정이었습니다. 나는 얼마나 망설였던지 내 애정이 참된 것이냐, 일시적 흥미나 야욕심에서 온 것이냐, 몇 번이고 내 자신에게 되물어 보았습니다. 그것을 증명하기 위해서 의식적으로 당신과 만나기를 피해 본 적도 한두 번이 아니었습니다. 그러나 *子 씨 나는 결국 단정하지 않을 수 없습니다. *子 씨 나는 당신을 사랑합니다.

날이 아무리 가도 아무리 당신이 나를 피해 봐도 내 감정은 변함없이 더욱 당신을 향해 타오르는 것입니다. *子 씨 나는 당신을 사랑합니다. 이제는 더 망설일 아무 이유도 없습니다. 내 용기와 정열을 기울여 당신의 애정을 얻을 수밖에 없습니다.

낮 뜨겁구나. 어떻게 이따위 개갈 안 나는[22] 편지를 쓸 수가 있었지?

저도 닭살 돋고 오글거리더라고요.

쓰긴 했지만 차마 부치지는 못했다.

답장 베껴 놓은 것도 있던데요?

부끄러운 줄 모르고 초고를 정성스럽게 옮겨 기어이 부친 적도 있기는 하지. 흐흐, 답장도 꽤 받았지. 그중에서도 읽고 또 읽게 만드는 것만 베껴 놓았지.

추수의 계절을 맞아 동창 씨의 건강을 빕니다.

동창 씨의 분에 넘치는 호의에 저의 마음은 뭐라고 씨에게 여쭈어야 할지 주저됩니다. 저로서는 처음 남성을 사귀어 보지만 또 남성을 사귀는 것을 두렵게 생각했지만, 전부가 씨와 같은 남성이라면 세상사가 다 어려울 것 없다고 생각합니다만, 저의 친우의 말을 들으면 남성은 모두가 여자를 울려 주는 것이라 하여서는 동창 씨의 그 늠름한 태도나 그 마음씨에 탄복했습니다. 그래서 지금 고향

---

22) '개갈 안 나다'는 지금도 충청도에서 흔히 쓰는 말이다. 이 말을 전국적으로 유명하게 만든 작가가 이문구다. 이문구의 대표작 「유자소전」에 나오는 문장에 의하면 이럴 때 쓰는 말이다. "…말이 맺고 끊는 맛이 없다거나, 섞갈리거나, 요령부득이다. '뜻이' 가당치 않거나, 막연하거나, 어림도 없다. '일이' 매동그려지지 않거나, 매듭이 나지 않거나, 마무리가 없다. '짓이' 칠칠치 못하거나, 갈피가 없거나, 결과가 예측불허다. 따위와 비스름한 의미로 쓰이고 있거니와…"

을 떠나 타락한 대기 속에서 생활하면서도 씨를 잊어 본 때는 한 시도 없습니다. 곧 올라가 서신을 하려고 했는데 씨께서 어떻게 생각할지 몰라 주저하다 이제 펜을 들어 인사를 올리니 욕하지 마시고 읽어주셔요. 끝으로 씨의 행복을 빕니다.

진짜로 현실 연애를 하신 거예요? 아니면 편지로만 사귀신 거예요.

기억이 날 리가 있냐.

원본 편지들은 다 어디로 갔을까요?

글쎄다, 태우지는 않았는데. 남아 있었다 한들 너희가 가만히 놓아뒀겠냐. 두 잡기장도 너희가 찢고 괴발개발 그려 놓고 낙서장 됐잖아. 아비 편지도 네가 딱지 접어서 잃은 거 아니냐?

누가 편지로 딱지를 접습니까. 편지 같지 않은 글도 있더라고요. 마치 소설 같았어요. 편지애정소설이라고 불러야 할까요?

나도 읽어 봤다. 도저히 민망해 읽을 수가 없었다. 이걸 쓰고서 문학도라도 된 양 우쭐대던 스물네댓 살 때가 화끈거렸다. 낮에는 동리의 재건을 위해 혁명군인처럼 깝죽대면서, 밤에는 이런 치졸한 글이나 끼적대고 있었단 말이지.

그니까 아버지가 소설도 쓴 거 맞죠? 제가 소설 쓴 건 어머니 유전자 영향인 줄 알았는데 아버지 유전자 영향인가 봐요.

그게 뭐 소설씩이나. 네가 내 유전자 받은 거는 맞는 것 같다. 네 소설이 꼭 내 고지식한 성격 보는 것 같다.

진짜로 답장 받은 거 맞아요? 소설까지 쓴 걸로 봐서, 어느 여성분에게 받은 편지도 혹시 창작한 거 아닌지.

혼자 북 치고 장구 쳤냐? 그러니까 한 번도 편지를 부친 적이 없고, 그저 잡기장에 내가 관심 둔 여자에게 편지를 썼고, 답장도 썼다? 기억나지 않는다.

툭하면 기억 안 난다고 대충 넘어가면 곤란하죠. 편지 중 상당수가 왕눈이란 분한테 쓴 거 맞지요?

왕눈과 주고받은 편지들만큼은 진짜였을까. 재건위원회가 해산되고, 왕눈은 어미 잃은 오리처럼 떠돌았다. 서울 청계천 공장에 있기도 했고, 부산 초량진 어시장에 가 있기도 했다. 고향에서는 여왕 같던 여인이 도시에서는 '공순이', '장순이' 소리를 듣고 산다고 했다. 창은 자신이 그런 소리를 듣는 것 같아 쓰라렸다.

창은 왕눈에게 끊임없이 편지를 쏘았다. 돌아오라고, 고생도 고향에서 하는 게 낫다고 애원했다. 지성이면 감천이라더니 왕눈이 홀연히 귀향했다. 그 팔팔하던 모습은 온데간데없이 병색이 완연했지만 창의 눈에는 황진이처럼 춘향이처럼 보였다.

"누나, 더는 내 마음을 못 숨겨요. 우리 사랑해요. 혼인해요."

"그래, 그러자."

창이 청혼의 말을 궁리하느라고 무수히 괴로워했던 밤이 허무하게도, 왕눈은 단박에 허락했다. 하기는 그간 들인 공이 얼마냐.

마음 바뀌기 전에 도장을 찍어야지. 창은 왕눈의 부모에게 달려갔다. "제가 성에 차지 않으시겠지만 따님을 공주님처럼 받들고 살겠습니다."

왕눈의 아버지는 "그러세. 조만간 날 잡으세!" 했고, 왕눈의 어머니는 아무 말도 없이 울었다. 사위가 메기처럼 생겨서 상심한 건가, 딸을 여의게 되어 감격한 건가 종잡을 수 없는 울음소리였다.

보름 동안 창은 왕눈과 물리도록 연애했다. 상상했던 모든 것을 함께 했다.

정말? 그런 일이 있었어? 지어낸 이야기 아닐까? 꿈속의 일 아닐까?

왕눈이 돌연 죽었다. 병이 깊다는 건 알고 있었지만 10년은 더 살 줄 알았다. 초상집에서 주워들으니 시한부 판정을 받고 귀향했던 것이다. 창은 어지러웠다. 대관절 뭐야? 불쌍해서 나랑 사귀어 준 거야?

4에이치와 재건위를 함께했던 청년들은 늦게까지 무덤에 남아 있었다. 누가 먼저 불렀는지 모르겠다.

네 잎다리 클로버의 우리 깃발은

순결스런 청춘들의 행운의 표정

지덕노체 네 향기를 담뿍 싣고서

살기 좋은 우리 농촌 우리 힘으로

빛나는 흙의 문화 우리 손으로

역경리 청년들은 펑펑 울면서 4-H 노래를 부르고 또 불렀다. 창은 왕눈을 가슴에 묻었다. 사나이는 태어나서 딱 세 번만 운다고 말한 놈을 만나고 싶었다. 이렇게 울 일이 잦은 세상인데 어떻게 울지 말란 거야.

사흘 뒤 길고 긴 잠 속에서 깨어난 창은 잡기장에 썼다.

잃어진 얼굴

정녕 목이 메어 곧 울어질 것 같다. 이제는 영영 되돌아갈 수 없는 그날이기에 몸부림치도록 아쉬움에 파르르 떨고 있다. 꽃처럼 고웁던 구가 그렇게 될 줄이야.

미처 생각지도 못했던 일이었다. 내 어린 시절, 고독과 주위의 환경 때문에 생애 쓰라림을 맛보던 그때에 구를 알게 되었다. 오늘날 이렇듯 구 때문에 울어야 될 줄이야 정녕 몰랐다. 구는 언제나 깊은 공상에 잠겨 있는 소녀였다. 그렇다고 너무나 수줍은 편도 아니었다. 자기는 이다음에 여류 작가가 되겠다고 마구 뻐기었다. 생긋 웃을 때마다 볼우물이 꺼졌다. 큰 눈을 깜빡이면 무엇인가 깊은 사념에 잠기곤 하던 구가 세상을 등질 줄이야.

언제나 그 조그마한 손을 내게 쥐어 주며, '너도 성공하여야 돼, 응? 구가 이렇게 빌어 줄게' 두 손을 모으던 구가 가다니. 정말 꿈이 아닌가 했다. 내가 달려갔을 때는, 나를 부르다가 고이 잠든 뒤였다. 마지막 숨지는 그 시간까지 내 성공을 빌어 주던 자가 갔다.

다시 오지 않을 곳으로.

　　그러나 오늘까지도 求는 내 곁에 있을 것이다. 살은 썩어 없어졌다 해도 혼만은 언제나 내 곁에서 웃고 있으려니, 이렇게 자부하는 내 귀가 소곤거리듯 들려오는 고운 목소리를 듣는다. 성공해야 돼! 求가 이렇게 두 손 모아 빌 테니까. 그건 정말 求의 목소리인 양 때로는 힘차게 가까이 오고 있음을 느낀다.

아버지가 잡기장에 써 놓은 글 중, 위 편지만큼은 믿어지지가 않았습니다.

왜 못 믿어?

우선 아버지가 저런 연애를 했다는 게 믿어지지 않았습니다.

왜 나는 하면 안 되냐?

아버지는 연애하고는 어울리지 않는…….

수컷들은 참 이상해. 지가 연애하는 건 당연하고, 남이 연애하는 건 수긍이 안 되지? 제가 하면 로맨스고 남이 하면 불륜인 놈들보다 더 고약스러운 게, 저만 연애하고 결혼한 줄 아는 놈들이라니까. 짚신도 짝이 있다. 짚신도 제 짝을 만나면 연애를 해.

서울에서

1965년이 밝아 오기 전, 육경벌을 둘러싼 3개 리의 저수지 축조와 수로 공사가 매조지되었다.

도십장이 창을 타일렀다. "그동안 수고했다. 이제 네 갈 길을 가야겠다. 촌구석에서 썩기는 아까운 놈이여. 서울로 가거라!"

"아뉴, 지는 계속 감독님 밑에서 일을 배우고 싶어유."

"나는 이젠 '씹'장 같은 거 안 한다. 내 짓거리가 괜찮아 보이더냐? 남의 돈 받고 씹장인지 감독인지 하는 거 순 병신 지랄이다. 재주는 곰이 부렸다만 돈은 왕서방이 번 거 아니냐?"

"감독님이 얼마나 훌륭하신 분인듀."

"서울로 가기 싫다면, 탄광에 넣어 주마. 갱바닥서 탄 캐는 자리 말고 바깥에서 완장 차고 감독하는 일이여."

도십장은 호언장담한 대로 공사판에서 은퇴해 버렸다. 돈을 보따리로 싸 들고 와서 공사를 맡아 달라고 조르는 부자, 유지가 여럿이었지만 한사코 거절했다.

광산에서 완장 차고 감독하는 일은 빛 좋은 개살구였다. 광산 사무소에서 일하는 이기춘에게 들으니 가관이었다. 윗사람들에게 사바사바 잘하고 광부들에게 뇌물 받고 편의를 봐준다든가 부정을 눈감아 준다든가 하면 큰돈을 벌 수도 있는 자리였다.

공사판에서도 유도리 있게 굴면 만사가 편했을 테다. 공사판에서 창은 "유도리는 약에 쓸래도 없는 놈!" 소리를 들었다.

'새끼 감독'의 주요 업무가 인부들의 노동량을 기록하는 것이다. 다른 사환은 뭐 찔러 주고 하면 돌 한 지게 나른 것 두어 지게 나른 것으로 적어 준다든가, 일이 상대적으로 편한 곳으로 배치해 준다든가, 두어 시간 농땡이 친 것을 모른 척한다든가 그런 게 유도리였다. 창은 얄짤없었다.

창이 노동판에서 활개 칠 수 있었던 것은 창만큼이나 유도리를 싫어하는 도십장 성미 덕택이었다. 도십장이 아니고 유도리 밝히는 위인이었다면, 창은 애초 쫓겨났을 테다. 창이 도십장네 가족한테 9년 동안 선물 한 번 안 할 수 있었던 건, 도십장이 "없는 놈이 육갑한다!"고 줘도 안 받은 까닭이었다.

도십장이 창을 다른 건설업체에 감독이나 관리자나 직원으로 소개해 주지 않는 까닭도 뻔했다. 창이 다른 건설업체에서는 일주일도 못 버틸 것이 불 보듯 했다. 창도 제가 다른 건설업체에 가면 외계인 취급을 당할 거라는 걸 헤아릴 푼수는 되었다. 그렇다고 명성 높은 도십장의 새끼 감독을 오래오래 한 능력자로서 일반 노가다꾼이 되는 것도 싫었다. 쪽팔리잖아!

그런 답답한 성격으로 노가다판보다 훨씬 사납다는 광산판으로 간다 한들 유도리 있는 직원 노릇을 한다는 것은 스스로 가늠해 봐도 터무니없었다. 유도리 없이 굴다가 광부들한테 맞아 죽은 것들이 한 트럭은 된다는 소문이 무시무시했다.

별수 없이 광산으로 간다면 정직하게 일하는 곳으로 갈 수밖에 없을 테다. 광산 두더지 말이다. 그치만 벌써부터 두더지로 살기는 싫었다. 상상만 해도 숨이 막혔다.

유도리가 일본 말인 거 알고 계시죠?

아비도 일본 말 싫어한다. 한데 말이다, 그 말이 아니면 안 되는 말도 있는 거 아니냐? 광부 생활 30년 동안 유도리, 간조, 벤또, 목간, 하꼬방이라고 했다. 그걸 융통성, 월급, 도시락, 목욕, 가게 이렇게 바꿔서 말하라는 건데, 그러면 아닌 것 같단 말여. '월급'은 내가 땅두더지가 돼서 번 지폐 뭉치의 소중함을 다 나타낼 수 없단 말이다. '간조'라고 해야만 목숨 걸고 그 깊은 굴에서 돈을 번 사람의 간절함까지 표현되는 거 아니냐? '벤또'도 그렇다. 도시락이란 말을 쓰면 내가 시커먼 굴속에서 처먹던 밥을 온전히 나타내지 못하는 것 같다.

영어에는 한없이 관대해도 일본 말이라면 분기탱천하는 분들이 많아서요.

그렇게 일제 싫어하면서 일본 소설은 왜들 그렇게 물고 빠는 겨? 문학 국민이 일본 소설 조금만 덜 샀어도 네 소설책이 몇 권은 더 팔렸을 거 아니냐. 너희도 그런 거 있지 않냐? 그래, '스펙'이란 말 잘 쓰더라. 스펙은 영어라고 쓰지 말라고 아무도 안 뭐라고 하잖아? 일본말은 쓰면 안 되고 영어는 되는 거냐? 스펙을 대체 우리말로는 뭐라고 해야 하는 거냐? 여하간 무슨 우리말을 지어냈다고 하자. 그 말이 너희가 쓰는 스펙에 담긴 어떤 느낌까지 나타내겠냐?

창은 9년을 하루같이 드나들던 도십장 댁에 갈 수 없자 어찌할 바를 몰랐다.

공사판 '새끼 감독'으로 손위 인부들을 호령했던 창은 초라해 졌다. 큰형수에게 십일조를 바치고 살았더랬다. 바칠 수 없게 되자, 잊고 살았던 눈칫밥을 새삼스레 먹어야 했다. 그렇다고 모질 게 저축한 돈을 생활비로 내놓을 수는 없었다.

넷째 형네와 다섯째 형네는 조카들도 하루에 한 끼 먹는 판이 니 갈 엄두도 못 냈고, 큰형네와 셋째 형네를 왔다 갔다 하며 얻어 먹고 얻어 자고 농사일을 도왔다. 그토록 일하고도 먹을 때마다 눈치가 보였고 조카들 사이에 끼어 잘 때마다 가시 이불이었다. 도십장 댁 인부방, 재건위 사무실 면창고는 되새길수록 천국 진배 없는 잠자리였다.

농사일은 조금도 신명이 나지 않았다. 형들 논이지 내 논이 아 니니까. 돕는다기보다 새경 없는 머슴처럼 일하다 보니 울화와 노 기가 쌓였다.

젠장, 마음 편하게 잘 데도 없는 청춘이 되다니. 서울로 가자! 망아지는 제주도로 사람은 서울로 가랬어! 남들 다 가는데 나라고 왜 못 가.

서울까지 여덟 시간도 넘게 걸리는 느림보 열차를 탔다. 서울

역에 내렸다. 버스를 여러 번 갈아타고 상계동 어느 산골짜기로 들어갔다. 여기도 서울이라고? 우리 동네랑 비슷한 산골이구만. 그곳에 열여덟 살 터울의 큰누나가 살았다. 창이 태어나던 해에 시집갔던 누나였다.

매형은 개를 백 마리도 넘게 키웠고, 큰누나는 미군 부대 빨래를 해 댔다. 개들은 미군 부대에서 나온 음식을 먹고 커서 그런지 미국스러워 보였다. 매형과 큰누나는 창을 대환영했다. 부부 노동력만으로 힘에 부쳐 직원을 두려던 참이었다. 창이 힘쓰는 일 잘하고 게으름 모르는 상일꾼이란 소문은 서울까지 나 있었다.

사흘 일해 보니, 창은 적성에 안 맞았다. 개똥 치우고 개 먹이는 것도, 자전거로 빨래, 개밥 운반하는 것도 짜증만 났다. 괜히 큰누님께 신경질을 부렸다.

"이렇게 생고생할라고 여기까지 이사 왔소? 차라리 농사짓는 게 낫잖소?"

역경리 당골에서 살던 큰누나네가 서울로 이사한 것이 5년 전이었다.

"동생, 철없는 소리 좀 그만혀. 농사져서 애들을 어찌 가르친단가."

큰누나는 1남 5녀를 낳았다. 자식을 먹이기만 하면 되던 시대는 갔다. 가르치기까지 해야 한다. 누나 말이 맞았다.

"농사가 답이 안 나오는 건 지두 알아유. 긍게 남들 다 오는 서울에 지두 왔죠. 하여간 난 개 냄새가 싫어유. 양코배기 냄새 밴 빨래 나르기도 싫고. 빨래 갖고 양공주촌에 갔다가 불알 털리는 줄 알았슈. 미군 새끼들은 왜 부대에 안 있고 양공주촌에 사는 겨.”

“그럼 뭐 하려고 서울에 왔어? 뭐라도 해야지?”

“뭐 폼 나는 일이 있을까 봐 왔죠.”

“야, 일할 수만 있어도 복 받은 세상에 폼을 찾어? 너 소문과 달리 허파에 바람 든 애구나. 너 같은 시골 무지렁이가 이 일 저 일 다 싫으면 갈 데가 공장밖에 더 있어?”

“말씀 잘했슈. 공장이나 알아봐 주슈.”

재단 공장에서 하루 일하고, 창은 진이 빠져버렸다. 지게로 원단을 날랐다. 기계처럼 나르고 또 날랐다. 공단 거리는 숨이 턱턱 막혔다. 하늘이 시커먼 건물들 안에 갇혀 있었다. 국민학교를 졸업하자마자, 중학교를 다니다 말고, 식모살이하다가, 공장으로 흘러 들어온 누이들이 전태일이 쓴 일기에 나오는 것처럼 노동하고 있었다. 아니, 죽어나고 있었다.

“제가 어제 하루 일한 거 매형이 받아서 조카들 과자나 사 주슈. 지는 고향으로 돌아갈래유.”

큰매형이 혀를 찼다. “뭐여, 달랑 하루 일하고? 며칠만 더 일해 봐. 공장 일이 농사일 광산 일보다 훨씬 낫다는 걸 알게 될 겨. 내가 시골서 농사지을 때는 길이 안 보였다. 뭘 해도 도시는 길이 보여.”

“길이 보이고 안 보이고 간에, 답답해서 못 있겠슈. 저는유, 들판이 안 보이면 못 살어유. 저는 시골 천성인가 봐유.”

“대책 없는 놈 보소. 스물다섯 나이를 똥구멍으로 먹었냐? 남들은 다 도시로 기어 올라오는 판에 뭔 시골 타령여.”

무엇이 문제일까? 왜 남들 다 좋다는 서울에 정이 안 가는 것일까. 고향 땅에 부모가 있는 것도 아니고. 그치만 형제가 있다. 형이 넷이나 있고 작은누나도 가까이 있다. 아버지 같은 도십장이 있고, 친구들이 있다. 기분이도 있다. 기분이? 걔는 왜 그리운 거지?

그때가 서울에서 살아 볼 것을 건성으로나마 갈팡질팡해 본 처음이자 마지막이었다. 이후로 창은 고향이 아닌 다른 곳에서 살아 볼 탐심을 품어 본 적조차 없었다.

기분이와 작은누나

도섭장 댁에 인사드리러 갔다. 더욱 여성스러워진 기분이가 새침하게 쏘았다. "한 보름 안 뵈기에 군대 간 줄 알았네. 메기 오라베는 군대 안 가유?"

"난 면제여."

법적으론 면제가 아니고 '보충역'이었다. 보충역은 현역병으로 입대하는 일이 없었으므로 면제로 통했다.

"좋겠슈. 우리 큰오빠는 군대서 생고생하는디."

"나도 나라 지키러 가고 싶은디, 애비, 어미가 없다고 군대에서 안 받아 주겠다는디 어쩌겠냐. 애비 어미 없는 놈은 군대에서 사고친다는 거여, 뭐여? 한디 네가 인제 몇 살이냐? 열여덟? 시집갈 때 됐네."

"어이구, 메기 같은 입으로 메기 같은 소리나 하고 자빠졌네."

기분은 팩 토라진 얼굴로 부엌으로 들어가 버렸다.

도섭장의 작은마누라는 또 바뀌어 있었다.

창은 도섭장이 묻지도 않았는데 이실직고했다. "서울에 갔었는듀, 저하고 서울은 궁합이 안 맞는 것 같유. 저는 그냥 고향서 자수성가해 볼래유. 저번에 말씀하신 탄광 일자리 아직도 있을까유?"

그깟 탄광 일자리 혼자서도 알아볼 수 있었다. 다섯째 형이 어느 광산 노조 위원장이니 형한테 부탁하는 게 더 빠를 수도 있었다. 그렇다면 굳이 도섭장을 뵈러 온 까닭이 뭐지? 사회 스승님이니까 문안 인사차 온 거다. 군사부일체 몰라? 설마 이름만 새겨도 기분이 상쾌해지는 기분이를 보고 싶어서?

여덟 살 터울의 작은누나. 작은누나가 시집가는 날 창은 금굴에서 서럽게 울었다.

노인네들 옛날이야기 치고 믿을 만한 게 별로 없다. 중에서도 제일 황당한 이야기. 부부리 부부산은 일제 때 금광으로 휘황찬란했다. 현재 육경면에서 인구가 제일 적은 동네가 부부리인데, 그때는 날마다 읍내 오일장 수준으로 사람이 들끓었다. 해방 이후 채산성이 떨어져 금광이 폐쇄되고 숲에 묻혀 흔적도 아물아물해졌지만, 부부리 늙은 것들은 우리 동네엔 그토록 영광스러운 시대가 있었다고 툭하면 뻐기는 것이었다.

부부산과 이어진 호랭이산에도 속속들이 뒤지면 여기저기 굴이 있었다. 육이오 때 공산당이 숨느라고 파 놓은 굴이란 의견도 있었지만, 필시 황금에 눈이 먼 누군가가 호랭이산에도 금 부스러기 나올까 파 본 흔적일 터였다.

그 금굴은 큰형님네 식모나 다름없던 작은누나의 아지트였다.

"솔가리 긁으러 왔다가 찾았으야." 작은누나가 솔가리 긁으러 갈 때마다 창은 경호원인 양 동행했다. 누나랑 금굴에 있으면 엄마 품처럼 아늑했다. 누나가 시집간 뒤에도, 창은 나무하다가 지치면 금굴에 들어앉아 우두커니 시간을 보내곤 했다.

작은누나네까지는 걸어가도 세 시간이면 넉넉했다. 창은 작은누나가 몹시 보고 싶어 더러 발길을 했는데, 가면 즉시 화가 났고, 화를 참지 못해 금방 돌아오고는 했다. 점심 무렵에 닿았다가 점심도 안 먹고 돌아온 적도 있었다. 매형이란 작자가 되게 섭섭했다.

"그래도 자린고비가 처남은 챙기네. 쌀 들어간 밥을 하라잖여. 소주 대병도 받아 오랴. 애들이 잡아 온 붕어, 미꾸라지도 끓이라 하고. 다른 사람은 각오도 없는 일이여."

누나는 매형이 처남에게 특별한 시혜라도 베푸는 것처럼 공치사했지만, 창은 메스꺼웠다. 마당에 구구거리는 닭이 백 마리에 가깝건만 그 닭은 쳐다도 못 보게 하고 미꾸라지 타령을 해 대서가 아니었다.

한번은 참다가 못해 대들었다. "누나가 종이유? 우리 누나가 노예냐고요? 겁나게 막 부려 먹잖유."

"마빡에 피도 안 마른 게. 처남이라고 오냐오냐해 줬더니 요 싸가지 없는 것 보소."

"쌍, 마빡에 총 맞은 소리 하고 자빠졌네!"

매형을 번쩍 들고 재건 체조를 했다. "앞으로 내 누나 괴롭히면, 그냥 안 놔둘 겨. 콱 쥑여 부릴 겨."

드넓은 간척지에 미래를 걸어 볼까. 작은누나네가 사는 간척면은 일제 강점기 때부터 간척지로 유명했지만, 50년대 또 한 번 바닷물 막는 방조제 건설로 한층 넓어졌다. 농사를 지으려면 크게 한 번 지어 봐야지. 간척지로 가자. 그간 저축한 돈으로 논 다섯 마지기를 얻자. 큰 농사꾼이 되어 보자.

창의 포부를 듣고, 열여덟 살 위인 작은매형이 쯧쯧댔다. "요번에 생긴 간척지에 농사지으려면 넉넉잡고 오 년은 걸려. 소금물 싹 빠져야 되니께. 시방 농사지을 수 있는 논은 겁나게 비싸지. 자네 가진 돈으론 한 마지기도 못 살걸. 신기하지. 소출은 줄어드는데 땅값은 올라."

"도지는 많잖나유?"

"워떤 미친놈이 딴 동네 젊은 것한테 도지를 주겠냐."

매형의 말은 점점 길어졌고 술기운이 돌자 한 말 또 하고 또 했다. 서당 다닐 때 조선시대 같았으면 장원 급제감이란 소리를 들으면서 컸다더니 삼강오륜, 도덕 교과서 닮은 소리가 멈출 줄을 몰랐다.

창은 자주 그랬듯이 벌떡 일어났다. "나 가유!"

창이 멈춰 돌아보니 작은누나가 막 달려오고 있었다.

"야, 너는 한 번을 안 자고 가냐?"

"밤새 저 염불을 듣고 있으란 말유. 저나 잘하라고 하슈. 제발 누님 좀 패지 말고. 누님, 매형 새끼가 또 때렸지?"

"욕 좀 하지 마."

"으이구, 저것도 서방이라고 편들기는. 한디 누님, 나 진정 뭘 해야 할까? 공사판도 싫고 서울 공장도 싫고 농사도 싫고 난 대체 뭘 해야 할까?"

"뭘 하고 싶은디?"

"그걸 모르겠다고."

"뭘 해도 건강하기만 하면 돼."

"누님이나 건강하슈. 병원에 갔다 온 겨? 누님 어딘가 되게 아픈 것 같단 말여. 왕눈이라고 알지? 그 누나도 하늘로 떠나기 전에 누님 같았다고. 제발 병원 좀 가 봐."

"병원 갈 돈이 어디 있니. 네 매형이 달걀 하나에도 벌벌 떠는 사람인디."

"매형은 그 돈 벌어 다 뭐 하는 거야? 계집질도 않고 노름질도 않는 건 좋지만, 지 마누라 자식한테 돈 쓰는 것도 벌벌 떨면 어쩌자는 거냐고!"

잡기장에 쓴 글 2

1964년에는 틈만 나면 썼는데, 1965년부터는 두어 달에 한 번씩 썼습니다. 65년엔 재건 활동도 안 하고 노가다도 안 하고 글 쓸 시간이 더 많았잖아요?

평생 소설 썼다는 놈이 그따위 질문을 해? 글 쓰는 게 바쁘고 안 바쁘고의 문제이더냐. 마음의 문제지. 너야말로 강사질도 확 줄어서 시간 남아도는데 왜 못 쓰고 자빠졌냐.

입이 있어도 할 말이 없습니다.

65년엔, 쓰는 게 무슨 의미가 있나 싶어졌겠지. 그래도 가끔 쓴 게 어디냐.

시도 쓰셨더라고요.

시로 봐 줘서 고맙다.

인생의 아름다운 일기를 쓰러
앞날은 꽃향기 그윽한 낙원에서
한 쌍의 나비 꽃동산 찾아드니
인생의 기쁨과 영광은 오러
그대는 나를 부르고 나는 그대를 부르는 날
나날이 부풀어 오르고 사랑은 오직 그대에게만이 곱게 밝히려니
창백한 가을하늘과 같은 어느 여인의 마음속에

잘 쓴 것 같냐?

제가 시를 아나요.

해서 네가 그런 소설가밖에 못 된 거다. 잘난 소설가들은 시인이었거나 시에 조예가 깊더라. 노벨 문학상 받은 한강 작가도 시인부터 했다며?

저도 시집을 한 오백 권 읽고 시를 한 오백 편 썼었다고요. 아버지 민망하실까 봐 아무 말도 안 하려고 했는데 하게 만드네요. 제가 시를 안다는 것은 아니지만, 일단 아버지 창작이 맞는지 어디서 베낀 건지 판단하기가 모호하네요.

요즘 말로 AI가 써 준 것 같단 말이지? 참 철이 없긴 없었어. 기쁨과 영광 같은 것이 나한테까지 차례가 올 거라고 믿다니. 한데 나도 모르겠다. 내가 쓴 건지 베낀 건지. 내가 쓴 게 분명한 시는 한 편뿐이다.

사랑방 한구석에 48장의 만화책 놀이는 남녀노소 다 즐기네

이 책을 보면 잠이 안 오고 이 책을 넘기면 날 가는 줄 모른다네

이 책은 노소 없고 이 책은 친구 친절도 없다네

잘 나왔다 갑오[23]다 돈 놓고 돈 먹기다

손뼉을 치면 땀 흘려 번 돈 날려 가고

피 흘려 채운 랑 헛손 짚여 빈털터리 만드네

---

23) 섯다. 도리짓고땡처럼 끗수를 따지는 화투 놀음에서 땡 다음으로 높은 끗수 '9'를 말한다.

자자손손 이어받은 시전 지물 아차 순간 날리고 목 놓아 울지 말고
남의 돈 탐내지 말고
땀 흘려 땀값 받고 피 흘려 피값 받세.

엎치나 메치나 애정 타령이 아닌 글이 서너 편 있었다.
장손조카 멋쟁이 결혼할 때 썼던 감사의 글도 있었다. 재주도
좋지, 멋쟁은 전역할 때 신붓감까지 데리고 왔다.

감사합니다. 우리 집안의 경사와 친구의 결혼을 축하하여 주
는 의도하에서 바쁘신 데도 불구하시고 복잡한 원거리를 왕림하시
어 성스러운 이 자리를 마련하여 축정을 베풀어 주시는 여러분께 진
심으로 감사의 뜻을 표합니다. 여러분께 특별한 대접을 하여야 옳
을 텐데 형편상 모두가 부족해서 변변치 못한 음식과 막걸리로써
여러분을 모시겠사오니 현명하신 여러분께서 넓으신 마음 이해(理
解)를 바라는 바입니다. 여러분께서 친구의 결혼을 축하하여 주러
왔다는 의미에서 좀 부족한 점이 있고 틀리는 점 있다 할지라도 여
러분께서 깊이 늘려 생각하시고 뜻깊은 오늘 짧은 하루를 명랑한 분
위기 속에 유쾌하게 놀아주시면 대단히 감사하겠습니다. 그러면
여러분의 건강과 각 가정에 행복이 깃들기를 빌면서 이것으로써
친족 대표 인사의 말을 대신하려고 합니다.

절친했던 친구에게 몹시 화가 나 써 갈긴 글도 있었다.

이 세상에 친구도 의리도 없다. 나라는 인간은 고독 속에서 20 평생을 자라 온 얄궂은 인생인 것이다. 그러기 때문에 친구도 없는 모양이다. 친형제처럼 지내 온 이웃 친구 전우치. 8세부터 같이 놀았다. 그의 아버지와 우리 아버지도 친밀한 사이였다. 나도 어려서 양친을 여의었고 그도 양친을 여의었다. 그래서인지 그도 나를 사랑했고 나도 그를 항시 예우했다. 그랬는데 전우치는 나라는 존재를 어떻게 생각하는지 오늘 저녁 막말을 해 분통이 터진다. 내가 전 그 성질이라면 참지 않았을 것이다.

전우치가 무슨 막말을 했기에 분통이 터졌을까. 뒷부분은 갈겨 써서 해독할 수 없었고 기억나는 것도 없었다. 전우치는 곧 도시로 떠났고 소식이 두절되었다. 고향을 영영 떠나간 친구들은 둘 중 하나였다. 성공을 자랑하러 오거나, 부고로 돌아오거나. 창은 오래도록 바랐다. 전우치가 성공을 자랑하러 나타나기를.

외로운 것 막내

세상에서 흔히 막내는 귀염둥이다 떠들지만 막내라는 두 글자를 앞에 놓고 따져 보면 참으로 외롭고 괴로운 것이 막내다. 막내는 두 어버이가 한 세상 살았다는 뜻이고 더할 일이 없다는 하나의 표현물이다. 두 어버이는 끝 자식이라 해서 딴 자식보다 사랑을 하지만 머지않아 두 어버이는 이 세상 인간 노릇을 못 하기 마련이다. 그 어린 것은 말 못 하는 속 쓰라린, 갖은 풍파를 겪으면서 얄궂은 세상을 원망케 되는 것이다. 부모 잃은 고아들은 아무리 해도 자수성가할 때까지 남의 눈칫밥을 먹어야 한다. 어떻게 막내가 좋다는 말인가. 인간들아, 자식 낳아서 자기 손으로 여의지 못하고 죽을 바에는 아예 낳지를 말라. 어린 자식 눈물을 빼지 않을 테면 말이야.

이 글은 일반화의 오류를 범하고 있습니다. 하나도 외롭지 않고 하나도 괴롭지 않은 막내도 많잖아요? 재벌 집 아니더라도 웬만한 집 막내로 태어나면 얼마나 귀염받고 크겠어요. 아버지도 막내 판진이는 보물처럼 귀애했잖아요?

딸이 아들보다 백배는 귀여운 걸 어쩌냐. 너 전에 갸만 무사히 태어났어도 딸 둘 참 복되었을 것인디. 못 배운 시골 청년의 신변잡기니 오죽하겠느냐. 해서 말인데, 네가 아비가 남긴 글이라고 어떻게 해서든 책에 나오게 하고 싶어서 무리수를 던지고 있다는 건 알겠다. 꼭 그래야 할까? 1960년대 아무것도 아닌 청년이 쓴 잡글이 21세기 독자에게 읽히겠냔 말이다.

저는요, 독자님들이 소설을 시집처럼 읽었으면 좋겠어요. 어려운 시집 말고 쉬운 시집 말입니다. 시집은 여기저기 건너뛰면서 읽어도 되잖아요. 차례대로 읽어야 하는 소설도 있지만, 드문드문 읽어도 괜찮은 소설도 썼거든요. 요컨대 독자님들께서 아버지 글 나오는 대목이 읽기 거시기하다면 건너뛰었으면 좋겠어요. 아버지 글에 만족하는 독자도 있지 않을까요? 다 그만두고, AI로 주물러댄 글보단 아버지 글이 훨씬 나아요.

고마워해야 할지 말려야 할지. 이럴 땐 여자 말 듣는 게 최고다. 네 아내에게 결정해 달라고 해라. 이 아비 글을 뺄지 말지.

어머니한테도 부탁해 볼까요?

네 어머니 좀 그만 괴롭혀라. 네 소설 읽는 어머니의 심경을 헤아려 본 적 있냐? 오죽 깝깝하겠냐?

자연을 극복하려면

내려 쪼이는 7월의 열풍 속에 온 농민이 시들어 가고 생초 말라 가는 논밭, 심지 못한 뿌연 빛나는 논을 쳐다보며 한숨짓고, 말라 가는 논귀퉁이에 샘을 파고 물 품는 물통 소리에 낯을 찌푸리던 때가 언제냐는 듯 연 4일을 두고 내리는 비. 풀 죽었던 농민은 새 힘을 얻어 줄기쳐 쏟아지는 빗발 속에서도 아무 거리낌 없이 온 부녀자까지 동원해서 모내기에 오직 힘을 기울인 덕택으로 우리 동리는 7.13(음 6.15) 날 필봉의 영광을 차지하게 되었다. 인제 살았다고 서로가 기쁘다고 웃는 얼굴들이 하늘에 천사와도 같았다. 이러기 때문에 농촌 사람을 양이라고 부르는 모양일까.

이 글은 기분 좋을 때 썼나 봐요. 밝은 에너지가 넘쳐흘러요.

기뻐서 쓸 때도 있었다. 작가들한테 전해다오. 기분 좋을 때도 글을 쓰자고.

뜻밖의 글이 있었어요.

돈이란 무엇인가. 돈벌기가 이렇게 어려운가. 새삼스럽게 느껴진다. 나는 중학교를 다닐 때 집에 와, 학교에서 재촉하는 사친회비 잡종금을 달라고 해서 주지 않으면 형을 원망했다. 막상 집안 형편상 고교 진학을 포기하고 집에서 농사일을 거들어 주었다. 않던 일을 하려니 모두가 괴롭고 없는 게 한숨스럽다. 같이 다니던 중학교 동창생들이 '高'를 검정 모자에 달고 책가방을 들고 학교에 가는 것을 보면 부럽기 한이 없었다.

그래서 학교는 가지 못할망정 집에서 자습을 하자! 배우자! 생각하고 고교중앙강의록을 사 보았다. 그러나 머리가 별로 좋지 못한 탓인지 또 사회의 물이 들어서인지 뜻대로 되지 않았다. 그래서 또 중앙보통고시 강화로 서울통신강의록에 고시학회 책을 사 보려고 서신을 연락해 보았다. 그 책값은 있는 사람에게는 대수롭지 않으나 나에게는 엄청난 금액이었다.

공부를 포기하고 농사일에 힘써 보자고 내 자신에 맹세했다. 논에 모를 심고 김을 맸다. 에이는 듯한 겨울에는 나무를 했다. 그러한 일에는 할 용기가 나지 않았지만 이를 악물었다. 어느 정도 농사일을 터득하고 내 몸에 지게도 꼭 맞았다.

뭐가 뜻밖이라는 거냐?

제가 아버지한테 들은 것과 몹시 달라서요. 제가 듣기로 아버지는 국민학교 때부터 생일꾼이었죠. 오죽하면 아이들이 '머슴'이라고 불렀겠어요. 근데 저 글에는 중학교 때까지 농사도 안 지어 보고 나무도 안 해 본 것처럼 써 있잖아요. 중학교 졸업하고 노가다판에서 산 줄 알았는데 농사꾼이었던 것처럼 적혀 있고요.

나도 놀라기는 했다. '고교중앙강의록'을 사 보았다고? 기억에 없는 일이다. 고등학교 못 간 게 한이었고 공부 욕심은 분명히 있었겠지만, 실제로 공부를 해 보려고 시도했었다는 말인가?

조금만 모순적인 걸 지적하면 기억에 없다고 하시니.

내 나이 돼 봐라. 실제 겪었던 것, 책으로 읽은 것, 누구에게 들은 것, 꿈꾼 것, 모든 게 뒤죽박죽된다. 네가 내 얘기 쓴 소설 읽으면서 내가 얼마나 골치 아픈 줄 아냐? 내가 정말 이랬었나, 되짚느라고 어질어질했다.

저는 아버지 나이가 되려면 멀었는데 한참 전부터 그랬어요. 모든 게 뒤죽박죽이라고요. 각설하고, 이 글은 진짜진짜 아버지가 쓴 것 같지 않아요.

내가 걷고 있는 들판에 흰 눈이 쌓인다. 이렇듯 촌길을 걷다 보면 문득 이런 것이 생각난다. 하늘에서 내려오는 이 천사들이 말없이 한 겹 두 겹 쌓이면서 하는 그 대화를. 이 천사들은 순진하고 온순한 농민들이 애써 일하는 모습을 내려다보고 올 농사가 시원찮으니 내년 농사가 잘되게 해 주자고 자기들끼리 약속이나 하면서 내려오는 것 같습니다. 이렇게 티 없이 깨끗한 손님들이 어찌 그 마음이 곱지 않으리. 생각하면 추수 마당에서 찌푸린 얼굴들이 금년을 야속해하면서도 활기 있는 얼굴들이다. 명년에는 더욱 노력해서 올해 섬 수를 채워 보리라고 약속합니다.

내가 쓴 거 맞는데 왜?
아버지가 이렇게 닭살스럽게 쓸 수 있다고요? 아버지답지 않은 글이에요.
나다운 글이라는 게 뭔데?
바로 이런 글이죠. 이게 딱 아버지랑 어울리는 글 같아요.

흙을 사랑하자.
흙 속에서 살자.
흙 속에 몸과 마음으로 모든 것을 바치자.
별을 보며 나가고 달을 보며 일터에서 돌아오는 근면 정신을 기르자.
노는 것을 낙 삼고 일하는 것을 싫어한다면 어찌 가난을 불평하리오. 일하는 것을 행복으로 생각하는 근로정신, 그 정신이야말로 황금하고도 바꿀 수 없는 부의 터전이다.

막장으로

창은 광산쟁이가 되었다.

도십장이 소개해 준 어떤 탄광의 갱외 감독이었다. 과연 노가다판과 탄광판은 완판 달랐다. 창은 낙하산 감독이라고 왕따당하고 무시당했다. 없던 유도리가 깜짝 생기지 않았다.

탄광판에서도 창은 고지식하게 굴었다. 사무실 직원, 트럭 운전사, 야외 작업자 등이 이렇게 저렇게 야합하여 다양하고도 기상천외하게 석탄을 빼돌리거나 노동량을 늘려 먹거나 하고 있었다. 이 사람 저 사람이 "유도리 있게 잘 해 보자!" 했지만, 창은 분명히 했다. "저한테 걸리면 얄짤없으니께 김칫국물도 마시지 마슈."

네놈이라고 별 수 있어. 창을 만만하게 여긴 이들은 하던 대로 했다. 창은 시정될 때까지 통과를 안 시켜 주었다. 아무리 애처로운 눈으로 사정해도 곧이곧대로 처리했다.

협박하는 이들도 있었다. "별명이 사또라더니 지가 정말 사또인 줄 아나, 너 죽고 싶냐."

"니들이 나를 패 죽인다 해도 나는 법대로 할 거니께 애쓰지들 말어."

"시발, 무슨 되지도 않는 법 타령하고 있어. 가진 놈들만 배부르게 짝짜꿍해 놓은 게 무슨 법이야. 부당하게 착취당하니까 알아서 쬐끔 챙겨 먹겠다는 거잖아. 사장 일가친척도 아니라면서 왜 내시처럼 굴어?"

"사장한테 가서 따지든가."

"이 벽창호 새끼를 진짜 죽여 버린다."

싸움질이라면 자신이 넘쳐흘렀던 창은 몇 번 싸워 보고 각성했다. 광부들과 싸우다가는, 진짜 맞아 죽겠구나.

광부들은 목숨 걸고 싸우더라. 내가 그전에 싸운 수컷들은 그냥 호승심에, 남 괴롭히는 악취미로, 안 싸우면 창피하니까 싸운 거거든. 정신 무장이 안 되어 있었지. 해서 내가 죽기 살기로 덤비면 도망가 버렸지. 광부들은 달랐다.

뭐가 달랐을까요?

광부들은 그 적폐를 하지 않으면 가족 생계가 위태로워지거든. 쥐꼬리 월급으로는 살 수가 없는 사람들이지. 지 새끼들 먹을 게 달린 일이라 물러서질 않아. 가족 책임져야 하는 놈과 싸우면 백 퍼센트 가족 안 딸린 놈이 진다는 걸 깨달았다.

사무실이나 경찰에 고발하면 안 되는 건가요?

내부 고발 말이냐? AI 시대에도 오히려 내부 고발자들이 왕따 당하고 쫓겨나는 걸 보고도 그런 소리가 나오냐? 너는 죽은 아버지도 걱정시키는 늦된 자식이다. 네가 저번에 낸 소설 『소설가 소판돈의 낙서견문록』 이거야말로 내부 고발 아니냐?

설마요.

무슨 소리를 쓴 건지는 모르겠지만, 네가 종사하는 문학판을 고발한 건 틀림없잖아? 동료 작가들을 모욕한 거잖냐? 그런 소설

책을 내면 앞으로 청탁이 오겠냐? 강사질, 심사질 다 잘릴걸.

우려하지 않으셔도 되는 게요, 권력 가진 분들은 제 소설 볼 일 없어요. 그분들이 얼마나 바쁜데 듣보잡 작가 소설까지 챙겨 봐요. 아버지 성격에 내부 고발을 안 하고 버텨 냈다고요?

말해 뭣 하냐. 얼마 못 버텼다. 한 달도 못 버텼어. 부정행위를 눈감아 줄 수도 없었다. 때리기도 싫고 맞기도 싫었다. 고발도 못 했다. 내부 고발했다가 당할 일들은 별로 신경 쓰지 않았어. 겁 따위는 상실하고 살 때니까. 한데 고발하면 그 광부의 자식은 굶게 되잖아. 학교 못 가잖아. 그런 거 곰파니 고발은 또 못하지. 결국 광산에서 일은 가장 고되지만 심사는 가장 편한 일로 바꾸게 되었다. 채탄부 말이다. 오롯이 일만 하면 됐거든.

보선공, 전차공, 조차공 이런 것도 있었다던데요?

너만 문과라서 죄송합니다인 줄 아냐? 아비도 생짜배기 '문송합니다'였다. 네가 나한테 한 말은 이런 말 같은 거다. 그렇게 강사질이 벅차다고 징징댈 거면 기술일을 하지.

제가 기술 노동만 못하나요. 육체노동도 젬병이죠. 하지만 아버지는 육체노동 전문이었잖아요? 광산이 싫으면 노가다판으로 가죠?

남의 속 모르는 자들이 편하게 하는 말이다. 유도리 없는 게 소문이 나서 나를 감독이나 관리자로 쓰겠다는 사장이나 업주는 없었다. 먹을 만큼 먹은 나이에―1960년대엔 스물여섯이면 인생 절반은 산 나이였다―기술 배우자고 성질 더러운 십장들 밑에 기어 들어가 데모도(조수)를 할 수도 없고.

배가 덜 고프셨나 봐요.

솔직해지자면 기술 일에 자신이 없었다. 단순해 무식하게 힘만 쓰면 되는 일은 자신감이 넘쳐흘렀는데 조금이라도 섬세한 기술이 필요한 일은 왠지 겁났다. 누가 차분히 가르쳐 주고 나 혼자 알아서 하게 놔두면 잘할 수 있을 것도 같았다. 한데 대충 가르쳐 주고 계속 노려보면서 지청구해대면 아득해지면서 손발이 안 움직인다. 노가다 판의 꽃이 목수 아니냐. 목수가 쉬운 일이 아니다. 목수는 계산도 잘해야 해. 으이구, 육체노동도 안 되는 너한테 얘기해 봐야 뭐하냐.

제가 본 아버지는 목수도 잘하셨어요. 본가 별채도 아버지 혼자 다 지은 거잖아요? 돌 까는 것부터 콘크리트까지. 그게 저 6학년 때잖아요. 아버지랑 시냇가에 돌이란 돌은 다 주워 왔잖아요. 전기도 잘 만지시고요.

네가 헛것을 본 거다. 헛것을 기억하거나. 네가 이 아비를 항상 우러러봐서 그런 착각, 왜곡을 하는 거다. 농사꾼 중에 농사 천성을 타고난 사람이 몇이나 되겠냐? 수십 년 농사짓다 보니 웬만한 농기계는 다루게 되는 거고 목수 흉내도 내게 되는 거다. 그걸 못하면 농사를 지을 수 없고 먹고살 수가 없으니까 기어이 할 수 있게 되는 것뿐이다.

어쨌든 얼치기 기술자는 되셨잖아요.

전기는 영 적응이 안 되더라. 전기는 참말로 못 만지겠어. 퓨즈

(fuse) 하나 갈 때도 이 아비가 얼마나 떨었는지 모를 거다. 양수기 돌릴 때 상기하면 시방도 치가 떨려. 모내기 철에 수로 물을 논에다 퍼 올리려면 양수기를 돌려야 하는데, 전봇대 전기 끌어다가 모터를 돌려야 하는데, 물가에서 그 짓을 했으니 감전 공포가 어마어마했지. 누구한테 부탁하는 게 자지리 싫어서, 어찌저찌 스스로 전기를 다루게 되었지만 등골이 안 오싹할 때가 없었다.

그럼 별채 지을 때는?

전문 목수님 한 분이 계셨어. 난 데모도만 한 거지. 별호가 공사판 야당이라고 해서 공야당이란 분이 계셨는데, 대목수였지.

막장의 채탄 노동은 상상 이상으로 가혹했다. 한 달만 채우고 딱 그만둔다, 석 달만 버티자, 반년은 채워야지, 설날 떡값까지는 받아야지, 하다 보니 1년이 되었다.

1년이 지나자 심신이 완벽히 적응되었는지 그만둘까 하는 번민조차 하지 않게 되었다.

책을 읽거나 뭘 쓰거나 하는 짓은 도저히 할 수가 없었다. 막장에 안 들어갈 땐 마시거나 먹거나 싸우거나 잤다. 사람이 참 단순해졌다. 지도사 녀석이 사람이 책을 안 읽으면 동물이 된다더니, 과연 짐승이 된 듯했다.

농사일도 건성이 되었다. 내 땅이 아니고, 내 농사가 아니다. 형님들 농사일 도울 조카도 잔뜩 있잖아. 큰형수한테 십일조로 먹고자는 값을 내고 있으니 눈치 볼 것도 없고.

혼인

하루는 셋째 형이 각 잡았다.

"왜 이렇게 게을러졌냐? 소 치는 동창이는 어디 가고, 술에 쩐 탄쟁이만 남았느냐?"

"탄 캐 보슈. 딴 일 못 해유."

"장가 안 가냐?"

"저 같은 놈한테 누가 딸 주겠슈?"

"요샌 광부가 제일 잘나가는 사윗감이라던데."

"조실부모한 놈이라는 약점이 크쥬."

"진지하게 신붓감을 구해 봐라. 색시까지 이 형들이 구해 줘야 한단 말이냐?"

속으로 대답했다. 형님들이 저한테 뭘 해 줬다고 그딴 소리를 한데유. 겉으로는 딴말을 했다. "광부질 언제 때려 칠지 몰러유. 평생 땅두더지로 살 순 없잖유."

"그러니까 장가를 가야지. 가장이 돼야 가장답게 살게 돼."

"장가를 간다 한들 광부질로 애들이나 가르칠 수 있겠슈."

"농사도 짓고 소도 키워 봐."

"땅도 없고 소도 없는듀."

"모아 놓은 돈은 있잖냐?"

"막내 형한테 투자했슈."

"네 돈까지 말아먹었단 말이냐?"

"한 사람이 망하면 열이 패가망신한대잖유."

"잊었느냐? 내가 너 장가갈 때 논 세 마지기 준다고 했던 거. 아버님 유언 지키려고."

"그냥 하시는 말인 줄 알았쥬. 그때는 진담이셨어도 조카들도 커 가고. 한디 다섯 마지기 아니었대유?"

"그간 너한테 내 돈 들어간 게 논 두 마지기 값이더구나."

"중학교 때 학비가 그르케 잔뜩 들었대유?"

"이놈아, 네가 새끼 감독하면서, 재건위인가 하면서 사람 때린 게 한두 번이냐?"

"저도 때린 만큼 맞었는듀."

"너는 합의금 요구받은 적 한 번도 없지? 너한테 맞어서 이빨 빠진 놈, 무슨 뼈가 부러졌다는 놈, 피 몇 바가지 흘렸다는 놈, 그놈들이 누구한테 와서 지랄을 했겠느냐?"

"뭐여, 그 똥 쌀 놈의 새끼들이 형님한테 돈 뜯어 갔단 말유? 그런 일이 있었다면 왜 내가 몰러유?"

"네가 날뛸까 봐 합의금 받아 간 작것들이나 나나 쉬쉬했다."

"개자식들 다 죽여 버릴 겨."

"언제 철드냐? 해서 장가가라는 겨. 장가라도 가야 철이 좀 들지."

창은 스물네 살 때까지, 한 여자 왕눈만을 짝사랑했다. 왕눈의 애정을 얻어 사귀는 데까지 성공했다. 미래를 약속했다. 하지만 왕눈은 홀연히 떠나 버렸다. 그 후 몇 년 동안 아무나 그리워했다. 잡기장에 여자 이름이 한 다스는 나왔다. 명자, 혜숙이, 은숙이, 현미, 고광순…….

저 여자도 나한테 관심이 있나 보다. 고백해 볼까. 용기를 낼 만하면 여인은 도시로 떠나거나 혼례 날 잡았다고 청첩장을 주었다.

딱 한 번 사귄다고 할 만큼 연애를 했다. 탄광 사무실 직원이었던 현미였다. 석 달 만에 손을 잡아 보았다. 손 잡으면 다 된 걸로 알았던 창은 현미 부모를 찾아뵈었다. 현미 아버지가 이것저것 물어보더니 일갈했다. "애비, 어미도 없는 거지새끼가 어디서 감히!"

시경리 최고의 술집 평북식당 작부 고광순에게도 결혼하자고 졸랐다. 고광순이 믿지를 않았다. "술집 여성과 살 수 있다고? 동생이 시방 상당히 외로워서, 너무너무 객고가 쌓여서 앞뒤 분간을 못 하는 겨. 시방 상태로는 부처님이나 송아지랑도 할 수 있을걸."

스물여덟의 막바지였다.

그날도 창은 이기춘을 찾아갔다. 마침 이기분도 있었다. 큰맘 먹고 사 간 소주와 소고기를 내밀었다. "네 오빠랑 긴히 할 얘기가 있으니 술상 좀 봐 줘."

"우리 오라버니 공부해야듀."

"오늘만 봐줘."

"오라버니는 사람 좀 봐 가면서 사귀지."

"네가 언제 네 오빠랑 사귀었냐? 네 오빠는 선비과고 나는 노
가다과로 사귄 적이 없다."

"내 말이 그말유. 우리 오라버니는 반가워도 않는디 왜 노상 오
는규."

광산 사무실에서 근무하는 이기춘은 광산을 벗어나고파 농협
직원 채용 시험에 몰두하고 있었다. 이기춘에게 소주를 사발 가득
부어 주었다. 이기춘은 사약을 받은 사람 같았다.

"내가 너 잡아먹냐? 왜 이렇게 떨어."

"네가 안 하던 짓 하니까 그러지. 와서 아무 말도 안 하고 책이
나 보던 놈이 오늘은 왜 이러냔 말여. 너랑 나랑 술 마신 게 첨인 거
알어? 네가 별의별 놈 하고 다 어울리면서도 나한테만은 데면데
면했잖어."

"나는 진지한 데다가 착하기까지 한 놈하고는 말이 안 돼. 각설
하고, 네 동생 기분이 나 줘라."

"뭔 느자구없는 소리야?"

"너는 눈치가 그렇게 없냐? 내가 왜 너네 집 문턱이 닳도록 드
나들었겠어? 공부벌레 보러 왔겠냐고."

"안 돼, 기분이는 안 돼. 의심하기는 했지만 설마 했지."

"왜?"

"야, 인마, 네가 나라고 역지사지해 봐. 너한테 이쁜 동생이 있
어. 네가 되게 싫은 놈이 난데없이 네 동생 줘, 이런다고 해 봐. 그
놈이 되게 싫은 정도가 아녀. 못 배웠어. 못 배운 거, 다 못 배웠으

니께 그렇다 쳐. 가진 것도 없어. 살림이라도 차려 줄 부모도 없어. 그놈하고 살면 평생 고생할 게 뻔해. 너라면 그런 놈한테 내 동생 줄 수 있어?"

"내가 뭐가 어때서?"

"말해 줬잖아. 넌 하자투성이야."

"네가 오빠는 오빠다. 동생 아깝다고 별 개소리를 다 해."

"뭐가 개소리야? 내가 뭐 틀린 게 있어?"

"나 배울 만큼 배웠어. 너도 중졸이고 나도 중졸이여. 너만큼 은 나도 배웠다고. 그러고 인생 공부는 내가 훨씬 윗길이고. 가진 것도 있어. 내가 사회생활이 13년이여. 모아 놓은 게 왜 없다는 겨? 논도 세 마지기나 있어."

"안 돼! 무조건 안 돼."

"너한테는 예의상 먼저 말한 겨. 너한테 얘기해 봐야 무슨 소 용여."

창은 박차고 일어났다.

방밖에 기분이 주저앉아 있었다. "메기 오라버니, 난 안 돼유. 나 되게 불량한 계집여유. 나 좋다고 쫓아다니는 남자 있다는 얘 기도 못 들었슈?"

"상관없어."

창은 붙잡으려는 기분을 뿌리치고 도섭장의 사랑방으로 달려 갔다. 모처럼 도섭장과 성주댁이 오붓하게 있었다.

"어르신, 간만에 인사드립니다. 허구한 날 오는데 늘 안 계셔서 문안 못 여쭈었슈."

"뭔 일인데 이리 시끄러워? 시방 우는 게 기분이 아녀? 내 딸을 네가 울렸냐?"

"어르신, 기분이를 저에게 주십시오."

도십장이 창을 빤히 쳐다보다가 일갈했다. "고얀 놈, 네가 도적놈이었구나."

성주댁이 비명 지르다시피 했다. "메기는 안 돼유!"

도십장이 물었다. "왜 그러는디? 창이라면 기분이를 굶기지는 않을 텐데."

"요새 세상에 안 굶는 게 대수요? 메기는 정이 없게 생겼슈. 정이 있어야 살쥬."

"성주댁 아줌마, 아니 장모님, 저를 그렇게 보고도 정이 없는 놈으로 본 거래유? 저 정 많어유, 말을 살갑게 못해 그렇지. 글구유, 저는 약속할 수 있슈. 제 눈에 흙이 들어가도 저는 기분이를 때리지 않을 거구만요. 도십장 어르신처럼 작은마누라 얻는 일도 결단코 없슈."

도십장이 목침을 던졌다. "저것이 환장했구만."

그때는 왜 그렇게 아내를 때리는 남자가 많았나 모르겠다. 내가 젊을 때 본 남자 중에 아내 안 때리는 남자는 넷째 형 딱 하나였다. 도십장, 그러니까 장인어른도 역시 장모님을 어지간히 때린 위인이었거든. 내가 안 때리겠다고 말하자 장모님 표정이 단번에 누그러지더라.

아버지는 말 한마디로 아내를 얻어서 경사스러웠겠지만, 어머니는 무슨 날벼락이래요. 어머니를 쫓아다니는 남자도 있었다는데.

나도 그 사람 아는데, 그 사람보다는 내가 네 엄마한테 훨씬 잘해 줄 자신이 있었다.

어쨌든 어머니한테는 심했어요. 어머니한테 청혼한 게 아니라 외할아버지한테 한 거잖아요. 최소한 나 어떠냐고 물어는 봤어야죠? 자주 갔었다면서 그런 것도 안 물어보고. 선물이라도 좀 사 들고 다니면서 엄마 눈에 들려고 무슨 노력이라도 했냐고요.

네 엄마 말만 믿고 오해하는구나. 도십장 어르신 뵙는다고, 친구 이기춘 만난다고 가면서 내가 빈손으로 갔을 거 같냐? 그 집에서 먹고 자고 할 때나 빈손이었지. 그 집 나와서는 갈 때 뭐라도 샀다. 도십장, 성주댁 것만 샀겠냐. 네 엄마가 탐낼 만한 것도 섞었지. 네 엄마는 숙맥인지 내숭인지 모르는 척했지만 말이다.

그니까 아버지 기억엔 어머니도 마음이 없지 않았다는 거죠.

최소한 관심은 있었을 거다. 일주일에 한 번은 꼭 오는 남자의 흑심을 모른다고? 네 엄마가 그렇게 둔한 여자가 아니잖아.

어머니는 도통 관심이 없었다던데요.

아들이니 엄마 말을 더 신뢰하겠지. 그래, 내가 도둑놈이다. 그래, 내가 어느 날 문득 납치하듯이 네 엄마랑 결혼했다. 해서 네가 태어났잖느냐?

감사합니다. 낳아 주셔서 고맙습니다.

1969년 1월 22일, 약혼 사진을 찍으러 갔다.

양복 입은 창은 한복 입은 기분에게 속삭였다. "평생 공주마마처럼 살게 해 줄게."

진심이었다. 그럴 자신이 있었다. 그땐 몰랐다. 자신만 갖고 되는 게 인생이 아니라는 걸.

결혼식을 한 달 앞두고 셋째 형수가 어이없는 말을 했다. "막내 서방님, 이런 말 하면 되우 화낼 것인디 굿을 받고 장가가면 좋다고 그러대유."

"누가요?"

"내가 모시는 절 스님이."

"형수님이 뭔데 스님한테 내 일을 물어유?"

"섭섭하네유. 제가 서방님을 친동기간처럼 애꼈는디. 시동생이 장가가는데 그것도 못 물어봐유? 그 스님이 무당님 아들이어서 점도 기똥차게 쳐유."

"감사한디, 지는 굿 같은 거 패 죽여도 싫어유. 미신이라구유, 미신."

한때 재건위원회의 핵심 일꾼으로 빛났던 사람에게 하실 말씀이 따로 있지. 자신을 끔찍이 챙겨 준 형수가 아니었으면 한바탕 난리를 피웠을 테다.

창은 혼례 전날 웃기는 짓을 했다. 잡기장을 아내가 보게 되면 뭐라고 오해할까. 아무에게도 보여 준 적 없는 잡기장을 아내에게 보여 줄 리 없었지만 혹시 볼 수도 있는 일 아닌가. 현미는 아내랑 국민학교 동창이고, 술집 여자 고광순은 하도 유명해 아내도 이름을 들어 봤을 테다. 어쩌지? 창은 여자 이름을 잉크로 죄 지웠다.

이름을 지운다고 과거가 지워지냐? 진정 과거 여자들을 잊고 오로지 이기분만을 위해 살겠다면, 잡기장을 태워 버리는 게 옳다. 끝내 태우지 못했다. 아까웠다. 쓰느라고 끙끙댄 시간이.

1969년 4월 19일(음력 3월 3일) 토요일, 창은 이기분과 혼례를 치렀다. 도십장 댁에서 사모관대를 쓰고 옛날식으로. 태어나서 가장 정신없는 하루였다.

창의 청춘은 혼인과 동시에 끝났다. 창은 청춘을 즐길 만큼 즐겼으니 아쉬울 게 없었지만, 인제 스물둘인 아내에게는 서머서머했다.

아내를 행복하게 해 준 적이 없었기에, 결혼기념일 때마다 미안했고 죄스러웠다. 창은 죽을 때까지 결혼기념일을 귀하게 여겼다. "귀빠진 날도 아니고 결혼기념일까지 챙긴다구, 열부 서방 났구만." 비웃지 않는 친구가 없었지만, 창은 까먹지도 않았다. 양력으로는 학생혁명기념일이고, 음력으로는 3땡인 날이라 외우기 쉽기는 했다.

방위병

을씨년스런 목소리가 불길하게 들려왔다. "동창이 있는감?"

"누구시래유?"

"나여, 예비군 중대장. 니, 그렇게 말하면 모르겄구, 공야당이라고 하면 기억이 날라나. 자네 장인이 거느린 십장 중에 제일 사람 같은 사람 있었잖여. 내가 자네를 상당히 귀애했었는디. 자네 장가들 때도 갔었는디. 부조도 섭섭잖게 했었는디."

"어휴, 워칙히 기억을 못해유. 한디 중대장님이라고유?"

"전 중대장이 횡령해서 야반도주했다네. 대대장님과 친분 두터운 내가 중대장을 맡았네."

창은 뜬금없는 중에도 속으로 야유했다. 해튼 우리나라는 안 돼. 예비군 중대장 자리가 무슨 나눠 먹는 떡이냐고.

"장하시네유. 한디 여기까지 웬일이셔유? 그것도 다 저녁때에."

"자네를 꼭 봐야 할 일이 있구, 자네가 대낮에는 있을 턱이 없어 다저녁때 왔지."

"암튼 오셨으니께 들어오셔유. 집 같지가 않네유. 막걸리 좀 내와. 십장 어르신 오셨어."

집 같지가 않은 게, 집 짓자마자 들어앉은 지 열흘 됐다. 다들 집 구색이 갖추어질 때까지 기다리라고 했지만, 큰형네 집에서 단 하루도 더 머물기 싫어 부창부수로 허둥지둥했다.

아내는 시부모 없는 시집갔다고 부러움을 샀지만, 아내에게 큰동서는 시어머니나 다름없었고, 나이 많은 조카들은 시누이 시동생이나 진배없었고, 큰동서의 막내아들은 젖만 안 먹였지 갓난아기나 다름없었다. 큰형댁으로부터 불과 150미터 떨어진 곳에 지은 집이었지만, 아내는 지옥에서 탈출한 아가씨처럼 결혼하고 처음으로 화색이 돌았다.

"말은 고맙네만 내가 바뻐. 그러고 자네가 별로 안 좋다고 할 일로 왔어. 막걸리 얻어 마시다 자네한테 얻어맞을지도 몰라."

무슨 까닭으로 이렇게 뜸을 들이나.

"이거 받게."

어두워서 그런가 꼭 수표처럼 보였다.

"설마 수표는 아니겠쥬?"

"자네 눈에는 돈밖에 안 보이나벼. 이게 수표였으면 내가 갖고 날랐지."

종이 쪼가리를 들고 마루로 옮겨갔다.

공야당이 따라 들어오자 아내가 "오셨슈" 반갑게 인사했다.

"잘 지냈는가? 자네 어르신도 잘 지내시더만. 살림 난 거 많이 많이 축하해."

하고픈 말을 아무한테도 못해 속이 터질 지경이었던지 아내가 얼른 대답했다. "큰댁서 하도 불러 대서 살림난 줄도 물러유. 큰댁 식모라니께유."

창은 빽 소리를 질렀다. "이게 뭐래유? '방위소집명령서'가 뭐

예유?"

뭔지는 모르겠지만 낌새가 수상했다.

"그게 뭐냐면 말 그대로 방위로 소집되었다는 명령서여. 여기에다 도장 찍고 내일부터 출근하게. 지서 옆으로. 종이에 잘 보면 자세한 건 다 써 있어."

"방위가 뭐냐고유? 지서는 또 왜유? 제가 뭘 죄졌슈? 알아듣게 말씀을 해 주셔야 알아듣쥬."

"자네, 재건국민운동본부 재건 청년회 역경리 대표였지? 박통께서 하시는 일에 솔선수범한 젊은이였어. 박통께서 3년 전에 왜 향토예비군을 설치하셨나?"

"그걸 모를까비 물으시는규? 무장공비 막을라고 그러셨쥬."

"그 예비군 갖고 무장공비를 막을 수 있겠는가? 당나라 예비군 소집해 갖고 언제 막나. 그래서 박통께서 새로 만드신 게 상시적으로 향토를 방위하는 부대, 방위일세. 간첩만 막는 게 아닐세. 지서 순경 몇으로는 치안이 불안정하지 않나. 평소에는 순경을 도와서 치안에 힘쓰니, 내부의 적도 막고 외부의 적도 막는 일석이조의 혁명적인 제도가 방위지. 박통이 우리 농촌 사람들을 긍휼히 여기서 온갖 우수한 방안을 참고하여 만드신 방위를 욕하거나 거부한다면 빨갱이나 다름없겠지. 안 그런가?"

"맞쥬, 고런 싸가지 없는 놈들은 빨갱이 새끼쥬."

"축하허네. 자네가 바로 우리 육경면 1호 방위일세."

"한데유, 뭐가 잘못된 거 아닌감유. 저보다 훨씬 젊고 유능한 청년들이 넘치는 것으로 아는디유. 저는 결혼까지 했고 몇 달 있으면 애도 나오는디 제가 왜…….”

“자네 병역 안 끝났단 말여. 방위로 병역 마치란 말여.”

“병역이유? 저는 면제유. 저도 군대 가고 싶은 충성심이 굴뚝 같았는디 당년으로부터 무려 11년 전 징병 신체검사에서 보충역 판정을 받았단 말유.”

“보충역도 군인이라는 건 몰랐구먼.”

“말이야 그렇지만 면제받은 거나 마찬가지쥬.”

“그제까지는 그랬나 몰라도 이제는 아녀.”

“잘못 아시고 헛걸음하신 거 같유. 방위가 참 째지는 것 같기는 한디, 저는 방위 자질이 없슈.”

“소집에 불응하면 바로 감옥이야, 감옥.”

“에구머니나.” 아내가 막걸리 사발을 떨어뜨렸다.

머릿속이 하얗게 돼서 창은 한 잔 따라 벌컥 마셨다. 정신이 들어서야 군침 흘리는 공야당에게 한 잔 부어 주었다.

“한데유, 35세까지면 4년밖에 안 남았는데, 그때까지만 좀 봐주시면 안 될까유.”

“앞으로 중대장님이라고 부르게. 난 자네가 당당한 재건 청년인 줄 알았는디.”

“서른한 살에 느닷없이 군대 오라니까 그러쥬.”

“그게 무슨 군대인가. 출근했다 퇴근하는 게 무슨 군인이야. 학생이지, 학생.”

"돈도 주나유?"

"돈을 왜 줘!"

"그 짓을 얼마나 하라는 건듀?"

"2920시간. 하루에 8시간씩 잡으면 딱 365일이더구만."

"1년[24]이나유? 하루에 24시간씩 하면 석 달이면 끝나겠네유."

"말 같은 말을 좀 하게."

"이게 웬 날벼락인지. 다른 방위는 어떤 반응인듀? 만세 삼창이라도 불러유?"

"그건 자네가 앞으로 죽 보면 되겠구만."

출근해 첫 번째로 한 일은 스무 명한테 방위소집명령서를 나눠 준 일이었다. 중대장처럼 자상히 설명하지 않았다. 창보다 선배는 없었다. 중학 아니면 국교 후배였다.

"도장 갖고 와서 찍어라. 찍었으면 출근허자. 나한테 따져 봐야 뭔 소용이냐. 방위를 하든 감옥에 가든 네 깜냥대로 혀."

면장과 지서장이 1기 방위병[25]들을 환영해 주었다. "여러분은 충분히 자랑스러워해도 뎌. 우리가 제일 믿을 만한 젊은이들로 특별히 선발했거든."

24) 6개월 방위(1호 방위병, 6방, 육군 이병 전역), 12개월 방위(2호 방위병, 12방, 육군 일병 전역), 18개월 방위(3호 방위병, 18방, 육군 상병 전역)가 있었다.

25) 1960년대 말 북한의 도발(1.21 사태 등)이 잇따르자, 정부는 향토 방위 역량을 강화하기 위해 1969년 4월 방위병 제도를 신설했다. 이때 처음으로 소집된 인원들이 역사적인 방위병 1기다.

　최고 연장자인 창이 분대장이 되었다. 향토방위병 본부는 옛날 재건 청년위 사무실로 썼던 면창고 구석방이었다.

　방위병은 면사무소의 심부름꾼도 되었고, 지서 순경이 부리는 말도 되었다. 면직원 뒤를 따라가면 면서기가 된 듯했고, 순경 뒤를 따라다니고 있노라면 경찰이 된 것 같았다. 가끔은 농촌지도소에서도 불렀다. 농민들은 지도사의 지도를 무시하기 일쑤였는데 방위병이라도 데리고 가면 듣는 척을 해 주었다. 고로 지도소 근무 십몇 년차가 된 지도사 녀석과 더욱 자주 보게 되었다.

　"너는 전근도 안 가냐? 항시 육경면 지도소에 있게?"

　"우리 지도소 체계가 중앙 집권적이라 딴 데로 가기가 애매한 구조여. 면장님, 면사무소 직원도 계속 동일한 분들이잖여."

　호가호위하는 놈들이 여럿이었다. 겨 묻은 개가 똥 묻은 개 나무란다고, 창은 후배들을 집합시켜 놓고 으르렁댔다. "니들이 면서기여? 순경이여? 지도사여? 니들이 왜 동네 사람을 등쳐 먹으려고 해?"

　후배들은 창의 힘을 경계해 창의 말을 잘 듣는 편이었다. 창 앞에서만. 창이 없는 데서는 별짓을 다 했다. 창도 떳떳하게만 사는 건 아니어서 꾹 참고 살았다.

　창은 여섯 달이나 분대장을 했는데, 무슨 권력자가 된 듯했다. 구체적으로 지서장, 면장, 중대장 다음은 된 듯했다. 기분만 느끼고 사용하지는 않았다. 사용했을지도 모른다. 사용했을 것이다.

저도 모르게. 아니, 인정한다. 창도 호가호위했다. 군복을 입으니 눈에 뵈는 게 없었다. 그치만 자신 있게 고백한다. 비인간적인 짓은 하지 않았다. 했는데 기억에서 삭제했을까. 부끄러운 기억은 되새기기 싫다.

자주 매복했다. 간첩이 남쪽 땅을 변소 드나들 듯하던 때였다. 간첩 잡아서 부자 되는 상상을 했다. 동시에 간첩한테 총 맞아 죽을까 봐 벌벌 떨었다. 이 나이에 집 놔두고 이 무슨 개고생인가 분통 터져 밤하늘에 총을 갈기고 싶었다.

사격 훈련 받으러 가서 딱 한 번 쏴 봤다. 쏴 봤다고? 기억나지 않는다. 당연히 사격 훈련 받았을 거고 쏴 보지 않았을까. 매복 때 실탄을 받았었나. 설마, 방위한테 실탄을 함부로 줬을까? 실탄도 없이 공비를 기다렸다고? 그게 더 말이 안 된다. 모르겠다, 모르겠어.

새마을운동

계획에 없던 군 복무—라고 하면 똥방위가 무슨 군 복무냐고 깔보는 놈이 쌨지—를 마치고 며칠 뒤였다. 결혼식에 오려니도 안 했는데 온 것을 넘어, 거금 천 원이나 부조해 주었던 정도령이 방문했다. "인제 뭐할 겨?"

"할 게 뭐 있대유. 다시 광산 가야쥬."

"방위 댕기면서도 틈틈이 광산 댕기고 노가다 댕겼다는 소문이 있데."

방위치고 요샛말로 투잡, 쓰리잡 안 뛴 사람 없었다. 애초에 건실한 청년들 위주로 방위병을 소집한 것이었다. 방위가 법적으로 근무 외 시간에 돈 버는 일을 해도 되는지 안 되는지 확실히 아는 이는 없었다. 긁어 부스럼 난다고 굳이 물어보거나 알아보지 않고 알아서들 퇴근 후 주말, 휴일에 돈벌이를 했다.

설마 방위소집 해제된 사람한테 그걸 문책하려고 왔단 말인가? 지가 뭔데? 재건운동 이후 정도령이 각종 선거 때마다—뭔 놈의 선거가 그리 많은지—육경면 여당 선거 운동원 총책으로 활약한다는 것은 잘 알고 있었지만 무슨 힘 있는 직책을 얻었다는 소리는 듣지 못했다.

"그럼 처자 딸린 가장이 군 생활 한답시고 가족을 굶겨 죽이란 말유? 먹고살게는 봐줘야쥬. 내가 똥방위를 열심히 안 한 것도 아니고."

“자네 새마을운동이라고 들어 봤나?”

“시멘트 운동유? 말년에 그 시멘트 나르느라고 아주 돼지는 줄 알았슈. 그걸 왜 방위한테 시키는 겨. 방위는 동네방네 종이라니께유. 면사무소 종, 지서 종, 지도소 종.”

“내가 역경리 새마을지도자가 됐네.”

“그류? 몰랐네유. 또 감투를 쓰셨네유. 지도자 스타일로다 초지일관 살아오시더니 진짜루 지도자가 되셨네유.”

“자네, 우리 역경리가 몇 등급인 줄 아나?”

“무슨 등급유?”

“정부가 정한 마을의 등급이 있단 말여. 상등급이 자립마을. 중등급이 자조마을. 꼴찌 등급이 기초마을여. 기초마을은 기초가 있어 기초마을이 아니고 기초가 없어 기초마을여. 공동사업이 후진 마을이란 말여.”

“그래서유?”

“뭐가 그래서는 그래서여. 역경리가 꼴찌 등급이라는 얘기 잖여.”

“그래서유?”

“뭐가 자꾸 그래서여. 자네가 범골 새마을운동의 중심이 돼야 지. 마을 등급이 왜 중요하냐. 등급을 높게 받아야 다음 해에 지원을 더 받게 된다고. 지원을 더 받아야 더 우량한 사업을 벌일 수 있고.”

“무슨 사업을 할 건데유?”

“마을길을 넓혀야지. 리어카는커녕 자전거도 돌아댕기기 난감한 길 가지고 마을 발전을 이뤄? 마을길이 넓혀져야 전봇대도 들여오지. 우리 마을도 전깃불 켜고 살아 봐야 하잖나. 언제까지 호롱불 켜고 살 건가. 저놈의 초가지붕도 싹 개량해야지. 자네 집만 슬레이트 지붕 달면 단겨?”

“말 잘했슈. 우리 집이 범골 1호 슬레이트 지붕집유. 자랑스럽네유.”

“도랑도 시멘트로 싹 발라 버려야지. 우리도 마을회관 세우고 마을창고도 세우고 마을공동작업장도 세우고 마을공동축사도 세우고, 세울 게 여북 많나. 마을공동 사업을 꾸려 마을기금도 조성하고 말이여, 할 일은 얼마든지 쌨고 쌨어. 나만 잘 살자는 게 아니라 마을사람 모두 잘 살자는 거야.”

“그게 가능한 일들이래유?”

“그러니까 새마을운동이지.”

“왜 인제야 하는 건데유?”

“시멘트가 없었잖여.”

“새마을운동이 우리가 십 대 때 했던 4에이치랑, 이십 대 때 했던 재건운동이랑 농협운동이랑 다른 거래유?”

“다르지. 4에이치는 애들 소꿉장난 같은 거고, 재건운동은 젊은 애들 유흥 같은 거고, 농협운동이 돈도 없는 놈들이 설친 거라면 새마을운동은 실천적인 진품운동이지. 왜 안 다른 것 같여?”

“운동이란 게 말만 번드르르한 것 같아서유.”

“새마을지도자로서 말하건대, 내가 보기엔 확실히 달러. 재건
운동 때는 말이야, 7대 실천 사항부터가 뜬구름 잡는 소리였잖여.
구체 목표도 말만 멋있고 알맹이는 종잡을 수가 없었단 말이지.
요 새마을운동은 참 확실해. 뭘 하냐고? 마을길 넓혀. 뭘 하냐고?
시멘트로 수로 정비해. 담벼락 고쳐. 뭘 하냐고? 전봇대 세워. 확실
하지 않아? 뭘 해야 할지 알잖아. 그러고 이 새마을운동은 농협도
제대로 바꿀 겨. 그간 농협이 농협 같지 않았던 게 왜 그려?”

“돈이 없으니께유.”

“역시 자네가 뭘 좀 알어. 새마을운동은 나라에서 농촌에 돈 팍
팍 쓰겠다는 겨. 나랏돈을 누가 관리해? 농협이 할 수밖에. 그러니 새
마을운동은 농협도 살리고 마을도 살리는 농민 살리기 운동이지.”

“제가 선배님 말씀 들은 것 중에 제일 알아듣기 쉬웠네요. 저도
마을길만 쳐다보면 한숨부터 나왔슈.”

4에이치 때 어우러졌던 또래들이 다시 뭉쳤다. 장손조카, 전
우치 등등 많이들 떠났다. 떠나지 못한 이들은 뭉쳐야만 했다. 4에
이치 때나 재건운동 때는 빠지고 싶으면 빠졌고 하고 싶은 사람만
했다. 새마을운동은 한마을에 사는 한 반드시 참여해야 하는 상황
이었다.

그들은 불알친구였고 국·중 동창생이었고, 여전히 한동네에
살았다. 그치만 처지도 다르고 체질과 습성도 다르고 취미도 다르
고 노는 친구, 노는 물도 달라서 ‘우리’라고 하기엔 어색한 바가 있

었다. 어쩌다 마주치면 건성 인사나 주고받는 사이였다.

새마을운동은 토박이로 남은 그들을 진실로 '우리'가 되게 했다. 그들은 원했든 원하지 않았든 삼십 대로써 새마을운동의 주축이 되었다.

육경면 장기왕 포장기, 농사짓겠다는 머슴이 없어 손수 농사를 짓게 된 실버, 뭐든지 한 번만 보면 고대로 만드는 노공작, 잃을 때보다 딸 때가 더 많은 름꾼이, 한두 살 선배들이었지만 너나들이하게 된 딴지꾼과 박봉준, 그리고 창. 그들은 불알친구 때보다 더 자주 만났다. 또래끼리 뭉치지 않으면 참 난감한 게 새마을운동이었다.

4에이치 때 성격 그대로였다. 포장기는 매사 계획하려 했고, 노공작은 매사 수단을 짜냈고, 실버는 매사 징징댔고, 름꾼이는 매사 내기를 걸었고, 딴지꾼은 매사 딴지를 걸었고, 박봉준은 매사 싸웠다. 창은 매사 무턱대고 앞장섰다.

포장기가 정부의 경제개발 5개년 계획을 모방하여 범골새마을운동 5개년 계획을 세웠다. 1년 안에 마을길을 확장하고, 2년 안에 집집 지붕을 슬레이트로 바꾸고, 3년 안에 집집의 대나무나 수숫대 울타리를 벽돌 혹은 시멘트 담벼락으로 개조하고, 싸리 대문 대신 철 대문을 달고, 4년 안에 전봇대를 곳곳에 꽂고 연탄보일러를 놓고, 5년 안에 집집마다 가전제품을 들이는 게 골자였다.

말 잘하는 딴지꾼과 름꾼이와 박봉준이 윗세대와 아랫세대와 부녀들을 모아냈고, 면직원 축공무가 행정지원을 아끼지 않았고,

포장기가 총감독했고, 창과 노공작과 박사조카가 솔선수범했고, 모두 힘닿는 대로 애썼다. 새마을운동에 동참하기 싫으면 이사 가야 했다.

새마을운동을 날이면 날마다 한 걸로 아는 이들이 있는데, 날마다 했다면 다 굶어죽었다. 새마을운동은 날 잡아서 하는 날에만 했다. 농사만 져서는 먹고살 수 있을지는 몰라도 애들을 가르칠 수는 없고, 전기가 들어와도 전자제품을 살 수 없다는 것이 명확했다.

그들은 농사도 지어야 했고, 새벽종이 울릴 때부터 저녁종이 울릴 때까지, 광산에 다니거나 노가다를 다니거나 산판을 다니거나 장사를 다니거나 공장에 다니거나 노름하러 다녀야 했다.

네 번의 초상

첫째 형이 고향으로 영구히 돌아왔다. 천수를 누리지 못했다. 거대한 기계 속에 몸이 빨려 들어갔다. 아버지는 첫째 형에게는 아무런 재산도 남기지 않았다. 그치만 큰형은 첫째 형의 어머니가 묻힌 산자락을 오래 전에 나눠 주었다.

산역을 지켜보는데 답답했다. 막냇동생이니 가만히 있어도 뭐랄 사람 없었겠지만 앞장섰다. 이때부터 창이 동네 산역을 주도했다. 목마른 놈이 우물 판다는 속담 그대로였다.

몰랐다. 앞으로 얼마나 많은 사람을 묻게 될지.

넷째 형이 다섯째 형한테 부탁했다.

"탄광에 자리 좀 알아봐라. 나도 탄 캐겠다고."

"안 돼유, 형은. 나나 창이처럼 몸뚱이가 돼야 탄을 캐쥬."

"애, 봐라. 약한 사람이 애를 다섯이나 낳나?"

"애 낳는 거랑 탄 캐는 게 같어유? 왜 뜬금없이 탄 캐겠다는규? 옛날엔 답답혀서 땅굴은 패 죽여도 못 들어간다고 혔잖유?"

넷째 형이 새마을[26]을 물고 콜록대었다. "오죽하면 그러겠냐? 두 다랭이 열 마지기 농사로 먹고살 수가 없는 겨. 먹고는 산다 쳐. 절대로 가르칠 수는 없는 겨. 중학교까지는 가르쳐야지."

---

26) 1966년 8월부터 1988년 12월까지 생산된 담배다. 제호는 박정희 대통령 친필이다. 최초 가격은 10원, 최종 가격은 50원. 초기에 필터 없이 만들어졌다가 1977년 후반 필터를 장착했다. 20년간 57억 6천 2백 65만 갑이 판매되었다.

넷째 형은 탄광을 일주일도 못 다녔다. 골골거리던 폐는 급격히 나빠졌다.

모심기를 하던 날이었다. 못줄을 들어 올린 넷째 형이 오래도록 기침을 했다. 약값이 얼마나 된다고 약 좀 드시지. 내가 쓸모없는 동생여. 형한테 약 한 재 못 지어 드리고. 이번에 월급 타면 꼭. 약이 안 되면 가물치라도 잡아 고아 드려야지.

기침 소리가 그친 뒤에 풍덩 소리가 났다. 넷째 형이 방금 심은 모 포기 사이에 엎어져 있었다. 평생 씨름해 온 논바닥에 뽀뽀라도 하는 사람처럼.

다섯째 형은 자기 가슴을 펑펑 치며 울었다. "말렸어야 했는디. 내 탓이네. 내가 형을 광산 다니게 하는 바람에 형이 등졌네."

창도 속으로 울었다. 지도유, 지도 무조건 말렸어야 했는디.

다섯째 형의 아내는 애 다섯을 쑥쑥 잘도 낳았다. 막내가 두 살도 못 되었을 때, 형수는 말로만 듣던 백혈병에 걸렸다. 21세기에도 고치기 쉽지 않은 병인데, 70년대는 속수무책이었다. 형수가 픽 나자빠지면 형님이고 애들이고 창부터 부르러 왔다.

"네가 업어라. 네 등이 더 편할 겨."

신작로까지 형수를 업어 나르는 게 창의 일이었다.

병원을 전전하다가 포기하고 돌아온 날이었다. 형수가 창 등에서 쥐어짜듯 속삭였다. "도련님, 우리 막내 어떡해."

형수는 방구석에 눕자마자 숨이 멎었다.

다섯째 형님의 두 번째 아내는 술집에서 일하던 분이었다. 화장하고 노래하고 웃고 마시고 떠들던 삶에 익은 새 형수는 백치가 되어 갔다. 새 형수가 애들을 챙기는 게 아니라 애들이 구걸해다가 새 형수를 먹이는 형편이었다. 새 형수는 아내를 부둥켜안고 한없이 울고는 했다. 아내는 덩달아 울었다.

다섯째 형은 여기저기 빚을 얻어 탄광을 열었었는데, 다섯 해가 되도록 누구네 빚 갚았다는 얘기를 들어 본 적이 없었다. 창이 억척스레 모은 돈의 절반도 사라진 것이나 다름없었다. 투자? 형한테 돈뭉치를 넘겨주는 순간 돌려받지 못할 돈임을 알았다. 형은 광부들 월급을 주지 못해 툭하면 도망 다녔다. 모처럼 집에 있을 때면 조카들을 패고, 형수를 때렸다.

새 형수는 살러 들어온 지 다섯 달 만에 농약을 마셨다. 창은 형님 대신 지서를 수없이 들락거려야 했다. 형님은 코빼기도 뵈지 않았다. 새 형수를 묻고 석 달이 지나서야 나타났다.

2년 동안 네 번이나 형님 형수의 초상을 치르다니. 어안이 벙벙했다. 저승사자들이 범골 김씨네를 포위한 듯했다. 살 만큼 살고 갔으면 그러려니 할 수도 있겠다. 네 사람 다 창창한 나이였다.

당장이 아니기를 바라고 먼 훗날의 일이 되기를 간절히 바라지만, 창은 형님들과 형수들을 제 손으로 다 묻어야 한다는 걸 깨닫고는 진저리쳤다. 어버이가 늘그막에 막내를 생산한 이유가 자기 자식들 묻는 데 앞장세우기 위해서였나.

오서댁

잔정 모자란 남자와 아픈 여자의 병원 순례, 참 고약한 시간이었다. 이 고장 병원이란 병원은 다 가 보고 공주, 천안, 대전, 수원에 있는 병원, 심지어 서울에 있는 대학 병원까지 가 보았지만 어디에서나 검사 결과는 흐리마리했다. 아내는 머리가 빠개지도록 아프다는데, 병명조차 속 시원히 들어 볼 수 없었다.

인정하기 싫었지만 창은 문득문득 뉘우쳤다. 내 탓인가. 내가 셋째 형수가 받으라고 했던 푸닥거리를 안 받아서 아내가 개갈 안 나는가. 나한테 달라붙었던 괴력난신이 아내에게 몰려가 나 대신 아내를 괴롭히는 건가.

그날, 아내가 저수지에 뛰어든 걸 간신히 건져 냈다.
애 셋 낳은 여자가 자살 시도라니!
아무리 아프다지만!
아내가 죽지 않아서, 아내가 죽은 아이를 낳고 살아났을 때만큼이나 감사했다.

아내가 제 오빠 이기춘이랑 무슨 절에 갔다 오더니 울먹였다.
"마지막으로 부탁할게유."
그 절에 가서 푸닥거리를 받아 달라는 거였다.
자지리 부아가 나서, 차마 입에 담지 못할 증오까지 품었다. 괴력난신을 가장 싫어하는 사람한테 어떻게 괴력난신 앞에 가서 대가리를 처박고 전냇마누라인지 무당인지 염불 읊는 소리를 들으라는 거야. 괴력난신에게 빌라고? 내가 왜, 왜, 왜? 펄펄 뛰면서 성질을 냈다.

아내는 식음을 전폐하고 빼빼 말라 갔다. 말로만 듣던 단식 투쟁! 자살 시도 못지않게 무시무시했다.

어쩌겠나. 오서암이라는 절인지 암자인지에서 푸닥거리를 받았다. 오서댁은 빨랫방망이 같은 걸 들고 창의 머리통을 자꾸 때렸다. 창한테 가득한 사악한 기운을 쫓아내겠다고. 창은 속으로 증오를 퍼부었다.

그러니까 아내가 너랑 살면서 7, 8년을 부단히 아팠던 게, 다 너 때문이다. 조실부모한, 팔자 사나운, 더럽게 재수 없는 놈이랑 부부가 되는 바람에. 너는 조실부모한 것도 모자라, 팔자 사나운 것도 모자라, 더럽게 재수 없는 것도 모자라, 아내를 죽일 뻔한 놈이다. 아내가 잘못되면 넌 살인자다.

벌떡 일어나서 빨랫방망이부터 뚝 분질러 버리고, 저 살벌하게 생긴 여편네는 마당에 메다꽂고, 부처님인지 불상인지는 확.

참고 또 참았다. 참는다는 것이 자닝했다. 참을 인자 3십, 3백, 3천 개쯤 헤아리고서야 푸닥거리가 끝났다. 창이 머리통을 얻어맞은 시간은 고작 40분이었다는데, 열 시간은 맞은 듯했다.

아내는 창이 총각 때부터 성질나면 말을 안 하는 줄 아는데 총각 때는 말수가 적었을 뿐이다. 푸닥거리를 받은 뒤부터 수틀리면 말을 안 하는 버릇이 붙었다. 말을 하게 되면 제 입에서 무슨 말이 나갈지 겁이 났다. 그냥 아무 말도 안 하는 것이 한갓졌다.

아내가 안 낫기만 해 봐라. 다 때려 부순다. 오서암부터 불 싸질러 버릴 겨! 진정 그럴 작정이었다.

이후로 아내는 아프지 않았다. 몸뚱이 여기저기가 시시때때로 쑤시고 결린 거 빼고, 그놈의 머리가 안 아프댔다. 자기 머릿속에서 똬리를 틀고 지랄 염병을 하던 그 뭔가가 빠져나갔단다. 괴력난신이 아내 몸에서 떠났다는 거다.

아내는 부처님과 관계된 날이면 반드시 오서암에 갔다. 관계되지 않은 날에도 갔다. 곡식이나 돈을 시주하고 불공을 드렸다. 서울 대학 병원도 못 고친 병을 잡도리한 오서댁을 집에도 청하게 되었다. 아내는 자식들이 조금만 아파도 오서댁을 부르자고 했다. 아내가 부르자고 하면 불러야 했다. 아예 정월 대보름마다 모셨다. 실제로는 어땠는지 자세히 안 따져 봤지만, 정초에 푸닥거리를 치른 해는 1년 내내 무병무탈했다.

창이 가타부타 없이 불공비, 치성비를 내놓는 걸 보고, 아내는 "조상님께만 의지하던 남편도 부처님을 믿고 오서댁을 신뢰하게 되었다"라고 일기에 썼다.

창은 도리질했다. 오해다. 나는 누구에게도 의지하지 않고 누구도 신뢰하지 않는다. 시방도 여전히. 그냥 당신이 안 아프다니까 믿는 척할 뿐이다.

아내의 일기

탄광은 어떤 곳인가? 남편을 날마다 탄광에 보내면서도 탄광을 잘 모른다. 남편만 다니는가, 큰오빠도 다니고, 동생도 다녔던 곳이다. 다섯째 시숙도 다니고, 조카 몇도 다니고, 이 동네 남정네들의 3분의 이 다녔거나 다니고 있거나 다닐 곳이다.

아침에 가서 저녁에 오면 갑반, 저녁에 가서 새벽에 오면 을반, 한밤중에 가서 점심 먹을 때 오면 병반 남편은 갑, 을, 병을 왔다 갔다 했다.

남편은 탄광 얘기를 별로 하지 않았다. 남편이 어쩌다 흘린 말을 주워 그린 막연한 그림만으로도 섬찟했다. 땅속 수백 미터 아래. 어둡고, 언제 무너질지 모르고, 두더지처럼 기어야 하고, 시커먼 탄 먼지가 날벌레처럼 몰아치고……

아내의 글은 훔쳐보는 버릇이 붙었다. 남편 보라고 써 놓는 것인지도 모르잖아. 아내는 일기에다가 누구에게도 할 수 없는 말을 토해 놓았다. 신세타령, 아픔 타령, 가난 타령 일색이라, 창을 화나게 하는 문장이 수두룩했다. 훔쳐본 태를 내면 다시는 아내 글을 보지 못할 테다. 겨우 참았다. 청춘 때 실컷 싸우고 다닌 원인 중 하나는 잘 참지 못해서다. 뭐든지 훈련하면 나아진다더니, 창의 인내력은 날로 늘어 갔다.

드물지만 밝은 문장도 있었다.

불 대신 때 주는 연탄보일러와 밥 대신 해 주는 전기밥솥이 내 꿈이었다. 새마을운동 으쌰으쌰 하더니 집집마다 연탄보일러가 놓였고, 드디어 우리 마을에도 전기가 들어왔다. 남편이 밥솥을 사 왔다. 밥솥이 밥을 해 주었다. 만세, 만세! 인제야 사람으로 사는 것 같다. 남편이 세탁기는 언제 사 줄까? 세탁기만 오면 대한민국 독립 만세다.

아내야, 그 보일러 전기 들여온 일등 공신이 네 남편이라고!

읍내에는 한 20년 전에 들어온 전기. 범골까지 들어오는 데 그토록 오래 걸렸다. 전기 물꼬를 틀자 각종 전자 제품이 눈에 선했다. 누구네가 사면 우리도 사야 했다.

창은 구두쇠였지만 전자 제품 사는 데는 돈을 아끼지 않았다. 불알친구들이 사는 만큼은 샀다. 아내가 흥부 아내 가난했을 때처럼 궁상떠는 게 싫었고 자식들이 자신처럼 '부모 없는 새끼' 꼴로 근천스러운 걸 용납할 수 없었다. 전기밥솥도 사고, 전기다리미도 사고, 전축도 사고, 텔레비전도 샀다. 세탁기도 사고 냉장고도 샀다. 살 게 끝이 없었다. 전기 없을 땐 당최 어떻게 산 거야?

책상

새마을 시대의 젊은 아비들이 대개 그러하듯, 창도 자식에게서 굉장한 미래를 보았다.

자식이 육경면 최초로 고등고시에 합격한 광산 김씨네 김검사—12년 후배다—처럼 세 살에 '천자문'을 떼지는 못했다. 그치만 유치원이 금시초문인 촌민이 허다한 시절에, 국교만 나온 제 어미가 대략 가르쳐 준 것만 가지고도 웬만한 글자는 읽을 줄도 알고 쓸 줄도 아는 여섯 살짜리 자식 놈을 보고, 미래의 판검사까지는 언감생심이라도 범골 김씨네 최초의 대학생 정도는 꿈꿀 만하지 않나.

뭐든지 잘 만들어 별호가 '공장'인 조씨. 불알친구 노공작의 스승이었다.

"어르신, 책상 하나만 짜 주슈."

"돈도 잘 번다면서 그까짓 것 하나 사게."

"가보급 책상을 갖고 싶어유. 제 아들이 쓰다가 장손한테 물려주고, 대물림해서 오래도록 쓸 책상 말여유."

"꿈도 야무지네."

"어르신한테는 송구한데유, 마지막 마무리는 제가 할 게유. 니스 칠이라도 혀야 이 아비가 너를 위해 만들었다 뻥이라도 칠 수 있잖겠어유. 실은 직접 짜 보려고 무지 애썼는데 비싼 판자때기만 작살내고 영 작품이 안 되더라고유. 친구 노공작한테 부탁해 볼까

했는디 쪽팔려서. 할 수 없이 조공장님을 뵈러 왔슈.”

“믿을 수가 없어.”

“품값이요? 걱정 붙들어 매슈. 달라는 대로 다 드릴 뀨. 자식 놈 공부 시킬라고 하는 책상인데 수공비를 애끼것남유.”

“명색이 ‘장인’ 소리 듣던 내가 왜 수수 빗자루나 엮고 자빠졌는 줄 아는가? 뭘 만들어 줘 봤자 쓸 줄도 모르고 이용할 줄도 모르니, 내 자식인 양 정성 들인 작품이 괄시당하는 꼬락서니가 불쌍해서 그러네.”

“걱정 마셔유. 제 아들은 공부머리를 타고나서 밤낮없이 책상머리에 붙어 있을 거구만유.”

조공장이 보름간 정성을 바친 책상은 그런대로 때깔이 났다.

“내 최고의 작품이 아닌가 싶네. 허나 다리가 영 부실해 보여. 다시 짜야겠네.”

“뭘 다시 짜유. 기다리다 목 빠지는 줄 알았슈. 가져갈게유.”

“놔두게. 다리만이라도 다시 박게.”

“다리도 훌륭해유!”

지게에 번쩍 실었다. 조공장이 놀라 말리려고 했지만, 날쌔게 도망쳤다.

책상을 반들반들 닦았다. 진한 갈색 니스로 정성스럽게 칠했다.

“아하, 자네 대관절 이게 뭔가! 작품을 망쳐도 분수가 있지!” 언제 왔는지 조공장이 기겁했다.

“뭐가 어때서유? 보기만 좋구만.”

창의 염원과는 달리 그 책상은 오래도록 쓰이지 못했다. 국민학생이 쓰기에는 지나치게 높았다. 어떤 의자를 갖다 놓아도 영 불편하다는 것이었다.

자기라도 써야겠다고 여러 번 작심을 해 보았지만 영 적응이 안 되었다. 중학교 졸업 이후 책상에 앉아 있던 시간을 다 합해도 5분이 안 되었다. 앉아 있을 시간이 있더라도 밥상 앞에 앉게 되었다. 방바닥과 밥상에 익숙한 엉덩이는 책상을 멀리했다.

반장일지 1

창은 불혹에 생애 초유로 완장을 찼다. 역경리 3반(범골) 반장이 된 거다. 스물 몇 살 적 재건위 역경리 '대표'는 재건 청년이면 다 차고 다니는 표식이어서 완장이라고 할 수 없었다. 이장도 아니고 반장이었지만, 국민학교 다닐 때도 못 해 봤던 반장이 아닌가, 어깨에 힘이 가득 찼다.

이십 대는 글자깨나 쓰고 살았는데, 삼십 대는 편지 한 줄 쓴 적이 없다. 반장도 되었으니 꼬박꼬박 적바림이라도 해 볼까. 그렇게 쓰게 된 반장일지였다.

1980.3.27.

반장이 없어 고전했다. 동리 반장 선출에 애를 쓰는 것을 보다 못해 자진해서 반장을 보겠다고 나섰다. 못자리용 비닐을 신청받았다. 20시경 면 직원 축공무가 와서 내일 신품종 재배 면적 심사에 응해 달라고 약속받았다.

5년 후배 축공무는 범골이 배출한 자랑스러운 면서기였다. 별명은 '축복받은 공무원'이란 뜻. 범골이 새마을운동을 활발히 펼쳐 3년 내내 1등급 마을의 영예를 누린 데는 축공무의 공로가 혁혁하다. 마을길을 넓히려면 논밭 가진 사람들이 길을 조금씩 내놓아야 한다. 축공무가 아니었으면 논 주인들이 쉬이 한 뼘이라도 내놓았을 리가 없다. 축공무가 무슨 수를 썼는지 모르겠지만 땅값에 준하는 보상을 약속하고 지켰다. 모두 축공무가 최소한 면장 출세는 할 것이라고 믿어 의심치 않았다.

3.30.

식전에 이장이 왔다. 수해 복구 지원비 다 오늘 지급하겠다고 했다. 어제 받은 이선옥 주민세 880원을 인계했다. 먼젓번 주민세 이정구 씨 거스름돈 90원과 노신호 주민세 거스름돈 90원을 주었다. 수해 복구 지원비 받을 대상자는……

이장은 그전부터 이장이고 지금껏 이장이다. 도대체 몇 년째 이장이지? 15년 전에 큰형이 이장 자리에 도전했다가 안골, 당골 연합 표에 졌다. 그때부터 계속 이장이다. 큰형은 계속 도전했지만 매번 졌다.

큰형은 한동안 창만 보면 화를 냈다. "야, 이놈아, 내가 그 이장 놈의 새끼를 얼마나 싫어하는지 뻔히 알면서 그놈의 개노릇을 하는 겨?"

창은 넉살을 부렸다. "공과 사는 구분해야쥬."

4.4.

윤호네 산 식목을 했다. 끝난 후 술과 안주를 내어서 잘 먹었다. 그리고 중연이 친모 사초를 했다. 또 당골 영구가 골재 500개를 가

져왔다. 그래서 술 1회(200원) 받아서 성의 풀이를 해 주고 500
개를 지고 왔다. 골재 신청인……

골재 500개를 한꺼번에 지고 왔다고? 무슨 골재기에. 무게가
얼마나 나갔는지 모르겠지만 무턱대고 힘자랑할 나이는 지났잖
아. 언제 철들래.

4.14.
아무개 씨의 아들. 이름은 모르고 주민등록 신청에 대해서 도장
을 찍어 주었다.

4.16.
아무개 씨의 아들. 이름은 모르고 퇴비 신청서에 도장을 찍어 주
었다.

모르는 이름이 한둘이 아니었다. 범골에만 37가구 200여 명
이 살았다. 허다한 애들 이름까지 기억하면 어찌 사나.

4.27.
영농자금 할당 금액 표를 이장에게 넘겨주었다. 할당 내역은 다음
과 같다. ……
이영복 씨 도로 정비비 3천 원을 이장에게 넘겨주었다. 보리쌀 운임

을 받아 달라는 부탁을 받았다.

이장은 면사무소를 무시로 드나들며 대접받았지만, 반장은 면사무소까지 들어갈 일이 특별히 없었다. 반장은 그저 이장의 심부름꾼이었다. 이장이 면사무소에 받아 온 걸 반장이 가가호호 나눠 주었다. 반장은 가가호호로부터 받아 낸 돈이나 뭘 이장에게 갖다 바쳤다.

5.5.
전 반장이 기물을 가져왔다. 기물 수량은 농악(장구1 북1 꽹과리 깨진 거1 징 깨진 거1 새것 1), 차일 ×장, 저울. 그리고 상자 등을 가지고 왔다. 인수인계했다.

잔치 때 햇볕 가리는 차일(遮日)을 한 달이나 지나서 가져와? 전 반장이 누구였더라?

창이 반장 볼 때 업적이라고 자부하는 일이 있었다. 옛날 상엿집을 뜯고 제대로 된 상엿집을 지었다. 상여만 놔두기에는 제법 넓었다. 동네 기물을 상엿집으로 옮겼다. 상엿집에 그 귀한 걸 놓아두냐고 따지는 것들이 있었다. 부정 탄다나. 간판을 달았다. '범골기물창고'. 반장일지에 그 업적이 왜 안 적혀 있지? 그런 일이 없었나? 꿈속의 일이었나. 오리무중이다. 상엿집을 산 깊숙이 안 보이는 곳에 따로 짓고 기존 상엿집을 창고로 개조했었나?

창이 유달리 잘하는 건 없지만 뭐든지 그럭저럭 기본은 해냈는데 음악적인 건 영 젬병이었다. 노래는 음치 박치, 춤은 강아지 버르적거린다는 소리나 들었다. 풍물도 그랬다. 동무들은 몇 번 쳐 보고 몇 번 혼나면 잘만 치던데, 창은 잘 안되었다. 힘만 세서 장구에 빵구를 내기도 했다. 꽹과리 깬 작자도 너 아냐?

5.14.
1980년 1기분 재산세(가옥세) 고지서를 이장이 가져왔다. 나는 아침 식사 후 고지서를 나눠 주었다. 고지서 대상자는 34명이고 미 대상자는……

고지서 나눠 줄 때가 제일 싫었다. 방송으로 챙겨 가라고 떠들어 봐야 씨알도 안 먹히니, 부득이하게 직접 나눠 주러 다녔다.

5.18.
아침에 XXX 심는 데 비료 주는 작업을 했다. 비료 줄 때 미참석자(14명)는……

5.19.
이병훈 어머니 환갑잔치를 열어 먹고 놀았다. 이장사와 이용복 씨 아들하고 싸우는 것을 말리다 말고 집에 왔다.

마을 일에 빠지는 인간도 숱했다. 별의별 성격이 다 있었고, 꼭 싸워야 직성이 풀리는 작자도 있었다. 새마을운동을 해 보지 않은 사람들은 새마을운동을 참 쉽게 말한다. 자조, 근면은 개인적이니까 하든지 말든지 상관없다. 한데 협동은 필수적이다. 새마을운동 때 진정 깨달은 것이 있다면 협동은 정말로 어렵다는 것이다.

농촌 사람은 타고난 협동 기계인 줄 아는 도시인들이 썼다는데, 턱없는 소리다.

웃기는 일이지만 삼국지 흉내 내듯 케케묵은 성씨 갈등도 있었다. 범골만 해도 절반이 넘는 노씨는 고구려, 삼분의 1인 김씨는 백제, 나머지 각성바지들은 신라 연맹 꼴로 반목했다. 각종 선거 때마다 쌓인 크고 사소한 원한까지 가미하면 각 세대에게 협동은 엎질러진 물 주워 담는 것만큼 지난했다.

7.1.

보리쌀 신청한 것을 갖다주었다. 중환이가 36가마, 재설이가 14가마를 실어 왔다. 그리고 농협에서 이영복 씨가 대부받는데 연대 보증인을 써 주었다.

7.10.

XXX 심는 곳에 풀베기를 했다. 전원 나오라고 했는데 다음 몇몇은 나오지 않았다. 내가 보지 못했던 사람(8명)은 다음과 같다
……

연대 보증인 절대로 안 서 주려고 했는데, 안 서 주고는 살 수가 없었다. 농협은 단돈 천 원 대출에도 연대 보증을 요구했다. 반장을 보는 통에 보증 여러 번 섰다. 보증 설 사람이 급히 필요하면 반장부터 찾았다. 큰돈은 절대로 서 줄 수 없지만, 자잘한 돈은 서 줘야만 했다. 공판 대금을 비롯해 무슨 돈이 나오면 이장과 반장을 거쳐 나눠 주게 돼 있다. 그 돈을 담보로 삼으라니 모르쇠 할 도리가 없었다.

1970년대가 박통의 죽음으로 끝나자, 새마을운동도 끝난 것처럼 얘기하는 이들이 있다. 새마을운동은 계속되었다. 운동이란 말 대신 사업이라는 말을 쓰게 되었지만. 운동이고 사업이고 간에 공동으로 모여 작업해야 했는데—그게 협동이다—옛날이나 작금이나 꼭 빠지는 것들이 있었다. 앞으로도 뺀질이는 꼭 있을 테다.

7.15.

하곡 공판 날이었다. 아침에 흐려 걱정이 되었으나 그런대로 공판에는 지장이 없었다. 오늘 우리 반에서는 대맥 1등 86가마, 2등 64가마, 쌀보리 2등 3가마, 등외 10가마, 소맥 등외 4가마 등 197가마를 했다. 현찰 515,450원 중에서 검사료 215원 출자 8,600원 현찰 506,635원을 찾아 3반 이행원에게 20만 원을 주어두었다. 그리고 306,635원을 가지고 와서 급한 사람에게 조금씩 돌려주었다.

사람들이 점점 보리를 안 심는다. 창도 작년부터 보리를 안 심었다. 고생만 알차게 하고 돈이 돼야지. 아닌가. 다른 걸로 돈을 벌 수 있으니, 보리까지 심는 생고생을 하기 싫어진 걸까. 창은 보리 대신 수박, 참외를 심었다. 작년엔 미욱해 수확이 형편없었다. 올해는 돈 좀 벌었다. 따서 장에 날라다 주기만 하고, 아내가 팔았다. 공주마마로 모셔? 아내가 김매기꾼도 모자라 장사꾼까지 되다니. 못난 놈.

반장 따위도 권력이구나, 싶을 때가 돈 가졌을 때였다. 마을 돈도 아니고 각각 나눠 줘야 할 개인 돈이었다. 불구하고 나눠 주는 자체가 무슨 시혜라도 베푸는 듯했다.

8.24.

오전에 풀베기를 했다. 장소는 마을 안길. 오후엔 보수 작업을 했는데 경운기를 가지고 있는 4인이 수고를 많이 했다. 밭길 때문에 많은 얘기가 되었다. 경계 감정 측량을 하기로 했다. 길을 닦는 데 내가 술 2통, 아무개 아버지께서 술 2통, 리장이 술 2통을 내고 면장께서 일금 3천 원을 희사했다. 그 돈을 받아 빵 17개(1,700원)를 샀다. 돈 1,300원이 남고 술 7되가량 남았다.

창은 경운기를 간절히 소원했다. 경운기만 있으면 못할 일이 없을 테다. 농협에서 대출을 상당히 해 준다. 대출이 싫어 망설이고 있다. 아무리 대출이 미워도 경운기는 있어야겠다. 언제까지 지게 지고 리어카 끌고 다닐 건가. 경운기 운전을 배울 수 있을까? 배워야 한다. 경운기가 없으면 농사꾼 노릇 그만두어야 한다. 언제까지 기계 가진 조카들 신세를 질 것인가. 염치가 있지.

8.28.

반상회 날이다. 예년에는 25일이었으나 올해는 28일로 되어 있다. 장소는 마을회관이다. 면장 이하 중학교 교원들이 3명이 나와 좋은 말을 했다. 면장님께서는 좋은 말씀과 더불어 부녀회 공동 풀베기를 극구 찬양했다. 그리고 범골 퇴비 붐에 대해 격려해 주었다.

노씨네는 노공작이 좌장이었다. 김씨네는 창이 행동 대장 격이었다. 각성바지는 포장기가 두목급이었다. 셋이 동 뜨면 김씨, 노씨, 기타 성씨 안 나올 수 없었다.

부녀회 공동 풀베기의 놀라운 성적은, 흐흐, 꿍꿍이가 좀 있었다. 부녀들은 풀 베지 않았다. 사내들은 아내들에게 낫질까지 시키고 싶지 않았다. 사내들은 동네 퇴비를 산처럼 쌓아 놓고, 나머지는 부녀회 퇴비에 언덕처럼 쌓았다. 이게 유도리라는 것이다.

창은 김씨네 막둥이로 태어난 덕에, 팔팔한 조카들을 막 부려 먹을 수 있었다. 도시로 떠나지 않은 이삼십 대 조카가 대여섯이었다. 개들은 자기 아버지들을 닮거나 닮지 않아서 근면, 성실했다. 부르거나 시키지 않아도 창이 솔선하면 금세 다 출동했다. 창은 조카들을 혼낸 기억이 없다. 알아서 잘들 하는데 지청구할 일이 없잖아. 조카들에게 화가 나면 화가 풀릴 때까지 아무 말도 하지 않은 적은 숱했다. 삼촌의 침묵으로 인해 마음고생한 것을 조카들은 되우 혼난 것으로 기억했다.

8.29.
육경면 각 이장과 지도자 및 반장이 퇴비 시범 부락을 견학했다. 견학 인원은 대략 30여 명. 면에서 광업소 통근 버스를 빌려썼다. 안녕 시내에서 소주 30병들이 한 짝, 사이다 1박스를 사고 견학지에서 소주를 2병 냈다. 시경리 풍년각에서 짬뽕을 점심으로 먹었다.

학교 소풍도 못 가 본 놈이 견학이라니. 그 맛에 완장 찼나?
평생 풍년각에서 먹은 짜장면과 짬뽕이 천 그릇은 될 것이다.
둘 중 하나를 선택하기가 늘 꾀까다로웠다.

책을 사다

　그날 칠삼회 모임이 있었다. 서른 명쯤 모였는데, 친숙한 동창보다 어색한 동창이 더 많았다. 원래 뭉칠 때는 농사꾼 토박이가 다수였는데 언제부턴가 소수였다.

　농사와는 거리가 먼 동창들은 모임에 나오려면 이런 수준은 되어야 한다는 듯 직업이 뺀드르르했다. 앓는 소리를 해 댔지만 내세울 만한 직장에 다니고 그만큼 돈도 잘 번다는 자랑담으로 들렸다. 도시화가 진행되면서 물려받은 땅 팔아 졸부가 된 녀석도 여럿이었다. 무슨 가게 하나씩 차리고 사장님 명함을 박고 다니는 녀석도 몇몇이었다.

　그나마 밉지 않은 친구들, 어업으로 자수성가한 애들과도 소통은 어려웠다. 똑같이 고생하는데 배 타고 고기 잡는 애들이 모 심는 놈, 탄 캐는 놈보다 훨씬 많이 벌고 훨씬 때깔 나는 것이다. 경운기 따위는 대지도 못 할 배 한 척씩 부리고 있고! 어부는 배를 가지면 '선주님'으로 신분 상승도 하고 말이다.

　여기 내가 왜 있지. 인상을 쓰고 있다가 자리를 박차고 나왔다. 창을 강제로 끌고온 지도소장이 붙잡았다. "회비 아깝잖여."

　"내가 돈 아까운 거 잘 아는 놈이어서, 회비 낸 자리는 최후의 마지막까지 사수하는 사람인디, 여기는 도저히 1분 1초도 못 있겠다. 애초부터 내가 안 온다고 했잖아. 시발, 오늘부로 탈퇴다. 좆도 안 해! 내가 너처럼 고등학교까지 다니기를 했냐? 20년 흘러서 만난 동창놈들, 얼굴도 기억 안 나고 어울린 추억도 없고 무슨 재미로 앉아 있냐. 시발, 중학교까지만 다닌 애들도 여럿인데 고등학교 다닌 얘기만 하고 자빠졌어? 그게 경우가 있는 새끼들이여? 너처럼 출세한 놈들이나 모이는 자리란 말여. 탄쟁이로 썩어 가는 인생이 낄 자리가 아니라고."

열시콤이었다. 열등감과 시기심과 콤플렉스로 똘똘 뭉친 못난 놈이었다.

읍내를 허위허위 걷는데 그렇게 서러울 수가 없었다. 문득 안녕책방 간판이 보였고, 동창놈들이—하필이면 내 이름은 '동창'이란 말인가. 내 이름을 들으면 잘 나가고 돈 억수로 버는 동창놈들이 왈카닥해 배알이 꼴린다. 확 개명해 버릴까!—자식에게 책을 충분히 읽혀야 한다고 수런대던 말들이 파뜩했다.

그려, 역시 자식밖에 없어. 동창놈들과 맞먹기는 현생에는 불가능한 것이고 내 자식이 그놈 자식들보다 성공하는 수밖에 없다.

서점에 들어가 보았다. 안녕책방은 유서가 깊었다. 중학교 다니던 시절부터 있었다. 너도 참 거시기한 놈이었다. 먹고 죽을래도 돈이 없던 시절엔 그랬다 쳐. 돈 있을 때도 서점에 딱 한 번 왔었네. 책 살 돈 있으면 술을 마셨지. 그러니 소설가 동창이 배가 고프지.

"애들한테 참 좋은 책 좀 있으면 5천 원어치만 줘 보슈."

아리따운 점원이 방긋했다. "아버님이 직접 골라 주는 책이 참 좋은 책이지요. 이쪽에 보시면, 요새 제일 잘 나가는 출판사가 시리즈로 내는 아동 문고가 있어요.”

얼떨떨한 눈에, 이순신 장군이 눈을 부릅뜬 책, 귀에 익은 ‘안데르센’ 어쩌고 하는 책, ‘박씨 부인’이 환하게 웃는 책이 들어왔다. 세 권 합쳐 4,930원이었다. 그 무엇을 샀을 때도 느낄 수 없었던 흥분에 휩싸였다. 딴살림 날 집터와 텃밭 세 뙈기를 샀을 때만큼은 아니었지만, 왠지 뿌듯했다.

그 책들을 자식이 반기지 않았다면 섭섭했을 테다. 큰애는 먹을 것보다 더 환희했다.

1980.9.22.

면에서 반장 수당 1만 원을 받고 재산세 3,140원을 냈다. 이장이 양말을 선물해 주었다.

그래, 무보수 자원봉사는 아니었다. 지우 만 원 받았다. 반장 수당 만 원 갖고 시비하는 인간들도 있었다. 마을을 위해 그토록 봉사하는데 지우 만 원 갖고 구구한 소리를 해? 에이, 똥 쌀 놈들.

9.30.

회관에서 반상회를 했다. 군에서 농수산 과장이 왔다. 좋은 말씀을 했는데 그중 국민투표 때 많이 참석을 해 달라는 부탁을 했다. 또 우리 3반이 퇴비를 많이 했다고 군수 표창장을 주고 부상을 주어서 기뻤다. 새 신품종 벼 종자 신청을 해 달라고 해서 신청을 받았다.

국민투표 관계로 무척 짜증이 났다. 박통 죽고 새로 권력을 잡은 것들이 5공화국헌법이라는 걸 뚝딱 만든 모양인데, 거기에 찬반 투표를 하라는 것이었다. 면사무소에서 시키는 대로 집마다 방문하여 꼭 투표할 것을 약속받았다.

"투표 안 한 사람이 하나라도 있으면 그 동네는 영농자금 구경도 못할 거라니께 무조건 허셔야듀. 그리구 뭘 찍어야 할지는 말 안 해도 알쥬? 국민투표 한두 번 해 보는 건 아니잖아유? 찬성, 반대 중에, 늘 찍던 거 찍으라구요."

창은 자신이 왜 구걸조로 부탁을 해야 하는 건지 아리송했다. 아리송했지만 투표율이 낮았다가는, 투표 전부가 찬성표가 아니면, 이장은 모르는 체할 거고, 반장만 면서기들한테 갈굼당할 게 뻔했다. 소문 살벌한 삼청교육대에 끌려갈지도 모른다. 이래서 겨우 돈 만 원 보수에 반장을 안 하려는 것이었다.

밝히건대, 박봉준과 딴지꾼 때문에 떨었다. 이것들이 버릇대로 국민투표에 불참하거나, 반대를 찍으면 어떻게 하지? 요행히 둘은 불참하지 않았고, 반대표도 찍지 않았다. 그려, 너희도 삼청교육대 끌려가면 뒈진다는 소문은 들었구먼. 잘했어. 싸움도 딴지도 상대를 봐 가면서 걸어야 하는 거. 미친개한테 물리면 약도 없어.

12.4.
개미벌 공판장에서 공판을 했다. 나는 형편상 가지 않고 이장이 보았다. 우리 3반 일반 매상 10가마 전부 1등을 했다고 했다.

공판[27], 여름내 애면글면 지은 벼농사를 보상받는 행사였다.

---

27) 정부나 공공단체가 양곡의 확보와 가격 조절을 목적으로 자유시장을 거치지 않고 농민에게서 정해진 가격으로 곡식을 사들이는 수매제도를. 면민은 '공판' 혹은 '매상'이라고 일컬었다.

10월에 농협 공판장에서 1차로 큰 공판이 있었고, 개미벌 공판은 추가였다. 1등과 2등과 3등의 차이. 1등이 아닌 벼 가마를 용납할 수 없었다. 한데 반년 논농사 지어 겨우 그 돈이다. 누가 벼농사에 생계를 전적으로 의지할 수 있겠는가.

12.26.
안식구가 전해 준 농지세 반환금 명단과 금액은……

가급적 아내한테 시키고 싶지 않았다. 나이만 40, 50 먹었지 불혹, 지천명과는 거리가 먼 동네 남정네들. 중에서도 경우 없는 작자가 아내를 희롱할 수도 있다. 그러고도 남을 작자가 한둘이 아니다. 어떤 물정 모르는 도시 사람은 농촌에는 '인정 헤픈' 사람만 사는 것처럼 《농민신문》에 적어 놓았던데, '천만에 만만에'다. 인정 모자란 놈, 인정머리 없는 놈, 인정사정없는 놈, 인정을 논하기 전에 인간 됨됨이가 안 된 놈, 다 있다. 도시에서 살아 본 적 없지만, 도시랑 다를 게 없다.

광산 일 다니면서 반장 보는 게 쉬운 일이 아니었다. 어쩔 수 없이 아내에게 잡일을 부탁할 때가 있었는데, 우려되고 분통이 터졌다. 2년만 하고 만 결정타는 아내를 부려 먹기 싫어서였다. 아내가 당최 무슨 죄란 말인가.

1981. 2. 17.

육경 단위 농협 출자 배당금을 돌려주라고 해서 받아 두었다. 성명, 출자금, 배당액은…….

창의 농협 출자금은 28,000원, 배당액은 1,000원이었다. 작년엔 배당액이 얼마였더라? 배당액 천 원 먹자고 조합원을 하겠나. 조합원을 안 하면 불리한 게 숱하다. 다 그만두고 조합원이 아니면 영농자금을 타 먹을 수 없다.

말이 멋있어 영농자금인데, 알기 쉽게 농사지을 마중물 같은 돈이다. 돈 쌓아두고 농사짓는 집이 어디 있나? 볍씨 사고 못자리 할 때부터 현금이 총알처럼 필요하다. 대출 이자가 사채에 비해 훨씬 낮기도 했지만, 누가 농민한테 돈을 선뜻 빌려 주난 말이다. 돈 빌릴 데는 농협뿐이다. 농협 조합원이 아니면 농자재, 농약, 비료, 유류 할인도 안 된다. 곡식 매상에서도 불이익을 당할 수 있다. 저축하고 사는 농민도 있나 모르겠지만, 조합원이면 비과세 혜택 덕분에 시중 은행보다 이자도 더 받을 수 있다. 조합원 가입은 필수인 셈이다.

또래들은 《농민신문》만 보면 분통을 터트렸다. 조합원의 의무 사항 같은 거라 정기 구독을 하는데, 볼 게 하나도 없다, 돈 아까워서 미치겠다는 거다. 창 역시 돈이 아까워서 한 자도 빼놓지 않고 다 읽었다.

5.4.

논에서 일하고 있는데 면 분담 서기가 1981년도 1기분 가옥세 납세 고지서를 가지고 왔다.

두 달 보름 넘겨서야 일지를 썼다. 즉 3, 4월에는 일지를 한 번도 안 썼다. 1980년에는 의욕적이고 꼼꼼했다. 1981년에는 만사가 귀찮고 어쩔 수 없이 해야만 하는 일만 했다. 반장 보는 일에 정나미가 떨어졌다. 자인하건대 완장 체질이 아니었다.

8.2.

한발 대책용 유류(석유)를 나눠 주었다. 그중에 검사난분이 이유를 달아 시비를 했다. 수량으로 보아 적게 주지는 아니 했는데. (상부 지시는 3,000원에 1통 0.5로 지시.) 그래서 욕을 했다. 내가 언제고 사람 대접을 안 할 것이다.

같은 김씨지만 김해 김씨 집안과 상극이었던 광산 김씨 집안의 호주 검사난분. 원래 별호는 김도령이었는데, 아들이 검사가 된 뒤부터 '검사를 낳은 분'으로 불렸다. 농지 개혁 전에 대지주 소리 듣던 집안의 종손이다. 옛날 도련님 대접을 받으며 자랐다.

정지주 아들 정도령은 '장'과 지도자 등을 맡으며 동네 사람이랑 노상 어울렸다. 검사난분은 까마귀 노는 데 오기 싫어하는 백로인 양 혼자 놀았고, 어쩌다 참여하면 젠체하기 일쑤였다. 그래

봐야 저도 별수 없이 농사꾼으로 살았으면서.

검사난분은 새마을사업에도 어지간히 동참하지 않았다. 앞장서는 편이었던 창한테 지청구깨나 먹었다. 창이 보기엔 때가 어느 땐데 상전 노릇을 하려고 했다. 창이 그를 시금털털해하는 만큼 그도 창을 무척이나 못마땅해했다. "싹퉁머리 없는 젊은 놈"이라고. 창이 반장 하는 동안 다른 이들은 별말이 없었는데, 검사난분 하나가 꼭 잘하네 못하네 품평을 해 댔다. 석유 몇 방울―실제로 적게 주었을지도 모른다―같은 걸로 따지고 들었다.

검사난분한테 잘해야 하는데. 왜 검사난분한테는 겁이 없는지 모르겠다. 검사 아들 둔 아버지랑 척지다니. 나중에 검사한테 부탁할 일이 있을지도 모르는데. 무조건 사과하고 앞으로 어른 대접 해 주자. 하지만 훗날에도 창은 검사난분과 수차례 다퉜다. 끝내 그 좁은 동네서 보고도 인사는커녕 알은척도 하지 않는 사이로 살았다.

검사난분이 고마운 일을 하기도 했다.

정지주 아들 정도령, 4에이치 회장이었고, 재건위원회장이었고, 새마을지도자였던 그가 삼청교육대에 끌려갈 줄은 미처 몰랐다. 시내 술집에서 전두환 흉내를 내다가 딱 걸렸다. 이승만 흉내, 박정희 흉내는 다 같이 웃고 말았는데, 전두환 흉내 냈다고 잡아가? 필시 웃을 줄도 모르는 놈들이 정권을 잡은 게다. 검사난분과 정도령은 지기였다. 유유상종이라고 지주 아들끼리 죽마고우였다. 검사난분의 아들 검사가 몇 다리 연줄로 정도령을 빨리 나오게 한 것이다.

정도령은 4주 만에 돌아왔는데 백치 아다다 같았다. 20년 동안 육경면 재야(在野) 대장 노릇하던 사람이, 역경리의 자랑스러웠던 새마을지도자가 그런 꼴을 당하고 저런 꼴로 쪼그라져 있는 걸 보면 괜히 화가 났다.

정도령, 그나마 결혼을 잘해서 다행이다. 육경다방 풋내기 아가씨랑 잤다는데, 몇 달 후 그 아가씨가 배불러서 들이닥쳤다. 그 다방댁이 아니었으면 정도령은 백치 상태로 생을 마감했을지도 모른다.

다방댁—자꾸 형수님한테 다방댁이라고 부르면 안 되는데 입에 붙었다—의 지극정성 간호 덕에 정도령은 회복되었다. 옛날처럼 이통 흉내도 내고 박통 흉내도 냈다. 물론 전두환 흉내만은 손사래를 쳤다.

정도령과 노닥거리는 게 요새 취미다. 또래들은 정도령의 코 큰 소리를 아주 지겨워했지만, 창은 그의 특이한 어투와 엉뚱한 식견이 아기자기했다.

10월 1일 현재. 3반(범골) 집에 있는 인구. 총 37가구 201명. 남자 101명. 여자 100명. 1-4세 12명. 5-9세 19명. 10-14세 28명. 15-19세 27명. 20-24세 18명. 25-29세 9명. 30-34세 10명. 35-39세 8명. 40-44세 12명. 45-49세 12명. 50-54세 12명. 55-59세 8명. 60-64세 7명. 65-69세 5명. 70-74세 3명.

75-74세 3명. 75-79세 4명. 80세 1명.

인구 조사를 했군. 쪼그만 동네에 참 많이도 산다.

아버지, 다 더해 보니 198명인데요. 세 명 적습니다.

계산기로 한 계산이 아니어서 틀렸나 보다. 그런 것까지 따져
야겠냐?

10.18.

육경 국교에서 육경 랑업소 운동 경기 대회를 개최했다. 풍년각
에서 차일을 빌려 갔다. 동리 기물이라서 혼자 마음대로 하지 못하
는데 형편상 내주고 보니 동리 분들에게는 미안했다. 그런데 차일
빌려 간 대가로 3,000원을 주어서 받아 보관키로 했다.

갑자기 반장일지가 끝나 버렸더라고요. 그만둔 날 한 번만 더
썼어도, 하다못해 2년간의 소회라도 적어 놓았어도 한결 나았을
텐데.

반장일지를 꼭 넣어야겠냐? 이십 대 때 잡기장에 쓴 글은 그래
도 뭔가 읽을 맛이 있었던 것도 같지만, 빈장일지는 영…….

저도 줄곧 고심했습니다. 확실히 결정을 못했어요. 분명히 빼
는 게 가독성이 높겠죠. 그렇지만 사료적인 측면에서 소중한 것
같아서. 1980-1981년에 시골 동네 반장이었던 사람이 쓴 일지
잖아요. 80년대 초반 농촌을 생생하게 보여 줄 수 있는 사료가 될

수 있지 않을까.

문장이 볼 만한 것도 아니고, 내용이 깊이나 풍부함 같은 게 있는 것도 아니고, 무슨 사료가 되겠어? 넌 그냥 네 아비가 남긴 글이라 아까워서 버리지를 못하는 것뿐이다.

그런가요?

사료적 가치는 이문구 소설로 충분하다. 1940–50년대 농촌이 궁금하면 『관촌수필』, 1960년대 농촌이 궁금하면 「해벽」, 「암소」 같은 중편, 1970년대 농촌이 궁금하면 『우리 동네』, 1980년대 농촌이 궁금하면 『산 너머 농촌』, 1990년대 농촌이 궁금하면 그 장 무슨 리 무슨 나무 시리즈 읽으면 되는 거다.

『내 몸은 너무 오래 서 있거나 걸어왔다』요? 하지만 이문구 선생님도 취재하고 공부해서 쓴 것이지, 아버지처럼 온몸으로 살아낸 이야기를 쓴 건 아니시니까.

네 마음대로 해라.

생일 밥상

농촌지도소 옆을 지나치다가 지도사에게 붙잡혔다. 자기가 또 한 편 썼다며 봐 달라고 했다. 지도사는 농사 지도가 고되어서인지 한가해서인지 틈틈이 뭔가를 썼다.

창은 친구가 한심했다. 극도로 피곤한 사람에게—밤에는 산업 역군이고, 낮에는 근면 자조 협동에 헌신하느라—독서를 요구하다니. 허나 자기를 유일한 독자로 아는 벗을 어찌 속상하게 하랴. 자전거를 세워 놓고 지도소로 들어가 주마간산했다.

제목—'농비청(농촌의 학생이 아닌 청소년)=재건 청년=새마을 세대'—부터 머리가 띵했다. "이게, 뭐라냐. 이걸 사람이 읽으라고 쓴 겨?"

입에서 나오는 대로 뱉어 놓고, 후회했다. 지도사의 안색이 아주 나빠졌다. 지도사는 창이 마시라고 부어 놓았던 막걸리를 제가 마셔 버리더니 휙 나가 버렸다.

보름 동안이나 창을 봐도 회피했다. 밴댕이 소갈딱지 같으니라고. 좀 성의 있게 읽어줄걸. 성의 없게 읽었더라도 성의 있게 읽은 척해 줄걸. 똑똑한 친구랑 말마디나 나누는 게 소소한 행복이었는데.

큰애가 별안간 물었다. "아버지, 옛날에 재건국민운동이라는 게 있었다면서유. 다른 건 알겠는디, 1번 '용공 중립 사상의 배격'

에서 중립 사상을 왜 배격하자는 건지 이해가 안 가유."

"그걸 왜 물러?" 일단 질러 놓고 잠시 멍했는데 언뜻 기억의 저
편에서 재건국민운동 안녕군 향토교육원 강사에게 들었던 말이
보였다. 들린 게 아니라 보였다.

"용공은 공산당을 용인한다는 거여. 용인할 용. 빨갱이란 말여.
중립은 중립하자는 놈들이여. 그러니께 빨갱이하고 중립하자는
놈들을 배격하자는 소리잖여."

"중립은 좋은 거 아니래유? 중립하자는 사람을 왜 배격한
대유?"

"중립이 왜 좋아?"

"중용이 좋은 거라고 배웠는디."

"중립은 그 중용이 아녀. 공산주의도 아니고 민주주의도 아니
라는 거여. 박쥐 새끼처럼. 민주주의가 아니니께 빨갱이나 똑같은
놈이란 말여."

아들 녀석은 수긍하는 눈치가 아니었다.

창은 문득 지도사가 때때로 보여 주는 글의 논조가 바로 딱 '중
용'이다 싶었다.

지도사가 육경면 농촌지도소장이 되었다.

창은 진담으로 축하했다. "많이많이 축하혀. 네가 드디어 두목
이 되어 버렸구나."

지도소장이 또 뭘 읽어 봐 달라고 했다. "이런 말하기 좀 거시

기한데 나도 내가 쓴 게 뭔지 잘 모르겠어. 그렇지만 의미가 있다고 자부하는데, 한번 봐 주라. 저번 거보다는 쉬울 겨.”

쓴 사람은 쉽다고 했지만, 독자는 제목 —‘농민 분류에 대한 고찰’—부터 정나미가 떨어졌다.

보름 뒤, 잔뜩 기대하고 쳐다보는 농촌지도소장. 친구에게 무슨 말을 해 줘야 덜 기분 나빠할까. 허나 심중에 없는 말을 할 수는 없다.

“한디 지도소장님이 약간 전봉준 스타일로 쓴 것 같여. 이거 높은 사람들한테 보여 주면 좀 위험하지 않을라나. 잘릴 텐디. 네 위에 아무도 없다는 겨?”

공무원에게 딴지 거는 것을 넘어 사사건건 공무원과 싸우는 이들은 ‘전봉준’으로 불렸다.

“그렇지? 그냥 쓰는 거야. 아무한테도 못 보여 주지. 너한테만 보여 주는 거야.”

“내가 신고하면 워쩔라고.”

“설마 우리 새마을 농광축이가 친구를 배신하겠어?”

새마을운동 강령 ‘자조·근면·협동’에 충실한, 정부가 모범 농사꾼으로 일컫는 성향의 농사꾼들은 비아냥조로 ‘새마을’이라고 불렸다.

‘농’사도 짓고 ‘광’부도 하고 ‘축’산도 한다고 해서, 칠삼회 동창들은 창을 ‘농광축이’라고 불렀다. 쓰리잡(농업, 광업, 축산업) 인생이라는 거였다. “기르는 짐승은 약소하고, 텃밭 농사 수준이니

터무니없다"고 손사래 쳤지만, 친구들은 "논 다섯 마지기, 밭 (도지로 얻은 400평 합쳐) 1,200평 농사가 적냐? 소 한두 마리, 돼지여남은 마리가 적냐?"고 한사코 광농축이, 혹은 농광축이로 대우했다.

　과연 먹고살 만해졌다. 잔칫집이 끊이지 않았다. 전력을 바치는 모꼬지였다. 텔레비전 드라마 〈전원일기〉에 나오는 밥상만큼은 차려야 잔치 소리를 들었다. 자연스럽게 아낙들의 잔치 치레 품앗이가 이뤄졌다.

　"효자, 효부들이 많아지니께 참 좋구만. 다들 오래 사니께 환갑은 기본이고 고희도 심심찮고 팔순도 드문드문. 혼인에 초상에 돌잔치 같은 거까지 합치면 한 달에 몇 번을 남의 집에서 먹나 모르겠네. 심지어 생일상도 해마다 차리는 노인네도 쌨으니 말 다했지. 못자리 철, 모내기 철, 피사리[28] 철, 벌초 철, 타작 철, 시제 철엔 품앗이로 울력으로 자기 집서 먹는 날보다 남의 집서 먹는 날이 더 많잖여. 여편네들만 노 났지."

　"그 음식상 여편네들이 차리는데 여편네들이 뭐가 신나?"

　"한 번만 자기 집서 차리고 나머지는 남의 집서 먹잖여. 훨씬 이득이지."

　"여자들도 똑같더라고. 우리 사내새끼들도 보면 꼭 노는 놈은 놀고 일하는 놈은 일하잖여. 새마을운동할 때 얼마나 경험을 했냐

28)　농작물에 섞여 자란 피를 뽑아 내는 일.

고. 나야 남들 노동하는 만큼만 노동하고 남들 노는 만큼 노는 사람이라 욕할 것도 없고 욕먹을 것도 없지만 김사또 같은 사람은 천불 나지."

"힘세고 성질 급하니께 지가 제일 먼저 달려드는 거 아녀."

"보니께 김사또 마누라도 혼자 일 다 하더라고. 딱 부창부수여."

"나도 우리 마누라한테 들었어. 김씨네 잔치에 가 보면 여자가 그렇게 많은디 일하는 사람은 오지랖댁밖에 없댜."

"김씨네서만 그런가? 다른 집 잔치에도 가 보면 오지랖댁이 제일 근면히 하고 있더만. 다른 여편네들은 음식하는 시간보다 음식 걸터듬으면서 참새짓 하는 시간이 더 많더라고."

오지랖은 아내의 별명이다. 아내가 다른 아낙네들보다 손속도 빠르고 진득이 부치고 지지고 삶고 때고 나르는 건 틀림없었다. 처녀 시절 밥순이로 살 때 빨리 안 하면 혼나니 도리 없이 빨랐고, 빠른 게 급한 거나 진배없는 버릇이 되었다. 일을 놔두고 쉬지 못하는 성미에, 말하기보다 듣는 쪽을 편하게 여기니 남들 말할 때도 손을 놀렸다. 혼자 일 다 하는 걸로 오해받기 십상이었다.

사내들 사이에선 칭찬 일색이었지만, 여자들 사이에신 빈정거림도 나왔다.

"하여튼 중뿔나. 남들 쉴 때는 같이 쉬어야지. 지만 일하고 우리는 놀기만 하는 것 같잖여."

"그 사람이 시아비 시어미가 없어서 그랴. 우리는 시아비 시어미 봉양하느라고 하루가 천년 같은 사람 아니더라고. 잔칫집 오면 쌓인 스트레스냐 스레이트냐도 풀고 말여 그 재미로 있는 건디 그 사람은 평소 고생이란 게 없으니 잔칫집을 일판으로 아는 겨.”

“시아비 시어미는 없어도 시숙에 동서에 시누이가 한 다스잖여요. 김씨네 여편네들이 얼마나 드센지 다들 알면서. 김씨네 동서들 성질 받느라고 오지랖댁이 얼마나 고생, 고생인듀.”

“공주댁은 아랫집이라고 또 편든다. 동서는 동서지, 동서 시누이 백 명을 합쳐도 시어머니 하나에 못 당하는 법이여.”

하루는 창이 아내에게 심각하게 읊었다. “나만 얻어먹고 다녀. 마흔댓 살 먹으니께 염치가 없다는 반성이 드네. 잔치 말여.”

“반성할 것두 어지간히 없나뷰. 시숙님들 잔치는 잔치가 아뉴? 네 집이서 번갈아 시집 장가 보내느라고 일년에 한두 번씩인디.”

“형님네는 형님네고 나는 나지. 형님들께도 그려. 언제까지 막냇동생이라고 얻어먹기만 하냐고. 나도 따신 밥 한번 대접하고 싶구만.”

“진짜 하고 싶은 말이 뭐래유?”

“요번에 내 생일 때 형님들하고 동네 어르신들 좀 부르면 안 될까? 잔치 차려 달라는 게 아니고 밥에다 국하고 반찬 몇 가지만 얹어서.”

아내는 안 된다고, 못 하겠다고 하지 않았다.

본시 범골 김씨네 식구와 동네 남자만 부르려고 했다. 김씨네 집안 여자를 부르면 동네 여자 3분의 1을 부른 거나 마찬가지다. 나머지 3분의 2도 부르니, 동네 사람 다 부른 꼴이 되었다.

"차린 게 없슈."

동네 사람들이 혀를 내둘렀다. "생일상을 환갑잔치상으로 차려놓으면 어쩌자는 겨."

창의 생일잔치는 동년배들을 각성시켰다. 남의 잔치에서 얻어먹기만 했다고 부끄러워하는 이도 있었고, 자기 생일도 동네잔치 급으로 받을 자격이 있다고 자부한 장년도 있었다.

그들은 아내에게 명령하거나 부탁하거나 애걸했다. 아낙들은 마지못해 이렇게 저렇게 생일상을 차렸다. 그간 동네 차원의 생일상은 환갑 때부터 받는 것이 전통이었다. 그것도 먹고사는 집에서나. 내남없이 먹고살 만한 시절이 되었고, 창의 생일잔치는 사십대 남정네가 동네 차원의 생일상을 받는 시초가 되었다. 새로운 전통을 만든 셈이다. 창은 남정네들에게 우러름을 샀을지도 모르지만, 아내는 아낙들에게 원망의 대상이 되었다.

"뭔 놈의 생일상 차리기를 개시해 갖고서는. 적당히나 차리면 몰러. 우리도 환갑잔치상 비스무리하게는 차려야 하니께 쌔(혀)가 빠져. 지네는 생일상 딱 한 번 차리면 되지만 우리는 시아비 시어미 생일상도 차려야 하고 제사도 지내야 하고 아주 똑 죽겄구먼."

창의 생일 두어 달 뒤가 아내의 생일이었다. "당신도 외롭게 먹지 말고 동네 아줌씨들 다 불러서 부산하게 먹지그랴."

"내 생일에는 절대 안 듀."

"그러면 동서 형님들이라도 불러서 먹지그랴."

"싫어유. 제발 내 생일만큼은 편하게 살게 살려 줘유."

정말 왜 그러셨어요? 엄마 생일만큼은 조용히 지나갔어야죠. 아버지 생일 차릴 때는 남편 생일이니까 엄마가 고생한다 쳐요, 엄마가 왜 자기 생일까지 그 고생을 하냐고요?

다 네 엄마 위해 그런 건데. 나만 생일 먹기가 미안하기도 하고.

엄마는 아버지 생일 때보다 본인 생일 때 더 고생했어요. 왜냐, 자기 생일에 자기가 그 고생을 해야 하는 게 부아가 나서요. 어머니는 자기 생일만큼은 밥 안 하고 설거지 안 하고 싶었다고요. 미역국 안 먹고 싶었다고요. 근데 일 년에 딱 하루만이라도 보고 싶지 않은 동서 형님들, 동네 여편네들 불러서 먹여야 한다니. 그리고 이런 말해서 죄송하지만 큰고모님이 꼭 어머니 생신 때 내려오셨잖아요. 벌초다 뭐다 해서.

누가 추석 한 달 전에 태어나랴. 제일로 바쁠 때 태어나서는.

논매기 철에 태어난 아버지도 만만찮아요.

나도 네 엄마한테 무척 미안했다. 해서 네 엄마 생일엔 나가서 먹었잖느냐. 나중에 내 생일도 나가서 먹고.

안 그러면 아들들 다 이혼당할까 봐 겁나서 그런 거잖아요. 제수씨는 아버지 생신이고 어머니 생신이고 집에서 치러 본 적이 없어서 잘 모르지만, 제 아내는 한 10년 어머니가 집에서 생신 차린

걸 거들었잖아요. 그러고 생신 때마다 뭐라도 못마땅하면 골내시고. 자식들이 조금 늦게 올 수도 있지 조금만 늦게 와도 신경질 팍팍 내시고. 아버지 생신날은 그래도 받아들이겠는데 엄마 생신날까지…….

미안하다.

미안하면 다세요?

한데 넌 후환이 두렵지도 않느냐? 버릇없이 아버지한테 따져대는 대목을 읽을 네 어미 심정을 헤아려 봤냐? 아무리 남편이 미운 아내도 남이 남편 욕하면 기분 상한다.

제가 남인가요. 어머니 아들이잖아요.

자식도 남은 남이지. 아들이 아버지 흉을 보는데 손뼉 칠 어머니가 어디 있어?

노력이라면 남한테 뒤지지 않건만

1985년 9월이었을까.

창은 석탄을 껴안은 채 굉음을 들었다. 필시 무너지는 소리였다. 보이는 것은 아무것도 없었다. 원래도 뵈는 거라고는 헬멧 랜턴 빛에 어룽대는 동료의 시커먼 몸뚱이뿐이었다. 강렬한 자극이 몰아쳤다. 이런 날이 올 줄 알았다. 어떻게 이런 날이 안 올 수 있겠는가.

사나흘 동안 갇혀 있었다. 차가운 것 같으면서도 뜨거운 갱 바닥에. 머릿속인지 가슴속인지 아니면 핏줄 속인지 45년생의 파노라마가 도랑물로 흘러갔다.

무수한 기억의 그림과 마주쳤다. 까맣게 잊고 있었던 일을 거듭 겪었다. 그게 번뇌였을까. 끝내는 죽을 거라고 낙담했다. 그냥 빨리 죽어 버렸으면 싶다가도 천우신조로 살아날 수 있기를 간절히 바랐다.

아내와 자식들. 나 없이 살 수 있을까. 인생의 목적이 오로지 결혼해 자식 낳는 것인 놈마냥 갈급했다. 막상 혼인하고 애들 낳고 애들 키우면서 끝없이 궁금했다. 이게 사는 건가. 제대로 사는 건가. 대체 나는 무엇 때문에 살고 있는가?

맞아, 애가 하나 더 있었지.

아이는 뱃속에 죽어 있었다. 아내는 이미 울 만큼 울어 울 기운도 남아 있지 않았다. 죽은 아이가 나오다가 산 어미를 잡아먹을

까 캄캄했다. 섬뜩한 일을 실컷 겪었지만, 그때처럼 섬뜩한 적이
없었다.

무사히 나온 죽은 아이를 보고, 살아 있는 아내를 보고 펑펑 울
었다. 살면서 제일 기뻤던 순간은 아내랑 결혼하던 때가 아니었
다. 자식들이 태어나던 때도 아니었다. 집터 사고 논밭 사고 경운
기 사던 때도 아니었다. 아내가 죽은 아이를 쏟아 내고 살아 있음
을, 아내가 앞으로도 계속 살 수 있음을 확인한 바로 그때였다.

죽은 아이야. 미안했다. 너는 이미 죽은 아이였잖아. 산 엄마는
계속 살아야지. 더욱 미안하게도 아이가 뭘 달고 있는지 살펴보았
다. 고추가 없었다. 계집아이여서 다행이다, 그런 삿된 마음을 분
명히 가졌다.

옳거니, 그래서 네가 아빠를 데리러 왔구나. 만약 네가 살았다
면 지금 몇 살일까. 애야, 네 동생들은 어떡하냐? 네 엄마가 걔들 가
르치겠냐? 가르치기는커녕 밥이나 먹이겠냐? 애들이 다 컸다고?
큰애가 열여섯이나 됐으니 열세 살, 열 살 아우들 잘 건사할 거라
고? 셋이 똘똘 뭉쳐 네 엄마 잘 모시고 살 거라고? 애야, 각오도 안
닿는 소리다.

어째 나 같은 것에서 그리 약한 것들이 니웠을까. 특히 큰애는
틀렸어. 영 개갈 안 나. 그놈한테 네 엄마를 맡기느니 네 엄마를 믿
는 게 낫겠다. 네 엄마 약한 거 알잖니. 너 잃고 애를 셋이나 무사히
낳은 것이 기적이다. 그러니까 벌써 아빠를 데려가면 안 돼. 별일
이다. 네가 왜 사무치는 걸까. 그날 금굴 깊숙이 너를 묻고 깨끗이

잊었는데.

　그래, 운이 겁나게 길했었나 보다. 팔자 더럽다, 개 같은 인생이다, 살아도 사는 게 아니다, 박복하다, 나 같은 게 왜 태어났나. 끝없이 억울했는데, 돌이켜 보니 운수대통이었다. 아직까지 살아 있다는 자체가. 다 그만두고 시방 누워 있는 여기 갱 바닥—어쩌면 갱 바닥이 아닐지도 모르지. 천당은 아닐 테고 지옥인가—에서 20년 동안 아무 일 없었다니.

　광산 사고는 교통사고만큼 흔했다. 막장 갱부만 3백여 명인 육경탄광만 따져도 한 달에 수십의 경상자가 발생했고 반년에 대여섯은 크게 다쳤고 한 해에 한둘은 죽었다. 저수지 옆 종합 병원은 광산 사고 입원자가 끊기는 때가 없었다. 그 무수한 사고를 보면서도, 자신이 사고 안 당하는 걸 그토록 당연히 여겼다니.

　안전 수칙을 준수하고 정신 똑바로 차리고 일말의 실수도 하지 않으면, 절대로, 사고를 일으키지도 당하지도 않는다. 다 개소리였다. 그저 운수가 트였던 것뿐이다. 마흔다섯 창창한 나이에 처음 막장이 무너지는 사고를 당한 것은 운이 다한 것이다.

　억울합니다! 어떻게 억울하지 않을 수 있겠어요.

　어떤 것들은 우리 세대는 누구나 다 불운했다고, 누구나 다 지지리 복도 없이 주야장천(晝夜長川) 고생만 했다고 도매금으로 묶는다.

　아니다. 우리 세대도 층이 졌다. 멀리 볼 것 없이 역경리만 봐도 뚜렷하다. 부자 자식들은 굶주리는 일이 없었다. 학교에서 내라는 돈을 못 낸 적이 없었다. 누구는 월사금을 날짜 맞춰 내 본 적이 없다. 소풍도 가 본 적이 없다. 도시락도 싸 간 적이 없―아니다. 도시락은 작은누나가 꼭 싸 줬다. 이제 와서 신세를 탄해 봐야 뭐해.

허무한 인생

살아 45년 세월은 흘렀건만 남은 것이 무엇이 있는가. 늙어 가는 마누라쟁이, 철부지 어린 삼남매. 이것이 나의 긴긴 세월 동안 발자취란 말인가. 유복한 가정들은 무슨 복이 많아서인지 노력 탓인지. 노력이라면 나도 남한테 뒤지지 않건만. 이것도 하늘의 장난인가. 기구한 운명의 장난인가. 큰 고생을 하고 자라지는 않았지만 그렇게 복스럽게도 살지 못한 이 인생. 남처럼 휴식 한 번 갖지 못하고 남처럼 호강 한번 못 시키는 이 인생아. 늙어 가는 아내와 자라나는 아이들에게 무슨 말로 무엇을 어떻게 해야 할지 모르는 이 허무한 인생이 마음까지 좀먹어 가는 것일까. 아니면 세월 탓일까. 괴로운 심정 씹다 보면 병이 되니 가슴만 답답하구나.

며칠 전에 쓴 글이다. 이십 대 때 썼던 잡기장 맨 뒤쪽에다 일필휘지했다. 갑자기 쓰고 싶었고 써졌다. 그게 다 불길한 조짐이었다. 죽음을 예비한 짓거리였다.

살고 싶다. 죽어 있는 게 아니라면 살고 싶다. 죽고 싶다는 끝탕을 했던 게 죄송하다. 삶을 주관하는 분이 계시다면 그분께 죄송하다. 다시는 죽고 싶다는 끌탕을 안 할게요. 제발 한 번만 살려 주쇼. 하늘님인지 조상님인지 부처님인지 산신령님인지 제발 계시다면, 예수님도 좋고 알라님도 좋아요, 제발 누군가 계시다면 제발 살려 주쇼. 살고 싶습니다.

그렇게 살고 싶어 하면서, 죽고 싶다고 징징거린 게 백 번도 넘잖냐고요? 그러게 말유. 그니께 이런 답답한 상황을 겪어 본 적이 없잖유. 아무것도 할 수 없는 것은 둘째 치고, 내가 무슨 상태인지조차 가늠할 수가 없으니.

이 깊은 갱 바닥에서 살아 나갈 수만 있다면 광산 쪽은 쳐다도 안 보고 오줌도 안 눌 테다. 한 달에 천만 원을 준다고 해도 광부 안 한다. 어떻게 20년 동안 석탄 밥을 먹을 수가 있었지? 두더지 새끼로 기어다닐 수 있었지? 산업 역군? 좆 같은 소리하고 자빠졌다. 짐승이다, 짐승.

젠장할. 살아 나간다 해도 결국 광산에 돌아오겠지. 혹시 어디가 크게 다쳤을까. 다리 한쪽이 아작났을까. 그러면 강제 은퇴다. 그게 아니고 신체가 무사하다면, 그래야 하겠지만, 결국엔 다시 두더지 새끼로 기어다니겠지.

광부가 아니고서 무슨 수로 애들 셋을 가르치나? 앞으로 언제까지 탄쟁이 노릇을 해야 하는 거지? 언제쯤 애들을 다 가르칠 수가 있는 거지? 막내가 대학 가려면 아직도 9년이 남았다. 대학 4년까지 포함하면 13년. 쉰여덟이 될 때까지?

그럴 수는 없어. 차라리 죽어 버리는 게 나아. 왜 애들을 대학에
보내야 하는 거야? 고등학교까지만 가르치자. 아니야, 그러면 내
인생은 의미가 없어. 애들 셋 다 대학교 졸업장 따야만 내 인생은
의미가 있어. 왜, 왜, 왜?

뽕나무밭이 변하여 푸른 바다가 된다. 참 많이 쓰고 많이 들은
말이다. 버릇처럼 그 말을 사용했다. 면소재지부터 시내까지 몇
해가 가기가 무섭게 풍경이 바뀌었다. 끝없는 공사판이 끝없는 둔
갑을 불러왔다. 그야말로 상전벽해의 나날이었다.

역경리도 새마을운동 덕에 어마하니 바뀌었지만 사자성어 쓸
수준은 아니었다. 비로소 작년의 경지정리사업으로 창이 평생 알
던 역경리가 사라지고, 새로운 역경리가 열렸다. 손바닥만 한 촌
동네가 경지정리 된 것뿐이었지만, 창에게는 하루아침에 세계가
바뀐 듯했다.

목숨줄인 논 세 다랑이 다섯 마지기. 원래 그 자리라는데 생판
다른 자리에 있는 듯했다. 어느 날은 더 넓어진 듯했고, 어느 날은
더 줄어든 듯했다. 낯설었지만 논 갈면서 못자리 놓으면서 모 내면
서 둑 바르면서 피 뽑으면서 농약 치면서 풀 베면서 익숙해졌다.

한 달만 있으면 추수다. 살아야 한다. 반드시 추수해야 한다.

제가 잘못했슈. 조상님, 저를 살려 주세요. 부처님, 저를 살려
주세요, 오서댁 제발 저를 살려 주슈. 내가 잘못되면 아내가 살겠
냐고요. 아내를 살렸으니 나도 살려 주슈.

여기는 별반 안 고쳤네요. 제가 썼던 그대로 아닌가요?

그래, 하나도 못 고쳤다. 어지간해야 손을 대 보지. 일단 난 탄광 사고를 당해 본 적이 없다. 네가 쓴 것처럼 사나흘 동안 무너진 갱도에서 갇혀 있었던 적이 없다. 혹시 내가 너한테 생거짓말을 한 적 있냐? 텔레비전에서 살아난 광부들 보고, 이 아버지도 저렇게 죽을 뻔한 적이 있다고 허풍을 떤 적 있냐고?

아뇨, 아버지는 광부 생활 얘기 좀체 안 했어요. 아버지가 말수가 적은 편이기도 했지만 아마 말할 힘도 없었을걸요. 그렇게 탄 캐다 오셔서 농사일까지 잔뜩 하셨는데, 틈틈이 마신 술로 정신이 없으신데 자식 놈한테 탄 캐던 얘기할 힘까지 있었겠어요. 저도 강의 갔다 오면 말할 힘이 하나도 없어서 집에서는 한마디도 못하겠더라고요.

강사질 따위를 광부질에 맞먹어? 광부질 그만두고도 광산 다니던 얘기는 거의 안 했다.

맞아요, 무슨 얘기를 하신 적이 없어요. 제가 아버지 얘기를 더욱 생생하게 못 쓴 결정적인 까닭이 아버지가 저한테 구체적으로 생생하게 에피소드를 들려주신 게 특별히 없다니까요.

물어보지도 않았잖아?

그게, 제가 아버지 앞에서 한 번도 당당해 본 적이 없잖아요? 그러니까 당당하다는 것은, 아버지한테 죄스러운 마음이 안 생긴다는 건데, 아버지 앞에만 서면 죄책감밖에 없으니까 뭘 여쭙지도 못하겠더라고요. 이번에 뵈면 여쭤야지, 아버지 인생의 구체적인 에피소드들을 여쭤야지……. 아버지가 그렇게 갑자기 빨리 가실 줄은 몰랐어요. 아버지가 식도암 진단받고 겨우 반년 만에 돌아가실 줄 몰랐다고요. 그 혹독한 항암 치료, 방사선 치료 받느라 비몽사몽으로 누워 계신 아버지한테 여쭤볼 수도 없었죠.

후회할 것 없다. 네가 물어본다고 내가 친절히 대답해 주었겠느냐. 내 인생은 고생의 연속이었다. 고생도 적당해야 내가 그때 참 고전했지 어쩌고저쩌고 시시콜콜히 기억하는 것이다. 날마다 고생인데 구체적으로 되새기는 게 무슨 의미가 있어.

아버지가 딱 한 번 탄광 얘기를 하신 적이 있어요. 제가 결혼하고 우리 부부가 아버지, 어머니 모시고 석탄박물관에 간 적이 있죠. 하고 보니까 아버지랑 여행한 게 그때가 유일했네요.

집에서 차로 20분 떨어진 데가 무슨 여행이냐. 소풍이라면 모를까.

그러니까요, 저는 아버지랑 소풍해 본 기억도 참 드무네요. 거기 다녀와서 제가 쓴 글도 있잖아요.

내 고향에는 석탄박물관이 있다. 아버지가 25년 동안 주야로 탄을 캐던 성주산은 아름답지만, 개미굴 미로 같은 폐광들을 켜켜이 품고 있다.

박물관에는 엘리베이터가 있다. 관람객에게 갱차를 타고 갱도로 추락하는 듯한 절실함을 느껴 보라고.

아버지는 탄 캐는 인형들을 보고, 깊은 갱도에서 탄인지 밥인지 분간도 못하며 벤또(도시락) 먹던 그때를 회상했다. 아버지의 눈시울이 붉어지고 나는 어쩐지 울컥했다.

탄으로 먹고사는 군상들의 희로애락을 시에 담겠다고 굳게 맹세하던 탄광촌 친구가 떠올랐다. 박물관에 현대적으로 정리된 40여 년 탄광의 역사는 아버지의 시커먼 청춘까지 담아내고 있는 것일까? 1989-1993년 석탄 산업 합리화 정책으로 일제히 사라진 탄광들은 저 산속 어딘가에 냉풍욕장으로 개발될 날을 기다리며 똬리 틀고 있는데, 탄광과 함께했던 광부들과 처자들은 어디서 무엇을 하고 있는가. 진폐증으로 스러져 간 아버지의 동료들은 편히 잠들어 있는가.

저 산 구석구석에는 아직도 석탄이 쌓여 있다. 우리 아버지들이 캐었으나 소비되지 못하고 그저 높다랗게 시커멓게 쌓여 있다. 석탄의 시대도 가고 아버지들의 시대도 갔지만, 석탄이, 아버지가 우리를 키워 냈다는 사실은 저 박물관처럼 명징하다.

석탄박물관에 가면 아버지들의 냄새가 뜨겁다.[29]

내 말은 하여간 나는 탄광에서 죽을 뻔한 적이 없는데—'허무한 인생' 낙서한 거는 분명하다만—네가 왜 그런 설정을 했느냐 말야. 사기 친 거잖아. 아무리 소설이 허구래도 남의 인생을 쓰는 거라면 사실에 근거해야 하는 거 아니냐?

29) 「석탄박물관」, 『유쾌한 내 얼굴』, 작가정신, 11-12쪽.

20년쯤 일하면 한두 번은 그런 갱도 사고를 겪으려니 했죠.

물론 천운으로 대형 사고는 당하지 않았지만 자잘한 사고야 날이면 날마다 겪었지. 당연한 거 아니냐. 그 시커먼 굴속을 탄덩이 들고 기어 다니는데 어떻게 안 다쳐? 한데 너 탄광에 들어가 보기라도 하고 쓴 거냐? 갱도 구경도 못 해 본 놈이 쓴 것 같던데.

제가 아버지 고생한 걸 한 번이라도 느껴보려고 탄광 체험을 해 보려고 했습니다. 탄광도 안 들어가 보고 아버지 탄 캐는 이야기를 쓰는 건 떳떳하지 못하니까. 물론 탄광 다니던 분들이 쓴 수기도 읽고 소설도 읽었죠. 제가 탄광을 제일 생생하게 느낀 건 노벨문학상 받은 한강 작가님 소설 『검은 사슴』이에요.

한강 작가가 탄광 소설도 썼어?

탄광 소설은 아닌데 탄광 애기가 꽤 나와요. 한강 작가님이 직접 탄광에 들어가 보고 썼는지는 모르겠지만, 어찌나 실감 나던지. 하고 보니 저도 275미터 땅속에 들어가 본 적이 있어요. 광명시 가학동에 있는 폐광산은, ‘광명동굴 빛의 탐방’ 같은 걸 해요, 많은 이가 관람하거든요, 거기는 아버지가 일했던 갱도랑 비슷하지 않을까요?

금광이랑 탄광이랑 같냐? 나도 금광은 못 들어가 봤다만. 한데 275미터? 야야, 내가 들어간 탄광은 기본이 400미터였어. 하긴 태백에 있는 탄광들은 훨씬 더 깊게까지 내려갔다고 하더라만.

저도 알아요, 아버지가 고생한 걸 진정으로 느껴 보려면 광부님들이 탄 캐는 갱도로 직접 들어가서 직접 캐 봐야 한다는 걸. 아직도 우리나라에 탄 캐는 광부님들이 남아 계신 줄 모르겠네요. 있다고 해도 제가 과연 들어가 볼 수 있을는지. 부끄럽지만 무서워요.

누가 돈 준다고 해도 가지 마라. 폐도 션찮은 놈이. 네 말대로 다들 판타지나 쓰고 역사 소설이나 쓰는 때에 뭐 미쳤다고 직접 경험까지 해 가면서 글을 쓰느냐? 한강 작가님은 다 직접 경험해서 썼느냐?

그럴 리가요. 하여간 아버지가 탄광 얘기 자세히 고쳐 줄 거죠?

못 하겠다고 할 수 없다고 얘기했잖느냐. 탄광 이야기는 빼자. 있어 봐야 흥미도 없을 거다. 내가 인생 말년에 극장 가서 영화도 보고 그랬잖느냐. 내가 본 영화 중 〈국제시장〉이라고 있었다.

저도 봤습니다.

우리 또래가 우리나라를 있게 한 산업화 일꾼이었다, 우리 세대가 죽도록 고생했다 뭐 그런 이야기던데, 거기에 주인공이 독일 탄광 가서 탄 캐던 장면이 있더구나. 또 〈군함도〉 영화도 봤는데 거기도 일본 군함도라는 데 끌려가서 조선인들이 죽도록 고생하면서 탄 캐는 장면이 잔뜩 나오더구나.

말년에 영화 자주 보셨네요?

내가 아무리 잘 고친다고 한들 그 영화 장면만큼 되겠느냐. 그 영화로 충분하다. 탄 캐는 장면 볼 때 꽤 아팠다. 25년 탄 캐면서 느꼈던 온갖 감정이 농축돼서 무슨 총알 같은 게 되어서 자꾸 날 쏴 대는 것 같더라. 한데 그 장면들을 세세히 되새기라고?

무리한 일이겠죠?

못한다, 못해. 흥미는 하나도 없고 보기에도 고통스럽기만 했단 말이다. 내 탄 캐던 이야기라고 별 수 있겠느냐. 한데 네가 쓴 갱도 사고 장면이 그렇게 못 쓴 거냐? 재미없다는 건 알겠는데 못 쓰기까지 한 거냐고?

저도 잘 모르겠어요.

정 거시기하면 AI한테 써 달라고 해라. '출판사 편집자님들도 만족할 만하게, 충남 서해안 탄좌에서 1941년생 광부가 탄 캐다가 매몰된 막장에 갇혀 괴로워하는 삽화를, 노벨 문학상 받은 주제 사라마구 식으로 써 줘' 해 보란 말이다.

아버지가 하라는 대로 해 보았는데, 우와, AI가 글을 너무 잘 쓰네요. 하지만 AI가 쓴 게 너무 표 나서 정도 안 가고 굳이 참고하고 싶지도 않네요. 구글 무료 프로그램도 이 정도인데, 비싼 유료는 더 잘 쓰겠네요. 심히 우려됩니다. AI가 창작, 강의, 심사 다 할 수 있겠어요. 저 같은 얼치기 소설가 굳이 필요 없겠습니다. 그래도 저야 쓸 만큼 썼으니 별로 상관없죠. 젊은 작가들이 걱정이네요. 젊은 작가들은 대체 소설을 어떻게 쓰고 가르치고 심사 봐야 하는 걸까요?

네 주제에 젊은 작가를 근심해? 네 어머니가 아침마다 밥 먹이는 도둑고양이도 웃겠다. 나무아미타불 관세음보살!

장모님·작은누나 떠나다

창이 갱 바닥에서 살아 돌아오고 다섯 달 뒤 장모님이 돌아가셨다. 아내가 밥도 안 먹고 줄기차게 울어 대서 장모님을 따라가는 줄 알았다. 창은 겉으로는 술에 떡이 되어 저게 맏사위인지 망나니인지 모르게 오두방정을 떨었다. 개 같았다.

창은 술을 마시면 자는 사람이었다. 술기운에 의지해 신세타령하거나 자랑질하거나 훈장질하거나 유난 떠는 게 싫었다. 장모를 떠나보내던 사흘은 아무리 마셔도 잠이 오지 않았고, 말은 별로 안 했지만 여러 사람에게 주먹질했다. 장인 밑에서 일하고 장모님 밥을 먹었던 일꾼들이 대거 문상 왔다. 장모 등골을 뽑았던 이들을 보면 쌍심지가 돋았다. 그게 언제 적 일인데 그걸 명심하고 있었나. 뒤끝, 장난이 아니었다.

장모님을 가장 달달 볶은 놈은 너였다. 맏사위인 바로 너. 너, 장모님에게 말 한마디 살갑게 한 적 있어? 딸 주면 공주처럼 모시겠다며. 딸은 병원 순례쟁이로 만들고, 장모는 애보개로 만들고. 이상하게 장인은 언제 돌아가셨는지도 가물가물한데, 장모 장례는 무시로 파뜩해 죽비처럼 때렸다.

작은누나는 자주 아팠다. 매형은 인색했다. 병원비에 벌벌 떨었다. 작은누나는 두 아들을 창의 집에 맡겨 놓고 처음이자 마지막 수술을 받았다. 그 수술은 누나를 살리지 못했다. 장모를 묻고 이태 뒤 작은누나를 묻었다. 작은누나가 흙 속으로 사라지는 순간, 창은 매형을 같이 묻어 버리고 싶었다.

매형은 염치가 참 발달한 인간이다. 그 후로도 처갓집에 발길을 끊지 않았다. 어느 해는 새 마누라를 데려오기도 했다. 매형을 볼 때마다 작은누나가 사무쳐 미쳐 버릴 듯했다. 자연, 매형을 박대할 수밖에 없었다. 한데도 매형은 창의 집을 장모네 집으로 알았다. 다른 형님 집은 인사만 하고 와서 꼭 창의 집에서 묵었다.

아내가 담근 술을 창보다 더 마셨다. 무뚝뚝한 창한테 살갑지 않은 소리만 듣는 데 뭐가 좋다고 기어이 찾아와 "우리 막내처남 돈 많이 벌었지?" 넉살을 부리는지. 매형 때문에라도 동동주를 안 담글 수가 없었다. 아내는 주막 차려도 되겠다는 말을 들을 만큼 동동주를 맛깔나게 빚어냈다.

빨간 책

큰애가 빨간 책을 사 가지고 왔다. 어린 게 벌써 아버지를 핫바지로 보나. 아비가 아무리 책을 모르고 사는 인간이라지만, 공부하는 책이랑 몹쓸 책도 구분 못할 줄 아는가. 몹쓸 책을 샀다는 것도 놀랍지만, 그 몹쓸 책을 보란 듯이 쳐들고 온 게 더 기가 막혔다.

"이리 줘 봐."

큰애가 기다렸다는 듯이 내밀었다. 조금이라도 감추는 기색을 보이면 뺨따귀를 한 대 갈긴 다음 준엄히 나무랄 작정이었다. 이따위 개 같은 책을 사라고, 이 아비가 그 생고생을 하는 줄 아냐고.

펼쳐 보니, 상상했던 책이 아니다. 포르노라나 뭐라나 남자와 여자가 거시기하는 사진이 나올 줄 알았는데, 낙서 같은 게 나왔다. 이게 낙서일 리는 만무하고.

"시집여유. 한국 사람이 이제까지 쓴 시 중에서 제일 잘 쓴 거 100편을 모아 났대유."

"시, 집……."

그래, 시였다. 이런 식으로 쓴 것은 시였다. 벌써 30년 전 일이지만 중학교 다닐 때 배운 기억이 있다. 어떻게 뭘 배웠는지 자세한 것은 흐리마리했지만 배운 것만은 틀림없었다.

뿐인가! 아주 가끔은 이런 식으로 끼적거리기도 했었다. 낙서한다고 쑥스러워했지만. 때로는 낙서가 아니라고, 시라고 우기고 싶었다. 잡기장에 자작시가 다섯 수쯤 적혔지 않은가. 믿기지 않는 기억이지만 시집도 딱 한 권 산 적이 있다. 옛날 그 시집은 어디로 갔을까.

새로 화가 솟구쳤다. 아무튼 공부하는 책이 아니잖은가. 참고서도 아니고, 문제집도 아니다. 한창 공부해야 할 중3이 왜 쓰일 데 없는 시집을 산단 말인가.

"이런 거지 깽깽이 같은 책을 사라고, 내가 그 깊은 갱도에서 탄 밥 먹는 줄 아냐?"

"이거 되게 건전한 책예유."

"공부하는 책 말고 건전한 책이 어딨어? 이런 낙서 나부랭이가 무슨 도움이 돼? 나는 못 배운 게 한이 돼서 너 공부하는 데 절대로 돈 아끼지 않을 것이여. 그래서 너 국민학교 때 다른 집에서는 꿈도 못 꾸는 『다달학습』, 『매달학습』, 전과 다 사 줬다. 심지어 《소년 한국일보》까지 구독해 줬다. 사 달라는 문제집, 참고서 안 사준 적 없다. 빚내서라도 사줬다. 한디 배은망덕도 유분수지 이 따위 책을 사?"

"불건전한 책 아닌디유. 옛날에 아버지도 이런 문학 책 사줬잖유. 갖고 와 보게유."

문학 책? 이런 걸 문학 책이라고 하나? 장남이 부리나케 찾아서 들고 온 책은 분명 문제집도 아니고 참고서도 아니었다.

"이런 걸 내가 사 줬다고? 내가 언제?"

말 나간 뒤에야, 슬그머니 반장일지 쓰던 시절에 사 줬던 기억이 났다. 민망해 얼버무렸다.

“시집을 시집답게 만들어야지 하필이면 빨갱이로 만들었어.”

　며칠 뒤였다. 월부 책 장사꾼이 탄광까지 왔다. 제정신이 아니고만. 어떤 넋 나간 탄쟁이가 책을 산다고. 자세히 보니 칠삼회 동창 중에 대도시에서 출판사 한다고 깝죽거리던 애였다.
　“사장이 영업까지 뛰는 겨?”
　“오죽하면 그러겄어.”
　“시내에서나 팔지 탄광까지 뭐러 왔냐?”
　“허어, 네가 뭘 모른다. 탄 캐는 사나이들은 따박따박 받을 월급도 있고 자기 자식만큼은 자기처럼 탄 캐게 하지 않겠다는 의지가 있다. 그러려면 이런 훌륭한 책을 자식에게 읽혀야지. 니 아들 공부 좀 한다메? 그럼 더욱 이런 양서가 필요하지. 이 책 하나면 국사는 무조건 100점이라니까.”
　“책은 못 사고 술이나 사 줄게.”
　“멍텅구리들이여. 다 그런단 말야. 책은 못 사고 술은 사 주겠다고. 책이 훨씬 싸. 책은 남아. 술은 비싸고, 먹어 봐야 속만 드럽고, 남는 것은 쓰라림뿐이여.”
　“광산까지 와서 뭔 개소리여?”
　“술 대신 책 사 달라는 얘기여.”
　친구를 그냥 돌려보낼 수도 없고, 국사 100점 맞을 거라는 말이 솔깃하기도 했다. 아들한테 번지수 잘못 짚은 호통 친 것을 만회하고도 싶었다. 무려 다섯 권짜리 각 권마다 벽돌 같은 책 『대한

민국 임시 정부』를 할부로 샀다. 친구는 덤이라며 '한국명단편소설' 어쩌고 하는 소설책을 얹어 주었다. 돌이켜 보니 그놈의 소설책이 불행의 씨앗이었다. 그거 읽고 큰놈이 허무맹랑한 꿈을 갖게 되었으니까.

하루는 큰애의 책꽂이를 살펴보던 중, 그 빨간책『한국의 명시 100선』에 멎었다. 꺼냈다. 읽었다. 얼마 만에 책을 읽는 건가. 감개했다. 책 한 번 떠들어 볼 짬 없었던 날들이 억울했다.

창이 시로 알고 있었던 게 유행가 가사였다면, 명시는 뭐랄까 때깔 잡는 말로 하자면 부처님 설교 같았고 시쳇말로는 뜬구름 잡는 소리 같았다. 수상한 것은 된통 수상했다. '이상'이라는 이름 이상한 이의 시는 유독 이상했다. 무슨 말인지 조금도 알아먹을 수 없었다. 무슨 말인지 단박에 알아듣겠는 시도 몇 편은 있었다. 예컨대 김소월의 시.

전부는 모르겠지만 몇 문장은 알아먹겠거나 쏙 와 닿는 시도 있었다. 이형기라는 사람이 썼다는「낙화」의 첫 3행―가야 할 때가 언제인가를 분명히 알고 가는 이의 뒷모습은 얼마나 아름다운가―이 창의 가슴에 화살로 박혔다.

세 행은 창의 뇌리에 '떠나야 할 때를 알고 떠나는 사람은 얼마나 때깔 나는가'로 변형, 각인되었다. 그 글귀를 버릇처럼, 시조창하듯 읊조리고는 했다.

돈 버는 아내

어떤 남자가 그렇지 않았겠느냐. 나도 네 엄마랑 결혼할 때는 네 엄마를 호강시켜 줄 자신이 있었다.

믿지 않으시겠지만 저도 그랬어요. 이렇게 먹고살기 급급한 작가가 될 줄은 몰랐어요.

호강은 개뿔. 목표를 수정했지. 구차하게 살게 하지는 말자. 공주가 부리는 하녀만큼은 살게 해 주자. 그마저도 어렵고 어려웠다. 내 탓에 네 엄마가 지지리 궁상으로 살았다.

저도 아내에게 되게 미안해요. 저 때문에 포기한 게 한둘이 아니거든요.

나야말로 네 엄마 인생을 엉망진창으로 어질러 놨어.

창은 신혼 때 호언장담했다.

"기분아, 오빠가 얼마나 생활력 강한지 알지. 내가 이거 하나는 약속헌다. 평생 내가 벌어 온 돈만 쓰게 해 줄게."

실제로 10년은 자신이 있었다. 광산에서 버는 것과 틈틈이 짓는 논밭 농사로 충분할 줄 알았다. 돈은 콩쥐, 팥쥐인지 장화, 홍련인지 그 불쌍한 아가씨들이 깨진 항아리에 퍼 담는 물 같았다. 아무리 채워도 채워지지 않았다. 아무리? 고작 알량한 월급봉투 가지고.

아내가 첫 물꼬로 남의 집 밭 매 주고 품값 받아 왔다고 우쭐댔을 때가 언제던가. 칭찬해 주지 못할망정 화를 냈다. "누가 너더러 그런 돈 벌어 오랬어?"

아내는 울먹였다. "공짜 일 안 해서 좋기만 허네유." 아내는 큰형네 밭을 무시로 맸지만 땡전 한 푼 받은 적이 없었다.

시작이 어려운 법이다. 아내는 남의 집 밭매러, 과수원 봉지 씌우러, 고추 따러, 깨 베러, 벼 베러, 소 키우는 집 짚 묶으러 다녔다. 저수지 제방 공사판에서 돌멩이를 날랐고, 산판에서 나뭇가지도 다듬었고, 짚 공장도 다녔고, 심지어 선거 운동원 노릇도 했다. 일당을 쳐주는 곳이라면 어디든지 달려갔다. 시골이라지만 여자가 돈 벌 일이 널린 세상이 돼 버렸다. 남정네들은 탄광이나 공사판에 있고, 젊은이들이 도시로 떠났으니, 아낙네 인력이 아니면 농촌 사회가 돌아가지 않았다.

아내는 장사꾼 노릇도 착실히 해 봤다. 밭이 8백 평에 불과했지만, 나름대로 거창하고 알차게 밭농사를 지었다. 1980년대까지만 해도 육경면은 면 소재지 시경리에 오일장이 설 만큼 사람이 들끓었다. 광부들의 식솔 덕택이었다.

창은 장날이면 무, 배추, 수박, 참외 등을 리어카 바퀴가 짜부라지도록 실어 장마당까지 날라 주었다. 밭작물을 심고 키우고 장마당에서 파는 건 아내가 전담했다. 아내는 푸성귀를 바리바리 보따리에 싸서 버스 타고 시내 장에 다녀오기도 했다. 아내는 장날을 못 기다리고 리어카에 수박을 싣고 먼 동네를 돌아다니기도 했다. 원두막으로 내방하는 손님들도 있었다. 그놈들의 야비한 눈초리와 더러운 희롱도 견뎌야 했다. 흥정에 젬병인 아내가 그렇게 장사를 했다.

아내에게 따뜻하게 물어보고 싶었다. 제값에 팔았는지, 이문을 얼마나 남겼는지, 못된 손님은 없었는지. 그치만 창은 먼저 물은 적이 없다. 먼저 물으면, 불알 떨어지는 줄 알았다. 불감청이언정 고소원이라고, 아내는 수입 보고를 중심으로 세세히 자랑해 주었다. 아내가 종알거림이 참 상쾌했다.

창은 참, 고약했다. 남편이 굶는지 마는지 신경도 안 쓴다고, 그 돈 벌면 뭐 해, 지 약값, 주사 값으로 다 들어가지, 속으로 구시렁거렸다. 그런 말을 입 밖으로 내면 되우 부끄러울 듯했다. 참고 참았지만, 저도 모르게 들으라는 듯이 뱉은 적도 있었다. 저도 모르게? 모르긴 뭘 몰라! 들으라고 지껄인 거 맞잖아! 자꾸 오리발 내밀래? 창피해 쥐구멍에 숨고 싶었다. 쥐구멍이 셀 수 없어 도무지 어느 구멍으로 숨어야 할지 몰랐다.

언제부턴가 아내에게 생활비를 안 주었다. 한 푼도. 왜? 아내가 버니까. 지가 벌어 온 돈으로 살림하라는 거였다. 그러려고 돈 버는 것 아닌가. 아내는 자기가 벌어 온 돈으로 밥상 차리고 애들 용돈을 주었다. 애들 참고서 값, 책값도 아내가 창보다 더 많이 주었다.

원래부터 아내는 창에게 돈 달라는 말을 하지 않았다. 창이 알아서 줄 때까지 기다렸다. 아내 하는 짓이 괜히 얄미워, 생리대까지 떨어진 걸 뻔히 알면서도 일부러 생활비를 안 준 적도 있었다.

견디다 못한 아내가 겨우 하는 말이 "내일부터는 맨밥 먹어야겠슈"였다. 아내는 돈을 벌게 되자 돈 떨어졌다는 내색조차 하지 않았다.

아내가 돈 벌어 오는 것을 당연하게 여기자 자연스레 당연한 일이 되었다. 아내가 돈 벌어 오지 않으면 화가 나기도 했다. 나만 버냐고 나만. 맞벌이를 찬미하는 세상이잖아. 자신만 돈 벌면 억울할 듯했다.

미안했다. 고마웠다.

실은 아내에게 돈을 줄 수가 없었다. 애들 셋 대학 보내려면 이 악스레 모아야 했다.

겉으로는 가장의 체면을 잃은 놈 티를 내느라고 늘 신경질적인 낯빛을 했다. 못 나서 아내를 돈 벌어 오게 만든 놈이 뭐가 좋다고 히히 웃겠는가. 세상 다 산 양 인상 구기고 있는 게 어울렸다.

속으로는 하하 웃고 다녔다. 칠삼회 벗 중에 유리 몸이라 평생 자리보전한 부인을 둔 친구가 둘이었다. 아내도 유리 몸인 줄 알았다. 결혼해서 10년 동안은 아내가 돈 벌어 오는 꼴을 보리라고는 상상도 못했다. 아내가 병원쟁이, 약쟁이기는 해도 집일도 씩씩하게 잘할 뿐만 아니라 돈까지 벌어 오다니. 경사 났네, 경사 났어. 어깨춤이라도 추고 싶었다.

돈 벌려면 수모를 무수히 겪기 마련이다. 광산 다니는 남자도 그럴진대, 여자 몸으로 품 팔고, 노가다하고, 장사했던 아내는 별의별 수모를 얼마나 억수로 겪었을까.

창이 나중에 알게 된 바만 따져도 서른 건은 되었다. 그 일이 일어났을 때는 짜장 몰랐다. 다 지난 일이지만 당장 아내의 복수를 하러 낫자루를 들고 달려가고 싶을 때가 한두 번이 아니었다.

아내한테 쩨쩨하게 군 연놈들, 아내를 모욕하고 무시한 개새끼들, 아내에게 지청구하고 욕지거리를 날린 양아치 새끼들, 아내를 희롱한 놈들 똥구멍을 찢어 주고 싶었다.

데모를 했었나?

저 대학교 갈 때 하신 말씀이 이랬잖아요. "공부는 못해도 좋으니 데모는 하지 마라! 너 데모하는 순간 아비 눈에 흙 들어간다."

그랬지.

아버지는 데모를 왜 그렇게 싫어했어요?

빨갱이 짓이니까.

아버지가 세뇌당했다는 의심은 안 해 봤어요?

너야말로 네가 빨갱이라는 의심은 안 해 봤냐?

신기해요. 제 아들이 제가 조금만 진보스럽게, 좌파스럽게 말하면 빨갱이 취급을 해요. 아버지처럼. 할아버지와 손자가 닮는다더니.

손자는 너 닮지 않고 똑똑하고 올바른 사상을 가져 안심이구나.

데모를 할 수밖에 없는 상황이 있잖아요? 오죽하면 데모를 했겠냐고요?

대학생 놈들이 뭘 할 수밖에 없어. 누가 지들더러 정치 신경 쓰래? 공부만 하라니까.

대학생들 말고 노동자, 광부, 농민은요? 아버지도 텔레비전에서 가끔 봤잖아요. 노동자, 광부, 농민이 데모하는 거. 제가 보기엔 데모할 만한 상황이어서 했거든요. 아버지는 평생 농사지으면서 데모할 만큼 화났던 적이 없단 말인가요?

우리 동네도 박봉준이라고 있다. 오죽 데모하고 다녔으면 별호가 전봉준의 봉준이겠느냐. 하지만 난 반대다. 대학생도 모자라 노동자, 광부, 농민까지 데모하면 그게 나라냐?

전봉준 나온 김에 하는 말인데 아버지는 동학농민혁명도 안 좋게 보는 건가요?

박통이 동학 때 탐관오리들처럼 농민을 수탈했냐? 새마을운동이 농민도 굶지 않고 살게 한 건 맞잖아? 굶어 보지 않은 것들은 모른다. 대관절 뭐가 불만인데?

농민운동 하는 분들 말은 다 빨갱이 소리라는 건가요? 그분들도 나름대로 명분이 있으니까 싸우는 거죠?

나 그렇게 꽉 막힌 사람 아니다. 사리 분별은 모질게 해도 농민운동 하는 친구들 존중했다. 친하게 지냈다. 종교쟁이들처럼 나한테 빨갱이 사상만 전도하려고 안 하면 사이좋았다.

아버지, 가슴에 손을 얹고 기억해 보세요? 아버지는 정녕 데모 한 번도 안 했나요?

내 눈에 흙이 들어갔냐? 내가 데모를 하게.

정녕 없습니까?

박봉준 패거리에 묻어서 구경 한 번 간 적이 있다. 그것뿐이야. 아비를 거짓말쟁이로 의심하다니, 이 빨갱이 같은 녀석.

아버지가 80년대 내내 다닌 탄광이 육경탄광이잖아요? 광부가 총 몇 명이나 되었나요?

그렇게 큰 광산은 아니었다. 한 300명 됐나.

이 신문 기사 좀 보세요.

안녕 육경탄광 광산근로자 국도 점거 농성

충남 서해안지역 광산근로자들이 국도를 점거하고 가두 시위를 벌였다. 돌멩이를 던지기까지 했다. 육경탄광 광산근로자 3백여 명은 17일 하오 3시부터 임금인상과 상여금 3백% 인상(현행 200%), 김아무 현 노조위원장의 즉각 퇴진 등을 요구했다. 가족(여성과 아이들)도 함께했다. 하오 6시경 국도로 진출, 국도 36호선인 안녕군 육경면의 예기리 앞 국도를 점거, 차량 통행을 차단하고 농성을 계속하고 있다.

— 면민신문 1987.8.18.

헐! 이게 뭐냐. 가짜 뉴스냐?

그래도 종이 신문 기사인데 가짜 뉴스겠어요? 제가 영상을 찾지는 못했지만 당시 MBC 뉴스에도 나왔던 일이에요.

난 이런 기억이 없다.

300여 명 다니는 탄광이라고 하셨잖아요. 300여 명이 농성했다면 그 탄광 다니는 모든 광부가 다 참여했을 거잖아요. 이런 농성 자체가 하면 다 같이 할 수밖에 없잖아요. 혼자 참여 안 했다가는 다른 광부들한테 왕따당했을걸요. 그러니까 아버지가 아무리 독불장군식으로 사셨더라도 농성만큼은 불가피하게 참여했을 겁니다.

긴가민가해서 그때 광산 같이 다녔던 죽은 친구들 좀 만나고 왔다.

그새요?

귀신이잖아. 글쎄 친구들 말이 내가 데모에 참여를 한 것도 모자라 앞장을 섰다는구나. 그때 광산 안 다닌 포장기도 만났는데, 포장기가 그러는 겨. "너 데모 앞장 선 거 맞어. 네가 어찌나 무용담을 읊어 대는지 귀가 얼얼했다니까."

것 봐요. 데모했었잖아요.

생계가 걸렸으니까. 월급이 석 달째 안 나와 봐라, 돌부처도 데모할 판이었지.

표정이 왜 그러세요?

실은 그래도 기억이 나지 않는다. 친구들이 내가 그랬다고 하니까 그런 줄 알겠는데, 그치만 내 기억은 없어. 아무것도 기억나지 않아. 만약 그런 기억이 있으면 너한테 자랑 안 했을까? 네가 이렇게 쓸 수밖에 없는 것도 나한테 뭔가 들은 게 없어서잖아.

어떻게든 묘사를 해 보려고 했는데 아버지한테 들은 게 1도 없는 일이라 도대체가 사실성도 없고 개연성도 떨어지고 핍진성 있게 그려지지가 않는 거예요. 대학생 데모라면 저도 해 본 경험이 있어서 써 보겠는데 광부들의 데모인지라.

미안하다. 기억이 없어서.

기억 있는데 자랑 안 했을 수도 있죠. 어쨌든 데모한 건데 자식한테 데모한 거 자랑하면 너도 데모해라, 하는 거잖아요.

아니다, 진짜로 기억이 안 난 거다. 실은 나처럼 그때 일을 고스란히 기억 못하는 탄쟁이 친구도 여럿이었다. "그런 일이 있었다고? 금시초문여!"라고 한 놈도 많았어.

신문기사로까지 기록된 일인데, 텔레비전에도 나왔던 일인데, 당사자들 기억에는 없는 그 일은 과연 실재했던 사건일까요?

네 아들이 철학과 다닌다고 너까지 철학스러운 질문이냐?

본래 기억은 극소하고 편협해요. 기억이 드넓고 세심했다면 머리 아파 못 살걸요. 그러니 기억 못한다고 너무 자책하지 마세요.

한데 너, 아버지가 데모했을지도 모르는 게 왜 그렇게 흐뭇한 거냐? 나는 신념이라도 잃어버린 듯 상처받았는데.

글쎄요, 아버지 같은 새마을스러운 민중도 순종적이지만은 않았다는 게 통쾌해요. 아버지가 순종적으로만 살았다면 조금 슬펐을 것 같아요.

부끄러운 눈물

큰애는 꼭 찍어 문창과를 가겠다고 했다. 대학교를 왜 가야 하는지 모르겠다고, 대학 안 가겠다고, 진심인지 시위인지 냅뜨는 빈한한 집 자식도 흔하다니, 대학 가겠다는 분명한 판단을 가져 준 건 매우 고마웠다.

큰애가 가고야 말겠다는 아무대는 눈에 찼지만, 학과는 참 개 갈 안 났다. 도대체 문창과가 뭐 가르치는 데란 말인가? 처음 들었을 때는 창문 만드는 데인 줄 알았다. 차라리 창문 만드는 기술 가르쳐 주는 데라면 쌍수를 들어 환영했을 테다.

"내가 누구처럼 판검사를 하라냐. 의사가 되라냐. 나는 네가 사무실서 펜대 굴리며 살기를 바란다. 문창과는 아녀. 거기 나오면 뭐가 된다고? 소설가? 소설가가 얼마나 배고픈 직업인지 알어? 내 중학교 동창 중에도 아주 유명한 소설가가 있다. 이문구라고, 갸가 신문에도 이름이 뜨르르 나오는 아주 유명한 사람여. 그런디 나보다 가난하디야. 그렇게 유명한 작가인데두 탄 캐는 놈보다 가난하면 말 다한 거 아니냐? 갸한테 소설가로 사시는 게 어떠냐고 한번 물어봐. 안 들어도 라디오고 안 봐도 테레비여. 부모 가슴에 부엌칼 꽂는 짓 하지 말라고 할 거다."

큰애는 대놓고 엇나갔다. 가출까지 했다. 집에 전화 한 통 없이 친구 집에 가서 밤새 술 처마시고 놀았다. 지는 그냥 하루 논 거라지만 그게 엇나간 게 아니면 뭐가 엇나간 것인가.

지도소장이 안심시켜 주었다. "요새 세상은 학과 이런 게 하나도 중요하지 않네. 법과 간다고 해서 다 판검사 되는 거 아니듯이, 문창과 간다고 해서 다 작가가 되는 거 아니네. 중요한 것은 대학교 간판이여. 그 대학만 갈 수만 있다면 과가 뭔 상관인가? 아닌 말로 우리 동네 자랑 서울대 나온 이치음 씨 그분이 적성 맞춰서 수의과 간 건가? 촌놈이 공부해 서울대 가려면 그나마 비벼 볼 만한 데가 수의과밖에 없어 그런 거지. 서울대 수의과 나왔다고 다 수의사 된 거 아니지만 다들 잘 먹고 잘 사네. 과는 뭐가 되더라도 아무대만 가면 장땡이라는 겨."

듣고 보니 그럴듯했다. 더 비뚜로 나가기 전에 다잡았다.

"그려, 좋다. 문창과를 가든 창문 만드는 과를 가든 아무대만 가다오."

통 크게 허락해 준 것이 고1 때 겨울이었다. 공부를 실쌈스레 하는지 마는지 알 재간이 없었다. 얼굴은 아침밥 먹을 때나 볼 수 있었다. 고3 돼서는 숫제 학교에서 먹고 자기도 했다.

창의 기대와 공포는 정비례해 무럭무럭 커졌다. 그냥 대학생도 아니고 아무대학생을 배출할 것이라는 기대와, 자식 놈이 후기 대학까지 떨어져서 대학생이 못 될지도 모른다는 두려움.

큰애가 학력고사 보러 가는 날이 되었다. 총 사흘. 아내를 딸려 보낼 셈이었다. 아들은 아비를 불편해하기 마련이니까.

살가웠던 큰애가 언제부터인가 데면스러웠다. 다정한 척하기도 그렇고 엄하기도 그렇고 어째야 하는지 헷갈렸다. 부자유친은 고사하고 밥 먹으면서 말도 잘 안 나누게 되었다. 큰애도 어릴 때처럼 친근하게 다가오지 않았다. 자신만 그런 줄 알았는데 동년배가 다 그렇단다. 지 장남이랑 원만하다는 친구를 단 한 명도 못 만났다.

아버지 노릇 대선배 포장기는 당연하다고 했다. "원래 그런 겨. 괜히 부자지간이간."

"원래 왜 그런 건디?"

"그냥 인간이 그려. 짐승도 봐 봐. 제일 먼저 난 새끼를 제일 먼저 쫓아내잖여. 남남 되는 겨. 원래 그런 겨."

"사람이잖아. 사람은 좀 안 그럴 수 있는 거 아녀?"

"요새는 입 달린 농민은 딴지꾼 아니면 전봉준이라더만, 고지식 새마을 농광축이도 점점 딴지꾼 되어 가는구만. 따질 걸 따져야지."

아내도 동행해서 아들 보필할 준비를 단단히 했다. 한데 아들 녀석은 지 엄마도 불편하다고 혼자 가겠단다.

"혼자 가겠다는 게 아니라, 거시기 누나랑 간다니께유. 남자친구 집에 재워 준다고 했슈. 그게 훨씬 낫대유. 여관서 자면 시끄러워서 잠을 잘 수가 없대유."

거시기는 춘추리 사는 애였는데 안녕여고 전교 10등 안에 들었고 학생회장까지 지낸 애라고 했다. 그런 훌륭한 애가 재수까지 해서 간 데가 아무대 문창과였다.

큰애는 사흘 동안 딱 두 번 전화를 해 주었다.

겉모습으로는 아내만 떨고, 창은 태연했다. "손가락이 떨어져 나간 겨? 애새끼가 지 엄마 마음 손톱만큼만 헤아려도 전화를 열 번은 했을 겨. 지 에미 닮아서 전화를 못혀, 전화를."

아내는 병원에 입원하거나 오서댁 절에 가서 철야 불공드리거나 아줌마들끼리 관광 가거나 집을 떠나 있으면 전화 안 하는 게 주특기였다. 항상 창이 먼저 했다. 일부러 사람 속 태우려고 그랬나?

창의 속도 뒤웅박이나 다름없었다. 속절없이 떨었다. 기차는 무사히 탔는지, 경기도 안성이 어디에 붙어 있는지는 모르겠지만 잘 도착했는지, 예비 소집에선 별일 없었는지, 저녁은 잘 먹었는지, 잠은 설치지 않았는지, 아침에 잘 일어났는지, 밥은 먹고 시험 보러 들어갔는지, 오전 시험은 잘 치렀는지, 점심은 챙겼는지, 오후 시험도 잘 봤는지, 저녁은 굶지 않았는지, 잠은 잘 잤는지, 아침은 뜨고 면접 보러 갔는지, 대학교 교수님 질문에 대답은 똑똑히 했는지, 기차 잘 타고 내려오는지.

떨림은 거세졌다. 47일 동안 아내는 여물 끓이는 솥단지처럼 떨었고, 창은 뜨거운 날 둠벙에서 물 퍼 올리는 양수기처럼 떨었다. 합격자 발표 예정일이 정해져 있으니 그날만 떨어도 되었을 텐데, 사람 속이 그렇게 느긋하지 않았다. 아내가 창보다 틀림없이 더 떨었다. 창은 큰애가 불합격할 것만 두려워했지만, 아내는 큰애가 불합격할 경우 남편이 어떻게 변할지도 두려웠을 테다.

창도 자신이 어떻게 변할지 겁났다. 애 잡는 거 아닐까.

합격자 발표가 하루 앞으로 다가왔다.

"내일도 거시기랑 같이 가냐?"

"직접 안 가도 된대유. 에이알에스라고 전화로 알려 준대유."

"그려? 편한 세상 되었구만. 차비 굳어서 다행이다."

마침내 발표 당일. 지난 47일 동안 떤 것을 다 합하는 것만큼 떨었다. 갱도에서 생전 안 하던 실수를 연발, 지청구도 어지간히 먹었다. 짬밥 대우가 아니었으면 얻어터졌을 거다. 떨어졌으면 어떻게 하지? 뭘 어떡해. 후기대 준비하면 되지. 후기대도 떨어지면? 상상만 해도 아득했다. 재수는 절대 없다! 그 돈 못 댄다. 자식 재수시킨 벗들의 말을 들어 보면, 대학 등록금보다 돈이 더 들어간다니.

퇴근길에 만난 지도소장에게 한마디 들었다.

"자전거도 음주 운전 하면 안 돼!"

대문 앞에서 아내가 울고 있었다. 떨어졌구나. 그럼 그렇지. 개천에서 용은 아니더라도 가물치 나길 바라다니. 한순간에 떨림이 멎었다. 자전거랑 한몸으로 고꾸라졌다. 아내가 달려왔다. "다쳤슈?"

"그럼 안 다쳐! 애새끼가 대학도 못 붙는디. 보람이 없잖여, 보람이."

"붙었슈, 붙었대유!"

멎었던 심장이 다시 뛰는 듯했다. 냅다 달렸다. 방으로 뛰쳐 들어갔다. "붙었다고? 어디 어떻게 붙었다는 겨?"

"잠시만 기다리셔유." 큰애가 전화기를 들고 번호를 눌렀다. 큰애가 전화기를 건네주었다. "들어보셔유."

전화기를 받아들었다. 어떤 여자가 기계 소리처럼 읽었다. "수험번호 ****** 아무대 문창과 김판돈 축하드립니다. 합격하셨습니다." 그렇게 감미로운 목소리는 첫사랑 왕눈의 목소리 이후 처음이었다.

큰애의 두 손을 꽉 움켜잡았다. 고개를 숙이고 뇌었다. "고맙다, 고맙다, 참말로 고마워."

창은 자기 입에서 그런 말이 나갈 줄은 몰랐다. 녀석도 아버지가 그런 말을 하리라고는 상상도 못 했던지 멍청한 얼굴이었다.

참말로 고마웠다. 큰애가 대학에 붙고 말고가 자기 운명을 결정짓는 일처럼 사료되었다. 그때까지 살아 온 이유가 오로지 큰애의 대학교 합격이었던 것처럼, 백치가 돼 버렸다.

아무리 되새겨도 되게 부끄러운 순간이었다. 어떻게 자식 놈 앞에서 눈물을 흘려. 고맙긴 뭐가 고마워. 아비한테 그 정도는 해 줘야 자식이지.

저도 아버지 손자가 대학 붙었을 때 기뻤어요. 애가 고1까지는 공부를 별로 안 했거든요. 고2 때부터 공부를 하더라고요. 저희 땐 그 대학교 가서 학력고사 보는 거였지만 수능 시대잖아요. 저기대 합격증 보고 막 울음 같은 게 치밀어 오르더라고요.

나도 기뻤다. 내가 살아 있었으면 또 울었을지도 모른다. 70 넘어서는 너보다 손자가 더 예뻤으니까. 손자 보는 낙으로 살았으니까.

근데 애가 대학을 반 학기 다니는 둥 마는 둥하면서 재수를 하는 거예요. 학원도 마다하고 집에서. 다음 해에 거기대 합격증을 받았어요. 신기하게 작년보다 더 울컥하더라고요.

나는야 무덤 속에서 방방 뛰었다. 내 장손이 그 옛날 장원 급제라도 한 기분이었다.

근데 애가 대학을 2년 다니다가 군대 갔잖아요. 군대 가서 편입 시험을 준비해서는 이번엔 여기대 철학과 합격증을 받은 거예요. 이전보다 훨씬 더 울컥하더라고요,

내 손주 아니냐. 근데 등록금 대 줄만하냐? 그냥도 어려운디 더 어렵겠다. 여하튼 네 아들이 내 아들보다 낫다. 한데 이렇게 자기 자식 자랑을 소설에서 해도 되는 거냐?

제가 뭐 자랑했다고 그러세요. 그냥 울컥했다는 얘기를 한 것뿐인데.

한데 네 아들은 철학과라고? 문창과도 들으면 거기 나와 뭐 먹고 사냐 우려부터 드는데, 철학과 나오면 대관절 뭐해 먹고 사는 거냐? 나보다 더 심란하겠다.

별로 안 심란해요. 철학과 나와서 과연 뭘 할 수 있을까요? 그저 공무원 시험 준비나 하겠죠. 아버지 손자가 문학에 '문' 자도 관심이 없어서 탐탁해요. 신기하게 애가 문학에 아무 관심이 없어요. 공부 좀 하는 애들이 그렇듯이 교과서에 나오는 소설 말고

는 소설을 안 봤어요. 저한테 문학 유전자 같은 게 있나 모르겠는데, 있다 하더라도 요행히 아들한테는 조금도 전달이 안 된 거죠. 참 기뻐요.

나도 참 기쁘다. 너는 나처럼 속 썩지 말아야지.

제가 문창과 나와서 여태 작가인 양 사는 거 자랑스러울 때도 있습니다. 작가 돼 보겠다고 안 되는 머리로 부족한 재주로 애써서 작가 되고, 어찌저찌 작가로 살아오기는 했는데요, 경제적으로는 억지춘향이였어요.

그럴 줄 알았다니까.

작가 같은 거 안 되고 잘들 사는 동기들이 얼마나 부러웠게요. 만약 애가 문학 한다고 했으면 저도 아버지가 저 문창과 간다고 상심했을 때랑 똑같은 심정이었을 거예요. 저는 해 봤으니까 어떻게든 못하게 했을 거라고요.

어째 진심이 아닌 것 같다.

실은 이런 미련이 있습니다. 애가 저보다 영특하니까 소설을 써도 저보다 훨씬 잘 쓰지 않을까. 애가 소설 쓰면 팔리는 소설도 쓰고 영화나 텔레비전 드라마 되는 원작도 쓰고 그러지 않을까. 그러면 분이 좀 풀릴 것 같아요.

네가 아주 한이 맺혔구나.

아뇨, 다 헛소리예요. 애한테 내재되었을지도 모르는 그 문학 유전자 발동 안 되기를 간절히 바랍니다. 제가 피드백드리는 분들도 30, 40, 50 되셔 가지고 갑자기 문학 유전자가 발동해서 늦깎이로 시, 소설 배우러 오신 건데, 지금이라도 하면 무조건 작가 된다 자신감을 심어 드리기는 해도…….

나이 들면 쉽지 않아. 나도 써 봐서 안다.

실은 안타까워요. 작가라는 게 어처구니없는 거거든요. 노력한다고 되기도 순탄치 않고, 노력해서 되더라도 노력한 만큼 뭔가 이룰 수는 없는 게 확실하거든요. 벌 수 없는 건 당연하고 운 없는 작가는 대책이 없어요.

이런 얘기는 그만하는 게 좋겠다. 더 하면 독자님들이 책 집어 던진다. 나도 듣기 싫은데 독자님은 오죽할까. 다시는 네 자식 얘기하지 마. 네 얘기도 하지 마. 추하잖느냐.

석탄 합리화

한국 석탄 총생산량의 10%를 부담했던 안녕탄좌. 종지부가 확정되었다. 탄쟁이들은 모이기만 하면 넋두리하고 갑론을박하고 티격태격했다.

"내 광부 경력이 얼마인 줄 아는가, 40년이네. 할 줄 아는 게 이짓밖에 없단 말야. 어쩌겠어. 태백으로 가 봐야지."

"뉴스도 안 봐유? 철없는 소리 하시게. 태백 탄광도 싹 정리 중이래유."

"자네들은 아직 한창 젊으니께 뭐라도 배워서 하면 되지만, 우리는 내일모레가 쉰이고 환갑인디 대책이 없구먼. 이 나이에 노가다판 나가서 데모도 하란 말이여? 어른 말들이 하나도 그르지가 않어. 기술을 배워야 했어. 노가다판에 뼈를 묻었으면 시방 목수로 잘나갔을 텐데."

"공장도 대책이 없슈. 이 나이에 공장 취직이나 되겠슈?"

"진폐 판정 잘 받아서 병원에서 사는 것도 한 방법일 겨. 치료비는 당연하고, 가족 생계비에 학자금까지 나온다니께. 그니께 병원에서 평생 산 사람은 좆나게 마시고 좆나게 피라고. 진폐 급수가 높아야 돈도 더 나온댜."

"마루타로 살라고? 그게 사람이 할 소리냐?"

"자네들은 고뇌가 없겠네. 그냥 계속 농사지으면 되잖여."

"염장 질러유. 농사져서 먹고살 수가 없으니께 탄쟁이가 된 거

잖유. 우루과이 라운드 얘기도 못 들었슈? 농사짓는 사람이야말
루 병신이유, 병신.”

“축산하면 되잖여. 정부에서 팍팍 밀어 줄 기세더만. 우리는 소
한 마리 풀어놓을 땅도 없으니 꿈도 못 꿔 본단 말일세.”

“그게 되겠슈. 툭하면 전염병 나서 다 죽지, 값 떨어져 파동 나
지, 85년에 소 키우던 사람 다 알거지 되고 목매달고 그랬던 거 기
억 안 나유? 앓느니 죽고 말어유.”

“말 나온 김에 물어보세. 난 아직까지도 소 가진 사람이 왜들
거시기했는지 까닭을 모르겠어.”

“간단해유. 사람들이 먹고 살 만해지니께 너도나도 소고기를
찾잖아유. 정부가 소고기 대책 마련한다구, 겁나게 축산 장려를
했단 말여. 소 안 키우는 농민은 삼청교육대 보낼 분위기로다. 그
런디 거기다 외국 송아지에다 외국 쇠고기까지 수입을 허용했단
말유. 싼 소고기가 넘쳐났다구. 워칙히 되겠어? 소값이 팍팍팍 떨
어졌지유. 100만원 넘던 송아지값이 개값보다 싸졌다고. 20만 원
에 가져가라고 해도 사료값 무서워서 가져가는 사람이 없었슈. 그
판국에 농협, 축협서 어떻게 했느냐? 지들도 똥줄 타니께 빚 독촉
엄청 했쥬. 시골서 살기가 얼마나 괴로웠겠슈. 야반도주 못하니께
거시기한 거지. 그런디 저 죽는다고 끝나나. 그 다음엔 연대보증
선 사람들이 죽어나지. 소를 키워 본 사람들은 소를 구경하고나
죽었다지, 연대보증 선 사람들은 억울해서 눈도 못 감았을 겨.”

“천 번 만 번을 들어도 〈전설의 고향〉여.”

"하여튼 시골에서는 해 먹을 게 없슈. 애들 가르치려면 죽든 살든 도시로 가야듀."

원래 타지에서 들어 온 이들은 미련 없이 떠났다. 아직도 남은 광산으로 공장으로 공사 현장으로 도시로 병원으로. 갈 고향이 있거나 연고지가 있는 이들도 새 삶을 갈구하며 떠났다.

토박이들도 떠남을 진지하게 갈등했다.

창 또한 심사숙고했다. 스물 몇 살 때, 일생일대의 선택을 했다. 서울에서 살지 않고, 시골에서 살기로. 생애 두 번째로 일생일대의 선택을 해야만 했다. 고향을 버릴 것이냐, 고향에서 계속 살아 볼 것이냐. 떠나야 한다면 당장 떠나야 했다. 당장 못 떠나면 영원히 떠나지 못할 것이다.

떠나지 않기로 했다. 이 나이에 어디를 간단 말인가? 50년 산 곳을 버리고 홀연히, 용감하게 떠날 만큼, 배포가 큰 사내가 아니었다. 밴댕이 소갈딱지였다.

졸지에 실업자 된 광부의 대학생 자식에게 등록금의 절반은 나온다니 그나마 든든했다.

창은 송아지를 사들였다. 도지를 닥치는 대로 얻었다. 떠나간 이들이 숱해 도지 얻기는 쉬웠다. 도지 포함 스무 마지기 농사와, 연평균 소 열 마리 이상의 축산에 여생을 걸어 보기로 했다. 남들 눈에는 쉬운 결심으로 보였을지도 모른다. 그러나 석유통을 짊어지고 불구덩이 속에 몸을 내던지는 심정이었다. 소값 파동으로 소 키우던 사람 여럿 망하고 죽어 면내가 초상집 같았던 게 불과 4, 5년 전이었으니까.

자린고비였지만 셋째 형도 술만큼은 사랑했다. 동동주 담글 때만큼은 쌀을 아끼지 않았다. 형은 꼭 창하고만 마시려고 했다. 형은 창보다도 말수가 적은 위인이었다. 하지만 형도 하고픈 말이 숱했다. 형은 그 말을 창에게만 했다. "너는 말을 옮기지 않는 놈이 니께."

셋째 형은 환갑잔치 치르고 얼마 뒤 논을 매다가 쓰러졌다. 반신불수가 되었다. 바깥마당 감나무 밑 평상 옆 의자에 앉아 동네 사람들 일하는 것을 멍하니 바라보는 걸로 소일했다. 창은 셋째 형 앞에서만은 술을 마시지 않았다. 형이 군침 흘리는 것을 견딜 수가 없었다. 형은 그간 못하고 속에 담았던 말을 한꺼번에 다하려는 듯 참새처럼 지지배배 이야기했다. 무슨 말인지 거의 알아들을 수 없었지만, 창은 골똘히 듣는 체했다. 집에 돌아오면 아무 생각이 안 날 때까지 술을 진탕 퍼마셨다.

셋째 형은 고희연을 앞두고 잠자듯이 저세상으로 갔다. 형제 중 가장 편안한 죽음을 맞이했다. 잔칫날이 장삿날이 되었다.

창은 앞장서 셋째 형을 묻었다. 이제 말이지만 창은 땀이 과다한 체질이었다. 아무리 눈물을 흘려도 표시가 나지 않았다.

아버지 전 상서

그들은 토박이로 농촌에 남았다. 역경리 산야와 전답에는 자동차공장도 댐도 아파트단지도 전문대학도 골프장도 공군사격장도 쓰레기매립장도 들어서지 않았다. 졸부가 될 기회도 없었지만 고향을 강제로 떠나지 않아도 되었다. 고향을 지켰다고? 지킨 게 아니라 떠나지 못한 것일 뿐일 테다.

그들은 아무도 농사꾼 체질—그런 게 있다면—이 아니었다. 포장기나 노공작이나 실버나 름꾼이나 딴지꾼이나 박봉준, 모두가 농사꾼으로 살아왔지만 농사꾼과는 거리가 멀었다. 그나마 창이 제일 농사꾼이란 소리를 들었으니 말 다했다.

아무튼 다들 반쪼가리 농사꾼으로 살았다. 농촌에 살며 농사를 지으니 농사꾼이지만 농사는 입에 풀칠하는 수준이었다. 돈벌이는 광부로 벌목꾼으로 공돌이로 노가다로 장사로 중장비로 했다. 요새 말하는 '전업 농사꾼'은 희박했다.

그들은 불알친구였고, 국·중학교를 함께 다녔고, 십 대에는 4에이치를 했고, 이십 대에는 재건 청년으로 몰려다녔고, 삼십 대에는 새마을운동으로 곧잘 협동했고, 사십 대에는 각자도생했고, 오십 대에는 대학생 부모가 되었다.

홍부네가 마을길로 나가기 위해서는 큰형네 텃밭을 지나야 했다. 이흥부는 형님이 밭에 있으면 어김없이 시비를 걸었고 형님이 부아가 나서 멧돼지처럼 씩씩거리는 꼴을 보아야 직성이 풀렸다. 큰형도 이홍부가 지나가면 일부러 불러 세워 놓고 뭐라도 종애곯려 이홍부 대춧빛 얼굴이 더욱 붉어지는 꼴을 즐겼다.

그날도 큰형은 이홍부를 상대로 언성을 높이다가 쓰러졌다. 큰형수가 사색으로 달려왔다. "그이가, 그이가, 밭에……."

창은 아까 큰형네 텃밭에 소똥 거름을 세 바지게 부어 주었다. 큰형은 소똥을 허치려고 나왔고 이홍부가 어슬렁 기어 나온 걸 보았었다.

득달같이 달려갔다. 큰형은 의식 없이 밭고랑에 누워 있었고, 이홍부는 주저앉아 어쩔 줄을 모르고 있었다.

이홍부가 바들바들 떨었다. "내는 그냥 소똥 냄새 땜시 못 살겄다고 한마디했을 뿐여."

큰형 옆에 팽개쳐진 쇠스랑으로 이홍부의 머리를 찍어 버리고 싶었다.

큰형을 업었다. 큰형을 업어 본 게 초꼬슴이었다. 형의 몸은 가볍고 가벼웠다. 스무 걸음을 달려 형네 크고 높은 마루에 닿았을 때, 들었다. 숨넘어가는 소리를. 고혈압 약을 먹고 있었고 늘 조심해야 한다는 의사 소견을 달고 산 분이었지만 그처럼 불식간에 돌아가실 줄은 몰랐다.

자책했다. 소리소리 질렀다. "소똥, 소똥, 소똥!"

그날 소똥만 내드리지 않았어도 그날 그렇게 어이없이 가시지는 않았을 테다.

아버지 같았던 형님. 진정 아버지를 잃은 듯했다.

반장일지 마지막 장 뒷면에 생뚱맞은 편지글이 적혀 있었다. 날짜는 적혀 있지 않아, 확실히 언제 쓴 것인지는 알 수 없었다. 그치만 큰형이 돌아간 직후에 쓴 건 틀림없었다.

아버지!

이렇게 아버지를 불러 봅니다. 저에게는 아버지란 말이 새롭기만 합니다. 아버지 밑에서 어리광을 부리던 일곱 살에, 아버지께서 저를 버리고 떠나셨습니다. 그래도 저는 어머님께 그런대로 어리광을 부리면서 자라났지요.

그 후 5년, 아버지께서 제 곁을 떠나신 서러움이 채 사라지기도 전에, 아버지께선 어머님마저 제 곁을 떼어 놓으시고 모셔 갔습니다.

아버지 기억나십니까? 이 어린 자식 어떡하라고 그러셨습니까?

허나 저는 형님 아주머님들 많이 계시니까, 딴 고아처럼 헐벗고 굶주리지는 않았고 길거리에 버려지지는 않았습니다. 허나 옛말에 한 치 건너 두 치란 말이 있지 않습니까. 그때엔 세상이 어지러워지고 살림살이가 어려워 우리만이 아니고 동네 전체가 그래 먹고 살기조차 어려운 시절, 내 친자식 먹여 살리기도 어려운 시절 아버지, 어머니께서는 어떻게 생각하시겠습니까마는, 형님 아주머님들께서 별 차이점을 두지 않고 생활하시었건만 마음 좁은 이 자식,

형님 아주머님들 눈치를 보며, 어린 이 자식 어린 뼈가 굳어 가면 갈수록 아버지 어머님을 많이 원망했습니다.

아버지, 철부지 이 자식 키우지도 못하시고 가실 바엔 머리나 채워 주고 떠나시지 머리까지 돌대가리, 공부도 못해, 학교도 못 가, 두엄 지게 멜빵에 몸을 달아 생일꾼이 됐지요. 할 줄 모르는 일을 하다 보니 매일 지청꾸러기, 낮에 땅엔 엎드려 울고, 저녁엔 하늘 보고 울며, 어린 뼈가 굳어져 20년을 지냈습니다.

아버지! 옛말에 부모 복 없는 놈은 색시 복도 없다더니 그 말이 맞더군요. 동네 딴 친구들은 다 장가들고 다 아들딸 낳는데 이 자 식은 누가 색시 준다는 사람이 없더군요. 20살, 25살, 지금이야 걱정이 아니겠지만, 그땐 실망이 큽니다. 아버지 아무리 지하에 계신다고 할지라도 불쌍한 막내아들 배필 하나 점지 못해 줍니 까? 아버지, 아, 그땐 연분이 없고, 인연이 없어 그랬다고요? 예, 좋 습니다. 늦게나마 연분을 찾아 노총각 신세 면하게 해 주셔 감사 했습니다.

저는 나이 어린 신부를 맞아 평생 행복하게 살려라고, 저희 내외 는 아버지 산소에 찾아가 무릎 꿇고 맹세하고 빌었습니다. 아버지, 생각나지 않습니까. 막내아들 아리따운 막내며느리가 평생을 행 복하게 건강하게 살게 해 달라고 애원하던 그 가냘픈 목소리, 그 목소리!

아버지, 저에게는 무엇이 잘못되어 있습니까. 그 천신만고 끝에 맞이한 이 막내며느리 왜 이리 비리비리합니까. 아버지, 이 막냇

자식, 여편네 데리고 다니면서 얼마나 눈물을 흘리는지 아시겠지오. 아버지, 잘못이 있으면 잘 가르쳐 주세오. 아버지, 아버지, 인생의 운명이란 다 이런 건가오.

아버지 슬하에, 6남 2녀 8남매. 아버지께서 다 모셔 가고 큰누님, 작은형님, 막내 3남매 남았습니다. 아버지처럼 모시던 둘째 형님 그렇게 예고도 없이 비참하게 모셔 갔습니다. 아버지 왜 이러십니까? 막내아들, 아버지께 불효한 줄 압니다. 머지않아 이 막내아들에게도 벌을 내리시겠지오. 아버지께서 벌을 내리시면 이 자식 달게 받겠습니다.

허나 아버지, 이 자식, 이 막내아들이 밉다 해도 죄 없는 막내며느리 아닙니까, 참 불쌍합니다. 철없는 나이, 22세 저에게 시집와 시부모 사랑 한 번 못 받고 아버님 어머님 소리 한 번 못해 보고, 며늘아가 소리 한 번 못 들어 보고, 고집쟁이, 고약쟁이, 구두쇠 남편 믿고, 투정 한 번 않고, 호강 한 번 못 받아 보고, 꽃다운 색시가 40넘은 호박꽃으로 변해 버렸습니다.

아버지! 세 손자는 저처럼 고아 만들지 말아야죠. 아버지, 그래서 지금부터라도 20년간 못다 한 정 아내에게 정을 듬뿍 주고 사랑하며 어린 자식들 잘 가르쳐 제가 하지 못한 한을 풀어 볼까 합니다. 아버지, 부디 미련한 이 자식 잘못이 있으면 잘 가르쳐 주시고 양지하시어, 불쌍한 이 자식 지금껏 고생한 일들이 헛퇴지 않게 이 자리를 빌려 엎드려 사죄하오며, 복퇴기를 비옵나이다.

우루과이 라운드

우루과이 라운드 덕택에 육경면에도 전봉준들이 대거 생겼다. 육경면 최고 전봉준 소리를 듣는 이가 박봉준이었다. 박봉준이 해외를 간다고 하여 온 동네가 떠들썩했다.

창도 한마디 보탰다. "어허, 해외 여행 자유화[30] 되어서 개나 소나 다 비행기 타러 간다더만, 농사꾼인 자네마저 비행기 타러 간다니 새 세상이 오긴 왔구먼. 어디로 가나?"

"스위스. 스위스라고 하면 모르겄다. 알프스산맥이라고 해야겄다."

"돈 못 쓰고 죽을 만큼 벌었구먼. 무시로 전봉준 하러 다녀서 먹고살 것도 없는 줄 알았는디 요를레이까지 간다구?"

"요새 농사가 농산가. 기계로 짓는디. 아등바등 살 것도 없고. 그러고 나 놀러 가는 거 아니네. 싸우러 가네."

"싸우러 알프스에 간다고? 알프스에 공산당이라도 쳐들어갔나? 설령 그렇다고 해도 자기처럼 쉬어 터진 사람이 왜 간댜?"

"미치고 환장하겠구먼. 자네들 우루과이 되면 끝장나는 겨. 쌀 개방되면 좆되는 겨. 우리 전봉준들이라도 막아 보겠다고, 순전히 사비로 알프스까지 가서, 우루과이를 저지하겠다고, 쌀 개방을 막겠다고 나서는 것인디, 아직두 공산당 타령이나 한다니께."

---

30) 1981년 6월 17일 '해외진출 확대방안'으로 일반인의 해외여행 길이 열렸고, 1988년 8월 해외여행연령이 30세로 낮춰졌다가, 1989년 1일자로 '전국민 해외여행 (완전) 자유화 조치'가 실시되었다.

"알프스까지 데모하러 간다는 겨? 데모 핑계 대고 놀러 가는 거 아니고?"

"전봉준의 진심을 새마을이 알겄냐."

스위스 제네바에 다녀온 박봉준은 침통했다.

"유럽하고도 알프스 구경하고 온 사람 얼굴이 왜 그 모양이여? 데모만 했을 건 아니잖어. 거기는 눈만 뜨면 절경이라는디. 내가 전봉준이 진심을 몰라줘서 그랴? 알았어. 고쳐 물을게. 투쟁 잘하다가 왔나? 워칙히 우루과이 막겄어?"

"뉴스도 안 보나?"

"뉴스가 한둘여. 뭔 뉴스?"

"자네들이 나더러 전봉준이라고 하는디, 진국 전봉준은 따로 있네. 자네 말대로 나는 알프스로 놀러 갔던 겨. 단체로 가면 좀 싸니께. 언제 알프스를 보겄어. 근디 우루과이를 막을 수 있다고 믿고, 막으려고 노력하고, 말로 안 되니까 할복까지 한 사람이 있어."

"할복? 일본 놈들이 잘하는 배 가르고 그런 거 말여?"

"일본 놈들만 배 가르고 그런 게 아니라, 할복은 중국 때부터 있어 왔던 전통여. 전봉준 같은 사람이 하다 하다 안 되면 마지막으로 저항, 투쟁한 방법이었다고. 일본 사람 빼고 중국·조선에서 할복한 영웅호걸 죽 대 봐?"

"그려서 죽었단 말여?"

"죽지는 않았는데, 꽤 다쳤지. 나는 먼저 들어 왔는디 그 사람은 한 열흘 더 있어야 할 겨."

"그려? 진국 전봉준 맞구만. 한데 왜 알프스까지 가서 그랬댜?"

"우루과이 하자는 것들이 '가트'거든. 가트 본부가 스위스 제
네바에 있어. 데모를 해도 본부 앞에서 해야 쳐다라도 보니께. 우
리가 성명서 막 발표하려는데 스위스 경찰이 막 막는 겨. 열 받은
그 사람이 유알(UR) 협상 반대! 외치면서 거시기한 거지. 그러고
나서야 기자들이 몰려올 수 있었고, 비로소 성명서를 읽을 수 있
었지. 그 사람이 안 거시기했으면 성명도 발표 못했을 겨."

"뭐라고 했는디?"

"미국을 중심으로 한 농산물 수출국들이 힘으로 유알 농산물
협상을 이끌려고 한다. 한국 정부만으로 대항하기에는 역부족이
다. '할복'이란 극한적 방법으로 1천만 한국 농어민의 뜻을 나타
낸 것이다. 우리나라 농어업을 존폐 위기로까지 몰고 갈 유알 협
상의 반대를 재천명한다. 4천5백만 전 국민이 모두 나서서 우리
농어업을 지키겠다는 의지를 밝힐 것을 촉구한다."

"미안혀."

"자네가 미안할 게 뭐 있나?"

"난 옛날부터 전봉준이들한테 미안했어. 나 같은 무지렁이는
암말 못하고 사는데, 전봉준들이 제 몸까지 거시기해 가면서 대표
로 싸워 주니께 얼마나 미안하고 고맙냐고."

창은 진심이었다.

아내의 취직

아내가 빵집 청소부로 취직했다. 아침밥 차려 놓고 출근했고, 퇴근하자마자 창에게 점심을 차려 주었다. 일당벌이를 다니던 아내가 소박하나마 월급쟁이가 된 것이다.

아내는 겁났을 테다. 남편은 광산을 그만두었고, 큰애한테 어쩌다 전화가 오면 영락없이 돈 좀 부쳐 달라는 소리였고, 아직 고등학생인 작은애와 딸애에게 들어가는 돈도 만만치 않았다. 몇 년 후는 상상만 해도 두려웠을 테다. 일당벌이로 감내할 형편이 아니라 여기고 출퇴근 일을 작정한 것이다.

아내가 취직을 통고했을 때, 창은 격분했다. 품 팔러 다니는 것과 같은가. 시내 한복판에 있는 빵집이라니. 아내를 마치 노예시장에 팔려고 내놓은 기분이었다. 아내의 이름은 하필이면 기분일까. 한편으로 흐뭇했다. 그래, 맞벌이해야지. 나 혼자 벌어 감당되겠니.

창이 가장 막막했을 때였다. 10년 내내 노가다를 했고, 25년 내내 광산 일을 했다. 가야 할 곳이 있었다. 갔다 오면 돈을, 월급을 주는 곳이었다. 갑자기 갈 곳을 잃었다. 일마 되지도 않는 논밭에는 기대할 게 없었다. 퇴직금과 보상금과 저축을 탈탈 털어 암송아지들을 사들였다. 저 애들을 키워 새끼를 얻지 못하면 내 인생은 끝나는 것이다. 한두 마리 키우기는 했었지만 한꺼번에 열 마리는 첫발이었다.

저 소가 대관절 언제 커서 언제 돈이 된단 말인가? 종일 노동했
지만 당장 현금이 들어오지 않으니, 아니 현금 구경할 기약도 없
으니, 농촌 백수는—백수가 아니고 뭐란 말인가—초조했다. 옛날
처럼 노가다를 다녀야 하나.

그치만 소 키우는 일이 농사일 외 겸업을 허락할 만큼 한가하
지 않았다. 날마다 소똥 치기는 기본이었다. 사나흘에 한 번씩 치
는 이들도 있다지만 창은 그 꼴 못 봤다. 농번기는 말할 것도 없고,
농한기라는 한여름에는 소 먹일 꼴을 베느라, 한겨울에는 짚 장
만하느라 아등바등해야 했다. 신경을 덜 쓰면 바로 표가 났다. 사
료, 풀, 짚을 대충 주거나 똥치기에 게으르거나 무시로 살펴보지
않으면 꼭 문제가 생겼다. 병들거나 탈출하거나 수정이 안 되거
나. 소와 송아지들이 일으킨 각종 사건, 사고만 적어도 책 한 권은
될 테다.

당장 어떻게 먹고 살아야 할지 막막하던 판에 아내가 구직에
성공했다. 창은 오십 대 내내 두 얼굴의 사나이, 야누스 같았다. 아
내가 눈이 와도 수해가 나도 꼬박꼬박 출근하여 검질기게 번 돈으
로 살림하고 애들 용돈까지 주는 게 사무치게 감사했다.

그런데, 그런데 창은 아내에게 고맙다는 말을 해 본 적이 없다.
고마운 표정도 지어본 적 없다. 모자란 놈, 미욱한 놈!

정부가 현행 3정보(9천 평=45마지기)로 제한된 농가당 농지
소유 상한을 최대 10정보(3만 평=150마지기)로 확대 조정하겠

다고 발표했다. 칠삼회 모임에서도 그 얘기가 나왔다. 칠삼회 동창들도 시대에 걸맞게, 돈 버는 얘기 아니면 부동산 얘기였다.

"땅에 환장한 사람들 신나겠구먼. 인제 엿장수처럼 사도 되겠네."

"요새 어떤 미친놈이 땅을 산댜? 농사지어서 뭐가 나온다고? 은행에 넣어 두고 이자 받아먹는 게 몇 곱절 이득이지. 그래서 소유 상한을 확대한 겨. 어차피 살 사람이 없으니께 살 자유나 줄려고."

"자유 좋아하네. 건설업자 먹고살게 해 줄라고 하는 겨. 여태 그랬지만 앞으로도 계속 토목건설할 거 아녀. 근디 땅이 문제잖여. 살 때 화끈하게 살 수 있게 제한을 풀어 준 겨."

"농경지는 농사짓는 땅인데 건설업자가 뭔 상관여? 농촌 사는 것들이 경자유전의 원칙[31]도 몰러?"

"참 순진혀. 경자유전의 원칙이 돈 있는 놈 맘대로가 된 게 언제디."

"그래도 엄연히 법이 있는 나라인데 뭔 개소리여?"

"농지가 공사지 되고 골프장 되고 공장지 되는 건, 공무원이랑 어깨동무하고 방석집이나 룸살롱 한 번만 가면 다 해결되는 세상 된 지 언젠디."

"돈 있으면 땅 사 둬. 은행에 아는 사람 있으면 대출받아서라도

---

31) 대한민국 헌법 제121조 ①국가는 농지에 관하여 경자유전(耕者有田)의 원칙이 달성될 수 있도록 노력하여야 하며, 농지의 소작제도는 금지된다. 농지법 제6조 제1항 "농사를 직접 지을 사람이 아니면 땅을 사거나 가질 수 없다"가 경자유전의 용어풀이라 할 수 있다. '경자유전'이 표준국어사전에 등재되지 않았다는 것은 경악할 일이다.

사 놔, 강남 보라고. 펄 바닥이 대한민국서 제일 비싼 땅이 됐잖여. 땅금은 언제 워칙히 불로소득 될지 플러.”

“서울 땅이나 그렇지 이 촌구석에 땅값 오를 일이 뭐가 있어.”

“대책 없이 순진혀. 화력발전소 생긴 발전면 땅 주인들이 부자 된 거 물러? 자동면은 자동차공장, 농공면은 농공단지, 대학면은 대학교, 댐면은 댐 들어섰어. 니네 육경면이라고 영원히 그 모양이었어? 폐광 후 대책으로 팍팍 밀어줄걸. 뭐라도 들어올 겨.”

“돈 있으면 뭔 짓을 못 하겠어. 먹고 죽을래도 없으니 문제지.”

창은 무슨 말을 했던가. 창도 땅을 간절히 갖고 싶었다. 많이 많이. 하지만 창에게 땅은 그림의 떡이었다. 아내가 병원쟁이, 약쟁이만 아니었다면 몇 마지기 더 살 수도 있었겠지. 광부 퇴직금으로 소를 사지 말고 땅을 샀다면 어떻게 됐을까?

처남 연대 보증 섰다가 날려 먹은 2천만 원만 있었어도! 기억하지 않으려고 해도 자꾸만 기억난다.

앞으로 육경면에도 뭔가 큰 게 생길지도 모르지만, 현재까지는 아무것도 들어온다는 소식이 없다. 혹시라도 나중에 뭐가 들어오면 어떻게 되는 거지? 애새끼들이 대학 공부시켜 준 공은 다 잊고, 물려받을 땅 별로 없다고 툴툴대는 것은 아니겠지? 계속 육경면에는 아무것도 안 들어왔으면 좋겠다. 땅 가진 녀석들이 졸부 되는 거 보고 싶지 않다. 억울하고 배 아플 거다. 창은 성인군자가 아니었다.

대학생 둔 어버이

명지대 남학생이 사망했다. 전경들의 집단 구타로. 티브이는 기다렸다는 듯이 대학생들의 데모 장면을 보여 주었다.

"87년이랑 똑같구만. 이한열이가 최루탄 맞고 거시기했을 때랑 똑같어."

그들은 자식들에게 전화를 해 대느라 목이 터졌다.

"당장 짐 싸 들고 내려와라. 뭔 민주화 투쟁여, 민주화 된 지가 언젠디"

"등록금 투쟁? 누가 너더러 등록금 끌탕하라냐. 한 번만 더 데모 나가면 대학이고 나발이고 너 죽고 나 죽는 줄 알어."

"네가 뭘 안다고 정권 퇴진여? 민자당을 네가 뭔데 박살 내? 누가 너더러 우루과이를 걱정하래? 공부하랬더니 뭘 하고 자빠진 겨?"

"증말로 안 했지? 구경만 했어? 야, 이놈아 구경은 왜 하고 자빠졌어. 구경하다가 백골단인가한테 잡히면 어쩔라고."

"광주에서처럼 총 쏘면 어쩔라고 그러냐. 그럴 일이 없긴 왜냐. 광주 사람은 군바리들이 총 쏠 줄 알았겠냐?"

"김주열이나 이한열이처럼 최루탄 맞으면 어쩔라고 그냐? 둘 다 '열' 자로 끝나잖냐. 내가 네 이름에 '열' 자 쓴 거 계속 후회하고 있다."

"너 전봉준이냐? 누가 너더러 투사 하랴. 나도 화가 나. 경찰이 대학생을 백주 대낮에 쳐 죽이는 게 나라냐? 그러니께 일절 그런 데 나가지를 말란 말여. 너 아니더라도 그런 거 전문으로 하는 전봉준이들이 있다니께. 투쟁은 전봉준이한테 맡기고 너는 공부혀라."

"야, 이놈아, 니들이 수서비리[32]하고 뭔 상관여. 네 아버지가 한보그룹이라도 댕기냐? 비리 수사하라고 검찰 있는 겨. 검찰을 네가 뭔데 못 믿고 지랄여? 뭐 조작이나 하는 게 검찰이라고? 꼼짝 말고 자취방에 있어라."

자라 보고 놀란 가슴 솥뚜껑 보고도 놀란다고, 그들은 쇠파이프 비슷한 것만 보고도 놀라고 대학생 자식이 전화—휴대폰의 대중화를 상상도 할 수 없었던 시대다. 하숙집·자취방·기숙사의 유선전화—만 안 받아도 가슴이 쿵쾅댔다.

그것은 발단에 불과했다. 사흘 뒤 전남대 여학생이 분신했다. "노태우 정권 타도하자!" 구호를 외친 뒤 자기 몸에 불을 붙였다.

그들에게 분신하면 떠오르는 한 사람이 있었다. 전태일. 직접 본 것은 아니다. 30년 전에 신문으로 보거나 말로 전해들은 것이지만, 마치 두 눈으로 본 양 생생했다. 그들은 전태일과 엇비슷한 유소년기, 청소년기를 보냈다. 전태일의 죽음은 그들 세대의 집단 기억이었다.

"뭐여, 전태일처럼 그랬다는 겨? 대관절 왜? 노동자도 아닌

---

32) 1991년 서울시가 개발제한구역이었던 강남구 수서–대치지역 공공용지 3만 5500평에 아파트를 건립하겠다는 26개 주택조합에 아파트 건축 허가를 내 주면서 촉발된 비리 사건을 말한다.

데 왜?"

여대생에게는 전태일처럼 스스로 목숨을 불태우면서까지 외쳐야 할 것이 있었을 테지만, 그들은 도무지 공감할 수 없었다.

이틀 뒤에 이번에는 안동대 남학생이 분신했다.

다음 다음 날에는 경원대 남학생이 분신했다.

"아버지가 생가슴이라 전화 또 혔댜. 니들 심정 내가 모르는바 아녀. 이 아비가 너희들처럼 억울하고 분한 일 한두 번 겪었겄냐. 근디 말이다, 절대로 거시기는 안 되는 것이여. 끝까지 살아남아야 복수를 하든 뭐든 하는 겨. 너희들이 원하는 게 뭐여? 그거 이루려면 살아서 싸우는 거지 전태일처럼 싸우면 안 되는 겨. 전태일 어머니 심정을 너희들이 헤아려 봤냐?"

"나도 네가 중간만 아니면 새마을인 거 알아. 내 자식이지만 여북 답답하겄냐. 근디 사람은 말이다 무지렁이다가 중간만이다가 새마을이다가 전봉준이다가 시시때때로 변하는 겨. 이 아비도 그랬어. 이 아비는 증말로 무지렁이 중에 무지렁이 아니냐. 면지소[33]에서 시키면 시키는 대로 다 하는 놈이었다. 근디 딱 한 번 나도 모르게 전봉준이 된 적이 있었어. 유신[34] 심으라고 해서 심었는디 한 톨도 못 건지게 망했잖냐. 이듬해는 노풍[35]을 심으라고 해서 노 망

---

33) 면사무소와 농촌지도소를 합쳐 부르는 말이다. 1970년대는 농촌지도소가 막강한 기관이었다.

34) 통일계 신품종으로 1977년에 정부가 권장했는데, 마디썩음병이 발생해 전멸하다시피 했다.

35) 통일계 신품종으로 1978년에 정부가 권장했는데, 변종 도열병이 발생해 쭉정이만 매달렸다. 유신·노풍만 심은 집은 사라진 줄 알았던 보릿고개를 다시 살아야 했다. 1978년에만 80만에 가까운 농민이 농촌을 떠났다.

했잖냐. 망한 건 참겠는디 말 같지 않은 보상 타령하면서 사과는 커녕 위로 한마디가 없어. 그래서 나도 전봉준이 되었던 겨. 석유통 들고 면지소로 쳐들어갔지. 유서도 써 놨다니께. 시방도 그 유서 어딘가 깊숙이 있을 겨. 근디 불을 쉽게 붙일 수가 없는 겨. 네 얼굴이 떠오르니께. 네 엄마 말고 너부터 떠올랐단 말여! 너 땜에 이 애비가 살았다. 애야, 너두 친구들이 막 전태일 하는 거 보고 너두 전태일 같은 심경이 될 수 있어. 암 그럴 수 있어! 우리는 공감을 잘 못하지만 너희들 심정이, 심정이 아닐 겨. 그래두 그러면 안 되는 겨. 전태일이 내방하거든 말여, 이 아빠 얼굴은 안 떠올려도 좋으니께 네 엄마 얼굴을 떠올리란 말여.”

“여보, 전화로 될 일이 아닙니다. 당장 올라갑시다. 우리 자식 붙잡아 옵시다. 저 학생들 부모는 자기 자식이 저럴 줄 알았겄슈? 자식 속을 워찌 안단 말유. 올라갑시다.”

전화로 안심이 안 되거나 자식과 연락 두절된 어버이들이 대거 상경했다.

실제로 자식의 목숨을 건진 사례도 있었다. 딴지꾼 부부는 아들 자취방에 갔더니 깨끗했다. 지저분해야 정상이었다. 부부는 택시 잡아타고 학교로 갔다. 학과로 가서 자식을 수소문했다. “우리 아들이 누구인디 자취방이 깨끗햐. 애가 그럴 애가 아닌데 깨끗햐. 우리 아들 못 봤냐.”

여기저기를 헤집고 다녔는데, 그 애는 어느 건물 옥상에서 휘발유를 끼얹고 불붙이기 직전이었다. 자식은 차마 라이터를 켜지 못했다. 부전자전이라더니 박봉준 다음으로 전봉준인 딴지꾼에게 그런 자식이 나온 것이다.

그 애 엄마는 보자마자 "이놈아, 죽을 거면 같이 죽자!"며 달려들었다. 엄마는 아들을 꼭 껴안았다. 아들은 철철 울었다. 아버지는 라이터를 빼앗아 가루가 될 때까지 밟아댔다.

김지하라는 사람이 《조선일보》에 칼럼을 썼다. 큼직한 글자만 읽어 보면 이랬다.

젊은 벗들! 역사에서 무엇을 배우는가

죽음의 굿판 당장 걷어치워라
환상을 갖고 누굴 선동하려 하나
죽음을 제멋대로 이용할 수 있나
슬기롭고 창조적 저항 선택해야

그들은 김지하가 누구인지 몰랐다. 그런 글을 신문에 쓴 것도 몰랐다. 티브이가 떠들어 줘서 알았다. "무슨 소리인지 모르겠지만, 죽지 말라는 얘기잖여? 우리가 하고 싶고 듣고 싶은 얘기를 했구만."

그들은 핑계 삼아 자식들에게 또 전화했다. "봐라, 김지하가 너희 운동권 대통령 같은 사람이었다며. 그 사람도 분신 같은 거 하면 안 된다고 썼잖냐. 뭐? 그 사람이 너희를 모욕했어? 모욕이면 어떠냐. 죽지 말라는 얘기를 하고 있잖여.”

“‘조중동’에 쓰면 뭐가 문제인디? 죽지 말라는디, 저 신문이면 어떻구 이 신문이면 워뗘?”

이번엔 고등학생이 분신해 고등학생 둔 부모들에게 비상이 걸렸다. 그들은 고등학생 자식도 한둘씩 있었다.

“4.19 때처럼 되는 겨? 그때 고등학생이 좀 죽었나.”

티브이를 보고, 그들은 4.19 혁명을 떠올렸다. 그들 중에 4.19 때 데모 현장에 있었던 이는 없었다. 고등학교 못 간 놈만 토박이로 남았으니까. 4.19 혁명 역시 집단 기억이었다. 그곳에 없었지만 있었던 것 같은.

촌구석이었지만 4.19 말고도 생생한 기억도 있었다. 큰애가 고3이던 1989년 교사들이 전교조를 만든다고 난리였고, 전국적으로 고교생들이 “선생님을 돌려주세요!” 데모를 했다. 심지어 신포고 학생들도 했다. 그들은 자식들이 다 빨갱이가 된 줄 알고 아연실색했다. 그치만 고교생이 분신했다는 얘기는 못 들어봤다.

전교조 때보다 더 심각한 상황이란 말인가! 창은 혹시나 싶어 고2인 작은애 책장 서랍을 뒤져 보았다. 딱 빨갱이 문건처럼 생긴 —티브이에서 본 거랑 비슷했다는 얘기다— 책자를 보고 뒷골이 띵했다. 녀석이 무슨 동아리에 든 모양이다. 그놈들이 낸 문집인가 보다. 조금 읽어 봤더니 빨갱이 소리로 도배되어 있었다.

“철모를 때 써 갈긴 거라고요. 인제 장학금 주고 쓰라고 해도 안 써요.”

녀석은 작년 일을 소싯적 일처럼 얘기했다. 믿을 수가 없어 작은애를 짐승 잡도리하듯 혼냈다. "데모하면 쥑인다!"

아내가 말리다가 까무러치지 않았으면 애를 잡았을 거다.

5월의 막바지에 대학생이 또 한 명 스러졌다. 분신은 아니었다. 성균관대 여학생이 시위 도중, 전경에게 쫓기다가 최루탄 속에서 압박당했고 끝내 질식사했다. 끝난 거겠지, 안심하던 그들은 또다시 경악했다. 전화통을 붙잡고 살았고 자식을 찾으러 다녔다.

티브이는 일관되게 대학생들을 탓하는 소리를 해 댔다. 그전이라면 티브이 말씀을 공자님 말씀으로 받들었겠지만, 우리 자식 욕하는 것 같아, 우리 자식도 티브이가 우려하는 그런 학생일지도 몰라, 곧이곧대로 받아들일 수가 없었다.

서강대 총장이라는 신부의 말인지 방귀인지는 큰 도움이 되었다. "죽음을 선동하는 어둠의 세력이 있다. 종북 간첩 대학생들!"

진실이든 거짓이든 상관없었다. 그래, 내 자식은 절대로 좌경 용공 대학생이 아니야. 종북 간첩 놈에게 선동당하고 세뇌당한 거야. 그렇고말고! 우리 자식이 얼마나 착한 앤데!

새 국무총리로 지명된 사람이 학생에게 계란·밀가루 세례를 받은 게 뭐 그리 시끄러울 일인지 모르겠지만, 티브이는 미친 듯 대학생을 욕해 댔다. "패륜아!"라는 것이었다. 경찰들은 대학생을 잡아들였고, 그들은 그 붙잡힌 간부급 대학생들을 '패륜아=종북 간첩=좌경 용공=빨갱이 대학생'으로 받아들였다. 우리 자식들을 선동했던 불량배들이 모조리 잡혀갔으니 우리 자식은 이제 괜찮을 거야. 자식 걱정에 지칠 대로 지쳐 제발 그만 걱정하고 싶었다.

그들이 농막에서 막걸리를 나누고 있는데, 발대졸이 위로했
다. "으이구, 못자리하고 모심기도 바쁜디 자식 놈들 끌탕하고 찾
아댕기느라고 제정신 아니셨겠네유. 이제 끌탕 놓으셔도 되겠네
유. 방학이잖유. 방학 때는 데모가 거의 없슈."
"그려, 방학 때는 공부하겠지?"
"공부하는 대학생도 있쥬. 대학생도 농민이랑 같어유. 농민두
나름이어서 한량, 무지렁이, 중간만, 새마을, 전봉준이 있듯이, 대
학생도 '엔엘'이 있구 '피디'도 있구 '종교'도 있구 '룸펜'도 있구
'도서관'도 있구 '선봉대'도 있구 '연애꾼'도 있고 '알바'도 있고
'노가다'도 있고 끝없이 있어유. '도서관'이 공부하는 애들이쥬. 도
서관 빼고는 공부 안 한다고 보면 될규."
"다른 건 대충 알아듣겠는데, 엔엘은 뭐고 피디는 뭔가?"
"데모 겁나게 하는 애들 중에 민족 해방이 먼저다 하는 애들이
엔엘이고, 노동 해방이 먼저다 하는 애들이 피디유."
"해방 같은 소리하고 자빠졌다. 둘 다 빨갱이구먼. 선봉대는
뭔가?"
"방학에도 데모가 뿌리째 없는 건 아뉴. 조금 있슈."
"좌경 용공인가 종북 간첩인가 하는 놈들이구만. 니, 맞다, 주
사파!"
"그건 말도 안 되는 생거짓말이구요, 그냥 전봉준 같은 대학생

들이쥬. 데모하는 대학생, 즉 운동권, 즉 대학 전봉준들이 방학을
보내는데 크게 세 가지 활동이 있슈. 첫째 '학습'이라는 건데 함께
모여서 공부하는 거쥬."

"공부? 공부하는 거면 기특한 거잖나."

"그 공부가 취직 공부가 아니라 정치 공부라는 게 문제쥬. 둘째
농활, 공활이라고 해서 농촌이나 공장으로 활동을 가유. 거, 아저
씨들 어렸을 때도 대학생들이 농촌 봉사 활동 왔었다메유? 그거
유. 셋째 통일선봉대라고 전국을 돌면서 통일을 외치는 애들이 있
슈. 선봉대 갸들이 가는 데마다 데모를 혀유. 농활, 공활 간 애들두
한두 번은 데모를 하고유. 그니께 데모가 일종의 활동이쥬."

"왜 지 부모네 농사 놔두고 남의 집 농사를 도우러 간다는 겨?"

"에이, 데모한다고 다 농사꾼 자식인가유. 그러고 즈이 아버지
한테 혼나가면서 농사 돕는 거랑, 지들끼리 놀러 가서 농사 돕는
거랑 같어유."

그들은 선배들이 찡찡대던 말을 뼈저리게 공감했다.

"대학생 둔 어버이니께 너무 좋고 너무 자랑스럽지. 안 먹어도
배불러. 근데 말여 하루도 편히 잠들어 본 적이 없어. 데모할까 봐.
잡혀갈까 봐. 사고칠까 봐. 방학 때라고 집에 있는 술 아나? 학교에
꿀 발라 놨나 벼. 방학 때 내려와도 사흘 있으면 오래 있는 거라니
께. 가서 공부를 하면 뭔 시름이 있겄나. 공부 안 해도 졸업 되고 취
직 되니께 인생 경험을 쌓는다면서 별 지랄이란 지랄은 다 떠니.
자식이 아니라 웬수여, 웬수."

토박이 조카들

창은 자신을 닮아 독선쟁이, 아집쟁이인 토박이 조카들이 대견했다.

도시로 떠나 도시에 안착한 조카들. 없는 집 녀석들이 그 살벌한 도시에서 밥 벌어먹고 자리 잡으려니 여북이나 천신만고했겠는가. 도시 조카들이 때때로 한탄인지 자랑인지 늘어놓는 말에서 알 수 있듯이, 가난에 대한 절치부심으로 고진감래한 끝에 그나마 자수성가를 이뤘다.

창처럼 시골 토박이로 남은 조카들도 마찬가지였다. 시골에서 '도시 서민'만큼 먹고 입고 갖추고 애들 가르치려면 무시무시한 악전고투가 필요하다. 도시 조카들은 도시에서 자립하는 게 더 험난한 양 떠들지만, 창이 헤아리기엔 농촌에서 자립하는 게 훨씬 험난하다. 다 관두고, 도시엔 돈 듬뿍 주는 일자리, 일거리가 널렸잖은가.

토박이 조카들은 창처럼 광산도 안 다녔다. 오로지 농사와 과수와 축산만으로 자수성가한 것이다. 농협 대출금 갚고 나면 아무것도 안 남을 거라고 앓는 소리 하지만.

새마을운동 시절처럼 설설 기며 따르던 조카들이 아니었다. 조카들의 섭섭한 언행이 늘어 갔다. 털어놓고 한탄할 사람은, 그러니까 한탄을 들어줄 사람은 아내밖에 없었다. 아내의 소중함이 새삼스럽다.

"경우가 없어도 너무 없네. 인제 집안 어른으로 뵈지도 않 나 벼."

물론 아내가 들어주기만 하면 좋을 텐데 야단치고 가르치는 듯해 기분이 상할 때도 숱했다.

"어휴, 바랄 걸 바라슈. 조카님들이랑 나이 차이도 얼마 안 나 면서. 조카님들이 뒷방 늙은이 취급 않고 숙부 대접해 주는 것만 도 감지덕지지."

아내의 말이 틀리지 않았다.

"내가 이만큼 사니까 개들이 사람 취급을 해 주는 거지. 내가 등신같이 살고 있어 봐. 개들이 쳐다나 보겠어."

조카들이 창을 속상하게 하는 건 참을 수 있지만, 아내를 속상 하게 하는 건 참을 수 없었다. 다행히 조카들은 나이 어린 숙모를 깍듯이 대접했다. 문제는 조카며느리들이었다. 아내는 형수들과 조카며느리 사이에 낀 신세가 되었다. 아내가 지들 시어미 편을 드는 건 당연하지 않나. 그 당연한 걸, 조카며느리들이 섭섭하게 새기는 것도 당연한 일이기는 했다.

조카며느리들이 아내를 열불 나게 한 사건이 창이 아는 것만 도 백 가지가 넘는다.

창은 복수해 주기는커녕 그 애들한테 싫은 소리 한 번 못 했다. 사건 발생 시 창도 현장에 있었다면 욱해서 무슨 사달이라도 냈겠 지만, 아내가 한참 속을 끓이고 가까스로 추스른 뒤에야 알았다. 내가 물러 터졌으니 내 아내를 모욕하는 것이다. 그 '경우 없는' 것

들이. 뒤늦게 들었더라도 아내를 위해서라면 체면 따위는 저수지
에 집어던지고 앙갚음하러 갔어야 했을까.

　그치만 조카도 아니고 조카며느리한테 뭐라고 한단 말인가?
며느리도 아니고 조카며느리를 야단쳤다가 뒷감당을 어찌한단
말인가. 조카들과 사이가 벌어지는 건 번거롭다. 조카들이 기계로
도와주지 않으면 농사지어 먹기 너무 벅차다. 경운기는 자유자재
로 몰게 되었지만, 그 밖의 기계에는 여전히 능숙하지 못했다. 밭
갈이만 해도 경운기에다 쟁기 달고 갈면 온종일 씩씩대도 개갈 안
나게 갈아지지만, 큰면조카가 트랙터로 갈아 주면 막걸리 한 병
마실 참에 속 시원히 갈아엎어졌다.

　어머니와 아내 사이에서 어쩔 줄 모르겠다는 친구들처럼, 창
은 아내와 조카며느리 사이에서 어쩔 줄 몰랐다.

농민대회

전봉준들이 '쌀값 보장과 쌀 전량 수매를 요구하고 미국 쌀 수입 저지를 외치는 농민대회'를 개최한다고 했다. 육농(육경면농민회) 회장 박봉준은 여러 사람을 꾀었다. 창한테도 추파를 던졌다.

"어이, 새마을 농광축이. 언제까지 딴지꾼에 만족할 겨. 전봉준도 한 번 해 봐야지. 추수도 끝났겠다, 서울 구경 가자고. 여의도를 가 봤나, 국회의사당을 가 봤나? 통일호 기차 타고 네다섯 시간씩 걸리던 서울이 아니라니께. 버스로 세 시간에 떡 쳐. 걸핏하면 관광버스 타고 구경 가는 데가 어디여? 아름다운 자연 풍광 아녀? 그 풍광은 날마다 보잖여? 날마다 보는 걸 관광버스로 구경 다니는 까닭을 모르겄어. 명품 구경은 서울 구경이라니께. 서울 구경 중에서도 데모 구경. 데모 한번 해 봐. 진짜 재미있어. 열이 데모하다가 아홉이 없어져도 모른다니께."

"요새 데모는 목숨 걸고 해야 되잖나? 대학생들이 맞아 죽고 최루탄에 질식해 죽고. 9월엔가는 대학원생 하나가 총알에 맞아 죽었잖아? 그건 뉴스에 왜 그게 안 나오지? 그 판국이면 말이 데모지 전쟁터 아닌가."

"그게 다 우루과이 라운드 덕분이잖나. 대학생들이 그토록 농민 걱정을 해 주는데, 정작 농민이 〈전국노래자랑〉 보듯 하면 말이 되겄나. 가서 쪽수라도 채워 주자는 겨. 앞장은 진국 전봉준들이 설 것이니께 우리 얼치기 전봉준들은 어슬렁어슬렁 뒤따르면서 으쌰으쌰 구호나 이구동성하고, '3천만 잠들었을 때 우리는 깨어 배달의 농사 형제 울부짖던 날' 〈농민가〉나 따라 부르면 뎌. 그러고 전의경들이 우리 늙은것들한테는 심하게 안 혀. 최루탄도 우리한테는 안 쏘고 백골단도 우리한테는 안 와. 싸움질은 대학생들하고 한다고."

"전의경이 아버지들이라고 봐주는구만."

"그것도 일리가 있겠지만, 정부도 농민들이 전봉준 하는 거 나쁘지 않지. 협상할 때, '봐라! 우리나라 농민들이 저렇게 죽어도 안 되겠단다, 동학 혁명 푼수로 데모다, 쌀을 개방했다가는 나라 뒤집어진다!' 막 이렇게 죽는소리해 가면서 버틸 수 있으니께."

"대학생들은 왜 그냥 잡아 쌓는댜?"

"우리는 뭐 달라. 어린것들이 아무리 옳은 소리를 해도 싸가지 없이 들리잖아. 그냥 기분 나쁜 겨. 버스비 내가 낼 거고, 올라가다가 삽교천 방조제께서 맛있는 점심 사 줄 거고, 돌아오는 길에 저녁도 사 줄 겨. 안 가면 후회혀."

창은 갈 의도가 깨알만큼도 없었다. 한데 그날 무슨 바람이 불었는지, 박봉준이 대절한 버스에 올라탔다. 박봉준 덕택에 여의도 구경도 하고 먼발치로나마 국회의사당도 쳐다보고 생전 처음 집회, 시위, 가두 행진을 한 육경면 사람이 스물이나 되었다.

창도 처음으로 여의도에 가 보았고, 처음으로 혹은 두 번째로 집회 및 시위를 해 보았다. 도무지 어떻게 말해야 할지 모를 긴 하루였다. 오줌 참느라고 여러 번 뒈질 뻔했다.

"한 번은 해 볼 만하더만. 한디 다시는 안 할 겨. 난 전봉준 체질이 아니더라고."

"왜 갔던 규? 자식 붙잡고 너 데모하는 날이 너 죽고 나 죽는 날이다, 그렇게 신신당부한 사람이 어째서 데모를 갔냐구유?"

아내가 질기게 캐물었다. 아내는, 자기가 저지르고도 왜 저질렀는지 모를 일들이 정녕 없단 말인가? 세상에 괴력난신의 일이 수도 없다는 걸 당신도 알잖아.

"젊은이들이 왜 데모를 하는지 공감을 해 볼라고 그랬지."

"그래서 공감했슈?"

"나름대로 흥미가 있더만. 그런디 다시는 못 가. 오줌 때문에. 데모는 방광 튼튼한 인간이나 하는 거더군. 나 같은 놈은 평생 소똥이나 치는 게 팔자여."

창은 그 한 번이 마지막이었지만, 그 한 번을 계기로 데모 전문가, 꾼이 된 이도 있었다. 그들은 박봉준 못지않은 전봉준이 되어 농민대회가 열릴 때마다 서울로 올라갔다.

창은 소 밥을 주어야 했다. 소똥을 치워야 했다.

군대에서 걸려 온 전화

작은애는 고3 때 시내 독서실에서 잤다. 버스 통학에 소요되는 두 시간이 아깝다나. 창은 아내가 싸 주는 도시락 세 개를 들고, 아침마다 시내 나가는 버스를 탔다. 독서실 현관 앞에서 도시락을 건네주고 다 먹은 그릇을 받았다. 작은애는 미안해했지만 넉살을 피울 줄 알았다.

"저 땜에 아침마다 시내 구경하고 좋으시쥬."

겉으로는 시퉁한 척했지만 속으로는 흔쾌했다. 날마다 시내를 나가는 게 흡족했다. 어디 출근이라도 하는 듯했다. 작은애한테는 큰애에 비해 뭘 해 준 게 없는데, 도시락을 날라 주는 것으로 탕감했다. 작은애의 얼굴을 보면 안심이 되었다. 밤새 별일이 없었군. 그래야지. 이상하게 작은애는 불편하지 않았다. 살가웠다.

느닷없는 시간에 울리는 전화만큼 섬뜩한 것이 없다.

전화가 꼭 편리한 것만은 아니었다. 전화가 없던 시절엔 전화 없는 불편함만 알았지, 전화 있는 무서움은 몰랐다. 전화는 몰라도 될, 아침에 알아도 될 소식을, 구태여 한밤중에 알려 주고는 했다. 어차피 한밤중에는 대책이 없었다. 괜히 단잠을 설치게 할 뿐.

큰애가 자랑스러운 대학생이 되어 경기도로 떠나자 간밤의 전화벨 소리는 공포의 수준이었다. 뉴스에 대학생이 엠티 가서 술 처마시다 잘못됐다는 얘기, 데모하다가 잡혀갔다는 얘기 안 나오면 이상했고, 그 외 사건 사고가 보도되지 않는 날이 있었던가.

큰애가 입대하니 대학교 때 걱정은 걱정도 아니었다. 요행히 지금까지 간밤에 걸려 온 전화는 잘못 걸려 온 것이거나 장난 전화이거나 인사불성 된 지인의 강주정이었다.

새벽 한 시경, 전화벨이 울린 시초부터 극도의 공포감에 휩싸였다. 어떤 느낌이 왔다. 이번에도 남의 단잠을 깨우는 몹쓸 것들의 전화이기를 간절히 바라면서, 수화기를 들었다.

"아버지, 저 판돈입니다."

아들의 목소리가 이렇게 안 반가운 적이 있었던가. 절도 있는 목소리를 가장했지만 뭔가 일이 있음이 확실한 목소리!

"그래, 무슨 일이냐?"

"어제 어버이날인데 전화를 못 드려서요…… 죄송합니다, 아버지……. 늦었지만 어버이날 축하드립니다. 낳아 주셔서 고맙습니다."

이 무슨, 어버이날에 돌잔치 하는 소린가. 불이 들어왔다. 아내가 전원 스위치를 누른 것.

"어, 그래, 무슨 일 있냐?"

"아뇨, 아무 일 없습니다. 전화 못 드려서 죄송해서……. 어머니한테도 전해 주셔요. 어버이날 축하드린다고. 낳아 주셔서 감사하다고."

"그래, 별일 없으면 되었다."

"안녕히 주무세요."

"그래, 너도 잘 자라!"

전화가 끊겼다.

아내가 곧 혼절할 듯한 얼굴로 물었다. "판돈이죠? 무슨 일이래요? 왜 말을 못해요? 뭔 일이냐니깐!"

생전 보지 못한 아내의 얼굴이다. 하늘이 무너지기 직전의 어미 표정.

"아무 일 없대! 어버이날 축하한대. 낳아 줘서 고맙대."

아내가 악을 썼다. "거짓말 마요. 뭐예요, 뭐냐고!"

정녕 몰랐다. 아내가 그처럼 새된 소리를 지를 수 있는 사람이라는걸.

"진짜야, 진짜! 그냥 감사 전화였다니까!"

"이 시간에 왜 감사 전화를 해요? 무슨 일 있으니까 했지."

아내가 아무리 군대를 모른다 해도 불길한 낌새도 눈치 못 챌 만큼 숙맥은 아니었다.

아들은 자의로 전화할 수 있는 짬밥이 아니었다. 도대체 이 시간에 전화시킨 놈은 제정신인가?

"낸들 알아? 진짜 그랬다니까. 정 안 믿기면 자기가 해 봐! 전화했으니까 받기도 하겠지."

아내를 안심시키기 위해 최선을 다했지만, 창 역시 온갖 추측으로 떨렸다. 혹시 끔찍한 마음을 품은 거 아냐? 고참한테 처맞고? 울컥해서?

그들은 자식을 다투어 군대에 보내고 있었다. 군대 간 자식 덕분에 더아니 끌탕이 다양하고 자심한지는 질리도록 들었다. 불미스러운 일로 큰 상처 받은 친구도 있었다.

부대에 전화를 해 봐야 하나.

"나 전화 해 볼래유."

아내가 벌떡 일어나 전화통을 붙잡았다. 말려야 할지 전화하게 놔두어야 할지 알 수 없었다. 참말 어버이날 안부 전화를 늦게 한 것이라면, 괜히 전화했다가 선임병이 받으면.

"안 돼! 하지 마!"

노래방 기계

창이 노래방 기계를 초면 접했을 때, 하늘이 자신을 위해 내려 준 선물이지 싶었다. 아무도 안 듣는 데서 혼자 노래 부르는 사람도 있다지만, 노래라는 것은 부르는 사람이 있고 들어 주는 사람이 있어야 제맛이다. 음치가 서러운 것은 노래를 못해서가 아니다. 아무도 노래를 안 시켜 주고 안 들어 주기 때문이다.

노래방 기계는 뭘 부르겠다고 신청하면 누가 번호를 입력해 주었다. 그러면 우렁찬 반주음이 흘러나왔고 사람들은 강제로 집중할 수밖에 없었다. 음치의 3대 조건이 음정 무시, 박자 무시, 청중 무시랬나. 창은 청중이 듣거나 말거나 노래 한 곡조 뽑을 때, 스트레스인지 울화와 노기인지가 빠져나가는 걸 느꼈다. 별로였던 관광버스 나들이에 빠지지 않게 된 것도 노래방 기계를 만난 뒤부터였다.

면장이 총 720만 원(사비 500만 원, 독지가의 후원 220만 원)을 들여 안 쓰던 창고를 수리하고 노래방을 꾸몄다. 그 창고는 그들이 재건 청년위원회 사무실로 썼던 곳이고, 창이 1호 방위로 소집되었을 때 본부로 썼던 곳이고, 새마을운동 지도자들이 회합하던 곳이었다.

'음주가무 절대 금지'라는 푯말이 붙어 있었지만 무시했다.

"술도 안 마시면서 뭔 노래를 불러? 밥상 차려 놓고 밥 먹지 말라는 거잖여."

면장이 원했던 대로 '면민이 일상적으로 화합하는 장'이라는 칭찬도 있었지만, 비판이 우세했다. "아주 노래에 환장들을 했구먼. 주말마다 잔칫집인디 거기 가서 부른 걸로 성이 안 차는 사람이 쌨구먼."

"아무리 방음 시설을 했다지만, 농협이랑 면사무소랑 지서랑 국민학교랑 농촌지도소랑 예비군 중대랑 관공서가 다 모인 한복판에서 대낮부터 한밤중까지 꽥꽥대니 창피해서 살겠나."

"노래만 하면 괜찮게. 대낮부터 술판이니."

"술만 처마시면 공자님이게. 꼭 싸움질이잖어."

"면사무소가 아니라 개판소여."

"면장이 사비로 다 설치했으면 면민 모두가 이용할 수 있는 게 맞잖아. 근디 시경리 것들은 면사무소가 시경리에 있으니께 시경리 사는 것들만 이용해야 한다. 텃세가 장난이 아녀."

"유지분들만 가는 거잖여. 이장, 노인회장, 부녀회장, 새마을지도자, 그 사람들이 회의 끝나고 가는 데가 거기 아녀."

"화합의 장이 아니고 야합의 장 아니여? 면서기랑 유지랑 짜고 고스톱 치는 데 아니냐고."

창은 역경리 사람이었지만 곧살 갔다. 혼자는 못 들어가고, 포장기랑 지도소장이랑 시경 1, 3리 이장이랑 함께 갔다. 그들은 이장 세대가 돼 있었다. 지도소장은 일없이 노는 게 일이었다. 군청에서 인력도 안 주고 사업비도 안 준다나. 5인방은 무서울 게 없는 오십 대였다.

면장이 아무리 비판 여론을 무시하려고 해도 '음주'만은 못 들은 척하기가 곤란했다. 예비군 중대로부터 '마지막 방위'를 지원받아 음주 단속을 강화했다.

"어이, 내가 역사적인 1기 방위네. 대선배님이 대낮부터 음주가무 하시겠다는데 막는단 말인가?"

무시하고 들어가려는데, 방위는 융통성이 없고 올곧았다.

"그 소주병으로 지 머리통을 바수고 들어가슈."

술 없이 노래 부르는 게 쉽나. 모두 안 가게 되었다.

나중에 노래방 기계는 면사무소 2층 강당으로 옮겨졌다. 각종 회의 뒤풀이 때 유용하게 쓰였다.

차 있는 벗이 늘어났다. 지도소장도 운전을 배우고 차를 샀다. 차가 있으니 저수지가나 산속에 진달래꽃 피어나듯 하는 '가든'이나 식당에 쉬이 갈 수 있었다. 그런 호젓한 업소에는 더 비싼 노래방 기계가 기다렸다. 칠삼회도 여러 가든에서 모였다. 재미 하나도 없는 칠삼회 탈퇴하고 만다, 매번 결심하던 창은 탈퇴 의사를 삭제했다. 점잖은 친구들 덕분에 마이크를 독차지할 수 있었다.

짬뽕이나 짜장면을 먹고 싶을 때가 있었다. 지도소장이 외근 나가고 없으면, 노래방 지키는 방위를 대동했다.

"또 오셨네유?"

"식전이면, 가세."

풍년각에 가서 짬뽕이나 짜장면을 먹었다. 소주 1병도 꼭 했는데, 방위병이 성실히 잔을 채워 주었다.

"아저씨두 되게 이상혀유. 사모님이랑 데이트하신 다음에 오붓하게 드시면 되잖유."

"우리 아내가 밀가루를 못 먹어."

아내는 못 먹는 게 가지가지였다. 밀가루 음식을 일절 못 먹었고, 계란 들어간 것도 못 먹었다. 짐승 고기도 생선도 거의 못 먹었다.

"라면도 못 먹고 빵도 못 먹고 치킨도 못 먹는단 말일세. 먹었다 하면 닷새, 열흘을 배앓이하는데 무슨 수로 먹겠어. 안 먹고 마는 거지. 우리 마누라가 얼마나 신식인 줄 알어? 티브이에서 '채식주의자'라고 들어 봤남. 우리 마누라는 70년대부터 채식주의자였어!" 자랑하고 다녔지만, 초식 동물도 아니고 풀만 먹고 사는 아내가 짠했다.

연세대 사태와 무장공비

티브이는 안 봐도 될 것을 너무 보게 했다. 아흐레 동안 보았다. 소위 연세대 사태[36]를. 이와 비슷한 일이 꼭 10년 전에 있었다. 건국대 사태[37]. 그때도 티브이에 나왔지만 잠깐 나오는 정도였다. 이번엔 티브이가 올림픽 중계하듯 했다. 화질도 참 선명해졌다.

1996년 8월 13일에는 그런가 보다 했다.

"아직두 대학생 빨갱이가 있었구만. 허벌나네, 허벌나."

"한디 왜 방학 때 모여서 저 지랄을 한댜?"

"범민족대회라나 평화통일축전이라나. 그런 걸 매년 해 왔댜. 지방 곳곳에서 하다가 광복절에 서울에 다 모여 겁나게 크게 하는 거랴."

"왜 하는디?"

"왜 하는지 개들이 우리한테 백 날 천 날 설명해 봐. 우리가 알아듣나."

창은 막내딸이 대학생이었다. 두 아들 녀석과 달리 방학이면 집에 내려와서 얌전히 머물렀다. 창은 편하게 티브이를 볼 수 있었지만, 연락 안 되는 대학생 자식 둔 또래들은 1991년과 마찬가지로 제정신이 아니었다.

---

36) 1996년 8월 13~20일 한총련이 서울 연세대학교 신촌캠퍼스 교정에서 주최한 8.15 통일대축전 및 범민족대회 때 발생한 대규모 농성 시위 사태. 총 5,848명이 연행되었다.

37) 1986년 10월 28일부터 4일간 전국 26개 대학생 2,000여 명이 건국대학교에서 농성을 벌이다 1,289명이 구속 송치된 사건을 말한다.

14-17일, 그들은 자식뻘 청년들이 대학생과 전경으로 나뉘어 최루탄 연기와 난무하는 돌멩이와 화염병 속에서 마구잡이로 벌이는 쇠파이프 싸움질을 진탕 보았다. 경찰이 동원한 포클레인, 불도저가 학생들이 바리케이드를 쌓아 놓은 것들을 밀어 댔고, 헬리콥터가 최루액을 소나기처럼 뿌려 댔고, 학생들이 도망가기는커녕 짱돌을 던졌다. 드라마 보는 줄 알았다.

별의별 일을 다 보고 살았지만, 도무지 수긍할 수 없었다. 그들은 저보다 백배 천배 참혹한 동족상잔을 겪었다지만 열 살 무렵의 일이었다. 기억에 없었다. 광주 비극도 소문으로만 듣고 〈모래시계〉 같은 드라마로나 보았다. 자식 또래 아이들끼리 목숨 걸고 싸우는 실제 상황을 대하니 치가 떨렸다.

"저것들이 학생여? 깡패지? 저런 새끼들이 워칙히 대학생이냐구."

"깡패는 전경이지!"

"아들이 전경인 사람두 있어!"

"저게 말로만 듣던 꽃병이구만. 잘 던진다, 잘 던져."

"저 전경들은 전경들이 아녀. 진압훈련을 한 번도 안 받은 놈들이라고. 화염병을 저렇게 반으면 큰일 나. 저것 봐. 불 파편을 뒤집어썼잖어."

"일부러 전경들이 당하는 것만 보여 주는 것 아녀."

"애들끼리 피 터지게 싸우는디 참 한가한 소리들 지껄이고 자빠졌네."

18~19일. 학생들이 연세대 두 건물에 갇혔다. 학생 측은 안전한 귀가를 요구했다. 경찰은 모조리 연행을 천명했다. 전기도 끊고 물도 끊었다.

"잘코사니다. 개고생을 좀 해 봐야뎌."

"이녁도 자식 키우는 사람이면서 심보가 뭐요. 밥도 못 먹는다는디. 어쩔거나, 부모 속이 을메나 찢어지고 터질 겨."

"그래도 저건 아니지. 최소한 물은 마시게 해 줘야지. 이 썩을 놈들아. 짐승 잡을 때도 그렇게는 안 한다."

"부부리 누구네 딸 하나가 저기 갇혀 있댜. 인저 1학년이라는디, 걔가 그 마을에서 워낙 이쁨받는 앤가 보데. 동네가 통째로 초상집 분위기여."

20일, 경찰의 총공격. 학생들이 무자비하게 진압당했다.

"싸움은 하나도 못하게 생겼더만. 순진하고 착하게 생겨서 욕도 한마디 못하게 생긴 애들이더만. 경찰이 생사람 잡은 거 아녀?"

"걔들이 굶은 지가 일주일도 넘는디 뭔 기운이 있어."

"강의실 바닥에 기절해 있는 거 보니께 짠하데유. 을메나 굶었으면."

"나 참 기가 막혀. '내 웃음이 옆 친구에게는 한 끼 밥'이라고 쓴 거 봤슈? 어이구, 오죽 배가 고팠으면 웃음이 밥이랴."

"'지도부는 하늘'? 개 좆 같은 김정일 딸랑이 새끼들 땜시 순진 무구한 나머지 학생들이 붙잡혀 개고생한 거지."

"1학년짜리들이 뭘 아냐고."

"달거리하는 애들은 더 지옥였겠구먼. 씻지도 못하고."
"경찰이 밥이라도 주니 다행이네. 난 밥도 안 주는 줄 알았어."

그해 10월엔 군인 어버이들의 가슴이 찢어졌다. 그들은 자식이 군대에 한둘씩 가 있었다.

데모하는 대학생이 없어진 줄 알았듯이 무장공비도 이제 없는 것인 줄 알았다. 간혹 한두 명씩 잡았다는 뉴스가 나오기는 했지만 눈먼 고기 잡았다는 소리로 들렸다. 북한에 쌀도 보내 주었고, 높은 사람들과 김우중 같은 재벌 회장이 왔다 갔다 하고 대학생, 소설가, 신부도 넘어갔다 오고, 이런 세상에 무장공비라니.

티브이의 과격한 표현 남발과 달리, 그들의 상식으론 어째 공비 같지 않은 공비였다. 어쨌거나 그들은 또다시 티브이에 눈과 귀를 바치게 되었다.

지들끼리 무슨 일이 있었는지, 열한 구의 시체가 발견되었다. 화면상으로라도 북한 사람 시체를 적나라하게 볼 줄이야.

"진짜로 우리랑 똑같이 생겼네."

티브이는 진짜 공비가 승무원들을 처형했다고 광분했다. 이때 알아먹을 수 있었다. 저놈들이 작정하고 친투한 세 아니라 잠수함이 고장 나서 어쩔 수 없이 기어 올라왔구나.

19-30일 사이에 공비 11명을 사살했다.

"우리 국군 참 대단함다. 지우 열한 놈 잡는데 며칠이 걸린 겨."

"국군한테 죽은 민간인은 억울해 워쩐댜."

"민간인만 죽었나. 국군 지들끼리도 죽였지."

아직 정찰조—진짜 무장공비—두 명이 남아 있었다. 두 명은 한 달 동안이나 잡히지 않고 강원도를 헤집고 다녔다. 하루에 한 명 꼴로 잡던 전투의 시기에도 국군은 욕이란 욕은 다 먹었다. 정찰조 두 명을 못 잡고 쩔쩔매던 시기에는 백배 천배 욕을 먹었다. 촌사람들도 욕하느라 입술이 부르텄다.

그 두 명을 못 잡는—그놈들이 무슨 홍길동·전우치라도 된단 말인가—군대가 한심하다가도, 매복 작전과 수색으로 사지를 갈 팡대는 자식을 떠올리면 이가 갈렸다.

"보급이 엉망진창이라 밥도 제대로 못 먹는다니, 이게 말이 뎌? 21세기—아직 몇 년 남았지만—군대가?"

창은 절로 한숨이 나왔다. "내가 농촌서는 보기 드물게 자식 셋을 다 대학교 보낸 사람여. 대학교 다닐 때는 데모할까 봐 근심이 끊어지질 않았단 말여. 군대 가면 근심 뚝 끊고 살 줄 알았거든. 큰놈은 하필이면 전투경찰로 떨어져 갖고 데모하는 대학생들이랑 치고받더라고. 작은놈은 경상북도 있는 부대로 가서 아무 근심이 없을 줄 알았는데, 무장공비 땜에 밥도 못 먹고 있으니."

혼자만의 소풍

창이 혼자만의 소풍을 즐기게 된 것은 스쿠터를 장만한 뒤부터였다.

자전거 타다가 스쿠터—오토바이 취급도 못 받았지만—를 타자 신세계였다. 자전거처럼 용쓰고 페달을 밟지 않아도 되었다. 우람한 소리를 내며 부다다당, 잘도 나갔다. 운전을 배워 차를 끌고 다니는 자가용 친구들이 들으면 코웃음 쳤겠지만, 스쿠터를 타고 있으면 세상을 다 가진 듯했다.

내가 여태 살아 낸 것은 스쿠터를 타기 위해서였다! 창은 틈만 나면 스쿠터를 몰고 싸돌아다녔다.

서쪽으로는 다니던 탄광 근처 석탄산 냉풍욕장에도 갔고, 동쪽으로는 인삼산 명대계곡에도 갔고, 남쪽으로는 화성시장 채약국에도 갔고, 북쪽으로는 육경 저수지 화암서원 근처 소설가 동창 작업실에도 갔다. 중학교 때는 엎어지면 코 닿을 데였지만, 지천 명 넘으니 걸어서는 염도 못 낼 곳들이었다. 스쿠터는 창을 자유인으로 거듭나게 해 주었다.

소설가 동창은 허릅숭이 무명 소설가가 아니다. 굉장히 유명한 전국구 소설가다. 그가 쓴 소설은 한 권도 못 읽어 봤지만—아니다, 안 읽은 거다. 이 고장에 서점이 셋이나 있고 그의 책이 깔려 있다는데, 한 권 사 볼 생각도 안 했으니 안 읽은 게 맞다—그가 쓴 소설이 원작이라는 드라마는 더러 보았다.

농사짓는 사람들이 나와 아옹다옹하는 드라마였다. 그러니까 농촌 드라마라는데, 어쩐지 농촌 얘기 같지 않았다. 농촌에 있을 수 없는 사람이 대거 등장했다. 성인군자만 모아 놓은 듯했다! 농촌에서 있기 어려운 일이 빈번히 일어났다. 도덕책에 나오는 이야기 같았다. 창이 평생 살아 온 이전투구 농촌과 달랐다. 물론 그가 그린 농촌은 여기 농촌이 아니다. 모든 농촌이 각기 다를 테다. 창이 산 농촌과 그가 쓴 농촌이 다른 것은 당연했다.

아, 읽어 본 소설이 있다. 큰애가 중학생일 때《농민신문》에 그가 쓴 소설이 연재되었다.[38] 충청도 얘기는 아니고 경기도 사람들 얘기였는데. 암튼 그 소설 때문에 그나마 신문값이 덜 아깝던 기억이 있다.

그가 기어코 대작가가 된 게 신기했다. 그는 중3 때 나를 만났다는 걸 기억할까. 창의 기억은 잘못된 건지도 모른다. 그를 만난 적이 없는데, 그의 인생사가 요약된 신문 기사를 읽고, 그와 만났었다고 착각했는지도 모른다. 꿈속에서 어린 시절로 돌아가 소설가가 되겠다는 그와 다정한 대화를 나누었는지도 모른다. 그 꿈이 기억이 되었을까. 꿈 기억이든 왜곡 기억이든 나쁘지 않았다.

실제로 대화를 나누었다면, 동병상련 탓일 테다. 그도 고아였고, 창도 고아였다. 부모 없는 중학생이 넘쳐날 때였지만. 그와 창

---

38) 『산 너머 남촌』으로 1984년 1월부터 1985년 12월까지 2년 동안 총 89회 연재되었다. 그 때 《농민신문》은 일주일에 한 번만 나왔다. 여러 가지 이유로 연재는 중단되었고, 1990년 창작과비평사에서 출간되었다.

은 책 읽기와 글쓰기를 선호했다. 창은 선호만 하고 읽지도 못하고 쓰지도 못하는 인생을 살았지만.

아니다, 소설가 동창이 갑자기 친근해진 것은, 그 소설가 동창이 나온 문창과를 큰애가 다니는 까닭이었다. 큰애가 그의 학과 후배가 되자, 외계인 푼수였던 그가 옆 마을 사는 양 가깝게 여겨졌다. 실제로 가까운 마을에 살기도 했다. 한번은 아들에게 물어본 적이 있었다.

"너 이문구라고 아냐?"

"우리 고을이 낳은 한국 최고의 작가님이시죠. 아버지가 그분을 워칙히 알아유?"

"(자랑스러운 태를 팍팍 내며) 내 중학교 동창이다. 가만 너 열일곱인가 문창과 간다고 가출하고 그럴 때 얘기해 줬잖아. 요새 고향에 내려와 산다더라. 종합 병원께 장산리라고 있어, 거기 저수지 어디께 작업실이 있다더라. 가서 한 번 만나 봐라. 소설 가르쳐 달라고 해."

"저 같은 게 뵐 수 있는 분이 아녀요. 등단하고 뵐라고요."

"등단 못 하면 평생 못 보겠다?"

창은 스쿠터를 세워 놓고, 소설가 동창의 작업실이라는 단출한 집을 바라보곤 했다. 감나무가 파란 지붕에 수십 가지를 뻗치고 있었다. 가을이면 붉은 감이 꽃송이처럼 매달렸다. 그를 본 적은 한 번도 없다. 그는 취재차 돌아다니거나 골방에 틀어박혀 글을 쓴다고 했다. 고작 스무 걸음만 올라가면 되는데 올라가지 않았다. 올라가서 문을 두드리거나, "계슈?" 불러 보지 않았다.

왜? 그가 몰라볼 것이 두려웠다. 알아볼 리가 없잖은가. 그저 같은 시기에 같은 중학교를 다녔을 뿐이다. 한 반 학생이 80명은 되고 13반까지 있었다. 읍내에 중학교가 그거 하나밖에 없으니 그리 미어터졌다. 설사 한 반으로 3년을 보낸 사이라도 40년 훌쩍 넘어 서로의 얼굴을 기억하는 것은 희한한 일이다.

창은 신문으로 그의 얼굴을 자주 보았으니, 중학교 때 그 얼굴이라고 믿을 수도 있다. 그러나 그는 창을 보면 대뜸 소설 쓰기 훼방 놓으러 온 이 동네 늙은이 취급을 할 것이다. 그럴 수밖에 없지 않은가. 어찌어찌해서 수인사하고 중학교 때 동창이라는 것을 밝히면 반가워해 줄까. 반가울 거 어지간히 없다.

칠삼회 벗 중에 소설가 동창이랑 상종하는 녀석이 있었다. 중학교 때 별명은 '두름성'이었고, 한의원 할 때는 '한약방'으로 불렸고, 시의원이 된 후로는 '의원나리'라고 불렸다. 두름성은 소설가와도 자별했다.

"문사잖여, 좀 까탈시러운 바가 있어. 영락없는 선비과여. 술 처먹고 주정 떠는 것들하고는 바로 의절여. 너랑은 잘 맞을 거. 네가 술주정은 안 하는 놈이니께. 언제 한 번 두 친구를 상봉시켜야 쓰겠는디. 니, 요번에 내가 3선에 성공하면 또 한바탕 잔치를 열 것이니께 그때 다 같이 보자구."

큰애의 낙향

창은 큰애 덕분에 속상한 것을 넘어 참담했던 일이 수도 없다.

녀석이 스무 살 때 주방채 거실에서 담배 피우고 자빠진 걸 봤을 때, 명절 전날 술 처먹고 싸워 안경 깨 먹고 기어들어 왔을 때, 아내랑 바리바리 싸서 군대 면회 갔는데 여자친구를 데려온다고 학교—하필이면 다니던 대학교 소재하는 고장 전경으로 복무했다—가서는 두 시간이 넘도록 돌아오지 않았을 때, 한 학기 집안일 돕고 복학하랬더니 냅다 복학해 세 자식 등록금을 동시에 마련케 했을 때, 서울서 자리 못 잡고 카드 빚 120만 원 안고 낙향한 것까지는 참겠는데 발등에 난 사마귀 떼어 준다니까 지가 나중에 돈 벌어서 떼겠다고 대거리했을 때, 집에서 노느니 마을 울력에 나가랬더니 창피하다고 안 나가 아버지를 우습게 했을 때, 그런 놈이 공공근로 나가서 할배, 할매들과 꽃모종 심는 것을 버스 창으로 봤을 때, 엉덩이가 피떡이 될 때까지 패 주고 싶었다.

1년 동안, 큰애도 편찮았겠지만 창은 환장의 나날이었다. 농사 짓는 아버지와 대졸 백수 아들이 종일 한 집에 있다는 건, 수컷 개 두 마리가 한 철창에 들어 있는 것만큼이나 꼴사나웠다.

아들에게 작업실 겸 자취방을 얻어 주었다. 역시 떨어져 사니, 그나마 볼 맛이 났다. 시내에 나가면 전화 예고도 없이 불쑥 큰애 자취방에 들이닥쳤다. 문만 열어 보고 들어가지는 않았다. 사람 사는 방이 아닐 테다. 중국 음식점에 데려갔다. 짬뽕 한 그릇씩 먹었다. 반주로 소주를 각 1병씩 마셨다. 그 짓이 참 간간했다.

소주병이 바닥을 드러내면 돈을 식탁에 탁 내려놓았다. 3만 원 혹은 5만 원. 소 판 날은 10만 원을 주기도 했다. 아들은 준비된 말을 날렸다.

아버지 이러지 마세요. 도로 넣어 두세요. 돈, 제가 벌어 써요. 작업실을 마련해 준 것으로 충분해요. 이젠 아무런 금전적인 도움도 필요 없다고요!

기가 막혀 한마디 해 주곤 했다. "똥 쌀 놈!"

사실, 큰애는 그런 말을 한 적이 없다. 죄지은 놈처럼 말없이 어두웠을 뿐. 그런 말을 하고 싶어 했을 뿐. 어떻게 아냐고? 얼굴 보면 안다.

없는 삶과 있는 삶

아무리 촌구석 사람들이라지만, 저물어 가는 한 세기에 대해 감회가 없을 수 없었다. 연도별로, 연대별로, 10대 사건 100대 사건 하는 식으로 갈무리 똑 부러지는 게 인생이 아닐 테다. 미세한 변화의 순간들을 어찌 정확히 꼬집어서 말할 수 있을까.

분명한 건 그들은 없는 삶과 있는 삶을 다 살아 봤다. 더 살 수 있다면 현재는 없지만 나중에는 있게 될 것도 무수히 보겠지.

"나는 뭐니 뭐니 해도 세탁기라고 봐. 세탁기 없을 때의 삶을 상기해 봐. 그게 사는 거였냐?"

"전기밥솥 없을 때를 상기해 봐. 아궁이에 불 때 가지고 그 밥을 해 댔잖여. 자식들이나 적었간. 도시락 여남은 개 싸려면 죽어났지. 시부모 점심까장 차려줘야지. 아니, 노인네들은 왜 꼭 새밥을 먹냐고. 밭 잠깐 매다 오면 또 금방 저녁 할 때였어."

"보일러 없을 때도 징했지. 나무하러 다니느라고 죽어났잖여. 도둑나무 다닌 거 회상하면 모골이 송연해. 그땐 산이 산이 아니었지. 죄다 민둥산이었지."

"냉장고 없을 때는 워칙히 살았나 물러."

"그게 전기 덕택에 가능한 거 아녀. 전기 없을 때는 다 안 되는 거였잖아. 우리네 인생은 전기 들어오기 전이랑, 전기 들어온 후로 나뉜다니께."

"전화는 어떻고요. 이장 집, 반장 집에나 있던 전화가 집마다 놓이다니. 상상도 못헐 일이지."

"들고 다니는 전화기에 비하면 놀랄 것도 아녀. 젊은 사람들은 다들 하나씩 들고 다니데."

"자네는 아직두 없어? 우리 부락은 아주 늙은이 빼고는 하나씩 갖고 있어. 효도폰이라고 자식 놈들이 해 주더라고."

"뭐니 뭐니 해도 테레비지. 테레비 없었을 때를 상기해봐. 허구한 날 모여서 술 처마시고 노름하는 게 일이었어."

"너 같은 한량이나 그러셨고 다들 부업하느라 정신 못 차렸지. 하고 보면 부업은 옛날에는 있었는데 지금은 없는 거구만."

"왜 없어. 마늘 까는 사람들 있잖여."

"농사두 되게 편해졌지. 경운기, 이앙기, 콤바인, 트랙터, 트럭…… 없을 때를 상기해 봐."

"기계가 쌈박하니께 품앗이, 울력이 다 사라져 버렸지."

"농사 증말 편해졌지. 못자리 하나만 봐두 해마다 편해지니."

"농약은 얼마나 쎄졌구."

"컴퓨타라는 건 천 번을 들어도 모르겠어. 그게 신출귀몰한 건가 비더라고."

"별게 다 된다. 편지도 되고 공책도 되고 신문도 되고 전축도 되고 라디오도 되고 영화도 볼 수 있다."

"이러다가 나중엔 컴퓨타 전화기 같은 게 나오는 거 아녀? 컴퓨타가 전화까지 되면 컴퓨타 전화기지 뭐."

"소동창이 아들 또 있었구먼. 소설 쓰고 자빠졌게."

“다들 오래 살자구. 일찍 죽기에는 너무 억울한 세상여.”

“괜히 고령화 시대 하겄어? 끝탕 말어. 우리는 오래오래 살 겨. 의술도 무진장 발전했잖여.”

“암만. 옛날 같았으면 벌써 죽었을 사람이 을메나 살았어.”

“조금만 더 살면 암도 싹 고칠 수 있을 겨. 그저 교통사고만 조심하면 뎌.”

“버스를 빼먹었네. 버스 없을 때 불편을 상기해 봐.”

“버스가 문제여? 자가용, 겁나게 편혀. 늙은 축에서는 나밖에 없지만, 젊은 사람들은 한두 대씩 다 있잖여.”

“차 필요 없네. 오토바이로 충분혀. 글구 농사꾼한테 차는 별로여. 뭔 일 하더래도 막걸리 한 잔 해야 되는디 차 있으면 되간.”

“헬멧 꼭 쓰고 음주 운전 자제하셔. 걸리면 오토바이도 얄짜리 없어.”

“테레비에서 떠드는 것 중에 이상한 놈들 쌌데. 고향 인심이 어쩌고저쩌고하면서 자기 어렸을 때 시골이 무릉도원이었다고 깨방정을 떠는 겨. 지금은 살지도 않는 놈이. 세탁기도 없고 밥솥도 없고 냉장고도 없고 보일러도 안 되고, 해튼 밥하고 빨래하고 밭 매가면서 종일 배불리 먹지도 못하고 죽지 못해 살던 시절이 그립댜? 여기서 그 시절이 그리운 사람 있으면 손들어 봐.”

“부자였겠지. 토호들이야 전기 없는 시절에도 호강했지.”

“부자 놈들이야 지금보다 옛날이 더 살기 좋았을걸. 지금은 평등 어쩌고 해서 그런 게 없지만 옛날에는 종놈 막 부려 먹으면서

왕처럼 살았잖여.”

“나는 김일성이 없는 게 제일 신기혀. 김일성은 불사신인 줄 알았어. 김일성이 없는 세월이 벌써 몇 년이랴?”

“김대중이 대통령 되는 꼴을 본 것도 놀랍지.”

“세상이 뒤집혀도 김종필이 대통령 되는 꼴은 못 볼 것 같어.”

“밀레니엄은 뭐고 와이투케이는 또 뭐랴?”

“아엠뿌(IMF)도 놀랍지. 아엠뿌 전에는 직장에서 잘린다는 얘기 못 들어 봤잖아.”

“잘리는 건 고사하고 취직도 못허잖여. 아엠뿌 전에는 취직이 일도 아니었는디, 아엠뿌 후로는 자식 놈들이 대학 나왔건 못 나왔건 취직을 못해 저 고생들이니.”

“우루과이는 해결이 된 거여? 요새는 데모도 별로 않던디. 박봉준이가 데모판보다 집에 더 자주 있으니 말 다했지.”

“신토불이가 참 끝내 줘. 우루과이 되면 농촌이 싹 망할 줄 알았잖어. 수입 농산물 들어오면 도시 사람들이 싼 수입만 사 먹어서 완전 망할 줄 알았는디, 신토불이가 멋져 부려. 한국 사람은 한국 땅에서 나는 걸 먹어야 쓴다.”

“언제까지 먹어 줄라나가 문제지.”

“신토불이도 그늘진 구석이 있어. 돈 있는 사람은 당연히 배 타고 멀리서 온 곡식하고 고기 안 먹겠지. 그럼 그 수입해 온 고기, 곡식은 어디로 가겠어? 군부대랑 학생들 급식으로 들어갈 것 아닌가벼. 만에 하나 이상한 것 들여와서 그거 먹고 우리 애들 잘못되면 어쩌냐고.”

“너무 끌탕 말어. 사고 나면 수입 금지당할 거 뻔히 아는데 먹고 탈 날 거까지 들여오겠어.”

“아직두 정부 하는 짓을 믿는가 보네.”

“김대중이가 정치하니까 다른 거 안 보여?”

“뭐가 달러 똑같더만.”

“김종필 자민련이 도와주니께 가능한 거지.”

“오월동주(吳越同舟)라, 언제까지 사이가 좋을라나.”

“참말로 아리랑 쓰리랑 혀. 새마을들 말로는 우리 농촌이 참 살기 풍족한 곳이 되었다는데 살겠다는 젊은이는 없는 걸로 봐서 그건 아닌 것 같단 말여. 전봉준들 말로는 우리 농촌이 천 번은 망했어야 하는데 그럭저럭 살고들 있으니 그것도 아닌 것 같단 말여.”

창은 개인적으로 자체 평가를 해 보았다.

똑똑이는 못 되고 무지렁이보다는 나았어. 나름대로 새마을이었지. 전봉준은 꿈도 못 꿨어. 이기적으로 살았네. 물려받은 것도 없고 가진 것도 부족한 놈이라 모질게 사는 수밖에 없었지. 25년 광부 청산하고 퇴직금으로 소를 사서 키웠어. 도지 얻을 수 있을 만큼 얻어 짓고 밭에도 돈 된다는 건 다 심고, 그걸로 모자라서 마누라가 빵집 청소 다니는 꼴을 봐야 했지. 독하게 살았어. 그렇게 셋을 다 대학 가르쳤네. 그걸로 다 된 건 줄 알았지. 그르케 한심한 꼴을 줄창 보게 될 줄이야.

아내의 퇴직

아내가 빵집을 그만두느니 마느니 할 때도 창은 치사했다.

축산에 노하우가 생겨서 그럭저럭 돈 벌게 되었다. 자식들한 테 돈 대기가 끝났다. 이제 자기들이 알아서 살라지, 뭐. 앞으로 땡전 한 푼도 안 준다. 그렇지만 돈은 항상 아쉬웠다. 자식들과 합세해 아내를 말리지 않았다. 체면상 더 다니라고 부추기지도 않았지만. 아내는 남편이 당장 그만두라고 소리쳐 주기를 원했겠지.

아내가 결국 빵집을 그만두었을 때도 창은 부끄러웠다. 아내가 퇴직금을 받아 오지 못했다. 친자매처럼 지내던 빵집 주인이 차일피일 미루었다. 찾아가도 만나 주지 않았고, 만나면 똥개 보듯 하면서 퇴직금을 안 주었다.

창이 당장 가서 받아 오겠다고 하면 아내는 바짓가랑이를 붙잡고 말렸다. 야, 소동창 물어보자. 너 참말 대신 받아 올 보짱이 있었어? 네가 진정 아내 대신 받아 올 보짱이 있었다면 아무 때나 몰래 슬쩍 받아 오면 됐잖아. 겁났다고? 네가 가서 무슨 일을 저지를지 겁났다고? 정말 그래? 남우세 받을까 봐 꺼림칙해서 못 간 거지?

창은 날마다 아내를 못살게 굴었다. 어서 받아 오라고 닦달을 했다. 아내의 편이 돼 주기는커녕, 아내의 하소연을 들어주지 못할망정, 말문을 틀어막고 당장 돈 받아 오라고 소리만 질렀다. 65년 인생에, 으뜸 창피한 순간이었다.

아내가 퇴직금의 나머지 백만 원인가를 받으러 갔다가 주인

여편네가 던진 백만 원 묶은 뭉치에 뒤통수를 맞았고, 어린 손님들이 지켜보는 가운데 흩어진 만 원짜리를 주워 왔다.

그 얘기를 10년 지난 뒤에 들었다. 자식들한테는 여러 번 얘기했다는데 창한테는 처음 얘기한다는 거였다.

"이런 쌍년 죽여 버린다. 아직두 빵집 하지? 당장 가서 박살을 내 버릴 겨."

"어제 죽었대유. 껄쩍지근하네유……. 내가 돈 주워 들고 나오면서 '쌍년, 개같이 벌어서 얼마나 오래 사는지 보자' 그랬거든요."

"그런 욕도 할 줄 알어?"

그렇다, 나이가 들자 간간이 대꾸도 하게 되었다. 장단을 맞추듯. 젊었을 때 고걸 못해 듣기만 했다. 장단을 맞춰 주면, 추임새를 넣어 주면 아내의 말은 계속 이어졌고, 덜 외로웠다.

"내가 한 욕 때문에 오래 못 살았나 싶어유. 그 주인네도 참 불쌍한 사람이었다고유. 일찍 남편 잃고 혼자 몸으로 빵집을 운영하느라 별의별 고생이 천안 삼거리까지였대요."

"오지랖은. 그런 일을 당했는데두?"

"다 지나간 일이잖아유."

아버지, 제가 인생에서 가장 창피한 일이 바로 그 일이에요. 아니, 가장 불효한 일이라고 해야겠네요. 어머니가 빵집 사장한테 돈다발로 맞았다는 말을 듣고 가만히 있었던 거요.

그래, 나도 나지만 너희도 참 겁보들이지.

저도 뒤늦게 들었지만 빵집 사장한테 진격해서 욕이라도 했어야 했어요. 엄마 대신 분풀이를 했어야 해요.

그래, 누구네 집 자식들은 제 아비가 술 먹고 오토바이 몰다가 파출소 끌려갔는데도 다 출동해서 죄 없는 순경들을 잡아먹으려고 했다더라. 그게 효도인지는 모르겠지만 날뛰는 모양이 자식 난 보람은 있겠더라고 소문이 자자했지.

창피해요. 부끄러워요. 엄마한테 죄송해요.

아니다, 잘했다. 너 같은 녀석이 갑자기 화내면 사고 낸다. 네가 빵집 여사장한테 주먹질이라도 해서 감옥에 갔어 봐라. 네 엄마가 제정신으로 살았겠냐? 나도 그래서 못 간 거고.

저도 제가 어떻게 미쳐 버릴지 몰라서 끝내 못 갔습니다만, 그렇게 합리화했습니다만, 그래도 창피하고 죄송해요.

큰애의 결혼

큰애의 자취방은 고물상 사무실 찜 쪄 먹게 혼미했다. 저런 데 살아서는 여자와 사귈 수 없으리라. 학원 강사로 돈벌이 꼭지를 땄으니 집만 번듯하면 연애도 할 수 있지 않을까. 더는 자식들에게 돈을 쓸 염이 없었다. 대학까지 가르쳐 주었으면 끝난 거지. 그게 쉬운 일이 아니었다. 마지막으로 딱 한 번만 더 큰애한테 돈을 쓰기로 했다.

지은 지 10년 돼 가는 주공 아파트 열다섯 평짜리. 부동산 중개인이 꾀었다.

"전세가보다 매매가가 더 싼 데, 사 버리세요."

전세가는 천8백만 원인데, 매매가는 천7백만 원이라는 거였다.

"아, 물론 융자를 끼고 사는 거지요. 보자, 이 집 융자가 아직 3천5백이 남았구만. 한 달에 14만 원씩 갚으면 되겠네요."

무슨 소리인지 헛갈렸지만, 크게 손해 볼 일은 없을 듯했다. 그 집을 큰애 명의로 샀다. 이제 아비로서 해 줄 수 있는 것은 다 해 주었다.

신기하게도 아파트를 사 준 지 3주 만에 큰애가 여자를 선보이러 왔다. 깐깐해 보였다. 강건해 보였다. 티브이에 나오는 대도시 젊은 여자 같았다. 실제로 대도시 토박이였고 대도시에 살았다. 사뭇 놀랐다. 어떻게 저런 애를 꾀었지. 변변치 않은 녀석이. 대견

했다.

　녀석들이 결혼하고 반년 후였다. 다저녁때에 들이닥쳐 조아리더니 수도권으로 올라가겠단다. 시골에서는 아무 일도 할 수 없다고. 집까지 사 줬는데, 이 무슨.

　배신당한 기분이었다. 아, 왜 하필이면 아내의 이름은 기분이란 말인가. 하지만 따져 보니, 애들이 이 촌바닥에서 뭘 할 수 있단 말인가? 학원 강사 말고는 할 게 없었다. 그것들이 농사를 질 것도 아니고.

　기어코 농촌을 떠나지 못하고 평생 토박이로 산 자신의 삶을 되새겨 보았다. 자족감을 느낀 적은 드물고, 저주한 적은 숱했다. 농사일은 꿈에서도 욕심이 없는 자식을, 농사하고는 상극인 체질을, 시골에 붙잡아두는 것은 말이 아닐 테다. 학원 강사를 하더라도 대도시에 가서 하는 게 맞지. 부모가 안 된다고 한들 들을 것도 아니고. 그래, 망아지는 제주도로 사람은 서울로 보내랬다.

　소 한 마리를 팔아 큰며느리에게 보태 주었다.

소설을 쓰다

지도소장이 울 듯했다. "사또야, 어떡하냐. 나 정년퇴직이 내일 모레다."

"벌써 그리되었냐? 세월 참 빠르네. 그럼 여섯 시 내 고향 한 번 해야겠다. 가자, 내가 쏠게."

'여섯 시 내 고향'은 육경면 사람들이 즐겨 쓰는 말이었다. 1991년 5월부터 방송된 〈6시 내고향〉에 나오는 농민과 왠지 비슷한 이를 가리켰다. 티브이 나오는 농부나 어부는 일 잠깐 하고 푸짐하게 먹는 게 판박이였다. 누가 제일 먼저 그랬는지는 모르겠지만, 면민은 먹고 노는 일이나 사람을 '여섯 시 내 고향' 혹은 '여섯 시' 혹은 '내 고향'이라고 불렀다.

지도소장의 인생도 참 단순했다. 읍내 출신인데 스무 살 나이에 육경면 농촌지도소로 발령 나서는 붙박이로 40여 년을 근무했으니.

지도소장이 뜬금없는 소리를 했다. "네가 부럽다."

"나? 내가 왜 부러워?"

"넌 정년퇴직이 없잖여, 죽을 때까지 일할 수 있잖여."

"농사꾼이 부럽다고? 농사꾼을 금수강산이 네 번 변하도록 지도 편달하고도 그런 헛소리를 하는구만. 실제로 안 짓고 지도 편달만 해서 그런가."

"너야말로 정년퇴직의 공포를 몰라서 그려. 너, 광산 그만둘 때

다 잊어버렸지? 그때 너는 하늘이 무너진 사람처럼 막막해했어. 시방 내가 얼마나 막막한 줄 아냐?”

“그렇게 부러우면 너도 농사지으면 되잖어. 절대 권하고 싶지 않지만 정 할 일이 없어 걱정이라면 누가 말리나. 40년 지도 편달한 가락이 있으니 비닐하우스로 수십 억 벌고 안녕만세 대상까지 받은 예기리 아무개처럼 잘 지을 수도 있지. 또 알아? 늦깎이 부자 농부 탄생할는지.”

“비닐하우스는커녕 경운기 들어갈 땅도 없다. 나처럼 션찮은 사람한테는 도지도 안 주겠지?”

“퇴직금은 뒀다 뭐하게?”

“퇴직금이고 평생 저축이고 다 써 버렸지.”

지도소장이 풀어놓은 신세타령을 2행으로 줄이면 이랬다. 벌써 자식들에 다 들어가서 남은 거라고는 집 한 채뿐이다. 그깟 공무원 연금으로 부부가 몇 년이나 사람답게 살 수 있겠나.

“인생은 참말로 오래 살고 볼 일이다. 내가 너를 평생 부러워했잖냐. 오래 산 덕에, 사무실 월급쟁이가 농민을 부러워하는 꼴을 다 본다.”

“월급쟁이 아니고 월급쟁이였던 놈이. 농민이 아니라 소 키우는 분을. 정년퇴직할 때 되고 보니, 네가 제일 성공한 인생이다.”

기가 막혔다. 약 올리는 법이 참신했다. 맞서려다가, 피식 눙치고 말았다.

“내가 성공한 거면 우리 마누라가 공주님이겠다.”

창은 환갑잔치를 꼭 치르고 싶었다. 아는 사람 다 불러 한바탕 먹이고 싶었다. 집안 내력상 칠순까지 살 자신이 없었다. 환갑이 생애 마지막 잔치라고 예견했다.

아내를 살린, 아내가 무탈하게 살 수 있도록 주치의를 맡아 온 오서댁이 소동창이 잔치를 하면 매우 안 좋다는 예언을 했다. 헐! 이 여편네가 환장을 했나. 잔치를 하면 아내 건강, 남편 건강이 쌍으로 나빠지고, 자식들은 되는 일이 없을 것이며 결혼한 애는 이혼당할 거고 결혼 안 한 애들은 결혼을 꿈도 못 꿀 것이란다. 악담을 해라!

그런 말 듣고, 요즘은 안 하는 게 추세라는 잔치를 기어이 하겠다고 떼쓸 수는 없었다. 되게 억울했다. 분노를 풀 길이 없었다. 한동안 그 분노를 품고 살았다. 미련하게도.

언제부턴가 초저녁부터 자고 새벽 두 시에 깼다. 다섯 시에 소밥 주러 나갈 때까지, 《농민신문》도 보고 책도 읽었다. 소설가 동창의 소설도 읽었다. 동창의 소설을 읽고 당황했다. 동창이 즐겨 쓰는 사투리가 이 고장 사투리라는데, 난생처음 들어 보는 말이 수두룩했다. '게갈 인 난다'처럼 잘 아는 말은 반가웠지만, 생경한 사투리는 어떻게 받아들여야 할지 개갈이 안 났다. 열흘 읽어 보니 난생처음 들어 보는 말이 아니었고 생경한 사투리가 아니었다. 문자로 쓰인 게 그 말인 줄 몰랐던 거다. 내남없이 하고 들어온 말인데 글자로 써 놓으니까 생판 모르는 말 같았던 거다.

아내에게 또 미안했다. 새벽 두 시부터 불 켜 놓고 있으면 아내는 어쩌란 말인가? 이제 방도 남아도는데 각방 써 보자고 해 볼까. 그건 안 돼. 아내가 옆에 없으면 잠이 안 와.

어느 날 언뜻 소설이 쓰고 싶어졌다. 동창의 소설을 읽다가 빙의라도 된 것일까? 아들 소설 읽다가 그게 아닌데 싶어 답답했던가. 한데 소설은 어떻게 쓰는 거지? 모르겠다. 그냥 내가 쓰고 싶은 대로 쓰자. 썼다.

이틀은 무료하지 않았다. 사흘째부터는 이게 뭐 하는 짓인가 그만두고 싶었지만 그때까지 쓴 게 아까워서 억지로 이었다. 꼭 일주일이 걸렸다.

평 좀 해 보라고 했더니, 큰애랑 며느리는 얼굴이 벌게져서 아무 말을 못했다. 내용이 큰애가 결혼해서 미치게 좋다는 얘기이니 그럴 만했다. 작은애는 야살스레 웃기만 했다. 딸애는 "며느리 얻어서 그르케 좋았슈. 작은오빠도 분발해!" 했다.

어이없어 한마디 해 주었다. "너나 얼른 시집가라."

딸은 참 계륵이었다. 시집을 보내긴 보내야겠는데, 시집가지 말았으면 하는 뜻딴지도 없지 않은 것이다. 어떻게 키운 딸인데 도둑놈한테 준단 말인가. 복장 터질 일이었다.

내심 기대한 독자는 지도소장이었다.

"내가 자네 논문 비스무리한 글을 꼬박꼬박 읽어 주었네. 자네가 은혜를 갚는다는 심정으로 내 글을 성의껏 읽어 봐 주리라 믿네. 소설 쓰기가 직업인 사람들은 내 나이에도 위대하게 잘 쓰겠지만, 태어나서 초꼬슴 써 보는 늙은이가 이 정도면……”

지도소장은 쯧쯧대며 읽었다.

“워뗘?”

“쓰느라고 욕봤더구먼. 근디 내가 소설을 알아야지. 그리두 말해 보자면 확실히 내가 쓴 글보다는 쉽구만그려. 근디 너무 쉬운 거 아닌가?”

“쉬워야 하는 거 아녀? 읽기 쉬워야 하는 거 아니냐고?”

“읽기 쉬우면 그게 소설인가? 소설에도 여러 가지가 있다더만. 대중소설도 있지만 클래식 음악 흡사한 생각 소설이란 것도 있어. 배운 지 오래돼서 잊었겠지만 우리 교과서에 나왔던 소설 말야. 맞다, 자네가 가없이 자랑했지만 내가 자네 아들 소설을 안 읽어봐서 미안하네만 자네 아들 소설 읽기 쉬웠나?”

“수월치 않았네. 뭔 소리를 하는지 원.”

“즉 자네 아들 소설도 그런 생각 소설이야. 그런 생각 소설은 읽기 쉽지 않더라도 뭐가 있어야 한다고. 우리 자랑스러운 동창, 이문구 소설 안 봤어? 이문구 소설처럼 거시기한 게 있어야지.”

“그 거시기가 뭔데?”

“뭐랄까. 주제나 깊이 같은 거?”

“그게 뭔데?”

“됐어. 쓴 걸로 만족혀. 그 나이에 신춘문예 낼 것도 아니잖여?”

“대단히 성의 없는 평이잖여.”

"소설가 아들 놔두고 왜 엉뚱한 사람한테 물어."

"그놈이 아무 말도 못 하더라니까."

2003년 2월 25일, 티브이 뉴스를 통해 소설가 동창이 세상을 떠났다는 소식을 들었다. 겨우 예순셋, 너무 빠른 죽음이잖은가. 죽은 동창이 벌써 여럿이었다. 이렇게 살기 흥겨운 세상을 왜 자꾸 서둘러 떠나는가.

소설가 동창을 한 번 만났었다. 두름성이 만든 떠들썩한 자리에서는 못 만났다. 소설가는 왔다는데 창이 가지 않았다.

큰애가 결혼하는 날, 소설가가 하객으로 왔다. 창과 소설가는 악수하고 서로 웃었다. 서로의 늙어 버린 얼굴 속에서 사십 몇 년 전의 애띤 얼굴을 찾아보려고 했다. 창은 찾지 못했다. 소설가도 못 찾았겠지. 하지만 두 사람 다 어렴풋이 알아볼 수 있었다고 기억하기로 했다.

서울에서 장례를 마친 소설가는 가루가 되어 고향에 내려왔다. 선산이 조금 남아 있다고 했다. 그곳에 뿌려졌다고.

창이 제의했다. "우리 칠삼회는 아니었지만, 다 같이 한번 가 보면 워뗘? 멀기나 하면 물러. 코앞이여."

과연 '부엉재'로 불렸었다는 뒷동산은 겨우 남아 있었다. 아파트 단지 사이에 표류하는 섬처럼. "어디에다 술을 뿌려야 한댜?"

칠삼회는 멋지게 살다 간 소설가 친구를 위해 절도 하고 술도 뿌렸다.

풍악 소리

아내의 꿈속을 죽은 지 오래된 사람, 산 사람, 곧 죽을 사람 가릴 것 없이 무시로 내방했다. 창의 누님과 형수들—아내의 시누이와 동서들—발길이 남달리 잦았다. 더불어 부대낀 세월이 무진장했으니 그럴 만도 했다. 언제부턴가 아내의 꿈 이야기를 듣는 게 진진했다.

"요새 꿈에는 누가 왔어?"

"날이면 날마다 오는 게 아뉴. 아무 때나 오시지 않더라고유. 무슨 일이 있어야 오지. 무슨 일이 없어 안 만나길 바랄 뿐이유. 꿈속에서까지 김씨네 붙이를 내가 만나고 싶겠냐고유."

창에게 의붓엄마 같았던 큰형수.

큰형수를 미워한 적도 숱하지만 키워 준 분이었다. 미우나 고우나 어머니나 다름없었다. 환갑 나이에 고향을 떠나 20여 년을 손주, 증손주 애보개로 떠돌다 귀향한 큰형수. 뵐 때마다 잘해 드리고 싶었다. 세 살 버릇 여든까지 간다더니, 큰형수의 사람 기분 잡치게 하는 말재주는 여진했나. 5분 이상 동석하기가 괴로웠지만, 용돈은 꼬박꼬박 찔러 드렸다.

팔십 줄에도 꼬장꼬장 강건해 누구보다 오래 사실 거라 믿었는데, 불쑥 쓰러지더니 맥까지 놓았다.

잘 가세요, 형수! 형수는 형님 바로 옆에 묻혔다.

큰형수가 별세한 지 다섯 달 후에 셋째 형수가 뒤따랐다.

혼자서 된통 울었다. 셋째 형수야말로 어머니나 다름없었다. 창이 결혼하기 전까지 가장 많이 밥을 얻어먹었고, 질풍노도의 시기에 안식처가 돼 주었고, 아내를 가장 알뜰히 챙겨 주었고…….

이제 더는 셋째 형수께 따뜻한 밥을 대접할 수가 없게 되었다. 그게 몹시 속상했다.

피똥을 자주 쌌다. 배앓이가 잦았다. 제 발로 병원에 진료받으러 간 게 최초였다.

안녕내과 장원장. 그는 무수한 암을 조기에 발견했다. 큰 병원에 얼른 가 보라고 진단서를 끊어 주었다. 안녕내과에 마실처럼 들렀던 이들이 그의 진단서를 받아들고 큰 병원에 가서 암 확정을 받았다. 요새는 암 걸렸다고 무조건 죽는 게 아니라지만, 운 없는 사람들처럼 몇 달 만에 가버릴 수도 있잖은가.

장원장이 오진했다는 얘기를 들은 적이 없다. 그가 대장암 소견을 냈으니, 아마도 암이 확실하겠지. 제발 아니기를 빌지만. 이제 어떡해야 하나. 몇 기일까? 말기는 아니겠지. 2기면 살 수 있다고 했다. 3기일 가능성이 크다. 1, 2기일 때는 모르고 살다가 병원 가서 발견됐을 때는 최소 3기라지 않은가. 3기만 되어도 천운일 테다.

저명한 대학병원에 입원했다. 내시경 중이다. 암 검사 중이다.

수면 내시경이니 잠들어 있을 것인데, 잡념에 시달린다.

억울하다. 예순다섯밖에 못 살았는데. 예순다섯까지 살았으니 살 만큼 산 것일까? 칠삼회 친구 중에 암으로 죽은 녀석이 벌써 둘이다. 내가 세 번째가 되는 건가?

하고 보니 더 억울한 축공무도 있다. 범골이 배출한 자랑스러운 면서기 축공무는 기어코 면장까지 되었는데, 면장 석 달 만에 시한부 판정을 받았다. 위암 4기랬다. 투병 열 달째에 환갑도 못 채우고 상여를 타고 말았다.

혹시 이미 죽은 게 아닐까? 이게 잠 속이라고 어떻게 확신하지? 죽은 것 같으면서도 살아 있는 것 같고, 살아 있는 것 같으면서도 죽어 있는 것 같다. 의식이 흘러간다. 내면의 풍경이 보인다. 병적인 상태다. 기억이 이리저리 뒤엉킨다. 내가 했던 말, 누구에게 들은 말, 활자로 본 글, 말과 글들이 얽히고설킨다. 주마등같이 스쳐 간다는 말은 거짓말이었다. 스쳐 가지 않았다. 뼈에 새기듯 명징하다. 명징한 것이 아닐 거다. 명징하다고 착각하는 것이겠지.

이런 게 바로 번뇌가 아닐까. 정확히 무슨 뜻인지 모르겠지만, 알고 싶지도 않지만, 이게 바로 번뇌가 아닐까. 이게 번뇌라면, 번뇌의 시초는 1985년 9월 이시나흘이었다. 갱도에 갇혀 있을 때.

잊고 살았던 번뇌를 쉰여덟인가에 다시 만났다. 번뇌는 기습처럼 다가왔다. 하루 만에 끝나기도 했고 일주일 내내 계속되기도 했다. 어느 해인가는 1년 내내 지속됐다. 아무리 술을 마셔도 아무리 일을 해도 아무리 착해져도 아무리 사나워져도 아무리 효도를 받아도 아무리 불효를 겪어도 아무리 기쁜 일을 당해도 아무리 슬픈 일에 처해도 사그라지지 않았다. 기쁜 일? 슬픈 일? 그것도 거짓이다. 기쁜 게 뭔지 슬픈 게 뭔지 알 수 없었다.

왜 자꾸 부끄러울까. 까마득히 잊고 있던 창피한 일들이 우후죽순이었다.

도저히 농협 빚을 안고 살아갈 수가 없었다. 처남 연대 보증 섰던 대출원금 2천만 원. 소 다섯 마리 한꺼번에 팔아서 싹 갚았다. 아내를 살리기 위해서였다. 잊어버리려고 무진 애를 썼다. 잊을 수가 없었다. 8년간 이자로 낸 1천만 원 합쳐 3천만 원은 자꾸만 명징했다. 그 돈이 사람을 만 번은 미치고 팔딱 뛰게 했다. 그 돈 때문에 아내를 얼마나 미워했던가. 아내에게 못되게 굴었던가. 아내 얼굴만 보면 아내의 남동생이 연상되었고 그놈 대신 갚아야 했던 3천만 원이 보였다. 그 돈만 있었어도 이 나이까지 소똥이나 치며 살지는 않았을 거다!

그러니까 3천만 원은 핏값이었다. 혹시 3천만 원 때문에 겪은 스트레스가 암이 된 거 아닐까.

이 얘기는 네 엄마가 그만 쓰라고 신신부탁하지 않았느냐?

그게 잘 안 돼요. 어머니는 오빠와 남편 사이의 일이지만, 저는 외삼촌과 아버지 사이의 일입니다. 그 연대 보증만 아니었으면 아버지가 스트레스도 훨씬 덜 받았을 거고, 어쩌면 암에 안 걸리고 더 오래 사실 수도 있었는데 제가 어떻게 그걸 안 쓸 수가 있어요.

어차피 돌려받을 수 있는 돈도 아닌데 소설에도 쓰지도 못한다면 환장할 거 같아요. 외삼촌이 읽을 것도 아니고.

네 엄마 생각도 해야지. 네 엄마가 얼마나 복잡하겠느냐.

죄송합니다. 제가 이 나이 먹고도 철이 안 들어서 원망을 그만 둘 줄 몰라요.

어디서 풍악 소리가 들려온다. 뜬금없이 웬 풍악 소리가. 아하, 병원 앞에서 데모하는 사람들이 있었는데 그들이 치는 소린가 보다. 아니, 옛날에 동네잔치서 듣던 소리인가. 하고 보면 동네잔치가 허다했다. 젊은 시절 고생한 게 한이 된 사람들처럼 자주 놀았다.

박봉준의 할아버지는 광대였다. 박광대는 늘그막에 부락의 명예를 걸고 농악 경연 대회에 나가 보겠다는 4에이치 소년들을 소일삼아 가르쳤는데, 거기서 사인방이 나왔다.

'꽹과리 박봉준', '징 염길동', '장고 이한량', '북 천경래'를 주축으로 한 범골 농악대는 20년 동안 면대회에서 53회의 우승을 차지했다. 군 대회에서는 한 번도 우승을 해 보지 못했다. 면사무소는 각 부락에서 잘 친다는 사람들을 두루 뽑아 연합 팀을 구성했다. 연합 팀에 들어가기만 하면 사인방은 겉돌다가 연습 기간 중 이탈하고는 했다.

그런 경향이 있었다. 안골, 당골, 범골 각 부락별로는 단합이 잘 되는데, 역경리나 육경면 차원으로 모이면 모래알 퍼담은 사발이나 다름없었다. 4에이치 때도 그랬고, 재건위 때도 그랬고, 새마을 운동 때도 그랬다.

여하간 노태우가 대통령하던 때까지만 해도 마을에 환갑연 칠순연 팔순연 결혼피로연 경로잔치 등이 있으면, 사인방은 옛날 경연대회에 나간다고 떠들썩했던 것을 상기하며 쳤고, 나머지는 덩실덩실 춤을 추었다. 사인방은 녹슬지 않은 실력을 과시하며 흥을 돋우었다. 정월대보름이면 사인방을 필두로 농악대가 집집마다 돌며 터줏대감을 달래고 '악동 귀신'을 몰아냈다.

올봄, 범골 청년회 주최로 오래간만에 경로잔치가 열렸다. 범골만으로는 사람이 모자라 안골, 당골, 범부락 늙은이들까지 다 긁어모아 겨우 150명을 채웠다. 그들은 신명 나게 놀 기력이 없는 나이들이 돼 있었다. 아니, 그들의 눈과 귀와 몸은 풍악을 낮설어하고 노래방 기계에 반응하도록 변해 있었다.

이장이 어디서 구했는지 농악기를 가져왔지만 누구도 쳐다보지 않았다. 사인방에게 놀아 보라고 권하는 이도 없었다. 사인방 본인들도 우리가 언제 그런 걸 하고 놀았었지 뚱한 낯빛이었다.

노래방 기계가 쿵따리 샤바라 울부짖었고, 명가수들은 마이크에 고성을 아끼지 않았다. 풍악 소리에 덩실덩실 춤추던 그들은 노래방 기계음 소리에 맞춰 열 배는 빠른 춤을—그래 봐야 젊은이들 춤에 견주면 굼벵이마냥 느려터진 것이겠으나—추었다. 관광버스에서 연마한 노래와 춤은 명가수 명춤꾼으로 불리기에 손색이 없었다.

암 말기면, 노래도 다 불렀군. 문득 노래 한 곡조 뽑고 싶다.

저명한 대학 병원 의사는 (미세 혹 세 개를 떼기는 했지만) 아무것도 없는데 왜 왔냐고 꾸지람했다.

작은애는 헛소리로 사람 간 떨어지게 만든 안녕내과 장원장에게 사과 한 박스를 사다 주었다. 덕분에 아버지 대장에 종양이 될지도 모르는 놈을 청소하고 왔다고. 제 엄마 닮아서 오지랖 한번 넓었다.

이후 또 한 차례의 생을 사는 듯했다. 이전의 60여 년 평생과 마찬가지로, 자신이 진정 원하는 게 뭔지 따져볼 겨를도 없이 오로지 돈 걱정만 하는 삶이었지만, 아무튼 추가로 사는 인생 같았다.

두충나무

어느 해인가 농촌지도소장 말만 믿고, 밭 500평에 두충 묘목을 500주 심었다. 수박, 참외 농사를 6년인가 지어 먹었던 밭이었다. 일본 사람이 두충 껍질을 약재로 환장하니 큰돈 벌 거랬다.

돈 욕심만은 아니었다.

밭 있는 데 풀 난다. 아무것도 심지 않으면 풀밭이 된다. 고추든 콩이든 깨든 배추든 심는다면 사람이 풀과 싸워야 한다. 마누라가 허리 꼬부리고 김매는 게 싫었다. 네가 매면 되잖냐고? 창이 다 해도 밭은 안 맸다. 아니, 못 맸다. 호미질만큼은 땅이 꺼진대도 하기 싫었다. 왜? 단 3분만 호미질을 해 봐라. 말로만 들어 봤을 '허리가 끊어지는 고통' 맛볼 수 있다. 그 자긋자긋한 일은 품값도 헐했다. 해서 과수원 일, 공장 일, 식당 일하겠다는 여성은 지천이었지만, 김매기를 하겠다는 여성은 천연기념물이었다.

게다가 밭에 나는 풀은 소가 못 먹는 풀이기 마련이다. 소꼴로도 쓸 수 없다는 얘기다. 소꼴은 소가 먹을 수 있는 풀만 난 데를 골라서 따로 낫질을 해야만 했다. 호미질이랑 맞먹는 낫질은 왜 하냐고? 짚과 사료만 먹여도 되지만 생풀 영양가가 매우 높다. 1등급 한우로 키워 내려면 생풀 안 먹일 수 없다. 무엇보다 사료값을 줄일 수 있다.

나무를 심으면 풀을 매지 않아도 된다. 가끔 깎아 주면 된다. 김매기는 끔찍하지만 깎기는 할 만하다. 예초기가 있으니까. 두충나무숲 풀은 길고 거칠다. 풀이라기보다 풀나무다. 두충만큼이나 독하다. 독하니까 거기서 자라났겠지. 하지만 예초기 앞에서는 그저 연약한 풀일 뿐이다.

어느 해부턴가 7월이면 두충나무 50여 주를 솎아 내듯 베어 냈다. 나뭇가지를 토막 내어 껍질을 벗겼다. 손이 두충 진액으로 새까매졌다. 껍질을 말려 화성 한약방에 갖다주면 삼사십만 원 받았다. 지우 그거 벌려고 그 뜨거운 여름 내내 악착을 부렸다. 미쳤지, 미쳤어.

다섯째 형의 칠순 잔치는 떠들썩했다. 형의 은혜를 입은 이들이 숱해 잔치를 크게 했다. 형제와 처자식에게는 인색했지만, 동네 사람과 선후배에게는 막 퍼 준 삶이었다. 형제 중에 가장 파란만장했다. 결혼도 세 번이나 했다. 세 번째 아내는 형에게 이틀이 멀다 하고 구타당하면서도 죽지 않았다. 도망가지도 않았다.

형은 육십 대 이후 병원에 자주 있었다. 형은 광부 생활도 변화무쌍했다. 막장에서 일하는 선산부·후산부, 간접부인 보선공·전차공·조차공. 형은 거의 모든 직종을 다 한 번씩 거쳤다. 뭘 해도 진득이 못하는 체질이었다. 아니, 남 밑에서 일하는 게 곤란한 성깔이었다.

관리하고 시키는 일은 그나마 오래갔다. 간부급인 채탄 감독·갱외 감독도 했고, 광산을 사서 사장을 한 적도 있고, 사장 대신 운영하는 덕대를 한 적도 있다. 심지어 광산에 인력을 공급하는 노조위원장을 한 적도 있다.

급수가 차이 날 뿐 진폐증이 없는 탄쟁이는 없었다. 형은 몸이 나아지면 무슨 수술이든지 받았다. 치료비와 보상금과 생계비를 지속적으로 타 내기 위해서.

큰형은 팔순을 앞두고 또 큰 수술을 받았다. 병원이 싫다고 예정보다 일찍 퇴원하여 집에 돌아왔다. 형수와 관광조카—관광버스를 몰았다—가 모시는 데 한계가 있었다. 요양원 들어가기 전날, 심장이 돌연 마비되었다.

다른 형님들은 나고 자란 역경리 야산에 묻혔는데, 다섯째 형은 대학면이 장지였다. 형의 첫 번째 부인을 무덤에서 꺼냈다. 형과 합장하겠다고. 호적에도 안 오른 두 번째 형수는 무덤이 어디였더라.

세 번째 형수는 죽으면 어떻게 되는 거지? 예전 같으면 사또처럼 끼어들어 작은아버지 노릇을 하려고 했겠지만, 아무 말도 하지 않았다. 지켜보기만 했다.

작은애 공무원이 되다

작은애는 서른세 살 때까지 온갖 공무원 시험에 다 떨어져 속터지게 했다. 그만하면 남부럽지 않은 직장도 잡았었는데 그놈의 공무원에 미련을 못 버렸다. 또 직장 때려치웠다는 소리에 혈압 터질 뻔한 적도 세 번은 된다.

녀석이 기어이 합격했을 때 비로소 시름을 놓았다. 큰애가 소설가가 되었을 때는 하나도 기쁘지 않았다. 소설 써서 어찌 먹고 살겠다는 건지 걱정이 앞섰다. 작은애의 합격은 그야말로 요행이었다. 공무원, 그것도 검찰청에 다니는 공무원 된 게 어디냐.

확실히 검찰공무원의 위세가 삼삼했다. '검사 따까리'라고 비꼬는 이들도 있었지만, 작은아버지한테 선 넘기를 일삼는 조카들을 비롯하여, 그래 봐야 저나 나나 촌구석 평생이면서 자기가 세상에서 제일 박식한 양 떠드는 녀석들도 법적인 문제가 생기면 작은애부터 찾았다. 작은애한테 뭘 어떻게 해 달라는 게 아니라, 법이 수학처럼 어지러우니 가까운 데서 법을 제일 아는 사람을 찾는 것이다. 물어라도 보려고.

칠심회 동장들 자식 중에 작은애보다 학벌 뜨르르하고 돈 번 애는 여럿이었지만, 공무원도 심심찮았지만, 검찰청에 다니는 애는 작은애밖에 없다. 범골에서도 공무원이 여럿 나왔지만 작은애가 가장……

아니다. 작은애는 댈 수도 없이 높은 사람들이 있었다. 창이 반장 볼 때 사이가 불편했던 검사난분의 검사 아들이 검찰총장까지 했다. 검찰총장의 동생은 부도지사까지 했다. 민선 지방 자치 시대가 열리지 않았다면 도지사까지 했겠지. 검사난분이 별세했을 때 두 고위 공무원 아들 위세가 불러온 문상객이 수천 명이었다. 동네 꺼지는 줄 알았다.

외에도 알게 모르게 굉장히 출세한 사람들이 있다. 그치만 그 사람들은 우리 동네 사람이라고 할 수가 없다. 그들은 범골에서 태어나기만 했지 자라지 않았다. 성공해서도 동네 사람들 눈에 띄게는 오지 않았다. 자기 부모 묻는 날에나 금의환향했다. 앗, 면장으로 별세한 축공무를 까먹었네!

가만, 증조부가 종5품 충훈부도사였다. 이후로 범골 김씨가문에 관직에 오른 이가 없었는데, 9급 공무원도 없었는데, 작은애는 잘하면 5급까지 될 수 있다. 되어야만 한다.

마을회관에 모이면 할 짓이 종편 방송 흉내, 한 사람씩 불러내어 씹기, 자식 자랑질밖에 없었다. 창은 팔불출 짓 한 적 없다. 거짓말! 너도 꽤 자랑질했어. 네가 자랑질한 걸 녹음해 작은애에게 들려주면 펑펑 울걸. 면전에서 한 번도 칭찬 안 한 아버지가 이렇게 자기를 여봐란듯이 뻐긴 걸 알면.

검찰청 직원 아버지가 이럴진대 검사 아버지들은 얼마나 자랑질했을까. 검사난분이 그토록 뽐낼 만했었다. 그 자랑질을 안 받아 준 놈이 밴댕이 소갈딱지였다.

노인회장

그들 세대는 1950년대에 청소년이었고 4에이치 회원이었다. 1960년대에는 이십 대였고 재건 청년이었다. 1970년대에는 삼십 대였고 새마을운동의 주축이었다. 1980년대에는 사십 대였고 각자도생했다. 1990년대에는 오십 대였고 자식들을 대학에 보내느라고 새빠졌다. 2000년대에는 육십 대였고 자식들이 자리 잡는 것을 지켜보았다. 2010년대에는 칠십 대였고 노인회원이 되었다.

4에이치 때부터 위쪽에 있던 선배들이 별세하거나 도시나 요양원으로 떠났거나 자리보전하거나 겨우 걸어나 다녔다. 번듯하게 신축된 마을회관은 그들 차지가 되었다. 안골, 당골, 기타 부락 또래를 다 합한 것보다 범골 또래가 많았다.

3남을 둔 포장기, 5남을 둔 실버, 1녀 2남을 둔 노공작, 7녀 1남을 둔 딴지꾼, 2녀 2남을 둔 박봉준, 1녀 2남을 둔 창, 그리고 름꾼이.

름꾼이는 자식들로 괴로워하는 친구들을 긇리며 무자식 상팔자라고 뻐기다가도, 자식 하나 없는 놈이 살아서 뭐 하냐고 죽는 소리를 해 댔다. 요새는 상례식장에서 노름판이 벌어지지 않아 더욱 외롭고 서럽다고 징징댔다. "화투도 안 치고 밤샘도 안 하고 이게 무슨 장례식장여! 죽은 사람이 얼마나 외롭겠어. 우리 노름쟁이들이라도 함께 해주는 것이 풍습이었는디 그 좋은 풍습 어디 갔냐고! 난 대체 뭘 하며 살아야 하냐구!"

포장기가 노인회장에 창을 추대했다.

"네가 허지, 왜?"

"아녀. 여태 쭉, 대표 완장은 내가 차고 일은 네가 다한 게 걸렸어. 이번엔 네가 대장혀. 일은 내가 다할게."

4에이치 때부터 따르기는 해도 앞장서려고는 하지 않는 동무들도 적극 지지했다. 그렇게 창은 일흔두 살에 생각지도 않던 노인회장 감투를 썼다. '생각지도 않던'은 거짓말인지도 몰랐다. 은근히 바랐을지도. 허영심이 없었겠나.

옛날에도 노인회장인지 경로당 방장인지가 있었나? 있기야 있었겠지만 존재감은 없었다. 그들이 오륙십 대 때 칠팔십 대를 얼마나 늙다리 취급했던가. 반면에 그들 또래를 괄시할 후배들이 몹시 적었다. 노인회장 감투가 문득 광나게 된 까닭이다.

노인회장도 무보수는 아니어서 월에 20만 원 가량 활동비가 나왔다. 말 그대로 활동비로 다 쓰고 제 돈을 보태곤 했다.

주요 활동은 병문안 가는 거였다. 그들은 유람 삼아 병원 나들이를 다녔다. 노공작이 늘그막에 운전을 배웠다. 제 아들이 타던 차까지 물려받았다. 노공작의 늙은 자가용이 범골 늙은이들의 발이었다.

심지어 영화도 보러 갔다. 〈명량〉을 보며 눈물을 흘렸다. 영화가 눈물이 날 정도로 감동적이었냐고? 그런 게 아니다. 이십 대 때 몇 번 보고, 이후로 50여 년 동안 극장에서 영화 한 번 못 보고 산 것이, 아니, 안 보고 산 것이 불쑥 억울해졌다. 이순신 장군의 맹활

약을 보면서, 흘러가는 자신들의 인생을 보았다. 이순신 장군에게 빙의되어 자신이 살아오면서 맞닥뜨렸던 별의별 일과 사람을 잼처 만났다.

"볼만하네. 우리 앞으로 한 달에 한 번씩은 보러 오자고."

누군가 동떴고, 모두 흔쾌히 동의했다. 그렇지만 이후로 그들이 다 같이 본 영화는 딱 한 편 〈국제시장〉뿐이었다.

〈국제시장〉 주인공은 1939년생이었다. 그들 또래였다. 〈국제시장〉 주인공은 그 어린 나이에 6.25 전쟁도 흥남 철수에 휘말리는 등 격렬히 겪었고, 소년 가장이 되어 가족을 위해 헌신했고, 파독 광부로 독일에도 다녀왔고, 베트남 전쟁에도 장사치로 다녀왔고, 한마디로 한국 현대사의 큰 사건을 몸소 체험한 이였다.

그에 비해 시골 토박이 그들의 인생은 너무도 평범하고 소박했다. 파란곡절이랄 것도 도무지 없었다. 하지만 그들도 주인공에게 빙의하여 감동했다. 자기들도 가족을 위해 자기 한목숨을 처절히 바쳐 왔다고 자부했다.

노인회 경비로 1년에 3, 4백만 원이 나왔다. 전기세, 수도세, 화재 보험비, 각종 행사 진행비, 식비……. 전에는 어떻게 했는지 알 바도 아니고 신경도 안 썼지만, 창이 맡은 이상 철저했다. 총무 포장기는 병원 다니느라 바빠 회장인 창이 총무일까지 겸했다. 그전에는 유야무야했던 노인회 금전출납부를 확실히 기록했다. 창은 평생 금전출납부를 써 왔다. 애들한테 준 백 원짜리 동전 한 개까지 기재해 왔다. 하니 크게 수고로운 일은 아니었지만 노인네들은 기겁했다.

포장기가 별세한 이후에도 총무 자리는 계속 공석이었다. 아무도 맡으려고 하지 않았다. 깐깐한 사또 밑에서 총무를 하느니, 마누라 발을 닦아 주겠다나.

명부에 올라 있는 남녀 회원은 연평균 80명이었다. 정식으로 역경리 노인회가 출범한 십수 년 전부터, 나도 인제 늙은이라고 자인하며 가입하는 이만큼 세상 떠난 이가 있어, 늘 80명 언저리였다.

노인회 가입은 만 65세부터 가능했다. 아직은 공식적으로 '노인네' 하기 싫다고 가입하지 않는 사람 말고, 나이가 모자라 노인회에 가입 못 한 사람이 역경리 통틀어 스무 명도 안 되었다. 국가가 공인한 노인네들만 우글우글하다는 얘기다. 30년 뒤 노인회 명부에 열 명이나 올라 있을는지.

노인회장을 하면서도 창은 아내를 고역살이시켰다. 식대가 나오지만 돈으로 나오지 음식으로 나오는 게 아니다. 아내는 회장 마누라 된 덕에 사시사철 마을회관에 음식을 댔다. 생전 집 청소도 안 해본 창이 혼자 마을회관 경로방을 치우고 닦는 게 볼썽사납다고, 아내는 청소도 자주 도와주었다. 12월 결산할 때는 남은 돈을 몽땅 털어 마을잔치를 열었다. 그 음식, 아내가 다했다.

노인회장이 되니 오라는 데, 가자는 데, 가야만 하는 곳이 수도

없었다. 노인회장, 이장, 부녀회장이 마을의 대표였다. 마을대표
로서 안 가 볼 수 없는 회의, 행사, 모임, 관광이 셀 수 없었다. 작정
하고 다 참여한다면 아내 얼굴도 잊어버릴 테다.

창은 가급적 가지 않으려고 했다. 소 키워야 했고, 농사지어야
했다. 체질적으로 놀러 다니는 게 적성이 맞지 않기도 했다. 노래
방 기계에 대한 애정도 예전 같지 않았다. 부를 만큼 불렀다.

해서 1년에 한 번 노인회 단체 여행은 무척 피곤했다. 장소 물
색하고 일정 짜고 대답 한 번 속 시원하게 하지 않는 사람들한테
갈 건지 말 건지 물어 겨우 다녀오면, 잘 다녀왔다는 이는 드물고
뭐가 어쩌고저쩌고, 아이구 그 주둥이들.

딸의 결혼

딸애는 대학을 마치고 시골로 돌아왔다. 당연히 대도시에서 직장 잡고 터를 잡을 줄 알았는데. 귀향한 게 섭섭하면서도 흐뭇했다. 날마다 딸애를 볼 수 있다는 건 기쁨이었다. 딸애는 시내에 직장을 구했다. 약국에 잠깐 다녔고, 치과를 오래 다녔다. 경리라는데 약사나 의사 보조도 한다고 했다. 덕택에 어금니 임플란트 두 개를 저렴하게, 대우받으면서 했다.

고등학교 때처럼 자전거, 버스 타고 고단히 출퇴근하는 게 딱했다. 가끔 스쿠터로 면소재지 정류장까지 태워다 주기는 했지만 그걸로 해결될 일이 아니었다.

"야, 너는 운전 안 배우냐?"

"운전 배우면 차라도 사 줄 꺄?"

"배워만 와. 비행기도 사 줄 테니께."

남의 집 딸들 자가용 끌고 다니는 것을 보니, 부럽고 창피했다. 딸이 운전면허를 따 오자 소 한 마리 팔아서 즉시 차를 사 주었다. 딸 차를 타고 있으면, 겁나기도 했지만 한없이 보람찼다. 부부의 시내행, 병원행이 한결 쉬워졌다. 뿐인가! 자가용으론 금방인데 스쿠터로는 벅차고, 타 있는 시간보다 기다리는 시간이 긴 버스로는 하세월이라 가 볼 엄두도 못 냈던 곳들을 '나의 문화유산 답사' 했다. 다 관두고, 버스 두 번 갈아타고 두 시간이나 걸리던 해수욕장과 어항을 25분 만에 바람 쐬러 갈 수 있었다. 딸애는 부부의 '김기사'였다. 진작에 사 줄 걸 그랬어.

딸애가 서른이 넘어가자 시집 안 가는 게 시름이었다. 평생 시집 안 가고 아비랑 살아 주었으면 싶다가도, 올해는 소를 다 팔아서라도 시집을 보내야지, 각오를 다졌다.

아내가 전해 주기를, 딸애가 지난여름에 누구를 만났는데 이제까지 봤던 총각 중에 가장 낫다더라. 추석 무렵부터는 일주일이 멀다 하고 만나는 사이가 됐다더라. 첫눈 내릴 때쯤엔 별다른 하자가 발견되지 않으면 그 사람과 결혼할 의향이 있다더라.

그러더니 사윗감을 데리고 왔다. 별로 만족스럽지 않았다. 키가 훤칠하고 연봉 1억이 넘고 평사원이 아니라 사장 아들이었다고 해도 만족스럽지 않았을 것이다. 인제 알았다. 사위는 무조건 수틀리는 대상이라는 것을. 장인 도섭장의 심정이 비로소 공감되었다.

겨울에 여타 일정이 눈부신 속도로 진행되었다. 예식을 일주일 앞두고, 사위가 함을 가져왔다. 태풍 뺨치는 비바람을 데리고 와서인지 사위 녀석이 더욱 얄미웠다.

일찍 작고하신 형님들을 대신하여 조카딸과 결혼식에 입장한 적이 몇 번 있었다. 친딸이라도 여의는 양 눈물을 방울방울 흘렸었다. 도저히 딸을 데리고 입장할 용기가 없었다.

"동시 입장해라. 요새는 그게 유행이라면서."

딸이 기다렸다는 듯이 '그래요!' 했으면 참 섭섭했겠지. 딸애는 아비가 듣고 싶은 말을 해 주었다. "아빠랑 입장 안 하면 시집 안 가요."

딸애가 시집가는 날, 넋이 나가 있었다. 어떻게 입장했는지, 어떻게 앉아서 예식을 지켜보았는지 어떻게 하객들을 접대했는지 까마득했다. 두충나무 숲에서 한참을 울었다. 딸애를 빼앗기고 온 놈처럼 서럽게 울었다. 빼앗긴 거 맞잖아!

후처 소생인 큰형이 장남으로서 아버지, 어머니 제사를 모셨다. 큰형이 작고한 후 서울 사는 장손조카도 고향 지키는 양돈조카도 제사를 모시지 않으려고 했다. 두 조카 모두 기독교 아내를 만나 기독교로 개종한 상태였다.

셋째 형, 넷째 형은 돌아가신 지 오래고, 다섯째 형이 제사를 모셔 왔다.

다섯째 형이 작고하고, 다섯째 형수가 물었다. "막내 서방님! 제사를 어찌할까요?"

당연히 "아들인 제가 모셔야지요!" 했다. 몇 년 지내다가 기회를 봐서 절에 모실 양이었다. 자식에게까지 이어 줄 계산은 먼지만큼도 없었다. 곧 체증 가라앉게 하는 연락이 왔다. 관광버스 운전하는 조카가 계속 지내겠다는 것이다. 그래야 자기 딸들에게 유리하다는 점괘를 받았다고. 덕택에 몇 년은 홀가분했다.

관광조카가 이혼해 혼자되고, 형수는 점점 쇠약해져 입에 욕만 남게 되니 아버지, 어머니 제삿밥 얻어먹기 괴로웠을 테다.

창은 관광조카랑 상의해 아버지, 어머니 위패를 절에 모셨다.

아버지, 어머니 송구합니다. 아들이 하나 남아 있는데도 제삿밥을 못 드리네요. 저도 이런 기막힌 세상이 올 줄 몰랐어요. 아버지, 어머니가 제삿밥을 몇 년이나 드신 거죠? 그래도 드실 만큼 드신 거예요. 저는 얼마나 얻어먹을 수 있을까요. 최소 30년은 얻어먹겠죠? 자식이 오래 살아야 제삿밥도 얻어먹겠지요.

꿈도 야무지다. 아내가 살아 있는 동안만 얻어먹어도 감지덕지할걸. 아내야, 너만이라도 오래오래 살아야 한다. 너는 백 살까지 채워.

딸애가 쓴 글

딸애가 쓴 글을 보았다. 겉표지에 무슨 응모작이라고 적힌 걸
보니 글짓기 공모전에 내려고 썼던 글인 듯. 이게 왜 우리 집에서
먼지 뒤집어쓰고 있는 걸까. 제 오빠한테 봐 달라고 가져왔다가
놓고 간 걸까.

　　엄마를 생각하면 종합 병원이 떠오른다. 내가 기억할 수 있는
아주 어렸을 때부터 엄마는 항상 몸이 편찮았다. 병원을 시장처럼
다녔고 약을 밥처럼 드셨다. 찬장 바구니 안에는 늘 약이 가득했
다.

　　아내가 갔던 병원을 지도에 표시하면 대동여지도 나올걸. 누
가 아프다는 얘기는 글로 읽어도 지루하구나. 몇 줄 건너뛰었다.

　　협심증 약 복용으로 인한 후유증도 엄마를 힘들게 한다. 살짝
만 부딪혀도 시퍼렇게 피멍이 들어 온몸이 멍투성이가 되었고 손이
살짝 베여도 피가 철철 흘러 지혈제를 쏟아부어야 했다.

　　본인이 심혈관에 뭐 넣는 수술받았다는 친구도 있었고, 처자
식에게 넣어 줬다는 친구도 있었다. 그 친구들이 겪은 공포와 수
술 후의 말조심, 산불 조심과는 비교도 안 되게 과중한 조심조심

의 날들 얘기를 넘치게 들었다. 약만 먹어도 된다고! 두충나무 숲에서 춤을 추었다.

아무도 안 믿겠지만, 아내가 피 흘릴 때, 창도 피를 흘렸다. 마음속의 피도 쉬이 지혈되지 않았다.

이놈의 아픈 얘기 언제까지 할 거냐.

엄마의 무릎은 연골 마모가 심해 수술 이외는 치료 방법이 없다고 한다. 몇 년째 진통제로 하루하루를 지낸다. 농사와 소 사육을 하는 우리 집은 아파도 맘 편히 쉴 수 없다. 아픈 몸으로 풀을 매야 하고, 고추를 따야 하고 농산물을 키워야만 했다. 검소하고 부지런한 아버지가 계시지만 엄마가 편찮으신 게 제 탓인가 속상한 마음을 화로 표현하는 분이라 엄마는 아파도 누워 계실 수가 없었다. 그렇게 편찮으셨지만 늘 빼놓지 않고 하시는 것이 있다. 바로 자식들을 위한 기도이다.

그러고 좀 엉뚱하게, 딸애와 사위가 제를 지냈다는 얘기가 나온다. 딸애가 3개월 동안 잠을 제대로 못 잤고, 아내가 오서댁에게 알아보고, 딸애와 사위가 오서댁의 절에 가서 불공을 드렸고, 그 뒤로 잠을 잘 잤단다. 한마디로 사위가 장인처럼 푸닥거리 받았다는 거였다.

아내가 사위를 굿 받게 하는 건, 사위가 기분은 좀 나빴겠지만, 큰 무리가 없었을 테다. 사위도 무속 신앙과 부처님을 무던히도

숭앙했다. 건설쟁이들이 그런 거에 은근히 신경 쓴다더니.

아니다, 사위도 장인이 오서댁한테 푸닥거리 받았을 때만큼이나 성질났을 테다. 참았을 것이다. 똑같은 굿을 받더라도 자기가 알아서 모시는 전냇마누라에게 받는 것과, 장모의 전냇마누라에게 받는 것은 영 딴판일 테다. 장인처럼 자존심—똥고집—으로 사는 녀석이니. 그 옹고집 사위가 참고 푸닥거리를 받아준 것이다. 고마웠다. 사위가 강퍅한 성미로 거부했다면, 아내는 어찌 됐을까.

엄마는 해마다 산신 기도를 가셨다. 기가 좋은 기도처를 찾아 이틀 동안 산속에서 숙식하며 기도를 하신다. 한번 다녀오시면 산속을 걸어야 하고 절을 많이 해서 무릎 통증이 심해 진통 주사를 맞으려 병원에 가셨다. 4-5일은 다리를 절며 지내신다.

그러기에 왜 가냐고 왜! 안 보내 주면 옛날처럼 거시기할까 봐 보내 주기는 했는데 도저히 이해가 안 갔다. 기도를 집에서 하면 어디가 덧나나. 왜 산속에 들어가서 돈까지 바쳐 가며 하냐고. 그러니 무릎이 안 아파?

그 모습을 보면 속이 상한다. "엄마는 다리 아프다면서 뭐 하려 그런 델 다녀오세요! 부처님이 계시다면 엄마처럼 착한 사람을 그렇게 아프게 하지는 않을 거예요!" 하며 화를 냈다.

"에휴 엄마가 전생에 죄를 많이 지었단다. 그래서 이렇게 아프대. 그래도 너희들이 부모 속 썩이지도 않고 아무 사고 없이 잘 살아 주니 그거면 됐다. 너희들만 건강하게 잘 살면 엄마는 괜찮아, 엄마 신경 쓰지 말고 너희들만 잘 살아."

이 여편네야, 어미가 아픈데 새끼들이 어떻게 신경을 안 써? 그게 말이여, 방구여? 애들이 나무토막이냐? 아몬드인가 편도체인가가 없는 것 같다는 김사또도 이렇게 신경이 쓰이는데, 그 나약한 것들이 신경이 안 쓰여? 참말 이해가 안 가네! 그렇게 아파 죽겠는데, 산속 기도를 왜 다녔냐? 부처님도 이해가 안 가실걸.

올해 8월 23일은 엄마의 66번째 생신이다. 손자, 손녀의 뽀뽀를 받으며 주름살 가득한 엄마의 얼굴에 웃음이 가득해진다. 엄마의 웃는 모습을 보며 기도를 해 본다. 제발 지금부터라도 엄마가 아프지 않게 해 달라고. 부자가 아니어도 사소한 것에 기뻐할 줄 아는 아름다운 마음을 가진 우리 엄마 앞으로 남은 생은 편안하게 살아가실 수 있도록 도와달라고.

기도로 해결될 일이냐? 그 어미에 그 딸이구나.
창은 울었다. 엉엉 울었다. 장려상도 못 탈 만큼 별 볼 일 없는 글인지도 모르겠다. 아버지만큼은 울면서 읽을 수밖에 없는 글이었다. 왜 이기분은 나랑 결혼해서 다리도 못 고치고 사는가. 두충나무 숲에 숨어 펑펑 울었다.

작은애에게 명했다. "네 엄마, 고쳐 와라. 최대한 빨리."

작은애가 아내를 데리고 수원에서 무릎 잘 고치기로 소문난 아무개 병원에 다녀왔다. 수술이 가능하다는 진단을 받아왔다. 아내에게 천만 원이 든 통장을 주었다.

"뛰어다니기 전에는 돌아오지 마."

독수공방

2016년, 아내가 석 달이나 집을 비웠다. 두 무릎에 인공 관절을 박아 넣는 수술하는 병원에서 한 달, 일반 병원에서 요양하느라 두 달. 아내랑 그토록 오래 떨어져 지낸 것은 처음이었다. 혼자 산다는 것이, 홀아비로 산다는 것이, 참 서러웠다.

무서웠는지도 모르겠다. 아내가 없으니 괜히 어마했다. 조상님도 부처님도 예수님도 만만했는데 아내의 부재가 두려웠다. 전화통을 붙잡고, '여보 마누라야, 너무 보고 싶다. 언제 오냐?' 울고 싶을 때가 한두 번이 아니었다. 언제나 그렇듯이 삭막한 목소리로 "잘 있남?" 묻고, "잘 있슈. 밥은 잘 드시고 계슈?" 반문 듣자마자 대꾸도 없이 끊었다. 목이 메어 휴대폰 들고 있을 힘도 없었다.

술을 안 마시면 견딜 수가 없었다. 그전에도 그 후로도 술을 안 마시면 견딜 수가 없었지만, 석 달 동안은 참말이지 술이 아니면 한순간도 어찌할 바를 몰랐다. 못 먹고, 안 먹고, 일하고, 술만 마셔 댔다. 티브이 말마따나 극심한 스트레스 상태였고, 어린애들 말마따나 멘탈 붕괴의 나날이었다.

시내 아파트 사는 작은애는 수말마다 들여다보았고, 평일에도 전화만 하면 새벽이든 저녁이든 부리나케 달려왔다. 아버지 신경질을 다 받아 주었다. 딸애도 주말이 멀다 하고 먹거리를 싸 들고 왔다.

큰애네는 오기는커녕 목소리도 잊을 판이었다. 큰애는 젊었을 때도 그러더니 나이 먹어서도 전화질조차 인색했다. 석 달 동안 두 번이나 전화를 했을까. 지 엄마한테 "수원 것들은 지 애비가 굶어 죽었는지 살아 있는지 관심도 없나?" 고자질하듯 했더니 비로소 전화 한 통이 왔다.

"잘 지내고 계시지요?"

큰애가 그 말 말고 무슨 말을 하겠는가만, 와락 성질이 솟구쳐 "아비 뒈졌나 보려고 전화했냐?" 버럭 소리 지르고는 끊어 버렸다.

모진 말이었어. 지 어미 수원에서 수술할 때 개들이 문병, 간병 도맡은 걸 감안하면 성질내면 안 되는데. 다음날 큰며느리가 바리바리 싸 들고 내려왔다. 큰애는 안 오고. 그놈은 내 아들이지만 참 무신경한 놈이야.

아내의 수다

아내랑 석 달간 떨어져 살다가, 다시 함께 사니 새 세상을 사는 듯했다. 아내는 방바닥 생활을 할 수 없게 되었다. 주방채 딸이 쓰던 방에 침대를 들였다. 결혼생활 47년 만에 각방을 썼다. 석 달간 독수공방 홀아비 생활에 적응된 덕택일까, 그저 아내가 한집에 있다는 만족감 덕택인지 하나도 싫지 않았다. 혼자 자 보니 편한 맛도 있었다. 무엇보다 아내의 잠을 방해하지 않아도 되었다. 진작 각방 쓸걸! 부부는 각방 쓰면 큰일 나는 줄 알고 살아온 지난 세월이 한심했다.

밥 먹을 때 아내가 조잘대는 얘기를 듣는 게 간간했다. 창이 별다른 추임새를 넣어 주지 않아도 아내는 자분자분 풀어놓았다. 아낙들 사이에서 아내는 말수가 적은 편이다. 아니, 다른 아낙들의 성량과 기세에 밀려 말할 기회를 못 잡았다. 하고팠지만 꾹 참았던 말을 남편한테 밖에 털 수가 없었다. 또 아내라고 자식들한테 섭섭한 게 없겠나. 아내는 자식들 얘기, 동네 사람들 얘기, 텔레비전에서 본 얘기, 꿈 얘기를 해 주었다. 아내의 꿈 얘기는 황당할 때가 숱했다.

아내는 시아버지를 만난 적도 있다.

놀래지 말거라. 내가 네 시아비다. 허기는 어찌 안 놀랠 수가 있겠느냐. 흑백 영정 사진으로나 봤을 내가 나타났으니. 실은 전에도 숱하게 만났느니라. 네가 눈물 나게 딱할 때면 내가 나타나서 다독거렸지. 네가 그리 우리를 원망하는데 어찌 안 나타날 수 있었겠느냐. 네가 기억 못할 뿐이다.

네 시어미도 막둥이 근심돼서 눈 제대로 못 감고 떠났지만, 나도 죽을 적에 철없는 늦둥이가 눈에 밟혀 저승길 가기 참 팍팍했다.

고것이 얼마나 고생이 자심했겠느냐. 고것한테 한배 형, 누나가 여섯이나 있었느니라. 하여도 고아는 고아 아니더냐. 아닌 게 아니라 내 지켜보니 머슴처럼 자라더구나. 내가 자식 놈들 꿈속을 동분서주하며 꾸준히 야단을 쳤다만, 산 자식 놈들이 죽은 애비 말을 들었을라고.

내 정신 보거라. 네 남편 고생한 얘기 하러 온 게 아니다. 네게 고맙다는 말을 하러 왔다. 네가 벌써 칠순이라니, 네가 스물둘에 시집와서 살아 준 것이 마흔여덟 해구나. 네 남편 그 생고집 다 받아 주고 산 세월이 그처럼 장구하였구나. 내 아들이지만 성깔 참 고약하더라. 그 성미 다 받아 주고 어찌 살았누.

네가 시집오던 날이 기억나는구나. 우리는 무덤에 올라앉아서 내려다보았지. 아무리 무덤 속이 편안하다지만 막내가 혼사 치르는데 안 볼 수가 있느냐. 너도 놀랐겠지만 나도 놀랐다. 내 자손이 줄기차더라.

아들 며느리 딸 사위가 열넷. 걔들이 낳아서 불린 애들이 90여 명. 걔들 이름과 얼굴을 익히는 데 네가 20년이 걸리는 것도 당연하다. 우리 부부는 아직도 못 외우고 있다. 죽어서 넋이 되니 총기가 없구나.

지난 50년간 오죽이 무수한 부조를 하였겠느냐. 네 남편이 부조정신이 매우 투철해 환갑 칠순 팔순 결혼 초상, 부조 안 한 데가 없구나. 네 자식 세 번 결혼시킬 때 일부 돌려받기는 했다만, 너희가 손해 막심이다.

인제 그만해라. 이제 못 본 척해. 부조 그만해도 돼. 너희 죽을 때 아무도 안 올까 봐 겁나? 그럼 네 자식도 안 가면 되지 뭐가 문제냐. 부조 그만하라는 말 해주려고 왔다. 동네사람들 경조사야 어쩌겠느냐. 내 자손들 경조사는 모른 척해라. 네 자식들 형편이 시원찮아 떠넘길 수 없다는 거 안다. 그렇다고 왜 너희가 다 늙어서까지 감당하려고 하느냐. 내가 네 남편한테도 단단히 일렀다. 제발 그만하라고. 할 만큼 했다고.

아내에게 바치는 감사의 글

아내의 고희연 전날, 창은 감사글을 미리 썼다. 손님들 앞에서 읽어 주려고.

하지만 창은 감사글을 80여 명—큰누님, 넷째 형수, 다섯째 형수, 동네사람, 처가 식구, 조카, 자식, 아내 동창—앞에서 읽지 못했다. 자식 놈들이 마이크를 주지 않았다. 기회를 안 주면 자신이 나서서 하면 되는데, 주저주저하다가 때를 놓쳤다.

마이크도 안 쥐어 주는 자식 놈들에게 성질났고, 노인회장으로 숱하게 마이크를 들고 서 봤으면서도 생애 가장 중요한 시점에 얼어 버린 자신에게 천불이 났다. 감사 글을 아내에게 휙 던져 주었다.

아내가 심혈관 약 타러 갔다가 정밀 검사 받는다고 입원한 날, 아내의 일기장을 읽었다. 남편 성토장 같았다. 아내를 여북이나 쓰라리게 했던가. 아내에게 낯없어 자꾸 눈물이 나오려고 했다. 일기 사이에 창이 준 감사 글이 끼어 있었다. 버리지는 않았군. 고마워.

창은 새삼스럽게 자기가 쓴 글을 읽어 보았다.

여러분 고맙수다.

우리 이기분 여사 칠십이라니 꿈만 같습니다. 22세 때 어린 몸으로 내 곁에 와 모진 풍파 겪으며 삼남매 잘 커 오늘날 이만큼 좋은 가정을 일궈 주어서 고맙습니다. 참으로 고맙습니다.

나 어린 나이 일곱 살에 아버지 떠나시고, 열두 살에 어머니까지 저를 버리셨습니다. 그때는 몰랐지만 둘째 형 어려운 형편에 아들딸 8남매인데 철모르는 동생까지 떠안았으니 어찌 그런 형님 형수가 있겠습니까. 셋째 넷째 작은형 모자란 어린 동생 잘 키워 준 덕분에, 지금은 큰아들 둘째 셋째, 사위 그리고 며느리들 시부모 잘 모시고 현, 재, 솔, 환, 정 잘 자라고 예쁘게 자라 줘서 고맙다.

그리고 우리 마누라.

어려운 형편에 모진 풍파 겪으면서 살아와, 지금 이 자리에 동네분 여러 친구 모시고 점심 한번 대접하는 것을 보면, 지금까지 불평 없이 살아온 당신을 고맙게 생각하면서, 앞으로 남은 인생 좀 나은 날이 있겠지, 하면서 여러분과 함께 고맙다고 인사드립니다.

해외여행

창은 문득 억울했다. 이 좁은 방에서만 한평생을 살았다는 것이. 이 좁은 방에서 자지 않은 날이 며칠이나 될까. 아내는 병원에서 잔 날만도 수백 일이다.

창이 병원에서 잔 날은, 쉰아홉 살 때부턴가 삼사년에 한 번꼴로 진폐병원에 닷새씩 입원한 것뿐이니까, 네 번 곱하기 닷새는 20일밖에 안 된다. 그밖에 이러저러한 까닭으로 외지에서 잔 것을 다 따져봐야 80일이나 될 거다. 서른 살에 이 방을 장만한 이후, 넉넉잡아 백일 빼고는 이 방에서만 잔 것이다.

국내여행은 그럭저럭 가 보았다 치고 그 흔한 해외여행 한 번 못 가 본 게 한스러웠다. 누구 탓을 하기는 좀 그렇다. 스스로 안 간 거다. 간절히 가고 싶었다면 왜 못 갔겠는가. 혼자 휭 다녀올 수도 있었고, 아내랑 황혼여행을 다녀올 수도 있었다. 애들 셋 데리고 가족여행을 다녀올 수 있었다. 하고 보니 다섯 식구가 함께 여행을 해 본 적이 없다.

진정 단 한 번도 없나? 없다, 없다, 이럴 수가. 어떻게 단 한 번도 없을 수가 있지. 너희 셋 다 대학 가르치느라고 그랬다. 덜 먹고 덜 사고 덜 써 그 돈 모아 너희 가르쳤다. 가족여행 같은 거 꿈이라도 꿀 수 있었겠냐.

가만, 너희는? 자식들에게 무슨 책임을 묻냐고? 〈아침마당〉[39]

---

39) 1991.05.20.-방영 중. 늙은 농민이 가장 즐겨보는 프로그램 중 하나다.

보면 수시로 효도여행 얘기다. 자식들이 십시일반으로 부모님 모시고 제주도나 해외 다녀왔다는. 근데 우리는 여행 가자거나 보내 드리겠다는 놈이 한 놈도 없었다. 함께 가기 싫으면 두 분 다녀오라고 비행기표 끊어 주면 되잖아. 대신 고희연 차려 줬잖냐고? 그랬지. 스쿠터도 사 줬잖냐고? 그랬지. 며느리가 냉장고, 전화기, 세탁기도 사 줬잖아? 그랬지. 그래, 그거면 됐지. 뭘 더 바라. 아냐, 녀석들이 보내 준다고 했었을 거야. 외려 지청구 먹였겠지.

"네 앞가림도 못 하면서 무슨 효도여행여. 너희가 돈 안 쩨고 사는 게 효도다."

억지소리도 덧붙여 녀석들을 속상하게 했던 것도 같다.

"왜? 효도여행 한번 시켜 주고 논 마지기 뜯어 가게."

아니, 그런 소리까지 할 망령 난 늙은이는 아니었어!

정녕 왜 못 갔지? 제주도 놀러 가는 거랑 같나. 걱정이 자지리 많아서 못 갔다. 소 걱정. 소 밥은 누가 주고 소똥은 누가 치우나. 농사 걱정. 도시 사람들은 꽂아 놓기만 하면 알아서 크는 줄 알지만, 곡식은 들여다보는 만큼, 돌보는 만큼 영근다. 그리고 또…….

다 핑계고, 결국은 돈 때문이었다. 평생 돈 끌탕에서 놓여나지 못했다. 아무리 안 써도 100만 원, 200만 원은 들 테다. 마소처럼 번 돈을 외유 한 번에 날릴 만한 여유가 없었다. 바보, 등신, 천치 같으니라고. 그렇게 살아서 남은 게 뭐니? 남은 게 있지. 아내가 쓸 돈.

하고 본즉 제주도 다녀온 것도 기적이었다. 그때 못 갔으면 못 가는 거였다. 그것도 소 키우기 전, 그들이 가장 팔팔했을 때니까 가능했다.

신혼여행으로 갔던 부곡하와이도 낮에는 사람에 치여 정신이 없고 밤에는 아내 괴롭히던 부끄러운 기억만 생생한데, 제주도 가서도 부부 동반으로 우 몰려다닌 여행이어서 그런지 아내랑 단둘이 오붓하게 뭔가 한 기억은 없다.

아내야, 단 둘이 멋진 여행 한 번 못해 봤구나. 과거를 곱씹을수록 아내에게 면목 없다. 아니야, 병원 실컷 다녔잖어. 아내 데리고 다녔던 그 병원행들을 떠올려 보라고. 원 없는 동행 나들이였지.

여럿이 꿈을 꾸면 먹장가슴은 사라졌다. 걱정은 각자의 마음속에 숨었다. 친구들 앞에서 쪼잔한 '걱정'을 늘어놓는 것은 쪽 팔렸다. 칠삼회는 모이기만 하면 해외 가자는 소리였다.

"이 가난뱅이들아. 그러니께 조금씩 모아서 같이 가야지. 우리가 제주도도 갔었는디 동남아를 못 가겄냐?"

누가 반대하겠는가. 해외여행을 목적으로 회비를 모았다. 회비는 다들 잘 냈다. 회비를 안 내면 쫓겨났으니까. 5년을 모았더니 부부끼리는 꿈도 꿀 수 없었던 해외여행이 가시권에 들어왔다. 해외에 농사꾼까지 아무나 나가게 된 것이 소련 없어질 무렵이니까 얼마 안 된 듯한데, 저렴한 부부동반 해외 단체여행 상품이 쌔고 쌘 세상이 되어 있었다.

패키지여행은 결코 쉬운 일이 아니었다. 그놈의 날짜 잡기부터 고난도 산수였다. 농사짓는 것들은 농가월령가를 읊어 대며 농한기를 우겼다. 사업하거나 장사하는 것들은 비수기를 내뻗었다. 직장 다니는 것들은 휴가철을 뻗대었다. 농한기도 제각각이었고, 비수기와 한가할 때도 제각각이었다. 거기다 아내 사정을 보태는 친구도 늘어갔다. 남편이 되면 아내도 무조건 되는 세상이 아니었다. 60명이 다 가능한 일정은 달력을 아무리 뒤져 봐도 없었다.

"옛날에 부부동반으로 제주도는 워칙히 갔었나 몰러. 이르케 의견 안 맞는 것들이."

"그때는 젊었으니께." 젊었었다는 게 변명이 되나? 안 되는 것 같지만 모두가 고개를 끄덕였다.

"이박삼일로다 후딱 갔다 오지."

"평생 딱 한 번 다녀오는 건디 오박육일은 해야지."

"에이, 그냥 중간으로 삼박사일로 해."

선택지가 세 개밖에 없는 몇 박 며칠도 결정하지 못하는 것들이, 목적지를 합의했을 리가 없다. 티브이로 보고 들은 것은 있어 중국, 동남아, 중앙아시아의 숱한 고장 이름이 등장했다.

일본 가자는 녀석은 한 명도 없었다.

"그려, 우리가 참 애국심이 있어. 우리가 아무리 해외여행에 한이 맺혔어도 쪽발이나라 가서 돈을 쓸 수는 없지. 일제 36년이 억울해서라도."

"책 읽는 국민은 촌사람과 달리 애국심이 조금 부족한 것 같여. 일본작가 소설을 거리낌 없이 사서 읽더라고."

"뭔 뚱딴지여?"

"몰랐나? 소동창이 아들이 이문구랑 같은 직업이잖여. 지 아들 책 더럽게 안 팔리니까 해 보는 소리여."

애국심이 밥 먹여 주나. 애국심도 있었겠지만 일본은 물가가 높다니 지레 겁먹은 탓이다.[40] 당연히 유럽이나 호주나 하와이 같은 데도 거론되지 않았다.

목적지와 몇 박 며칠과 날짜만 잡으면 된다는데, 사반세기 동안 잡지 못했다. 그 사이에 예순이 넘고 칠순이 넘고 여든이 가까웠다. 하나둘씩 칠삼회를 빠져나갔다. 늙은 친구들을 만나는 게 싫어졌거나 피치 못할 사정으로 나간 친구도 있었지만, 대개는 세상을 등졌다. 요양원으로 갔던 친구도 끝내는 부고를 전해 왔다. 한 친구가 죽을 때마다 그가 낸 해외여행회비를 부좃돈으로 돌려주었다.

부좃돈의 대부분은 장례식장비로 나갔다. 녀석은 해외여행하려고 모은 돈으로 자기 죽었다고 문상 온 사람들에게 밥 먹여 주고 간 셈이다.

칠삼회가 몇 명이나 남았지? 아직도 살아서, 요양원에 갇혀 있지 않아서, 움직일 만해서, 더불어 문상 갈 녀석이 몇이나 되지? 열다섯으로 출발해 마흔 명까지 채웠다가 시나브로 줄어들었다. 작년 11월에 건물주 녀석 작고했을 때 열두엇이나 모였던가.

---

40) 과거에는 항상 일본 물가가 높았다. 여러 분야에서 한국의 물가가 일본보다 높아지거나 거의 비슷해진 것은 2010년대 중반부터다. 일본의 장기 불황과 한국 경제의 성장 덕분이었다.

세금

창은 아내에게 일러주었다.

"혹시라도 내가 돌연 죽어 자네 혼자 남거든 말이여……."

"재수 없는 소리 하지 말어유. 가도 내가 먼저 가야지."

"바깥 창고에 조공장님이 짜주었던 책상 서랍 있어……."

"그게 아직도 있슈? 뽀개서 불 태운 거 아뉴?"

"거기 열어봐. 헌 비닐로 둘둘 만 박카스상자가 있을 겨."

"뭔 소리래유? 당최."

"내가 1년에 딱 한 번씩만 얘기해 줄 겨. 까먹지 말라구."

창은 애국자라고 자부했다. 평생 나랏돈 훔쳐 먹으려고 하지 않았다. 약소한 재산세지만 꼬박꼬박 냈고, 소 팔 때 내는 세금 아까워하지 않았다. 담배는 안 피웠지만, 술은 참말로 일평생 성실히 마셔 주세, 교육세를 착실히 냈다. 한 번도 당첨되지 못하고 산 주택복권도 천 장은 된다. 20년 동안 매주 한 장씩 꼬박꼬박 샀는데 4등 한 번을 못 당첨돼 보았다.

평생토록 창이 밭에는 신경을 덜 썼다. 거름 내주고 갈아 주고 이랑 타 주고 심을 때 거들어 주고 비료나 휘휘 뿌려 주는 정도였다. 그 바둑알 닮은 신종 비료는 그렇게 주는 비료가 아니었다. 독해서 깻모와 깻모 사이에 세심히 놓아두어야 했다. 별 요량 없이 깻모 밑에다가 던져 두었는데, 사흘 뒤에 깨 모종이 싹 죽어 버리고 말았다. 아내가 어찌나 속상해하던지.

"어이구, 농사 70년 지었다는 사람이 깨 비료 주는 법도 모르고."

언제부턴가 아내가 겁대가리를 상실했다. 남편이 실수하면 대놓고 타박이다. 실수할 수도 있지. 지는 뭐 실수 안 해. 니가 무시로 태워먹는 거 내가 모를 줄 알아. 겨우 깨 죽은 거 갖고!

참자, 그래야 삼시 세끼 맘 편히 얻어먹지.

손자 자랑

포장기는 창의 자랑을 가장 성의 있게 들어준 벗이었다. 포장기가 세상에 없으니, 이제 대놓고 자랑할 사람은 이발사밖에 없었다.

범골 김사또여. 아직 이발할 때 안 됐어. 이발 얘기 말고 무슨 전화할 일이 있냐고? 있지, 있어. 이따가 다섯 시 반에 테레비 좀 틀어봐. 자네는 '브레인티브이'라고 잘 알지? 장기 중계방송 하는데. 자네도 스카이라이프지? 147번여, 147번. 거기에 우리 손자가 나와.

기억 안 나? 우리 손자가 5학년 때 자네한테 대결 갔었잖아. 자네가 삼 대 빵으로 졌잖아. 자네는 하도 간만에 둬서 졌다고 되도 않게 발명했지만 지기는 졌잖아. 우리 손자가 자네만 이겼나? 노인회관 늙은이들을 몽땅 이겼어. 4에이치 6년 챔피언 포장기도 이겼다고. 어린애라고 우습게 보다가 큰코 다쳤지. 안녕시 노인장기대회서 3등 먹은 고영감도 이겼어.

작년인가 무슨 전국 청소년대회서 1등을 먹었대. 일곱 명인가 나왔는데 다 이겨버렸지. 상금이 무려 20만 원이었대. 우리 집에 거기서 받아온 상장도 있어. 이미 자랑했어? 이발 갈 때마다?

이번엔 청소년끼리 두는 자잘한 대회가 아녀. 프로 뽑는 대회에 나갔었대. 대한민국서 장기 잘 둔다는 사람, 고수란 고수란 다 왔대. 180명이나 왔대. 그냥 좀 두는 사람들이 아니라, 장기 대회서 맡아 놓고 상 타는 고수들. 거기서 무려 11등을 했다니까. 총 일곱 번을 뒀는데 딱 한 번만 졌대. 그 프로 뽑는 대회서 뽑힌 열여섯 명이 대회를 따로 하는데 그게 프로입단대회래. 브레인티브이에서 중계하는. 거기에 우리 장손이 나왔단 말야. 하루에 두 번 해준대. 내가 아침 일곱 시 반에 한 번 봤어.

어허, 과연 우리 손자가 나오데. 테레비로 보니까 더욱 잘 생겼어. 애가 벌써 키가 170센티미터는 되잖아. 요새는 큰 키도 아니라지만 우리 눈에는 매우 커 보이지. 장기를 잘 두는지 못 두는지 나는 잘 모르지. 나야 잘 두는 장기가 아니었으니까. 해설하는 사람 말 들으니까 곧잘 둔다고 하더만. 그러니까 프로가 됐지. 인제 고1인데 재기 넘치는 인재가 출현해 장기계의 미래가 참 밝다는 겨.

요새는 손자 얼굴 명절 때나 보잖나. 티브이로 원 없이 봤네. 한 시간 동안 봤으니께. 장기판 옆에 대문짝만한 손자 사진을 계속 보여주더라고. 당연히 실제 모습도 나왔지. 이겼는지 졌는지는 직접 보면 알 거 아냐? 다섯 시 반이야. 알았지?

뭐 기고만장할 일이라고 동네방네 자랑질을 해. 장기 좀 아는 자네한테나 전화한 거지. 이게 골든벨, 장학퀴즈 나오는 거하고 같나. 우리 손자는 유일무이한 청소년 프로라니까. 중고등학생 중에 프로장기선수는 우리 장손 딱 한 명이라니까. 그렇지 않아도 마누라가 막 웃네. 손자 자랑질에 시간 가는 줄 모른다고. 아들놈 자랑할 게 없으니까 손자가 마련해 주는구먼.

동네 한 바퀴

창은 작은며느리 들인 이후 자기 생일이고 아내 생일이고 나가 먹었다. 풍광 속에 은밀한 가든이나 시내 이름난 식당을 탐방했다. 생일상 집에서 차리면 아내가 괴로운 걸 아니까.

그치만 비싼 돈 내고 정신없이 먹는 게 마뜩치 않았다. 집에 돌아와서 케이크 촛불 한다고 손자손녀들이 법석 떨 때 빼고는, 진심으로 즐거웠던 생일이 드물었다. 차라리 자식들 아무도 못 오게 하고 아내랑 둘이 집에서 먹는 게 낫지!

창이 진정으로 원한 것은 동네사람 불러서 먹는 거였다. 왜 그런지 모르겠지만 그러고 싶었다. 그러질 못하니 생일날 늘 우울했다.

펑계는 괜찮았다. 노인회장 두 번째 임기 마지막 해였다. 물심양면 도와준 동네사람에게 정성스러운 집밥 먹이겠다는 의지. 무릎수술받은 지 3년도 안 돼 절대로 무리하면 안 되는 아내에게 부탁했다. 마지막으로 한 번만 더, 생일 집에서 차려 주면 안 되겠냐고.

"밥하고 국만 끓여 달라는 겨. 반찬은 출장뷔페 부를 거니께."

대체 왜 그랬을까. 며느리들 불러서 고생시켰을까. 아들들이 시달릴 걸 뻔히 알면서. 딸도 힘들고 사위도 힘들 걸 뻔히 알면서. 누구보다 아내가 고생할 걸 뻔히 알면서. 그깟 밥이 뭐라고! 동네사람도 하나도 안 고마워할 텐데. 뷔페음식에 익숙해져, 집으로 오라고 하면 외려 싫어할 텐데.

옛날 집에서 먹을 때 생일 전날, 아내는 자식들에게 '동네 한 바퀴'를 시켰다. 전화로 청하는 건 예의가 아니라고. 아내는 이번에도 두 아들에게 부탁했다. 마흔아홉의 큰애와 마흔여섯의 작은애는 순순히 동네 한 바퀴를 돌았다.

다녀온 애들이 아내에게 보고하는 소리를 들었다.

"넷째큰어머니랑 박사형님은 밭 매고 계시데요. 낮잠도 안 주무시냐고 했더니, 형님이 오늘 서울 간대요. 형님이 되게 미안하대요. 사둔어른이 환갑이어서 안 가 볼 수가 없대요."

박사조카가 안 온다고? 섭섭하다. 박사조카가 없으면 괜히 불안하고, 있으면 든든하다. 넷째 형수는 아직 밭까지 맬 만큼 강녕하다.

"그 집은 안 가도 된다고 했죠? 아직도 아버지랑 화해가 안 되신 거예요? 아, 빈집이에요?"

전 검찰총장 아버지 검사난분이 저세상으로 간 게 언제더라. 화해는 무슨. 김사또랑 궁합 더럽게 안 맞는 분이셨다. 검사난분은 정신이 온전한 그날까지 창을 험담했단다. 창도 자기 싫다는 사람 일부러 웃는 낯으로 상종할 만큼 반죽이 좋지는 않았다.

"셋째 형수는 없고 마침 큰면형님을 만났어요. 시장님 모시고 들르겠다네요. 형님이 시장 비선실세쯤 되나 봐요."

시의원도 아니고 시장을? 훌륭한 조카 둔 덕분에 생일상에 시장님까지 모시겠네. 큰면조카가 그예 시의원선거에 나갈려나? 시장이 중학교 몇 년 후배더라.

"만덕아주머니는 뭔 일이냐고 계속 물으시데요. 혼자되시고 확실히 늙으신 듯해요."

만덕댁은 포장기의 아내다.

"기억아주머니는 '부럽게, 형제가 쌍으로 다니네!' 하시데요. 두 분이 의좋게 마늘 고르는 데 잉꼬부부 같으셔요."

노공작·기억댁 부부는 옛날부터 기억력도 유별나고 금슬도 유별났다.

"봉준아저씨네는 아무리 불러도 대답이 없으시데요."

또 전봉준 하러 갔나. 그 친구는 지치지도 않네. 하기는 요새 젊은이들은 전봉준을 도통 안 하려고 해서 은퇴도 못한다던가.

"딴지아저씨네도 아무도 안 계신가 봐요."

애들이 모르는구나. 그 친구도 떠났는데. 저승에서도 딴지 걸고 있나. 자네, 아직까지 살았으면 입이 남아나지 않았을걸. 딴지 걸 일이 무한대야.

"동뜸으로 올라갔어요. 가만 보면 우리 동네도 넓긴 넓어요. 차 없을 땐 어떻게 다녔나 몰라."

웃기는 녀석. 개미 콧구멍 같은 동네가 넓어?

"맨 꼭대기 광버섯형님네는 개들이 짖지를 않더라고요. 진돗개처럼 생겼는데 멀뚱히 쳐다보기만 해요. 뚜엔, 뭐라고 불러야 되나 모르겠네요, 아줌마라고 해야 하나, 뚜엔 씨가 알았대요. 이젠 한국말 되게 잘하던 걸요."

30년 뒤에는 범골에 뚜엔과 뚜엔의 자식들만 남아 있겠군. 허어 참, 베트남여인의 땅이 된단 말이지.

"수집아저씨 돌아가셨다고 했지요? 집이 아주 을씨년스럽더라고요. 그렇게 폐가로 놔두면 귀신집합소 되겠어요. 수집아저씨가 모은 수집품은 다 어떻게 됐죠?"

뭘 어떻게 돼. 고물장사 차지가 되었지.

"성염구아저씨, 연변아줌마네는 대문에 '취재 갔습니다'라고 붙어있데요."

외지인도 늙은이들이랑 더불어 살 수 있다는 걸 보여 주는 부부였다. 붙임성 싹싹한 외지인만 들어오면 아무 시름이 없겠다.

"훈장님댁이라고 그랬죠? 저는 누군지 몰라보고 제 이름도 모르더라고요. 형은 금방 알아보데요. 귀가 심하게 잡수셔서 한참 얘기했어요."

훈장님이 아니라 훈장님 아들이다. 훈장아들 부부도 구십 넘었을 것이다. 참 장수한다. 창도 그렇게 오래 살고 싶었다.

"욕쟁이아줌마, 아니 선장형 어머님은 나두 가도 되냐고 하시데요? 아직 왕따 당하나보죠?"

그 아줌마는 안 불러도 되는데. 아내가 참 오지랖이 넓어. 허긴 한 사람만 딱 빼놓을 수는 없지. 또 아무한테나 욕 하기만 해봐. 바로 내쫓아버릴 겨. 아들이 대기업 상선 모는 선장이다. 어떻게 그런 욕쟁이한테서 그런 훌륭한 아들이 나왔을까. 맞어, 욕쟁이 남편 신성일 선배가 참 신사였지.

"한량아저씨네는 텔레비전 켜져 있는데 아무리 불러도 대답을 안 하데요. 문을 열고 들어가 보기는 그렇고, 어쩔 수 없이 나왔는데 새마을아주머니가 리어카 끌고 오시더라고요. 기역자 판박이로 꼬부라지셨어요. 그런 몸으로 리어카를 어떻게 끌고 다니죠?"

옛날부터 선배는 풍악이나 울리면서 놀기만 하는 한량이고 형수는 일만 하는 새마을이었다. 창도 일만 하고 살았다고 자부했지만 새마을형수한테 견주면 베짱이였다.

"억척아주머니도 마늘 고르시더라고요. 당연하죠, 같이 오라는 말씀 안했죠. 제가 석봉이 동창인데 아저씨 돌아가신 걸 모르겠어요. 걱정마세요. 혼자 사시는 분한테 그냥 오시라는 말만 했고, 두 분 해로하시는 집은 꼭 같이 오시라고 했어요."

억척댁의 남편이 바로 범골이 낳은 면장 축공무였다. 억척댁은 죽으면 숙부인인가? 면장 아내였으니.

"사임당아주머니네는 효자형이 계시더라고요. 요새 어머님 거동이 불편하대요. 내일 컨디션이 되면 자기 차로 모시고 오겠대요."

실버도 떠난 지 오래다. 실버의 아들들이 그렇게 효자다. 특히 넷째인지 다섯째인지는 직장까지 그만두고 내려와서는 중풍 어머니를 극진히 모시고 있다.

"서뜸 꼭대기 집은 타지에서 이사 온 분이라고 했지요. 불러도 대답이 없데요."

10년 동안 사는 사람이 세 번이나 바뀌었다. 이번 사람도 따로 국밥으로 살아서 누가 사는지 잘 모른다.

"그 아랫집 윤기술아저씨도 안 계시데요."

윤기술은 별명 바꿔야 한다. 기술도 없는 것이 건건이 기술 있는 척. 저번엔 보일러가 고장 나서 불렀다가 아주 생쇼를 했다. 고치기는커녕 엉뚱히 온수관을 끊어 놓고 가서 진짜 기술자들에게 욕을 바가지로 먹었다.

"백설아주머니도 한참 불러도 대답 없더라고요. 포기하고 나오려는데 낮잠 막 깨셔서 나오시더라고요."

너무 착해, 우체부 남편 죽고 어찌 사나 동네사람이 다 우려했는데 그럭저럭 살아 내고 있다.

"타짜아저씨네도 아무도 안 살아요? 어쩐지 사람 사는 흔적이 없데요."

어린 애들한테는 타짜로 불린 름꾼이는 상처한 후 거지꼴로 살다가 도리 없이 요양원에 들어갔다. 자식 하나 없어 홀아비살림이 말이 아니었다. 다들 요양원보다 집이 좋다지만, 름꾼이만은 요양원이 더 좋을 것이다. 요양원에서도 화투 치나? 허기는 화투 칠 힘 있으면 집에서 버티지 요양원에 들어갔겠나.

"아래뜸으로 갔어요. 고생아주머니는 뵀고, 주망태 형님은 못 뵀어요. 그래요? 거의 폐인이셔요?"

주망태는 10년 후배인데 7, 8년 전에 아내를 잃었다. 아직도 정신 못 차리고 있고, 고생댁은 늙은 아들 수발드느라고 제대로 늙지도 못하고 있다.

"조공장님네도 아무도 안 살아요? 어르신들이 그새 다 돌아가셨어요?"

조공장이 짜 준 책상 아직도 있다.

"전우치아저씨네 살던 집은 안 가도 되지요? 누가 살긴 사는데 얼굴 보기도 어려운 사람들이라고 하셨죠?"

창도 그 집 사는 외지인 얼굴 본 적 없었다.

"태평아주머니도 낮잠 주무시고 계셨나 봐요. 그러고 보니 낮잠 주무실 때 다녀 갔고 낮잠 다 깨웠나 봐요. 괜히 죄송스럽네."

태평형수의 남편은 3, 4년 선배였다. 식도암이었다. 또래 중에 식도암이 왜 이리 많지? 포장기나 태평선배는 담배를 달고 살았다. 새마을운동 때부터 이고 살아온 석면슬레이트지붕도 의심스럽다. 새마을운동 때 했던 것 대체로 만족하는데, 지붕 하나는 참 어이가 없다. 발암물질로 도배를 했다는 거 아닌가.

"이장님한테는 방송도 부탁드렸어요. 방송으로 하면 될 걸 뭐 하러 다니냐고 해서 동네 어르신들한테 예의상 다닌다고 했더니, '누가 노인회장님 자식들 아니랄까 봐!' 하시데요."

역경리에 이장 할 사람이 그렇게 없단 말인가. 탐탁지 않을 때도 있지만, 범골이 이장을 배출한 게 간만이라 자랑스럽다. 어쨌거나 노인회장인 창과 더불어 역경리를 대표하느라고 공사다망한 후배였다.

"발전소형님네는 아무도 없더라고요. 가까우니까 이따가 다시 가 볼게요."

그 집 트럭 몰던 선배도 오래전에 갔고, 형수가 치매상태로 5년이나 살았다. 덕택에 동네가 심심한 날이 적었다. 치매형수가 새벽에 창의 집에도 자주 왔다. 귀신인 줄 알고 간 떨어질 뻔한 게 다섯 번이다. 치매엄마를 요양원에 보내지 않고 발전소 다니는 둘째아들 발대졸이 모시고 살았었다. 동네 효자들 많네.

"저 밑에 외딴집 해결사아줌마네는, 아무도 안 계시데요."

다방댁이라 불리던 정도령의 아내 별호가 '해결사'로 바뀐 지 오래다. 동네 사람들의 온간 민원을 싸들고 관공서를 구멍가게 다니듯 하는 여인이다. 열 중에 일고여덟 건을 해결했다. 이승만 흉내, 박정희 흉내를 잘 냈고, 전두환 흉내 내다가 삼청교육대까지 다녀온 정도령은 흉내를 멈추지 않았다. 노태우 흉내, 김영삼 흉내, 김대중 흉내, 노무현 흉내, 이명박 흉내, 박근혜 흉내까지 내고 이승을 떠났다. 문재인 흉내 못 내고 죽은 것을 무덤에서도 억울해하고 있겠지. 정도령이 있어 참 유쾌했어. 정도령이 없었다고 해봐. 아주 심심했을걸.

"이장사님은 '우리 애들은 언제 장가가냐!'고 하시데요."

윗집 10년 선배다. 성질이 호랑이랑 벗할 분인데 부인 공주댁 앞에서는 생쥐다.

"동네가 손바닥만 하니 한 바퀴 금방이네요. 어릴 때는 제법 큰 동네 같았는데……"

창이 반장 보던 1981년 10월, 인구조사를 했을 때는 총 37가구에 201명이 살았다. 집마다 대여섯 명씩 벅적거렸다. 37년 만에 스물대여섯 가구에 마흔 명쯤 사는 동네로 굴축났다. 뚜엔 광버섯네 식구 다섯 명 덕에 그나마.

"집에 안 계신 분, 안골, 당골 어르신 분들은 전화로 말씀하신다고요?"

그렇게 다 불러서 기어이 밥을 먹었다. 일흔여덟 살의 생일에. 밥만 하고 국만 끓여 달라고 했건만 아내는 동동주도 담그고 떡도 해 오고 출장뷔페에 없는 반찬과 요리를 열 가지나 했다.

아마도 전생에 창은 거지였나 보다. 중이었거나. 매일매일 얻어먹고 살았던 거지. 현생에는 그걸 갚고 싶었던 거다. 제 생일 때만이라도 밥을 나눠 주고 싶었다. 그럼 남편 생일 차리느라고 오랜 세월 생고생한 아내는 전생에 뭐였을까. 그 거지나 중의 엄마였을까?

넷째 형수 떠나다

노인회장. 다 늙어 이 무슨 개고생이냐고 툭하면 불퉁대면서도 즐겼었나 보다. 공무원들과 완장 차고 감투 쓴 자들한테 '회장님' 대접을 받는 것이 만족스러웠나 보다. 공적인 일을 맡아 딴은 완벽하게 수행하는 보람을 맛보았나 보다.

그런 게 권력의 맛이란 걸까? 정치인들을 미치게 만든다는 그 권력욕. 개갈 안 나는 짓 그만두게 되어 후련하면서도 한편 한 번 더 봉사하고 싶었다. 지레 걱정한 게 우습게, 극구 사양했지만 연임되었었다.

"한 번 맡으면 죽을 때까지 그만둘 수 없는 자리가 노인회장 자리인 거 몰랐슈?"

과연, 구주 무천동 교육원에 노인지도자연수 갔을 때 만나보니, 내일 당장 죽어도 아무도 안 놀랠 나이의 3연임자, 4연임자가 수두룩했다.

두 번째 임기를 마쳤으니, 이번엔 진짜 그만두려고 했다. 아닌가? 이번에도 시켜 주면 또 할 배짱이었을까. 아무튼 별 잡음 없이 3연임자가 되었다.

완장 9년을 채울 수 있을까. 진짜 그만둬야지 4연임은 못해. 그건 독재야, 노추야.

아내에게 둘째 형수는 시어머니 같았고, 셋째 형수는 친정어머니 같았고, 넷째 형수는 시누이 같았다. 영원히 짱짱할 줄 알았던 넷째 형수가 요양원에 입성했다. 들어가는 사람은 줄을 섰지만 나오는 사람은 희박하다는 곳. 문병 갔다가 기함했다. 형수의 허깨비 모습을 보자 숨이 막혔다. 충격받아서 눈물샘도 얼어붙었다.

돌아오는 길에 아내에게 신신당부했다. "나는 죽어도 요양원엔 못 들어가. 내가 사람 같지 않게 되거든 그냥 거시기해 줘."

창보다 더 충격받은 아내는 '사전연명의료의향서'를 작성하자고 했다. "요양원에 들어가더라도 온전치 않은 상태로는 못 들어가유."

꺼림칙해서 싫다고 했더니 소원이라고 했다. 다정하게 시내 보건소에 다녀왔다.

넷째 형수는 요양원에 식물인간처럼 누워 있은 지 7개월 만에 눈을 감았다. 평생 산 집 옆 밤나무숲에 묻혔다. 땅속에 묻히는 형수의 관을 보며 불길했다. 다음 차례는 나? 설마, 김사또는 아직 팔팔해. 소동창이 마감하려면 멀었어!

창이 동네 산역 주도자 노릇에서 은퇴한 이후 동네 산역을 진두지휘해 온 박사조카. 주도자 노릇을 물려줄 사람이 없어서 계속 주도했다. 포클레인이 산역 다하는 세상이 되었다지만, 뗏장 덮는 건 사람의 몫이다. 박사조카가 있고 없고 차이가 컸다. 박사조카가 아내보다 한 살 많으니 올해 몇인가? 박사조카가 바로 넷째 형수의 장남이었다. 박사조카가 상주로 서 있자 산역이 아주 개갈 안 났다.

창은 얄궂은 생각을 했다. 나는 걱정 없어. 박사조카가 잘 주도
해 묻어줄 거야. 저, 박사조카야말로 오래 살아야 할 텐데. 저 조카
가 없으면 누가 이 동네늙은이들을 묻어 주나.

셋째 형수의 차남 큰면조카도 어느덧 환갑이라지. 그 조카 밑
에는 짜장 아무도 없군.

아무도 없으면 범골은, 역경리는 도대체 어떻게 되는 걸까. 동
남아 태생 뚜엔이 묻어 주나? 묻어 줄 사람 없으면 화장하고 말겠
지. 모르겠다. 그저 아내가 오래오래 살다가 아무런 고통도 없이
남편 먼저 와 있는 곳에 올 때까지만이라도 동네가 이대로였으면
좋겠다.

소들아, 잘 가라

조짐은 있었을 테다. 별 것 아니라고 여겼겠지.

밥 먹는데 된통 갑갑했다. 목을 칼로 저미는 듯한 통증이 몰려왔다. 통증은 심지어 물 마실 때도 찾아들었다. 그 맛난 술도 뜨거운 쇳물을 삼키는 듯 넘기기가 벅찼다.

장원장은 목에 뭔가 있는 것 같다고, 단순히 식도염이 아닌 것 같다고, 얼른얼른 큰 병원에 가 보라고 했다.

창이 65세 때 장원장은 대장암일지도 모른다고 겁주었다. 오진으로 끝나 서로 웃고 말았다.

이번에는 그런 기적이 없었다. 하필이면 식도암이었다. 자식들이 1기, 2기, 3기, 4기로 말해 달라니까 의사가 사형선고 때리듯 "3기말"이랬다. 그 말을 듣는 순간 창이 제일 먼저 한 생각은 이랬다. 생을 정리해야겠다.

떠나야 할 때를 알고 떠나는 사람은 얼마나 때깔 나는가. 떠날 때가 닥쳤으니 떠나면 되는 것이다.

의사는 확실한 말을 해 주지 않았다. 완치가 가능한지. 수술은 불가능하다고 했다. 다만 항암과 치료가 잘되면 1년은 확실히 더 살 것이라고 했다.

1년 더 살자고 그 피눈물 난다는 항암 주사를 맞고 방사선을 쐬어야 한단 말인가? 누구의 조언도 듣고 싶지 않았다. 소문이 나는 게, 사람들의 말밥에 오르는 게 역겨웠다.

암에 걸릴 수밖에 없는 여러 가지 까닭이 있을 테다. 50년을 이고 잔 일급 발암물질이라는 석면슬레이트지붕. 갱도에서만 24년 갱도 바깥에서 1년 합쳐 25년 광부생활 동안 들이킨 석탄가루.

농약도 상당히 의심스럽다. 농약살포 신청 깃발을 논둑에 꽂고 구경만 하는 세상이 된 건 몇 년 안 되었다. 3년이나 되었나. 티브이에서나 보던 드론이 논바닥 위를 날아다니는 것을 직접 보게 되리라고는 상상도 못 했다.

밭 농약은 시방도 직접 하는 수밖에 없다. 열댓 살 때부터 농약을 했으니까 65년 동안 농약을 해 왔다. 암이 안 생기는 게 이상하지. 우비 챙겨 입고 마스크 쓰고 나름대로 방호를 하기는 했지만 그런다고 농약을 안 마실 수가 있나. 농약 한 번 하고 나면 온 세상이 핑핑 돈다. 지금처럼.

농약하고 온 듯하다. 가만 농약할 때가 되었는데. 고추밭에 농약해야 하는데. 작은애가 했을까. 작은애가 농약하다가 잘못되면 어떡하지. 내가 해야 해. 내가. 농약 잘못 주면 다 죽인다고.

아니다, 암에 걸린 까닭은 석면슬레이트지붕, 석탄가루, 농약 탓이 아니다. 스트레스 때문이다. 아내와 자식 덕분에 켜켜이 쌓인 스트레스가 급기야 암세포가 된 것이다. 그러니까 돈 때문이다. 돈만 풍족했으면 아내와 자식한테 펑펑 썼을 것이고 스트레스를 받을 일도 없었다.

마지막 남은 소 세 마리를 팔았다. 전두환이 대통령 할 때부터 한두 마리 키웠고 탄광 그만두고 90년도부터 열 마리 이상 키웠고 제일 크게 키울 때는 마흔 마리까지 갔었다. 30년 동안 소똥 치우느라 해외여행 한 번 못 갔다.

팔십 살까지는 키울 각오였지만 암 판정받고 미련을 끊었다.

소 키우는 데 으뜸 간신간신한 일은 겨울에 있다. 남들은 추수 끝내고 농한기로 들어가는 때에 짚 묶기는 비롯되었다. 20여 마리 소가 1년 먹을 짚을 장만하는 것은 옛날 빨치산이 했다는 보급투쟁 같았다. 혼자 할 수 있는 일이 아니었다. 애들이 집에 와 있을 땐 교대로 부려 먹었지만, 없을 때는 부부끼리 했다. 아내의 무릎이 마르고 닳을 수밖에.

큰면조카에게 맡긴 지 4, 5년 되었다. 큰면조카가 공룡알[41]로 뭉쳐 헛간까지 실어다 주었다. 기계가 묶어낸 둥글고 하얀 덩어리 하나에 백인 분이—백소 분이라고 해야 하나—들어 있다.

물론 공짜는 아니다! 창이 마흔 살 때부터 기계 가진 박사조카·큰면조카에게 의지했지만 한 번도 공짜로 부탁해본 적이 없다. 반드시 품값을 줬다. 요새같이 농촌 일꾼 품귀한 세상에 언제라도 속 편히 불러 쓸 수 있는 걸 고려하면 품값 따위로 따질 수 없는 고맙고 고마운 일이지만 아무튼.

속 편히도 아니다! 부탁하려면 얼마나 자존심 상하는데. 짚 묶기처럼 도저히 감당이 안 되는 것만 큰면조카에게 부탁했다.

---

41) 곤포 사일리지(梱包 Bale Silage · Balage)를 비유적으로 이르는 말.

그래, 인정한다. 만만한 박사조카에게는 이것저것 실컷 부탁했다.

내가 없어도 조카들이 아내를 도와줄까. 그래도 박사조카는 적잖이 도와주겠지. 둘이는 숙모 조카 사이기 전에 학교 친구 사이나 다름없으니까.

소 세 마리 실은 트럭이 멀어져 가는데 뭉클했다. 한우축산 인생이 끝났다. 소 치는 동창아, 잘 가. 평생 소 키우느라 욕봤다. 우리 집에서 살다 간 수백 마리 소들아, 고맙고 고맙다. 다음 생에는 부디 복되게 태어나라.

정리

처자식 빼고는 노인회장 김사또가 두 달간 43회나 방사선을 쬐고 세 차례나 입원하여 항암주사를 맞았다는 것을 모른다.

어제인가 그제인가 종합검사를 받았다. 결과를 들으러 가는 날이 닷새 뒤던가. 식도에 달라붙었던 암덩어리는 사라졌을까. 깨끗이 물러갔을까. 싹 없어지지 않았더라도 밥 삼킬 때 아프지 않을 만큼만 줄어 있으면 원이 없겠다. 밥만, 아니 죽만 아픔 없이 삼킬 수 있더라도 치료를 거부했을 테다. 굶어 죽을 판이니 밑져야 본전이란 심경으로 치료를 받아들였다. 그랬는데 여전히 무자비한 통증 탓에 뭘 먹을 수가 없다.

병원에 가고 싶지 않은 날도 숱했다. 병원에 가기 싫어 자살하고픈 날도 있었다. 자살을 시도해 보지는 못했다. 평생 해 보지 못한 것이 자살시도다. 아내는 남편한테 들킨 것만 세 번이었는데 어찌 그런 무도한 시도를 거듭할 수 있었지?

창은 죽고 싶은 적은 숱했지만 '간절히' 죽고 싶은 적은 없었다. 참말로 더 살고 싶지 않았다면, 그놈의 치료 해 봤자 살 수도 없으니 시간 날리고 돈 날리는 괜한 짓 하지 않겠다는 의지가 확고했다면, 독한 마음을 먹을 수 있었을까?

단순히 못 먹어 기력이 없는 것일까. 항암제는 암세포뿐만 아니라 백혈구도 잡아먹는다는데 활동세포도 다 잡아먹어 버린 듯했다.

참말로 더 살고 싶기는 한 걸까? 79세. 살 만큼 살았다. 살 만큼 살았다고? 진심이야? 90까지 살고 100살까지도 살잖아. 칠삼회도 죽은 녀석보다는 살아 있는 녀석이 더 많다. 불알친구도 포장기밖에 안 죽었잖아. 아닌가? 죽은 녀석이 더 많은가? 차근차근 따져 볼 일이다.

빙충맞은 늙은이! 죽은 친구 숫자를 왜 헤아리겠다는 건데.

팔순잔치는 하고 죽어야지. 왜? 팔순밥을 먹고 죽으면 뭐가 나아? 그토록 죽고싶다는 말을 입에 달고 살아왔으면서 뻔뻔도 하다.

일말의 희망이 처절하게 했다.

작은애의 차를 타고 이동할 때, 시장판이나 다름없는 병원에서 부유하다가 방사선을 쐬러 들어갈 때 분명히 살아 있음을 양지했다. 더불어 항암주사를 맞는 병실 늙은이들이 내뱉는 신세타령을 듣노라면 생존을 실감했다.

작은아들에게도 미안하다. 아주 많은 것들이 미안하지만 병원 안 가겠다고 억지 부린 게 제일 미안하다. 지 딴에 아버지 살려 보겠다고 그리 애쓰는데, 아버지란 게 당장 죽고 말겠다고 심술이나 부리고.

왜 작은애를 보면 짜증이 앞섰을까. 미안해서가 아닐까.

작은애가 어렸을 때 '사랑의 매' 어쩌고 하는 훈계도 없이 적잖이 매질을 했다. 스무 살 넘은 뒤에도 야단을 자주 쳤다. 왜 그런지 모르겠지만. 공부를 못해서 그랬나? 혹시 아비를 닮아서? 장남이 아비를 닮지 않고 차남이 아비를 닮은 게 싫었을까.

가까운 것은 언제나 작은애였다. 작은애가 경운기 운전을 배우겠다고 설치던 때가 기억난다. 대학 다닌 자식들이 중졸 아버지한테 배울 것이 무엇이겠는가. 천하에 쓸데없는 농사밖에 없었다. 농사일 중에 그나마 때깔 나는 일이 있다면 경운기 운전일 테다. 작은애가 진정으로 배우기를 원했고 그걸 가르칠 수 있다는 것이 기뻤다.

큰애는 경운기 시동도 못 건다. 몇 번 가르쳐 줬지만 뭔 겁이 그리 많은지. 시동핸들이 튀어나와 자기를 때릴까 벌벌 떠는 꼬락서니하고는. 큰애는 농사일 자체에 애정이 없으니 경운기 시동조차 습득하지 못한 것이다. 그런 애를 데리고 겨우내 볏짚을 묶고 나르러 다녔으니.

공부를 못했던 작은애가 제일 잘 산다. 공부를 못 했던 게 아니라 안 했던 거다. 뒤늦게 공부해 공무원이 됐잖은가. 돈도 제일 낫게 번다. 차도 제일 크다. 작은애는 시내 아가씨랑 결혼하고 주말부부 하다가 발령받아 완전히 고향에 정착했다. 그때부터 작은애는 부부의 의지가지나 다름없었다. 작은애가 시내에 산 뒤부터 부부는 기차를 타본 적이 없다. 아무리 먼 곳이라도 작은애가 차로 태워다 주었다. 아무리 먼 병원이라도 마다하지 않고 어버이를 실어 나른다.

올해만 해도 작은애는 모난 아비를 싣고 서울 강남 무슨 병원에 한 달 동안 다섯 번이나 다녀왔다. 지난 두 달 동안은 익산 원광

대병원을 쉰 번은 왕복했다. 아무리 효자라도 쉬운 일 아니잖나. 자식들에게 그 어떤 신세도 지고 싶지 않았다. 한데 작은애에게 너무 신세를 졌다.

집에 돌아와 방구석에 누우면 다시금 생사가 분간이 안 되었다. 온종일 누워만 있었다. 살았는지 죽었는지 모를 시간을 견뎠다. 기억인지 꿈인지 모를 온갖 장면과 재회했다.

지금 이 순간 아직 살아 있는 게 틀림없다고 어떻게 확신하지? 믿을 건 아무것도 없다.

창은 자기가 죽었을 때, 아내가 갖게 될 유산을 따져 보았다. 자식 놈들이 뜯어먹겠다고 덤비지 않는다는 전제하에. 녀석들이 차지하겠다고 나대면 아내가 무슨 수로 감당할까. 얼마 되지도 않는 아버지 유산 갖고 장례식장에서 싸우는 꼬락서니를 봐야하겠지. 그 꼴을 수없이 봤다. 그 꼴 안 보려면, 살아야 한다.

딱 정리를 해 놓고 가야 한다. 논이 겨우 다섯 마지기 천 평이고, 밭이 다 합쳐서 8백 평쯤. 지난번에 소 판 돈으로 농협대출금, 사료 외상값 싹 처분하면 5백쯤 남겠지. 겨우 고것밖에 못 남기는 인생이었구나.

'나보다 더 불행하게 살다간 고흐' 같은 늙은이들을 생각하면 뿌듯하고 보람차지만, 그게 잘 안 된다.

'나보다 행복했던' 늙은이들을 생각하게 된다. 텔레비전에 농촌이 끝없이 나온다. 농촌 드라마는 사라졌지만, 농촌 사람들 얘기는 쉬지 않고 나온다. 그들 얘기를 보노라면, 자괴감에 빠졌다. 우리나라엔 저토록 부자 농부, 대박 농부, 성공한 농부, 잘사는 농부, 행복한 농부가 많다. 대체 그들은 나랑 뭐가 달라서 저리 성공하고 부자가 될 수 있었을까?

저들보다 뭐가 모자라서 너는 이 모양 이 꼴밖에 못 된 것일까? 분통이 터진다. 45세 때 잡기장에 썼듯이 '노력이라면 나도 남한테 뒤지지 않건만'.

그래, 자식들을 훌륭하게 키웠다. 만약에 자식들이 훌륭하지 않으면 어떻게 되는 거지? 과연 내 자식들은 훌륭한 건가?

서류함을 정리했다. 최우선으로 노인회 관계 서류를 점검했다. 7년 쌓인 영수증, 설문조사지, 가입신청서, 안내문 등이 옛날 세 권짜리 국어대사전 두께였다.

통장이 50개도 넘었다. 이토록 다양한 통장이 있었다니. 하나씩 살펴보고 싶지만, 나중에. 다만 혹시 무슨 일이 생기면 자식들이 잘 알아볼 수 있도록 '죽은' 통장과 '산' 통장을 구분해 놓았다.

사진 뭉치들이 있다. 한 장 한 장 넘겨보고 싶지만, 나중에.

이십 대 때 썼던 '토막글'과 '추억' 잡기장. 수십 년 만에 펼쳐 보았다. 1964년 1월 1일에 개시해서 1968년 3월까지 쓴 것. 50-54년 전의 잉크 글씨. 해독이 불가하게 뭉개진 글자도 있었지만, 대체로 알아볼 수 있었다.

녀석들이 내 필적을 알아볼 수 있을까. 지들 엄마 이름은 한 번도 안 나오고, 민영이 혜숙이 은숙이 술집마담 고광순이 등장하는 이 잡기장을 보고 뭐라고 할까.

별걱정을 다 한다. 이따위 걸 누가 본다고. 아무도 보지 않을 것을 남겨 뭐해. 태워야지. 태워 버려야지.

큰애가 얄밉다. 병원쟁이 어머니를 아우에게 떠맡기고 집에도 잘 오지 않는다. 수도권에 산다는, 운전도 못 한다는 핑계를 대고. 암 걸린 아버지마저 아우에게 들씌우고 전화도 뜸하다. 가만, 그런데 저거 큰애 아닌가? 언제 왔지? 왜 왔지? 큰애가 경운기 대가리[42]를 밀어 논바닥을 간다. 그래, 써레질 왔구나.

녀석이 써레질[43] 하러 온 적이 옛날에도 있었는데. 언제였는지 가물가물. 번뇌 상태로 봄 내내 허우적거리던 때였어. 녀석이 그때 경운기 대가리에 부착한 삽날을 부러뜨려 먹었지. 일머리가 없어서 일을 시켜 먹지도 못한다고 신경질을 냈어.

노공작이 반년 만에 본 창에게 반갑게 말을 걸었다. "이봐, 왜 이렇게 안 보였어?"

창은 불알친구를 알아보지 못했다. 어, 방에 있는 게 아니네. 논둑머리에서 쪼그리고 앉아 있네. 셋째 형에게 물려받은 논이 아니라, 스스로 번 돈으로 장만한 논이라 각별한 집 앞 논이었다. 맨들

42) 엔진이 장착된 앞부분(본체)을 가리키는 시쳇말이다. 정식 명칭은 '동력전달장치' 또는 '본체'다. 쟁기, 로터리 등 작업기를 연결해 기계로 활용한다.

43) 모내기 직전, 물을 채운 논바닥의 흙덩이를 잘게 부수고 바닥을 평평하게 고르는 농업 작업.

맨들해지는 논바닥을 눈에 담았다. 감개무량했다. 어떻게 나온 건지. 한데 저 사람은 누구인가. 저승사자인가? 황당해하는 저승사자의 모습이 백미러로 보였다. 집에 다 와서야 저승사자 아니고, 포장기 떠나고는 그나마 죽이 맞는 불알친구 노공작이라는 게 기억났다. 동무야, 미안하다, 지금 너무 아프다. 말할 힘도 없고 말하고 싶지도 않다.

기적이었다. 항암주사 2회차 이후 기동도 못했는데 스쿠터 타고 나갔다 오다니.

저는 아버지가 다 나은 줄 알았어요. 현대의학이 눈부시게 발전했구나. 저만 그랬게요, 엄마도 어찌나 기꺼워했는지.

내가 논에 갔다 왔다는 얘기를 네 엄마에게 듣고, 나도 내가 다 나은 줄 알았다. 내일 모내기 하는 거 보면서 신칙해야지 꿈꾸며 미소지었으니까. 논주인이 쳐다봐야 이앙기 기계꾼이 제대로 심거든. 딸애하고 사위 녀석도 우리 아버지 나은 모양이라고 요란하게 떠들었다. 너 기차 타고 올라간 다음에. 한데 넌 그렇게 아픈 아버지 놔두고 금방 올라가지더냐?

떠나던 날

나까지 가고 나면 이제 큰누님만 남네요. 누님, 미안해요. 전화 올 때마다 안 받아서.

창은 먼저 누님한테 전화해 본 적이 없었다. 누님은 열흘에 꼭 한 번씩 안부 전화를 했다. 전화가 창의 집에 놓였을 때부터 그랬다.

전화벨 소리가 우렁차고 줄기차다. 또 누님의 전화일 테다.

누님, 차마 전화를 받을 수가 없어요. 나 암 걸렸다고 자랑하기도 싫고, 안 아픈 목소리 낼 자신도 없고. 전화기 들 힘도 없슈.

누님은 15년 전에 딸 하나를 먼저 떠나보냈다. 백혈병이랬던가 간암이랬던가. 참척을 당한 후에도, 매형이 별세한 후에도 누님은 추석 전 벌초 감독하러 내려왔다. 큰매형과 다섯째 형은 지척지지에 묻혔다. 파묘해 화장하는 시대에 역행을 했군.

누님은 작년에도 왔었다. 구순노인네는 건강해 보였다. 누님, 그때 본 게 마지막일까요. 무수한 손주조카 결혼식장 식당에서 누님이랑 뷔페 먹는 게 한 낙이었다. 나마저 가면 큰누님은? 아내에게 부탁해야지. 남편 죽고 나서도 누님이 오면 하룻밤 잘 재워 달라고.

풀을 깎아야겠다. 어라, 일어서진다. 방문을 간신히 연다. 허깨비처럼 빠져나간다. 마루 한구석에 작업복이 개켜 있다. 주섬주섬 입는다. 다섯 폭 걸음밖에 안 되는 안마당이 저수지처럼 넓다. 헤

엄치듯 건넌다.

예초기가 쇳내, 기름내를 풍긴다. 작년 가을에 짊어 보고 여덟 달 만에 져보는 예초기. 예초기를 질 수 있다니. 스스로 목숨 끊을 힘은 남아 있다는 얘기다.

아내는 기절초풍했다. "죽을라고 환장했슈."

대꾸할 힘도 없는데, 그 무거운 걸 짊어지고―예초기가 이렇게 무거웠나―두충나무밭으로 올라간다.

눈엣가시였던 양돈조카네 밭인지 이장사네 밭인지 당골매형네 밭인지 임자가 늘 헷갈렸던 뾰족땅을 재작년에 샀다. 호랭이산 자락에 딸린 개간지인데, 윗밭과 아랫밭 사이로 열댓 평짜리 뿔을 내밀었다. 내 땅이 아니니 골치 아팠다. 이제 내풀로 다스릴 수 있다.

사실 창이 산 게 아니다. 작은며느리가 샀다. 목돈이 있었지만 아내를 위해 꿍쳐 두었다. 남편이 홀연히 가 봐라. 아내는 거지나 다름없는 신세가 된다. 자식들? 안 믿는다. 못 믿는다. 지 엄마 거 안 뺏어가기나 하면 다행이지. 자식들에게 돈 쓸 일이 없게 된 후, 오로지, 아내의 노후대책만 궁리하며 살았다.

작년 뾰족땅의 터줏대감처럼 서 있던 소나무 세 그루를 베어 버렸다. 훤한 공터가 생겼다. 공터는 풀밭이나 다름없다. 예초기를 내려놓고 시동을 건다. 시동 걸린 예초기를 짊어진다. 풀을 깎는다. 간만에 돌리는 예초기. 예초기 날이 돌아간다. 머리도 핑핑 돈다. 시끄러운 소리가 시끄럽지 않다. 너무 시끄러워 당장이라도 내던지고 싶다. 뭘 내던지지?

"증말 왜 그러는규? 그만 혀유! 그러다 죽어유." 일흔둘 아내가 눈물을 펑펑 흘리며 애원했다. 저 여자가 나랑 50년 산 여자인가. 쭈그렁바가지 할머니가 다 되었네. 불쌍한 여자. 무지렁이를 만나 고생이 자심했다.

왜 여기를 깎고 있을까. 하필이면. 깎을 데가 쌔고 쌨는데. 요즘 농사일은 작은애가 다했다. 작은애가 큰애보다는 일머리가 있고 자주 해봐서 좀 낫기는 하지만 거기서 거기다. 예초기도 틈틈이 돌린다지만, 이놈의 풀을 어떻게 감당해.

맞아, 저기가 내 묏자리지. 두충나무를 한 스무 그루는 베어내 야겠지. 사람을 불러서 베야 하는데. 네가 홀연히 죽어버리면 누 군가 경황없이 베야 할 텐데 정신없지. 미리 베어 놓아야 해. 화장 이 대세지만, 무덤에 들어앉을 거야. 화장은 너무 무서워.

뼛가루 뿌리면 흩어지잖아. 뼛가루를 납골당이나 절에 모셔 둘 수도 있겠지. 그럴 바에야 흙 속에 누워있고 싶어. 50년 정든 집 도 보이고, 마누라 밭일 다닐 때마다 볼 수가 있고, 자식 손주들이 성묘하러 오기도 쉽고.

다섯째 형님 보라지. 차로 30분은 가야 하는 먼 산에 계시다. 자 녀들이 자주 갈 수가 없다. 명절 때나 가도 효자지. 창도 두 번밖에 안 가 봤다. 미안해, 형.

여기는 집 바로 뒤니까 자식들이 지 엄마 보러 오면 당연히 나

한테도 오겠지. 멀다고 핑계 대고 안 올 수가 없어. 죽어서도 아내
와 자식이 보고 싶을까? 죽어봐야 알겠지.

　죽으면 어떻게 되나. 아무것도 볼 수가 없고 아무것도 느낄 수
가 없는 걸까. 만약 지금 죽어 있는 거라면 좋겠다.
　어쨌거나 이 정도면 만족할 만한 삶이었어. 더 무얼 바랄까. 네
가 갈 때가 되긴 했다. 무어가 만족이라는 거야. 그토록 허무하게
살아 놓고 대체 뭐가 만족이냐고?
　저 베여 날리는 풀들은 생명이 있는 걸까? 식물도 생명이라고
배웠다. 풀은 식물이니까 생명이다. 풀도 아플까? 풀이 바람처럼
빨리 눕는 것은 알겠다. 풀이 감정이 있는지 생각을 하는지 그건
도통 모르겠다. 미안하다, 풀아. 너희도 살기 위해 태어난 건데. 아
니, 미안할 이유가 없다. 뿌리를 뽑아 버리는 건 아니잖아.
　김수영 시「풀」에 나오는 풀이 진짜 풀인 것 같다. 최초 그 시를
보았을 때 당연히 풀 얘기인 줄 알았다. 여름은 풀과의 전쟁이다.
아무리 풀을 살뜰히 베 줘도 풀이 도로 자라나는 속도를 이겨 낼
수가 없다. 소 먹이를 공짜로 영원히 공급해 주니 고마워한 적도
숱했지만 소도 못 먹는 풀 벨 때는 응어리가 쌓였다. 시인이 농사
짓는 사람이구만. 얼마나 풀이 지긋지긋했으면 이런 시를 다 지었
을까.
　몸뚱이에 아무것도 없는 듯하다. 먹은 게 없으니 뭐가 있을 리
없다.

"지발 그만혀유. 지발 그만하랑게유." 아내가 울부짖었다.

혹시 동네사람들이 밥 먹을 자리를 깎고 있는 걸까. 딱 그 자리다.

몇 년 전에 묏자리로 점찍어 박사조카에게 신신당부해 두었다. "믿고 맡길 사람은 자네밖에 없네. 반드시 나를 저기에 묻어주게."

"작은아버지는 무슨 말을 그르케 하신대유."

"지관이 뭐라고 해도 바로 저 자리여야 해. 내가 묻힐 자리 내 마음대로 정하지도 못하나."

두충나무가 베어지면 묏자리가 드러날 것이다. 포클레인이 무덤을 꾸밀 것이다. 동네사람들이 차일 치고 대기할 자리는 딱 여기다. 여기서 내 무덤이 꾸며지는 것을 지켜볼 것이다. 웃고 떠들며. 푸짐하게 먹으며. 땅에 묻힐 사람에겐 송구하지만 동네사람에겐 잔치지. 내 관은 저쯤에 놓이겠지. 흙구덩이로 들어갈 순간을 기다리며.

가만있자 생일이 얼마나 남았지. 오늘이 6월 1일이니까, 한 달 열사흘만 더 살면 또 생일이다. 요번 생일밥 먹고 1년만 더 산다면 딱 팔순인데. 팔순잔치상을 받을 수 있는데. 아는 사람 다 불러서, 살아있는 사람 다 불러서, 밥 먹일 수 있는데.

죽어도 밥 먹일 수 있지. 죽으면 다 올 사람들이야. 그래도 살아서 보고 싶다. 평생을 함께 한 사람들. 살아서 보고 싶다. 왜 그토록 생일에 사람들 불러 밥 먹는 걸 흥겨워했을까. 아내를 그 고생시키면서. 아내 말마따나 조실부모한 티 내는 거였을까.

창은 어떻게 밭을 내려왔는지 예초기를 어쨌는지 손이나 씻었는지 얼굴에 땀은 닦았는지 아무것도 알 수 없었다. 잠깐 정신이 들어보니 다시 방이었다. 50년 동안 잔 방이었다.

아내가 보였다. 뭘 떠민다. 숟가락이다. 숟가락에 죽이 얹혀 있다. 도리질을 쳤다. 먹고 싶지 않다. 목구멍으로 넘기고 싶지 않다. 굉장히 쓰라릴 테다. 아침인가 엊저녁인가 억지로 몇 술 넘길 때도 죽는 줄 알았다. 죽는 줄 알아? 웃기는 말이다.

"딱지 진 게 아직 덜 아물어서 그럴규. 며칠만 더 참으슈. 일주일 뒤부터는 식사하시는 데는 아무런 지장이 없을 거래요. 암덩어리는 다 없어졌고 전이된 데 없나만 살펴보면 된대유."

작은애 말이 사실일까. 희망을 확신으로 말하는 것은 아닐까.

유언을 해야 하는데. 아내에게도 녀석들에게도 제대로 유언을 해 본 적이 없다. 죽지 않을 자신이 있었다. 적어도 1년은, 2년은 더 살 자신이 있었나. 해서 안 한 거다.

암, 다시 씩씩해질 거야. 그놈의 암덩어리 다 사라졌겠지. 방사선을 그렇게 쬐었는데 안 없어지고 배겨. 테레비 보라고. 암 고친 사람이 태반이잖아. 다들 멀쩡히 살아서 암으로 고생하던 시간을 회상하잖아. 나도 그럴 테야. 막걸리 한 잔 들이켜며 암 고치러 다닌 얘기를 무용담으로 늘어놓을 거야.

술 먹어 본 지가 언제지. 넉 달 전, 큰 병원에 가 보라는 말을 들었던 날 저녁에 마신 술이 마지막이었나. 어쩐지 다시는 술을 못 마실 것 같은 불길한 예감이 들었다. 막걸리 한 병을 다 마시고 소주도 석 잔이나 마셨다. 그게 마지막 술이었어. 그럴 줄 알았으면 더 마셨어야 했는데.

간절히 술이 마시고 싶다. 그래, 한잔 마시자. 어차피 치료를 다 받았다. 암덩어리가 다 없어졌든 그대로 남았든 전이되었든 다시는 치료 받지 않을 거다. 다시는. 다시는. 그러니까 죽든지 살든지 술을 마셔도 된다. 일어서는 게 안 된다. 움쩍도 안 한다.

아내는 어디 갔지? 아, 회관 청소 보냈지. 그놈의 청소 좀 안 한다고 뭐가 어떻게 되나. 왜 보낸 거야. 안 가겠다는 아내를 왜 보낸 거야. 술, 술이 마시고 싶다.

하고 보니 유언 못 하는 건 우리 집안 내력인가 보다. 아버지, 어머니도 임종 없이 문득 돌아가셨다는데, 그 많은 형님, 누님, 형수님도 유언을 남기지 못했다. 아무도 자식들이나 형제들이 지켜보는 가운데 죽지 못했다. 아무도 안 볼 때 홀로 떠났다.

아내가 기억하고 있을까. 조공장이 짜준 책상 서랍에 든 박카스 상자. 혹시 까먹은 거 아냐. 다시 한번 알려줘야겠다. 절대로 자식 놈들한테 똑같이 나눠줄 꿍꿍이 하지 말라고 맹세받아야 한다.

여보, 절대로 자식들을 믿어선 안 돼. 나 없으면 당신 혼자 살아야 한다고. 요양원 침대에 처박히고 싶지 않으면 건강하게 당당하게 자식 놈들한테 손 벌리지 않고 살아야 한다고. 아내는 어디 갔나. 왜 안 오나. 다시 한번 똑똑히 가르쳐 줘야 하는데. 당부할 말이 참 많은데.

아내가 자식들을 믿지 않으면 누굴 믿겠는가. 믿을 건 미우나 고우나 자식들밖에 없다는 게 슬프다. 아내가 그 비리비리한 몸으로 숱한 일을 하면서도 오래오래 살아 주어, 칠순 넘게 살아 주어, 홀아비 꼴을 당하지 않았다. 홀아비 생활 석 달 비참했다. 일곱 살 더 먹은 내가 먼저 가는 게 당연하다. 아내야, 어디 갔나. 왜 보이지 않나.

죽은 거라면, 죽는 거라면, 죽을 거라면 아내가 덜 슬퍼했으면 좋겠다. 퍽 울 테다. 송아지 죽은 거 보고도 열흘을 울어 댔던 사람이다. 그 작은 몸 어디에 눈물이 그리 흔한지.

먼저 간 당신

어머니는 잘 살고 계십니다.

그게 잘 사는 거냐? 만날 너희 끌탕하느라고 정신 못 차리지. 먹는 약이 대체 몇 가지고, 가는 병원이 대체 몇 군데야. 네 동생 아니었으면 네 엄마 벌써 나 따라왔다.

어머니가 문해교실 백일장 시 써서 상 타신 거 아세요?

저번에 와서 자랑하더라. 그러고 자기도 시집 한 권 갖고 싶대. 그게 소원이래.

예, 저번 생신 때 시 열심히 쓸 거라고 공책 가득 채울 거라고 하셨어요. 제가 약속했어요. 시집 꼭 내 드리겠다고.

참말 내 줄 거냐? 네가 우리한테 한 약속을 지킨 적이 없으니 한 말이다.

일단 아버지 이야기부터 책으로 내고요.

근데 있을 만한 얘기는 다 있는 것 같은데 내 칠순 잔치 때 얘기가 없더라? 그건 왜 그런 거냐?

저도 지금 알았어요. 아버지 이야기를 7년이나 붙잡고 있었는데, 그래서 쓰고 지운 얘기도 수두룩한데, 이상하게 칠순 잔치 때 얘기는 쓴 적이 없어요. 제가 까맣게 잊어버렸어요. 저도 어이가 없네요. 아버지가 살면서 가장 기쁜 날이었을 텐데. 그때 많이들 오셨는데요. 일가친척분들, 친구(선후배 포함)분들, 동네분들 400여 분은 오셨죠? 이제야 그날이 조금씩 생각이 나요.

가장 기쁜 날 그런 거는 아니었고, 이제 죽어도 여한이 없는 날이었지. 여덟 해를 더 살 줄은 몰랐지. 그날 왔던 이들 절반 이상은 팔순 잔치 때도 다시 볼 줄 알았는데, 2년을 못 채워서 장례식장에서 보고 말았구나.

가족사진 찍을 때 아직 판범이가 결혼 안 한 때여서 어머니가 혀를 차셨죠. 아버지 그날 노래 잔뜩 부르셨어요. 춤도 한껏 추시고. 그날 얘기, 자세히 써 볼까요?

됐다. 독자님들 볼 만큼 보셨다. 끝내자. 자식 놈이 하도 고전하기에 내가 주접을 떨어 봤다만 내 이야기가 무슨 소설이 되겠냐? 네 말마따나 내 인생이 좀 평범했어야지. 여하간 나는 할 만큼 해 줬다. 귀신이 돼서도 자식을 위해서 이게 뭐냐?

제가 죄송해요. 돌아가셔서까지 걱정 끼쳐 드려서. 명복을 빕니다.

죽은 사람이 뭐가 걱정이냐. 너나 잘 살아라. 네 엄마 좀 그만 걱정 끼치고. 하기사 걱정을 달고 사는 사람을 어찌 말려. 됐고 네 엄마 상 받은 시나 한번 읊어 봐라.

먼저 간 당신

도서관에서 선생님과 공부하는 시간이
장마꽃처럼 화사한데 만해도 살아지는데

내 모습이 안타까운 걸까 처량한 걸까.
혼자 사는 어른을 도와주는 가정 방문,
생활 지원사가 나를 도와주고 싶다고 하데요.
나는 고마운 생각이 안 들고 서글펐습니다.
어쩌다 이 넓은 벌판에서 빈 둥지를 안고 살고 있을까.
지금은 적막강산 같은 이 집에서 오십 년을 함께
살면서 무던히도 고생한 사람, 부지런했던 사람.
항상 병을 달고 사는 아내를 위해 열심히 일해서
지금까지 나를 살아 있게 한 사람.
내게 고생만 시켜서 미안하다고 말해 주고 간 사람.
백일홍 꽃처럼 겹겹이 쌓인 맘을 어찌할 수 있을까요.
이제 내가 할 수 있는 일 보답하는 길은
조금은 밝은 얼굴로 멀지 않은 여행길을
잘 마무리하고 당신 옆에 가는 길이겠지요.
열심히 공부하면서 남은 세월 살아 볼 게요. 기다리세요.

아버지의 입, 아버지의 욕망

임지훈(문학평론가)

아버지의 입, 아버지의 욕망

임지훈(문학평론가)

한국 문학에서 아버지의 형상은 무수한 변주를 반복해 왔다. '아버지의 계보'라 말해도 좋을 이 문학적 흐름 속에서, 그 형상은 권위주의적인 일자의 모습을 넘어 복잡하고도 미묘한 여러 면모로 거듭 진화해 왔다. 소설 속 아버지의 모습은 때로 전후의 생존 윤리를 몸으로 떠안은 존재였으며, 또 다른 한편에서는 기성세대의 질서를 대표하는 권력의 화신으로 존재했으며, 그러한 틈바구니에서 해명 불가능한 연민의 대상으로서의 모습 또한 그려지곤 했다. 염상섭의 『삼대』 속 아버지들에서부터, 하근찬과 황순원, 박완서와 양귀자, 성석제와 한강의 작품 속 다양한 아버지의 면모를 지나 오늘날 정지아의 아버지에 이르기까지……. 수많은 소설 속에서 아버지는 다양한 모습으로 존재하며 많은 말을 남겨왔다. 때로는 타인을 향해, 때로는 시대를 향해 그들이 남긴 무수한 말들은 그보다 더 많은 무수한 자식들을 통해 해석되고 의미가 부여되어 왔다.

그러나 진지하게 고민해 보자면, 그 속에서 정녕 아버지라는 존재가 자기 자신에 대해 남긴 말은 얼마 되지 않는다. 아버지의 언어는 자신의 속내를 내비치거나 그 내면의 상처를 외화하기 위한 것이 아니라 타인을 향한 훈계와 질타의 언어로 번역되기 일쑤였고, 때로는 부패한 세계의 질서를 대변하는 말들로 손쉽게 왜곡되기도 했다.

물론 여기에는 전후 현대사의 복잡하고도 미묘한 정치·경제적 사정이 숨어 있다. 더불어 전후의 생존 윤리가 아버지에게 요구하는 언어란 진지한 성찰과 자기 고백의 언어가 아니라, 생존을 위한 반복적인 수행을 통해 완성되는 몸의 언어에 가까웠으며, 설령 그에게 다른 발화의 순간이 허락되더라도 시대의 질서와 억압을 단단히 체화한 그 몸으로 다정다감한 말을 건네기란 쉽지 않은 일이었다.

그런 의미에서 한국 소설사에서 아버지란 오랜 시간 동안 침묵하는 존재, 혹은 '너는 이런 사람이 되어야 한다'고 훈계하는 존재에 가까웠다. '나는 이런 사람이었다'거나 혹은 '이런 사람이 되고 싶었다'는 회한을 드러낼 수 있게 된 것은 비교적 최근의, 그것도 아주 소수의 사례에 불과하다. 심지어 그마저도 아버지가 자신의 입을 열어 스스로에 대해 말하는 경우는 아주 드물었고, 대개의 경우 그가 미처 하지 못한 말을 주변인의 입을 빌어 말하거나 기억을 회고하는 작업을 통해 완성하는 경우가 대다수를 차지한다. 즉, 아버지는 우리를 향해 무수한 말을 남겼지만, 정작 그가 자신의 입으로 그 속내를 표현한 적은 무척이나 적었다는 것이다. 설령 그가 스스로 입을 열더라도 그 언어는 생존의 기술을 전수하기 위한 훈계의 말들에 가까웠으며, 그조차 자식의 성장과 세계의 변화 속에 힘을 잃어 갈 운명을 타고났음을 상기해 보자면, 아버지의 언어란 참으로 왜소한 슬픈 형상이었다 할 수 있을 것이다.

그토록 권위적이고 절대적이었던 아버지의 형상과 언어가 이처럼 왜소하고 슬픈 것으로 자꾸만 쪼그라드는 것은 왜일까. 물론 여기에는 시대의 흐름에 따른 가족 구조의 변화라는 비가역적인 현실이 전제되어 있겠지만, 다른 한편으로 아버지의 언어란 태초부터 그런 운명을 타고났다고도 할 수 있을 것이다. 예컨대, 그의 자리는 가정에서 권위의 중심으로 보이지만 정작 그 권위는 자신의 욕망을 발화할 권리는 쉽사리 보장해 주지 않는다. 그의 언어가 작동할 수 있는 것은 가족이라는 울타리 바깥의 사회적 합리성을 가정 내에 전파할 때, 혹은 자신이 체득한 생존의 기술을 자식들에게 전파할 때에 불과하다. 그런 의미에서 한국 소설사에서 아버지란 시대의 명령을 가장 먼저 내면화할 것을 요구받으면서 가장 늦은 순간까지도 그것을 수행할 것을 요구받은 존재였다고 할 수 있으며, 그런 아버지의 언어가 시간이 지남에 따라 고유한 힘을 잃어 가는 것은 자연스러운 일이라 할 수 있을 것이다.

그런 의미에서 김종광의 이번 장편소설은 그 시작에서부터 독특한 성취를 보이고 있다고 해도 과언은 아닐 것이다. 예컨대, 아버지가 자신의 입으로 말하게 하는 일이 그것인데, 이는 소설의 도입부에서부터 '꿈'이라는 형식을 빌어 전면화되고 있다. 이때 등장하는 아버지는 생존의 윤리를 온몸으로 떠안은, '아버지의 계보' 속 전형 가운데 하나의 모습인데, 그 모습이 자식인 '나'에 의해서가 아니라 자기 자신의 입을 통해 증언의 형식을 빌고 있다는 점에서 이채롭다. 대상으로서의 '아버지'가 아닌 단 한 사람의 인간으로서의 '아버지'의 모습을 드러낼 수 있는 서사적 공간을 형성하기 때문이다. 아들의 소설을 아버지를 통해 고쳐 쓰는 이 소설의 독특한 방식이 무척이나 값진 이유이다.

더불어 그 아버지가 언어를 능수능란하게 구사하는 소위 식자 계층이 아니라는 점에서, 그가 아버지의 입을 열게 했다는 사실은 더욱 중요한 가치를 지니는 듯싶다. 그는 구수한 입말을 통해 때로는 아들을 향한 질타와 훈계, 자신의 삶에 대한 솔직한 고백 사이를 갈팡질팡하는 모습을 보이는데, 이 혼란스런 모습이야말로 가까스로 자기 자신에 대해 말하기 시작한 자의 언어가 보이는 진정성의 형상이기 때문이다. 누군가는 이러한 아버지의 모습이 상투적이라 말할 수도 있겠으나, 기실 이와 같은 모습으로 아버지를 그려 내는 일은 쉬운 것이 아니다. 누구나 그러하듯 아버지를 그려 내는 일은 사실과 기대, 원망과 존경이 불가해하게 뒤섞이기 때문이며, 그것을 가까스로 구분하고 분리한다 하더라도 '나'와의 관계성이라는 요소가 그에 대한 언어를 제한하고 말기 때문이다.

이는 김종광의 소설에서도 마찬가지다. 그의 소설적 언어는 아버지의 현실을 있는 그대로 묘사하기를 원한다고 말하면서도 그를 미화하고픈 욕망에 시달리며 때로는 그에 넘어가 있지도 않은 사실을 꾸며 가상의 인과 관계를 만들어내기도 한다. 물론 소설의 화자인 아들이 지닌 아버지에 대한 지식은 부분적이며 단편적인 것이기에, 이와 같은 허구의 틈입이란 아들이 아버지의 삶을 재구성하기 위해 택한 어쩔 수 없는 방법론이라고도 말할 수 있을 것이다. 재밌는 것은 이 소설에서 아버지가 등장하는 것이 바로 그 어쩔 수 없는 귀결을 막기 위해서라는 점이다. 소설의 도입부에서 아버지는 아들의 꿈에 나타나 이렇게 말한다. 내가 너의 소설을 흥미롭게 고쳐 주겠노라고. 너의 소설은 사실도 아니고 그렇다고 재밌는 것도 아니니, 내가 한 번 꼼꼼히 읽으며 봐 주겠노라고. 그러니 나를 인공 지능이라고 간주해도 좋다고 말이다.

고전적인 관점에서 보자면 이와 같은 죽은 아버지의 귀환이란 아들에게 있어 썩 기분 좋은 일은 아니다. 소설에서 죽은 아버지가 유령이 되어 나타난다 함은 자신이 미처 완수하지 못한 상징적 임무를 아들에게 대리할 것을 요구하는 방식으로 작동해 왔기 때문이다. 그런 의미에서 죽은 아버지의 언어란 아들에게 있어 죄의식과 채무의 언어로 들려오기 마련이지만, 이 소설에서 죽은 아버지가 요구하는 것은 그와는 다른 성질의 것이다. 그는 아들의 삶을 심판하고 자신의 부채를 대신 갚을 것을 요구하는 존재가 아니라 한 편의 원고 앞에서 작동하는 편집자의 모습에 가깝기 때문이다. 예컨대, 자신의 삶에 대해 쓴 아들의 문장에서 잘못되거나 사실과 다른 부분을 교정하는 것, 그것이 바로 이 죽은 아버지의 목적인 것이다.

그러한 의미에서 이 아버지의 목적은 아들이 자신의 상징적 의무를 대리하게 하는 일과는 거리가 있다. 특히 이는 '농사라도 지을까 봐요'라고 한탄하는 아들을 향한 아버지의 일갈에서 잘 나타난다. 그는 자식이 자신의 임무를 이어 가기를 원하지도 않으며, 외려 그것을 막아선다. 그렇다면 그가 요구하는 것은 과연 무엇인가. 그것은 아들의 소설에서 잘못된 인상과 편견을 깨는 일이며, 이는 더 나아가서 '아버지'라는 존재가 소설적 대상에서 벗어나 스스로 말할 권리를 되찾는 것을 의미한다고 할 수 있다. 아들에 의해 말해지는 대상으로서의 아버지가 아니라, 스스로 자신의 삶에 대해 회고하고 반추하는 한 사람의 인간으로서의 지위 말이다. 그렇기에 그는 아들이 소설을 통해 자신의 삶을 옹호하거나 연민하기를 바라지 않는다. 외려 아들의 소설을 읽으며 '누가 이렇게 미화하라고 하든?'이라 말하며 질타하기를 반복한다. 전후 형님네 집에 얹혀살며 눈칫밥을 먹던 기억, 4H니 재건운동이니 하며 동기들과 모여 다니던 기억, 그리고 그보다 훨씬 더 많은 노동에 대한 기억들에 이르기까지, 아버지는 단지 아들의 소설을 보다 사실에 가깝게 바꿔 나가려 할 뿐이다.

이러한 다시 쓰기의 과정은 아버지라는 존재가 자신의 권위를 스스로 해체하는 것처럼 보인다는 점에서 상당히 이채롭다. 많은 소설에서 아버지의 권위란 세월의 흐름이나 시대의 변화, 혹은 자식의 성장에 따라 자신의 의도와 관계없이 해체되는 것으로서 존재해 왔다. 말하자면 그의 권위란 처음부터 시한부의 운명을 타고난 것이었으며, 심지어 자식의 입장에서는 자신이 한 사람의 독립된 인간으로 성장하기 위해 극복해야만 하는 억압에 가깝게 그려져 왔다. 그러한 과정에서 발생하는 '연민'이란 아버지의 권위가 해체되는 과정에서 발생하는 일종의 필연적인 부산물에 불과했다. 이때의 연민은 대상에 대한 이해를 가장하고 있지만, 실제로는 대상에 대한 앎을 중단하는 것으로써 그의 삶을 자신이 이해하기 적당한 형태로 정리하는 일에 불과한지도 모른다. 그러한 의미에서 보자면 이 소설 속 아버지가 행하는 다시쓰기의 행위란 자신을 향한 연민의 시선을 해체하고 진정한 이해를 위한 발판을 마련해 주는 일이라 할 수 있다. 비록 그 이해의 결과로 자식이 자신에 대한 존경을 철회한다 할지라도, 혹은 더더욱 이해할 수 없게 된다 할지라도 말이다. 그렇기에 아버지는 스스로 아들의 자신에 대한 이상화된 묘사를 부정하며, '그땐 다들 그렇게 살았다'는 말로 자신의 삶이 얼마나 평범한 것이었는지를 보여주려 할 따름이다.

그런데 여기에 덧붙여서 한 가지 더 주목해야 할 점이 있다. 그것은 아버지에 의한 이 고쳐 쓰기가 단순히 자신의 상징적 권위를 해체하는 것을 넘어 또 다른 효과를 발생시키고 있다는 지점이다. 이는 앞서 말한 스스로 말할 권리와 연관되는 바, 예컨대 타인의 언어를 통해서만 재현될 수 있었던 자신의 형상을 자기 언어로 돌려세우는 일이 그것이며, 그리하여 자기 자신을 대상이 아닌 주체로서 소설이라는 상징적 공간 속에 복권시키는 일이 그것이다. 아들의 소설에 대해 '아니다', '그렇지 않다' 등의 부정을 하며 자신이 기억하는 사실에 가깝게 소설을 다시 써 나가는 과정을 통해, 그는 더 이상 아들의 언어에 포획된 일방적인 대상이 아니라 스스로 자기 삶에 대해 말하는 언어의 주체로서 다시 새겨진다.

이를 위해 아버지가 아들의 소설에 가하는 가장 큰 수정은 농촌에 대한 앎의 문제이다. 소설의 도입부에서부터 아버지는 아들의 소설을 향해 이렇게 말한다. "됐고, 정직해 봐라. 네가 진정 농사를 알아? 농촌을 알아? 사랑하는 것과 아는 건 다르다. 넌 농촌을 사랑하는지는 몰라도 알지는 못해." 물론 아들은 오랜 시간 아버지의 농사일을 돕기도 해 봤으며, 농촌 소설을 쓰기 위해 무수한 책도 읽으며 간접적으로나마 농촌에 대한 지식을 갖고 있다. 하지만 아버지의 입장에서 아들이 말하는 '앎'이란 "농촌을 사랑하는" 일은 될 수 있어도 진정한 앎과는 거리가 멀다. 아버지에게 있어 진정한 앎이란 오직 살아남기 위해 농사를 지어 본 사람만이 알 수 있는 것이며, 그렇기에 아들은 농촌을 진정으로 안다고는 할 수 없는 것이다. '창'에게 있어 농촌에서의 삶이란 "농협한테 대출받아 손해 보고, 또 대출받아 이자나 내"는 지긋지긋한 채무의 순환이며, 죽어라 일만 해도 목구녕에 풀칠하는 것조차 힘겨울 때가 많은 악순환의 연속이었기 때문이다.

그렇기에 아버지는 아들의 소설을 다시 고쳐 써나가면서 살아남기 위해 자신이 경험한 현실을 '있는 그대로' 보여 주기 위해 애쓴다. 그러나 이 보여 주기란 자기 옹호나 연민을 위한 것이 아니기에 때때로 아버지는 '모르겠다', '기억이 나지 않는구나'라고 말하며 기억의 틈새를 드러내곤 한다. 아들은 이 지점마다 허구적 상상력을 동원해 그 틈새를 메꿔 보려 하지만, 아버지는 그러한 아들의 행동을 가로막으며 모르는 것 혹은 기억나지 않는 것은 그대로 놔두려는 자세를 고집한다. 앞서 말한 바와 같이, 이처럼 허구적 상상력을 통해 사실과 사실 사이의 틈새를 메꾸는 행위는 그 의도나 목적이 무엇이건 간에 진실이 아닌 오해를 촉발시키는 시발점이 될 수 있기 때문이다. 더불어 그러한 허구가 틈입하는 일은 자신의 삶을 아들의 문장 속에 가두는 일이 되기도 하기에, 아버지는 아들의 상상력이 그러한 틈새를 메꾸길 욕망할 때마다 그 앞을 가로막는 것이다.

조금 더 확장해서 이야기하자면 이러한 관계는 "사랑하는 것과 아는 건 다르다"는 명제가 농촌이라는 시공간에만 적용되는 것이 아니라, 아버지와 아들이라는 인간의 관계에도 똑같이 적용됨을 의미한다. 사랑할수록 아들은 아버지의 역사의 빈틈을 이상적으로 메꾸려는 유혹에 빠질 것이다. 하지만 그와 같은 유혹은 아버지라는 대상을 연민할 수 있게는 만들지 몰라도, 아버지가 말하는 앎의 수준에는 이를 수 없게 만든다. 사랑이 그에 대한 이해를 가로막으며, 그것을 한낱 수동적인 대상에 불과하도록 만든다는 역설이다. 그렇게 묘사된 아버지는 앞서 말한 바와 같이 아들이 견딜 수 있는 방식으로 잘 정리된 수동적 대상에 불과할 뿐, 실제 '창'이라는 사람의 인생을 담보할 수 없음은 당연한 일이라 하겠다.

따라서 아버지가 아들의 소설을 다시 쓰는 것은, 아들이 세계를 바라보는 관점과 인식을 일신하는 일이기도 하다. 예컨대 농촌에 대한 아들의 사랑이 만들어 낸 잘못된 인식을 해체하고 그것을 다시 쓰며, 자신에 대한 사랑이 만들어 낸 잘못된 인식을 해체하고 '창'이라는 인간을 있는 그대로 바라보게 만드는 일은 그 자체로 아들이 가진 관점과 세계관을 다시금 구성하는 일이 되는 것이다. 바로 이것이 아버지에 의한 소설 다시 쓰기의 궁극적인 결과이다. 비록 그 대가로 아들의 기대를 배반하게 되더라도, 아버지가 원하는 것은 아들이 진정으로 '아는 것'이기에 기꺼이 그 대가를 치르고자 하는 것이다.

이와 같이 아버지라는 존재가 아들의 관점과 인식을 해체하며, 자신을 '창'이라는 한 인간으로 바라보게끔 하려는 데에는 그가 평생을 시달려온 오래된 폭력의 문제 또한 한몫을 하고 있는지도 모르겠다. 가령 4H와 재건운동과 새마을운동 등 무수한 운동 속에서 그는 자신의 의사와 관계없이 특별한 의미를 지닌 대상으로 존재해 왔다. 특히 4H와 재건운동의 기억은 아버지의 세대가 시대의 언어를 어떻게 내면화해 왔는지를 잘 보여 주는데, 이러한 운동들은 한국 사회에서 국가가 농민을 어떤 방식으로 대상화해 왔는지를 구체적으로 보여 주는 사례라 할 수 있다. 구호가 있고, 서약이 있고, 조직이 있고, 그 조직을 통해 호명받을 때에만 '창'은 한 사람의 국민으로서 그 자리에 있을 수 있었던 것이다.

물론 여기에는 단지 호명의 폭력만이 존재하는 것은 아니다. 그 시절의 어떤 순간들에는 분명 기쁨도 존재하고 있다. 남을 도와주는 일이 기쁠 줄 몰랐고, 돈 안 받고 하는 노동이 보람찰 수도 있었다는 감각. 그것은 때로 공동체의 자부심을 제공하고, '나도 쓸모 있는 사람'이라는 감각을 부여하며, 누군가에게는 생애 최초의 인정 욕망을 충족시키기도 한다. 그렇기에 아버지인 '창'은 부러 그와 같은 호명의 양가성 가운데 한편을 가리려 하지 않고 양자를 모두 드러냄으로써 아들이 자신의 내면을 모두 볼 수 있게 만든다. 자신의 삶은 어떤 피해의 연대기도 아니며 그렇다고 자랑스런 조국 건설의 역사도 아니라는 것, 오히려 그 틈바구니에서 단지 살기 위해, 가정을 지키기 위해 할 수 있는 바를 했을 뿐이라는 소박한 진실을 아들에게 건네는 것이다.

그러나 이 소박한 진실이야말로 '창'이라는 인간이 살아 있었음을 증언하는 가장 단단한 중핵이라 할 수 있을 것이다. '창'이 아버지로서 아들에게 건네고 싶었던 바는 바로 이것, 모든 치장과 가장을 걷어 내고 단 뒤 나타나는 살아 있음의 증표가 아니었을까. 그렇기에 죽은 그는 아들의 꿈으로 돌아와, 자신을 바라보는 아들의 시선 속에 깃든 허식들을 모두 걷어 내고자 했던 것이 아닐까. 이와 같은 다시 쓰기의 과정이야말로 자신을 이상화된 연민의 '대상'으로서가 아닌 한 사람의 진실된 '인간'으로 바라봐 주길 바라는 '아버지'의 욕망이 아닐까.

이는 김종광의 소설이 오랜 시간 추구해 온 하나의 성취이기도 하다. 대상으로서의 농촌, 대상으로서의 농민, 대상으로서의 아버지와 어머니가 아닌, 개별적인 욕망을 지닌 인간 하나하나로서 그들을 다시 셈하는 것. 그리하여 작가인 '나'가 그들을 상상적으로 대변하는 것을 넘어, 그들이 스스로 말할 수 있도록 자신의 언어를 빌려주는, 그들의 영전에 자신의 언어를 고스란히 바치는 일 말이다. 아마도 이와 같은 성취는 그가 한국 사회에서 오랜 시간 오직 대상으로서만 존재해 온 농촌을 오래도록 사랑해 왔기에 가능했을 것이면서, 동시에 그 사랑이 자아내는 오해를 넘어 대상을 직시하고자 하는 용기가 있기에 가능한 일일 것이다. 더불어 이와 같은 성취는 그의 농촌 소설에 있어 여전히 새로움을 추구할 수 있는 동력이 존재함을 보여 주는 것이기도 할 것이다. 하지만 그에 앞서 이 자리에서는, 드디어 아버지에게 '입'을 되찾아 준, 그리하여 아버지 또한 자기만의 욕망을 지닌 한 사람의 소박한 존재였음을 밝힌 그 용기에 경의를 보내고 싶다. 당신의 소설이 더 많은 아버지들로 하여금 스스로에 대해 입을 열 수 있게 하는 계기가 되길 바라며, 더불어 아버지로서의 당신 또한 더 많은 이야기를 우리에게 들려주기를 희망해 본다.

그 작은 몸 어디에 눈물이 그리 흔한지

2026년 4월 20일 1판 1쇄 펴냄

지은이　　김종광
펴낸이　　김성규
편집　　　다미정 권은하
디자인　　송영현
펴낸곳　　걷는사람
주소　　　서울 마포구 월드컵로16길 51 서교자이빌 304호
전화　　　02 323 2602
팩스　　　02 323 2603
등록　　　2016년 11월 18일 제25100-2016-000083호

ISBN　　　979-11-7501-061-1 03810

* 이 책은 경기도, 경기문화재단 2025 경기예술지원 〈경기문학 출간지원〉
  지원으로 발간되었습니다.
* 이 책 내용의 전부 또는 일부를 재사용하려면 반드시 지은이와 출판사의
  동의를 얻어야 합니다.
* 잘못된 책은 교환해 드립니다.